AF284953

Anna B. Schuster

Sonnenwind

Roman

Bibliografische Information der Deutschen Nationalbibliothek:
Die Deutsche Nationalbibliothek verzeichnet diese Publikation in
der Deutschen Nationalbibliografie; detaillierte bibliografische Da-
ten sind im Internet über http://dnb.dnb.de abrufbar.

© 2020 Schuster, Anna B.
Herstellung und Verlag: BoD – Books on Demand, Norderstedt

ISBN: 9783752662252

Einem Engel gewidmet,
der das Fliegen verlernte.

Vielen Dank an Kim für ihre Kreativität und Unterstützung.

PROLOG

Es gibt in unserer Welt wenige Dinge, die gefährlich, aber auch so magisch sein können, wie der Sonnenwind – ein Strom geladener Teilchen, der von der Sonne aus ins All strömt. Dieser Schauer prallt auf die Erde, wird jedoch von ihrem Magnetfeld weitgehend abgehalten. Ist der Sonnenwind aber stark, dringen geladene Teilchen an den Polen der Erde in die höheren Schichten der Atmosphäre ein und rufen dort unglaubliche Spektakel hervor – die Polarlichter.

Wir Menschen gleichen dem Verhältnis von Sonnenwind und Erde. Wir lassen nur intensive Eindrücke an uns heran, vertrauen nur wenigen Menschen. Doch wenn wir es tun, wenn wir die richtigen Menschen durch unsere Schutzhülle lassen, können außergewöhnliche Dinge passieren.

BLICK ZURÜCK

Blinzelnd öffnete sie ihre Augen, um sie dann sofort zu schmalen Schlitzen zu verengen. Das grelle Licht stach entsetzlich.

»Wo bin ich?«, fragte sie sich. Ihr Rücken schmerzte. Sie wischte sich mit dem Handrücken die vom Schlaf feuchten Mundwinkel trocken und setzte sich auf. Da sah sie diesen Lenkdrachen am Himmel.

Ach. Schlagartig erinnerte sie sich, wie sie entschieden hatte, einen Spaziergang durchs Feld zu machen – das Wetter war perfekt dafür gewesen; windig, aber trotzdem hatte die Sonne geschienen.

Nun war nichts mehr davon zu erkennen. Dicke Wolken verdeckten die Sonne, die vor wenigen Minuten – *oder waren es doch schon Stunden?* – noch vom Himmel gestrahlt hatte. Sie wusste nicht, wie lange sie schon geschlafen hatte. Sie erinnerte sich auch nicht mehr daran, dass sie überhaupt an dem dicken Baumstamm eingeschlafen war.

Komisch, dachte sie, doch gleich darauf wurde ihr mit einem Blick gen Himmel etwas ganz anderes bewusst: es würde bald Regen geben. Sie beeilte sich aufzustehen. Der Wind zerzauste ihre ohnehin schon widerspenstigen, lockigen Haare. Sicherlich machte sich ihre Mutter schon Sorgen.

Schon nach wenigen Schritten fielen große Regentropfen vom Himmel. Anfangs zeichneten sie sich nur als dunkle Flecken auf dem staubigen Feldweg ab, aber schon bald streiften sie ihre Wangen und ihre Arme. Sie lief schneller. Bald hatte sie es geschafft.

»Jill Tennert! Was soll das?«

Jill hatte gerade die dunkle Wohnungstür aufgeschlossen und ihre vom Matsch dreckigen Schuhe ausgezogen.

»Ich habe mir echt Sorgen gemacht! Draußen kübelt es wie aus Eimern und du rennst schon wieder irgendwo herum. Wo warst du überhaupt?«

Ihre Mutter gestikulierte wild mit den Armen. Dabei wippten ihre hellen, lockigen Haare auf und ab, was in dieser Situation unwillkürlich komisch wirkte.

»Mum, entspann dich mal.« Jill bemühte sich gelassen zu bleiben. »Ich war bloß spazieren. Du sagst doch immer, ich soll mehr rausgehen.«

»Trotzdem möchte ich nicht, dass du dich bei so einem Wetter draußen herumtreibst«, ihre Stimme wurde leiser, »Du könntest dich erkälten.«

Sie beendete die Diskussion, indem sie Jill einfach im Flur stehen ließ. So war sie es von ihrer Mutter gewohnt. Kaum vertrat Jill ihren Standpunkt klar, so tat sie so, als habe es nie eine Auseinandersetzung gegeben. Manchmal glaubte Jill sogar, ihre Mutter habe wirklich vergessen, dass sie eben noch diskutiert hatten. Jill schüttelte den Kopf und folgte ihr in die Küche.

In dieser Nacht schreckte Jill aus einem Traum hoch. Benommen richtete sie sich im Bett auf. Es regnete noch immer. Sie schwang ihre Beine aus dem Bett, ging in wenigen Schritten ans Fenster und riss es auf. Sie atmete tief ein, während ihr die Tränen in die Augen stiegen. Das passierte ihr manchmal in solchen Momenten, weil sie nur dann darüber nachdenken konnte, wie sie sich eigentlich fühlte. Jedes Mal erschrak sie, welche Leere in ihr herrschte. Sie lehnte ihren Kopf an den Fensterrahmen, während sich ihr Blick draußen auf der Straße verlor. Keine Menschenseele war zu sehen. Lediglich viele kleine Wasserpfützen, die bei jedem Regentropfen, der auf ihre Oberfläche platschte, zu vibrieren begannen. Nach weiteren Atemzügen sank sie an die Wand links neben sich und rutschte daran hinunter. Fröstelnd zog sie ihre Beine an sich und schlang ihre Arme um ihre Mitte. So kauerte sie dort – in der Stille, der Dunkelheit. Komischerweise fühlte sie sich geborgen, weil alles um sie herum so war, wie sie innen drin. Jill legte den Kopf in den Nacken und wischte sich die Augen trocken.

Mein Gott ... Wie lang ist es her?, fragte sie sich, während sie sich daran erinnerte, dass sie auch einmal unbekümmerter gelebt hatte. Jetzt, als fast erwachsener Mensch, wünschte sie sich zurück in ihre frühe Kindheit. Damals war sie zufriedener gewesen – weniger nachdenklich.

Ja, daran liegt es, dachte sie sich im Stillen. Damals war sie ein glückliches Mädchen gewesen – so wie jedes andere Mädchen auch. Auch sie hatte mit Freunden gespielt, gelacht, manchmal sogar ihre Mutter um Nichtigkeiten belogen oder hatte das getan, was sie gerade nicht tun sollte. Alles war anders geworden. Sie war einsam. Sie war vereinsamt, während sie immer wieder in sich gekehrt war, um danach zu suchen, wonach letztendlich jeder suchte: einem Sinn. Hätte sie doch bloß nie damit angefangen. Mittlerweile hatte sie gelernt, wie sehr es einen so jungen Menschen verändern konnte, wenn er nach einem Sinn suchte. Einem Sinn, warum man lebte, warum Dinge passierten, die nicht hätten passieren sollen, warum diese Erde sich drehte, völlig unabhängig davon, was auf ihr geschah.

Selbst ihre Mutter merkte, dass mit ihrer Tochter etwas nicht stimmte. Nachdem Jill ihr gestern Abend in die Küche gefolgt war und sich zum Abendessen an den Tisch gesetzt hatte, hatte ihre Mutter sie lange, durchdringend angeschaut;

so als suche sie in Jills Augen eine Antwort auf das Verhalten ihrer Tochter, das sich in den vergangenen Monaten mehr und mehr verändert hatte. Natürlich hatte sie keine Ahnung, was Jill wirklich bewegte. Sie sah lediglich die Oberfläche dessen, was die Gefühle in Jill verursachte. Jill drückte sich langsam an der Wand nach oben.

Ich darf nicht schon wieder anfangen, über all das nachzudenken, dachte sie sich, während sie langsam zu ihrem Bett ging, sich hinlegte und die noch warme Decke über sich zog. Dann schlief sie, in ein Reich voller Träume sinkend, ein.

Am nächsten Tag wurde Jill von einer kalten Windböe geweckt, die durch das leicht geöffnete Fenster wehte.

»Mist, ich hätte noch schlafen können«, stöhnte sie mit einem kurzen Blick auf den Wecker, während sie die Bettdecke fröstelnd bis zu ihrem Kinn hochzog. Irgendwann sah sie ein, dass es sinnlos war, noch weiter im Bett liegen zu bleiben, stand auf, ging zu ihrem Kleiderschrank und zog sich an. Mürrisch betrachtete sie sich im Spiegel. Einerseits ihre braunen, leicht gelockten Haare, die jetzt nach dem Aufstehen noch widerspenstiger als sonst wirkten und ihr blasses Gesicht. Andererseits hatte sie schon immer ihre klaren, blauen Augen und ihre sportliche Figur gemocht. Verbissen versuchte sie ihre schulterlangen Haare wenigstens etwas zu bändigen, gab es dann jedoch auf. Sie schlüpfte in eine Jeans und einen Hoodie und schlich die Stufen zum Erdgeschoss hinunter. Unten stellte sie fest, dass ihre Mutter ohnehin bereits wach war. Sie saß beim Frühstück, starrte auf ihre Kaffeetasse und rührte darin herum.

»Was machst du denn schon hier?«

Ihre Mutter hob den Kopf und sah sie kurz irritiert an.

»Ich konnte nicht mehr schlafen ... Und du?«

»Geht mir genauso.«

Jill setzte sich auf ihren Stuhl am Esstisch und versank in Tagträumen.

Schweigend frühstückten sie und beide schienen darüber froh, kein Wort wechseln zu müssen. Nachdem sie fertig waren, stand Jill auf.

»Ist es wirklich schon so spät?« Sie warf einen kurzen Blick auf die Uhr. Ihre Mutter schien sie gar nicht wahrzunehmen, so vertieft war sie in ihre Zeitung.

»Mum? Ich geh zur Schule.«

Jill griff nach ihrem Rucksack, hielt in der Bewegung inne und schaute ihre Mutter an. Die blätterte eine Zeitungsseite um und schaute kurz hoch.

»Tschüss!«

Auf dem Weg zur Schule holte sie Tina ab. Die beiden waren schon so lange befreundet, dass Jill die Jahre nicht einmal mehr zählte. Sie kannten sich in und auswendig, hatten beide miterlebt, wie sich der andere immer wieder verändert hatte, wie sie erwachsener geworden waren. Ihre Kindheit und Jugend hatten sie zusammen verbracht. Dennoch konnte Jill sagen, dass Tina sich in einem Punkt nie geändert hatte: Sie war stets das genaue Gegenteil von Jill gewesen – extrovertiert und selbstsicher. Manchmal glaubt sie, dass ihre Freundschaft gerade wegen dieses Gegensatzes so gut funktionierte.

Tina trug einen Rock und eine Bluse und hatte ihre Haare zu einem Dutt zusammengebunden. Ihre Lippen zierte ein roter Lippenstift. Sie begrüßte Jill mit einer kurzen Umarmung, um ihr dann kleinteilig von ihrem *galaktischen* Wochenende zu erzählen. Dabei sprach sie so schnell, dass sie manche Wörter verschluckte. Jill hörte nur mit einem Ohr zu.

Sie blickte sich lieber um. Betrachtete, wie eine alte Frau sich in einer Bäckerei an der Ecke Brötchen über die Theke

reichen ließ. Und wie Herr Maier hastig sein Haus verließ –
mit einem halb aufgegessenen Käsebrot in der einen, seiner
Tasche in der anderen Hand.

Es gibt so viel zu sehen, dachte sie sich, *doch keiner schaut hin.
Keinen interessiert, was wirklich passiert. Keiner will wissen, was
außerhalb seines kleinen Umkreises vor sich geht.*

»Jill? Jill! Sag mal bist du wieder am Träumen? Hörst du
mir überhaupt zu?«

»Sorry, ich war grade abgelenkt.« Jill spürte, wie sie rot
wurde. Tina lächelte, machte eine abwehrende Handbewegung und sprach weiter von ihrem Wochenende.

In der Schule konnte Jill sich nicht für den Unterricht be-
geistern. Die meiste Zeit starrte sie aus dem Fenster und
wurde erst wieder zurück in die Gegenwart gerissen, als Frau
Müller sie ermahnte, sie solle doch endlich dem Physikunter-
richt folgen. Tina fing zu kichern an und stieß sie leicht in die
Seite.

»Was denn?«, zischte Jill. Doch ehe Tina antworten konnte,
ermahnte Frau Müller diesmal beide. Sie würde es nicht noch
einmal dulden, dass sie den Unterricht störten.

Es dämmerte es bereits, als Jill ihre Hausaufgaben beendete.
Nach der Schule war sie mit Tina nach Hause gelaufen. Die
hatte sie mit der Frage gelöchert, warum sie so abwesend war,
ließ sie dann aber in Ruhe.

So saß Jill jetzt da und fragte sich, was sie noch machen
sollte. Ihre Mutter würde erst in der Nacht wieder nach
Hause kommen – anders ließ es ihre Arbeit im Krankenhaus
nicht zu und oft langweilte sich Jill deswegen abends. Aber
gerade diese Zeit, die ihr allein blieb, hatte Jill zu schätzen gelernt. Kurz entschlossen zog sie ihre Jacke vom Haken der
Garderobe und fischte nach ihren Hausschlüsseln. Wenige

Sekunden später schlüpfte sie hinaus in die dunkle Nacht. Sie atmete die kalte Nachtluft tief ein, ehe sie loslief. Sie lief ziellos durch die Straßen bis sie fast den ganzen Ort durchquert hatte.

Sie erreichte schließlich den großen, grauen Gebäudeblock, der sich am Ende ihres Wohnorts befand. Ihm gegenüber lag eine saftig grüne Wiese – als wolle sie der Hässlichkeit des Betonklotzes und dem Herbst trotzen. Das Gebäude war derartig alt und hässlich, dass es kaum in die Stadt passte. Denndorf war ein verschlafenes und doch modernes Örtchen mit ein paar Tausend Einwohnern. Hier kannte jeder jeden und alles, was man sagte, tratschte sich sofort herum. Dieser große, graue Klotz passte einfach nicht hierher.

In vielen Fenstern des Blocks brannte noch Licht – trotz der ungemütlichen Jahreszeit und der späten Stunde. Eine Frau, die ihre Fenster putzte, ein Mann, der seine Pflanzen auf dem Balkon goss und ein weiterer, der mit einer Frau im Kerzenschein an einem Tisch auf seinem Balkon saß und dabei ihre Hand hielt.

Die Welt ist so schön, dachte Jill und ließ sich rückwärts ins Gras fallen. Sie blickte in den Sternenhimmel. Es wirkte fast so, als hätte jemand die kleinen, funkelnden Punkte einfach in den Himmel getupft. Jill fühlte sich von dem Anblick erdrückt und zugleich unendlich frei. Es war, als würde über ihr gar kein Himmel sein, sondern eine Wand, die sich unmittelbar vor ihr auftat. Wie so oft faszinierte sie der Anblick der Unendlichkeit und sie malte sich aus, welche Bedeutung die Menschen früher den Sternen, dem Mond und der in der Nacht hereinbrechenden Dunkelheit beigemessen hatten. *Vielleicht lagen sie genau wie ich unter dem Himmelszelt und betrachteten es mit Ehrfurcht und Faszination*, dachte sie, während sie versuchte bloß diesen Moment, dieses Bild, festzuhalten.

Irgendwann, nachdem Jill ihr Zeitgefühl längst verloren hatte, begann sie entsetzlich zu frieren. Inzwischen hatte das feuchte, kalte Gras auch ihre Kleidung nass werden lassen.

Die Frau, die vorhin noch ihre Fenster geputzt hatte, war schon längst fertig und es brannte nicht einmal mehr Licht in ihrer Wohnung. Auch das Paar saß nicht mehr auf dem Balkon. Es war längst in seiner Wohnung verschwunden und die Kerze auf dem Tisch war womöglich vor Stunden erloschen. Jill wandte sich zum Gehen. Schließlich wollte sie ihrer Mutter nicht schon wieder Sorgen bereiten.

Eiligen Schrittes lief sie nach Hause, steckte daheim angekommen den Schlüssel in das Schloss, stieß die Tür auf und schlüpfte wieder hinein in die Wärme, die sie sofort wie ein dicker Mantel umgab. Jill hatte Glück gehabt – ihre Mutter war noch nicht da. Sie legte sich nach einem kurzen Blick auf ihren Wecker, der ihr verriet, dass sie viel zu lange draußen gewesen war, in ihr Bett und schlief ein.

Als ihre Mutter nach Hause kam, sah sie Jills nasse Schuhe im Flur liegen.

»Hat die sich etwa schon wieder draußen rumgetrieben?« Sie schüttelte den Kopf und schob die Schuhe zur Seite. Mit einem Glas Rotwein in der Hand ließ sie sich erschöpft auf die Couch im Wohnzimmer fallen. *Wenn ich doch bloß zu meiner Tochter durchdringen könnte.* Sie seufzte, leerte hastig das Glas, schenkte sich erneut ein und trank diesmal genüsslicher die rote Flüssigkeit.

MERRY CHRISTMAS

Seit Tagen schneite es fast ununterbrochen. Jill saß in eine dicke Decke gehüllt in ihrem Zimmer und trank einen heißen Kakao, als das Telefon klingelte.

»Ich geh schon«, rief sie nach unten und suchte das Telefon. Nachdem sie einige Schmierblätter und Schulhefte auf die Seite geräumt hatte, fand sie es zwischen ihren Zeichnungen auf dem Schreibtisch.

»Ja?«

»Heeeeeey.«

Jill musste das Telefon kurz vom Ohr weghalten, so laut war Tinas Stimme.

»Wie genießt du deine ersten Ferientage?«

Am Ende des Telefonats kannte Jill nicht nur jede Kleinigkeit der vergangenen 24 Stunden aus Tinas Leben. Tina hatte anrufen, weil ein *ultimativ toller Film* im Kino angelaufen war, in den sie mit Jill unbedingt gehen wollte. Dabei hatte sie das ›Unbedingt‹ so streng betont, dass Jill keine andere Möglichkeit hatte, als zuzusagen. Außerdem tat es ihr sicher mal wieder gut unter Leute zu kommen.

Die vergangenen Tage waren schrecklich langweilig gewesen. Zuletzt hatte Jill aus Verzweiflung versucht, ihre Hausaufgaben am Ferienbeginn zu erledigen, damit sie während den Ferien davon Ruhe hatte. Doch bald hatte sich herausgestellt, dass die Hausaufgaben viel zu umfangreich waren und so hatte Jill schließlich nach dem zweiten Tag aufgegeben.

Kaum hatte sie aufgelegt, ertönte eine Stimme hinter ihr: »Wer war es denn?«

»Mum? Wie lange stehst du da schon?«

»Och ... seit eben. Ich hab Pizza geholt – willst du auch?«

Jill atmete tief ein. »Okay.«

Sie folgte nach unten in die Küche. Ihre Mutter öffnete die Pizzaschachtel. Dabei stieg heißer Dampf aus dem Karton. Der Geruch nach geschmolzenem Käse und heißer Salami ließ Jill das Wasser im Mund zusammenlaufen.

»Holst du noch eben zwei Gläser?«, fragte ihre Mutter. Jill öffnete den Küchenschrank.

»Ähm, Mum? Was soll dieser Zettel hier drin?«

Sie hielt ihrer Mutter einen Notizzettel hin, den sie an der Innenseite der Schranktür gefunden hatte. Darauf stand: ›Sporttasche!‹.

»Huch, wie ist der denn da hingekommen?« Ihre Mutter grinste.

»Mum.« Jill runzelte die Stirn. »Wenn du dir zu Weihnachten eine neue Sporttasche wünschst, dann sag mir das, aber verteile nicht solche bescheuerten Zettel im Haus.«

»Ich weiß nicht, was du meinst.«

»Bitte? So ein Ding habe ich auch schon am Spiegel im Bad, meinem Kleiderschrank und am Fernseher gefunden. Wie kannst du den Versuch nur abstreiten? Ich fühl mich hier echt manchmal wie im Kindergarten.« Jill seufzte.

»Und ich habe manchmal das Gefühl, dass du alles viel zu ernst für dein Alter nimmst.«

Ihre Mutter biss demonstrativ in ein Pizzastück, um sich gleich darauf an der heißen Tomatensoße zu verbrennen. Jill blieb erst ratlos stehen, ließ sich dann aber auf einen Stuhl sinken und nahm sich ebenfalls ein Stück Pizza.

Lange schwiegen sich beide nur an, bis ihre Mutter fragte: »Wie wollen wir dieses Jahr Weihnachten verbringen?«

»Ist mir egal.«

»Wenn's dir egal ist, machen wir's auf die klassische Art«, sagte sie und grinste.

Jill ließ sich nicht provozieren. Ihre Mutter wusste, wie sehr sie weihnachtliche Traditionen hasste.

»Mit Weihnachtsbaum, Weihnachtsgans, Kirchenbesuch und mit dem ganzen Familienkreis. Ich hab Oma und Opa eh schon eingeladen.« Die Augen ihrer Mutter leuchteten.

»Wie du meinst.«

Jill rutschte auf ihrem Stuhl ein Stück tiefer.

Am liebsten wollte sie damit gar nichts zu tun haben. Weihnachten verband sie mit schlechten Erinnerungen. Als sie noch kleiner gewesen war, war ihr Vater an Weihnachten nie daheim gewesen. Immer hatte sie am Fenster gestanden, voller Erwartungen hinaus auf die verschneite Straße geschaut und gehofft, es würde das Firmenauto ihres Vaters im nächsten Moment in die Auffahrt fahren. Viele Jahre später, nach vielen Weihnachtsfeiern ohne ihren Vater, als Jill sich an den Gedanken gewöhnt hatte, dass er niemals da sein würde, kam ihr Vater einen Tag vor Weihnachten doch vorbei. Es war schon spät gewesen und die Klingel hatte sie und ihre Mutter aufschrecken lassen. Ihre Mutter war zur Tür gegangen. Als sie ihren Mann erblickte, war sie anfangs völlig benommen gewesen, schließlich war er nie an Weihnachten aufgetaucht. Immer waren geschäftliche Dinge dazwischen gekommen. Nun aber schien es so, als wolle er Weihnachten bei seiner Familie verbringen.

Zehn Minuten später stellte sich jedoch heraus, dass er lediglich die Scheidungspapiere vorbei bringen wollte.

»Mit Samantha und mir ist's was Ernstes!«, hatte Jill ihn im Nebenzimmer zu ihrer Mutter sagen hören und nach weiteren zehn Minuten war er wieder verschwunden und ließ nichts als eine kalte Windböe zurück, die ins Haus wehte, als er die Tür zuzog. Und weg war er. Seitdem hatte Jill ihn nicht mehr wieder gesehen. Bis auf das eine Mal, als er seine Sachen geholt hatte und die letzten Dinge für die Scheidung besprechen wollte. Seither hatte Jill nie wieder etwas von dem Mann, der sich für viele Jahre ihres Lebens ihr Vater genannt hatte, gehört.

Damals war sie zu klein gewesen, dies zu verstehen, aber nun war sie alt genug um eine tiefe Abneigung gegenüber der Gleichgültigkeit ihres Vaters zu empfinden.

Als Jill am nächsten Morgen erwachte, war es draußen noch dunkel. Doch die Geräusche, die aus dem Wohnzimmer nach oben drangen, konnte sie selbst im Tiefschlaf nicht überhören. Sie schlug ihre Decke zurück, schlüpfte aus dem Bett und ging in der Dunkelheit die Treppe hinunter. Im Wohnzimmer brannten alle Lichter und Jill kniff augenblicklich die Augen zusammen.

Nachdem sie sich an die Helligkeit gewöhnt hatte, konnte sie erstmals erkennen, was im Wohnzimmer eigentlich los war. Ihre Mutter stand an einem riesigen Weihnachtsbaum, der bunt und üppig geschmückt war. Mindestens fünf Meter Lichterkette, Lametta in Farben, von denen Jill nicht einmal gewusst hatte, dass man es in diesen Farben kaufen konnte und etliche Christbaumkugeln zierten den Baum.

»Guck mal! Den hab ich eben aufgestellt.« Ihre Mutter klopfte sich die Hände an der Hose ab. Jill starrte den gigantischen Baum an.

»Mum?! Erstens: Wieso kaufst du einen Baum, der so riesig ist, dass du sogar seine Spitze abknicken musst, damit er ins Wohnzimmer passt? Und zweitens: Warum zum Teufel machst du das so früh morgens?«.

»Gefällt er dir etwa nicht?«

Ihre Mutter trat ein paar Schritte zurück, um den Baum aus einer größeren Entfernung auf sich wirken zu lassen. Dabei legte sie den Kopf schief, als wolle sie ihn aus einem anderen Blickwinkel betrachten, um Jills Kritik zu verstehen.

»Der ist doch super!« Sie grinste. »Gut, okay, im Wald sah er kleiner aus.«

»Ja, wie du meinst. Aber sei bitte nächstes Mal leiser, wenn du wieder mal vorhaben solltest, so ein riesiges Ding mitten in der Nacht in unserem Wohnzimmer zu platzieren«, brummte Jill und verschwand wieder nach oben in ihr Bett.

Ihre Mutter blickte noch einmal am Baum hoch und fragte sich, was ihre Tochter nur gegen ihn hatte. Er war groß, üppig und genau das Richtige für so ein großes Weihnachtsfest, wie sie es geplant hatte. Kurzerhand schnappte sie sich voller Tatendrang ihren Mantel, schlüpfte in ihre Stiefel und fuhr los, um die letzten Weihnachtsgeschenke zu kaufen.

Als Jill erneut erwachte, war es schon hell. Nach einem kurzen Blick aus dem Fenster stellte sie fest, dass es die Nacht über geschneit haben musste. Sie streckte ihren Kopf hinaus und sog hastig die kühle Luft ein, die ihr entgegen strömte. Mit einem Anflug von Weihnachtsstimmung betrachtete sie die schneebedeckten Bürgersteige und sah, wie Herr Keller von gegenüber mit hochrotem Kopf den Schnee aus seiner Auffahrt schippte. Dabei stiegen kleine Dampfwölkchen seines heißen Atems in die kalte Morgenluft auf. Jill stützte den Kopf auf die Hände und betrachtete das Schauspiel noch einige Zeit, ehe sie sich wieder aufrichtete und nach unten ging.

Schon auf dem Weg ins Wohnzimmer trällerte ihr die Weihnachtsmusik ihrer Mutter entgegen. Es war jedes Jahr dieselbe CD – »Best of Christmas Songs«. Wie sehr Jill diese Lieder in genau dieser Reihenfolge mittlerweile hasste. Ihre Mutter kam ihr mit einem Berg voller Geschenke entgegen. Jill konnte ihr dabei nicht einmal in die Augen schauen, weil ihr Gesicht hinter dem Geschenketurm verschwand.

»Ich habe heute Morgen die Zeit genutzt und einige Besorgungen gemacht.« Sie keuchte.

»Das sehe ich.« Jill starrte weiter auf den riesigen Turm. »Das muss ich wohl oder übel auch noch machen. Ich habe für Oma und Opa noch nichts. Sie kommen dieses Jahr auch wirklich?«

»Natürlich! Ich habe sie längst eingeladen.« Jill glaubte ihre Augen hinter dem hohen Geschenkhaufen glänzen zu sehen.

Die vergangenen zwei Jahre hatten ihre Großeltern immer abgesagt, weil sie sich pünktlich zur Weihnachtszeit dermaßen mit ihrer Mutter gestritten hatten, dass sie immer Wochen vorher angekündigt hatten, sie würden Weihnachten lieber allein feiern, als sich *so etwas* antun zu müssen. Jill vermutete insgeheim, dass ihre Mutter nur aus diesem Grund dieses Jahr schon viele Wochen vor Weihnachten hysterisch Läden nach Weihnachtsdekoration und Geschenken abgeklappert hatte, so viele Plätzchen backte, dass diese kaum gegessen werden konnten und täglich ein neues Gericht überlegte, das sie an Heiligabend kochen wollte.

Ihre Mutter stieg wankend mit den Geschenken die Treppe empor. Kurzerhand entschloss sich Jill, es ihr gleich zu tun und die letzten Weihnachtsgeschenke zu besorgen. Eigentlich hatte sie ja noch gar nichts – nicht einmal das Geschenk für ihre Mutter. Aber das wollte Jill sie lieber nicht wissen lassen. So verheimlichte sie ihr jedes Jahr, dass sie erst am Tag vor Weihnachten alle Geschenke besorgte, sie dann bis spät in die Nacht sorgfältig einpackte, um dann am nächsten Abend zu sehen, wie sie innerhalb von wenigen Sekunden aufgerissen wurden.

Jill griff nach ihrem Mantel. Ehe sie sich versah stand sie mitten auf der Straße, umgeben von der kalten Luft und einigen Passanten, die vorübereilten.

Nachdem sie mit der Bahn in die Großstadt gelangt war, betrat sie das gigantische Einkaufszentrum. Ihr strömten warme Luft und weihnachtliche Klänge entgegen. Langsam, um den Moment voll auszukosten, lief Jill an einigen Geschäften vorbei und genoss die Eindrücke, die auf sie hereinprasselten. Während durch die Lautsprechanlage »Jingle Bells« sicherlich schon zum hundertsten Mal an diesem Tag ertönte, war auch hier die weihnachtliche Hektik der Leute spürbar. Da war eine Mutter, die ihr Kind an der einen Hand hinter sich herzog, während sie das andere im Kinderwagen vor sich herschob. Gleichzeitig kämpfte sie mit zwei vollgepackten Tüten, die sich unter dem Buggy nicht richtig verstauen ließen. An den Kassen war es nicht anders: Menschen tummelten sich in langen Schlangen, mit grimmigen Gesichtern, sichtlich genervt von den langen Wartezeiten und den Menschenmassen.

Jill stand nur zwischen all diesen Menschen, atmete noch einmal tief ein und stürzte sich mit einem erneuten Anflug von Weihnachtsstimmung in den Tumult.

Als erstes wollte sie sich um die Sporttasche für ihre Mutter kümmern. »Sport Michael« stand in riesigen, leuchtenden Lettern über dem Eingang des Sportgeschäfts. Den Namen hatte Jill noch nie sonderlich originell gefunden und auch dieses Mal wunderte sie sich beim Eintreten über die nicht vorhandene Kreativität des Besitzers.

»Kann ich Ihnen helfen?« Der Verkäufer tauchte plötzlich von der Seite auf.

Jill zuckte kurz zusammen und blickte in das Gesicht des Mannes.

»Wo genau finde ich die Sporttaschen?«

Gott sei Dank jemand, der den Weihnachtsstress scheinbar verkraftet, dachte Jill und war froh, dass sie nicht an die andere

Verkäuferin geraten war. Die stand zwischen drei Menschen, die sie mit Fragen durchlöcherten. Mit hochrotem Kopf nahm sie eine Ware aus dem Regal, zeigte sie, legte sie wieder weg und nahm die nächste aus dem Regal.

»Die finden Sie gleich hinten rechts neben den Schweißbändern und Sportsocken.« Der Verkäufer verschaffte sich wieder ihre Aufmerksamkeit.

»Ach, äh … danke!«

Jill musste nicht lange suchen und vergleichen, denn es gab nur wenige Taschen, die überhaupt ihren Preisvorstellungen entsprachen und auch nur eine, die auch noch gut aussah. Als sie an der Kasse bezahlte, gab ihr die Kassiererin merkwürdigerweise für die Sporttasche eine Tüte mit.

Während Jill das Geschäft verließ und damit beschäftigt war den Kassenbon in ihren Geldbeutel zu stopfen und das Wechselgeld hineinfallen zu lassen, rempelte sie plötzlich jemand von der Seite an. Sie ruderte mit den Armen und verlor das Gleichgewicht. Genau so plötzlich griff jemand nach ihrem Arm, um ihr Halt zu geben. Nachdem sie wieder halbwegs sicher stand, blickte sie in das Gesicht eines Mädchens, das ungefähr in ihrem Alter war und sie musterte.

»Tschuldige, mein Kumpel hat mich geschubst.« Sie lächelte und half Jill beim Einsammeln des Kleingeldes, das sich auf dem Fußboden verteilt hatte.

»Dieser Idiot«, murmelte sie leise.

Jill musste grinsen. »Macht doch nichts.«

Sie warf das Kleingeld wieder in ihren Geldbeutel und richtete sich auf.

»Nochmals Entschuldigung.« Das Mädchen lächelte und musterte sie. Plötzlich rief sie ihr Kumpel und im nächsten Moment war sie schon wieder verschwunden.

Nach demselben »Suchen-und-Finden-Prinzip« wie bei der Sporttasche, verlief Jills weiterer Einkauf. Schließlich waren fast vier Stunden vergangen, als sie die Wohnungstür aufschloss, sich die vielen Tüten vom Arm streifte und ihre schmerzenden Füße von den Schuhen befreite. Sie stöhnte leise auf und streckte sich. Dann brachte sie die Tüten in ihr Zimmer, um sie vor ihrer Mutter zu verstecken. Jill musste jedes Jahr Vorsichtsmaßnahmen ergreifen. Ihre Mutter war sehr neugierig, was vor einigen Jahren mal dazu geführt hatte, dass sie sie dabei erwischte, wie sie in Jills Zimmer nach Geschenken suchte. Bis zu dem Zeitpunkt war Jill noch so naiv gewesen zu glauben, dass solch ein Verhalten nur bei Kindern zu beobachten wäre, aber genau deswegen hatte sie aus dieser Erfahrung gelernt.

Sie ging in ihr Zimmer, schloss die Tür hinter sich und verstaute das Geschenk für ihre Mutter in ihrem Versteck, das sie nur für diesen Anlass unter ihrem Bett in einer dunklen Ecke eingerichtet hatte. Kaum hatte Jill sich wieder aufgerichtet, da kam auch schon ihre Mutter ins Zimmer. Natürlich ohne zu klopfen.

»Na? Hast du alle Geschenke?« Sie suchte neugierig die Tüten auf Jills Boden mit ihren Augen ab.

»Ja.«

»Ach, Tina hat angerufen. Ich soll dir ausrichten, dass sie nachher um 20 Uhr am Kino ist.«

»Danke Mum.«

Jill schob ihre Mutter unauffällig in Richtung Tür. Sie wollte endlich alle Geschenke einpacken. Das war für sie mitunter das Beste an Weihnachten. Doch ihre Mutter machte keine Anstalten zu gehen.

»Ich find's gut, dass du endlich mal aus dieser Bude kommst.«

»Du kannst dich auch nicht entscheiden, oder? Mal treibe ich mich zu viel draußen herum und mal kannst du mich gar nicht lange genug loswerden. Dich muss man mal verstehen.«

»Wenn du auch so launisch bist.«

Ihre Mutter verließ das Zimmer, ohne auf Jills ungläubiges Kopfschütteln zu reagieren. Naja – immerhin hatte sie jetzt ihre Ruhe und konnte mit dem Verpacken anfangen. Erst einmal schlich sie durchs ganze Haus und suchte sich weihnachtliches Geschenkpapier - wobei sie nur noch Papier mit Rentieren hatten -, Schleifen, eine Schere, Tesafilm und ein paar Weihnachtskarten zusammen und zog sich zurück in ihr Zimmer. Dort angekommen begann sie ein Geschenk nach dem anderen mit größter Sorgfalt einzupacken.

Irgendwann blickte sie auf die Uhr, weil sie ihr Zeitgefühl völlig verloren hatte.

Mist.

Mittlerweile war es 19:56 Uhr. Zum Kino brauchte sie zu Fuß mindestens elf Minuten. Sie sprang auf, suchte sich ihren Geldbeutel und ihre Jacke zusammen und rannte die Treppe runter. Als sie schon an der Tür war ertönte plötzlich die Stimme ihrer Mutter: »Wohin willst du?«

»Ins Kino?! Darüber haben wir doch vorhin erst gesprochen?«

Ihre Mutter schaute zur Uhr.

»Komm, ich fahr dich.«

Sie nahm ihre Jacke vom Haken der Garderobe. Jill war schon hinaus ins Freie getreten und murmelte ein »Danke«.

Dank ihrer Mutter kam Jill gerade noch pünktlich. Tina stand eingeschneit vor dem Kino und zitterte sichtbar. Sie winkte aufgeregt, als sie das Auto von Jills Mutter vorfahren sah.

Jill war schon im Begriff auszusteigen, als ihre Mutter fragte: »Soll ich dich auch wieder abholen?«

Jill hielt in ihrer Bewegung inne und runzelte die Stirn.

»Klar. Danke.«

Warum auch immer ihre Mutter so nett zu ihr war: Das dürfte ruhig öfters passieren, dachte sie, während sie auf Tina zuging.

Nachdem die beiden sich Karten gekauft und die Frau im Kassenhäuschen monoton »›My Mind‹ läuft in Kino 4« geantwortet hatte, stiegen sie die breiten Treppen zu den Kinosälen empor.

»Links!«, kommandierte Jill. Dabei änderte sie so abrupt ihre Gehrichtung, dass Tina sie fast über den Haufen rannte.

»Bist du irgendwie schlecht drauf? Du verhältst dich merkwürdig.« Tina wirkte wenig überrascht.

»Nee, das nicht, aber ich frag mich, wieso meine Mum eben so auffällig nett war.«

Sie dämpfte ihre Stimme, als sie die Tür zum Kinosaal öffnete und desorientiert in den bereits dunklen Kinosaal trat. Dabei folgte ihr Tina so dicht, dass sie ihr auf die Fersen trat.

»Autsch!«

»Sorry. Siehst du was?«, flüsterte Tina.

»Genau so wenig wie du, denke ich.«

Nachdem sich ihre Augen an die Dunkelheit gewöhnt hatten, fanden sie im Schein der Leinwand ihren Platz und ließen sich in die Sitze fallen.

Überraschenderweise entpuppte sich der Psychofilm als weitaus weniger toll, als Tina ihn beschrieben hatte. Aus Jills Sicht war weder die Idee noch die Umsetzung so recht gelungen, was dazu führte, dass sie zwischendurch mehrfach einschlief und erst wieder aufwachte, als Tina sie vorsichtig mit dem Ellbogen anstieß.

In den Schlussszenen des Films flüsterte Tina: »Ich geh noch eben aufs Klo« und verschwand dann, indem sie sich entschuldigend durch die Sitzreihe drängte. Jill, die nicht verstehen konnte, warum jemand ins Kino ging, um dann am Höhepunkt des Films – wobei sich in diesem Fall wohl kaum von *Höhepunkt* reden ließ - eilig auf die Toilette zu stürmen, rutschte in ihrem Sitz tiefer und seufzte leise.

Warum hab ich mich auch von Tina überreden lassen, in diesen Film zu gehen?, fragte sie sich, als er gerade endete und das Licht im Kinosaal wieder heller wurde. Während eine riesige Besuchertraube das Kino verließ, blieb Jill sitzen und wartete auf Tina.

Im Grunde genommen ganz praktisch. Da würde ich jetzt eh nicht drin stecken wollen, dachte sie sich, als sie die lange Schlange beobachtete, die sich aus dem Kinosaal drängte. Das Kino leerte sich, doch ein paar Mädchen neben ihr hatten anscheinend die gleiche Idee gehabt und warteten. Plötzlich sprach sie eines der Mädchen an.

»Hey, bist du nicht die, die ich heute im Einkaufszentrum halb über den Haufen gelaufen hab?« Sie grinste breit und beugte sich beim Sprechen nach vorne, damit sie an ihrer Freundin vorbei Jill angucken konnte. Jill reagierte vor Überraschung erst gar nicht, erinnerte sich dann aber wieder an den Zusammenstoß.

»Oh, richtig. Sowas.«

Kaum hatte Jill die Worte gesagt, ärgerte sie sich über ihre Einfallslosigkeit.

»Was für ein Zufall, dass wir uns schon wieder über den Weg laufen.« Das Mädchen fügte halb lächelnd hinzu: »Diesmal ja glücklicherweise ganz ohne Zusammenstoß.«

Jill musste nun auch lächeln. Sie musterte das Mädchen das erste Mal richtig. Sie war sportlich und trug ihr schwarzes, glattes Haar recht kurz. Durch ein paar Strähnen, die ihr ins Gesicht hingen, blitzten ihre tiefgrünen Augen hervor. Die grünsten Augen, die Jill je gesehen hatte. Während ihr Blick noch zu den wohlgeformten, roten Lippen des Mädchens hinab glitt, standen sie und ihre Freundinnen plötzlich auf.

»War schön, dich wieder zu sehen.« Das Lächeln des Mädchens zauberte ein Grübchen auf ihr Gesicht und ließ sie noch schöner wirken. Sie zwinkerte Jill zu.

»Machs gut«, stammelte die.

Sie ärgerte sich, dass ihr schon wieder nichts Besseres eingefallen war. Kaum war die Gruppe verschwunden, rutschte Jill errötet in ihrem Sitz nach unten.

Was ist bloß mit mir los?

Plötzlich tauchte Tina wieder vor ihr auf und riss sie damit aus ihren Gedanken.

»Können wir?«

»Klar.«

Sie verließen das Kino, während Jill sich über den schrecklichen Film aufregte und ertragen musste, dass Tina ihn wunderbar gefunden hatte und bestürzt war, dass sie ihre Meinung nicht teilte. Während Tina sprach, fragte sich ein Teil von ihr jedoch die ganze Zeit, ob sie das Mädchen wieder treffen würde.

***

Jill stand vor ihrem Kleiderschrank, um sich für Weihnachten eine Bluse herauszusuchen, als es unten an der Tür klingelte. Nach einem kurzen Blick aus dem Fenster sah sie, dass ihre Großeltern früher gekommen waren.

»Mum? Es sind Oma und Opa.«

Ihre Mutter rannte – zumindest konnte Jill das den eiligen Schritten im Wohnzimmer entnehmen – zur Tür. Während Jill sich für eine schwarze Bluse und eine weinrote Hose entschied, hörte sie leises Stimmengewirr aus dem Flur nach oben dringen. Jill knöpfte sich die Bluse zu und musterte sich im Spiegel.

»Komm endlich runter und begrüß Oma und Opa«, rief ihre Mutter nach oben.

»Ich komm ja schon.« Sie strich sich eine Strähne ihres widerspenstigen Haares hinters Ohr. Jill wusste, dass sie von jetzt an keine Ruhe mehr haben würde, bis sie abends ins Bett fallen würde. Schließlich war es Weihnachten. Und das hieß: Es würden nach und nach alle Verwandten eintrudeln, schwer beladen mit Geschenken, die sie nach einer Begrüßung um den Weihnachtsbaum herum verteilten. Anschließend würden sie sich einzelnen Gesprächen verlieren, bis es Zeit war aufzubrechen, um noch rechtzeitig in die Kirche zu kommen und einen Sitzplatz zu finden. Danach gäbe es ein üppiges Festmahl, Bescherung und schließlich hatte Jill wieder ihre Ruhe. Sie seufzte, atmete nochmal tief ein und lief die Treppe hinunter. Ihre Oma stand am Fuße der Treppe, die Arme zur Begrüßung weit ausgebreitet. Jill konnte diesen Moment nie leiden, weil er ihr so einstudiert erschien. Wie ein Theaterstück, das sich nahezu immer gleich wiederholte. Aber wie immer tat sie ihr den Gefallen, setzte ein Lächeln auf und umarmte sie so herzlich sie konnte. Ihr stachen dabei die Geschenke ins Auge, die sich bereits unter dem Weihnachtsbaum türmten. Sie umarmte ihren Opa kurz, der es lieber nüchtern hielt und ging in die Küche zu ihrer Mutter.

»Trag die doch bitte mal für mich rein.« Sie zeigte auf ein paar Weingläser. Jill tat wie ihr geheißen und setzte sich zu ihren Großeltern auf die Couch.

»Wie war eure Fahrt?« Ihre Mutter schenkte den Wein ein.

»Sehr gut. Wir hatten überhaupt keinen Stau«, antwortete Jills Opa. In dem Moment klingelte es erneut.

»Machst du mal bitte auf?«, fragte ihre Mutter an Jill gewandt und sagte dann zu ihren Eltern: »Ich find's großartig, dass wir dieses Jahr gemeinsam feiern.«

Als Jill die Tür öffnete, blickte sie in die leuchtenden Augen ihrer Tante, die mit Jills Onkel an ihrer Seite und der Tochter daneben das perfekte Familienbild lieferte.

»Fröhliche Weihnachten!« Ihr Onkel grinste. Jill musste über seine von der Kälte gerötete Nase lächeln.

»Euch auch! Kommt doch rein. Im Wohnzimmer sitzen schon Oma und Opa.«

»Ist echt kalt draußen.« Ihre Cousine Kathi quetschte sich an ihr vorbei in den Flur.

»Naja, wenigstens wird das ein weißes Weihnachten.« Auf Jills Lippen machte sich der Einflug eines Lächelns breit. Sie musterte ihre Cousine, die zwar drei Jahre jünger, mittlerweile aber schon merklich größer war als Jill.

»Wo habt ihr denn eure Geschenke gelassen?«, fragte ihre Mutter aus dem Wohnzimmer.

Ihre kindliche Art brachte Jill zum Grinsen.

»Die haben wir im Auto gelassen. Wir wollten erst einmal richtig ankommen«, erwiderte Jills Tante. »Die Fahrt war so anstrengend. Wir hatten gehofft, dass Jill vielleicht später beim Hereintragen helfen würde.« Sie zwinkerte Jill zu.

»Kein Problem. Kathi und ich können das eigentlich jetzt schon machen, oder? Nachher wird's ja sicher schon dunkel sein.«

Sie schaute Kathi erwartungsvoll an. Die streckte sich kurz.

»Klar. Papa, wo sind die Autoschlüssel?«

»Linke Jackentasche.«

Sie fischte nach dem Schlüssel und verließ wieder das Haus. »Das kann echt 'n stressiges Weihnachten werden«, seufze sie.

»Vor allem jetzt, wo Oma und Opa noch da sind«, raunte Jill.

Nachdem Kathi und Jill die teils backsteinschweren Geschenke unter dem Weihnachtsbaum platziert hatten, setzten sie sich wieder zu den Erwachsenen. Nur Sekunden später klingelte das Telefon in der Küche.

»Ich geh schon.«

Jill sprang auf, dankbar, sich den Gesprächen ihrer Verwandtschaft erneut entziehen zu können.

»Jill Tennert.«

»Huhu!« Die Stimme konnte sie sofort Tina zuordnen. »Frohe Weihnachten!«

»Dir auch. Außerdem ist's sehr nett von dir, dass du mich von meiner Verwandtschaft für einige Minuten erlöst. Ich sehe den Abend schon vor mir: Wir werden wieder irgendwelche Gespräche führen, die total langweilig sind und ... ach ... egal.«

»Das wird schon. Ich wollte auch nur kurz frohe Weihnachten wünschen. Meine Eltern wollen gleich in die Kirche. Wir sehen uns sicher dort, oder?«, Tina sprach ohne auf eine Antwort zu warten weiter. »Wünsch' deiner Verwandtschaft von mir auch frohe Weihnachten. Tschaui.«

Jill setzte gerade zu einer Verabschiedung an, da hatte Tina schon aufgelegt. Sie schüttelte den Kopf und ging zurück ins Wohnzimmer. Es war schon 16:45 Uhr – sie würden also bald zur Kirche aufbrechen. Plötzlich klingelte das Telefon erneut.

»Das ist sicher schon wieder Tina, die irgendwas vergessen hat«, sagte sie halb an die anderen, halb an sich selbst gerichtet und machte auf dem Absatz kehrt.

»Ja?«

»Ähm ... Ich bin doch bei Tennert, oder?«, fragte eine raue, tiefe Männerstimme am anderen Ende. Jill merkte, wie ihr sofort das Blut in den Kopf schoss.

»Ja, das ist richtig. Jill am Apparat.« Sie griff sich an den Kopf. Wenn ein ihr Unbekannter hier anrief, würde ihm ihr Vorname wohl ohnehin nicht viel bringen, dachte sie sich.

»Ach Jill, du bist es. Fröhliche Weihnachten«, sagte der Fremde, als würden sie sich schon ewig kennen und fügte dann hinzu: »Kann ich mal deine Mutter sprechen?«

»Klar«, erwiderte Jill und rief ihre Mutter, die im Wohnzimmer um Entschuldigung bat und in die Küche geeilt kam.

Jill hielt den Lautsprecher zu.

»Irgend so ein Kerl.«

Sie runzelte die Stirn. Ihre Mutter entriss ihr regelrecht das Telefon, machte kurz darauf eine Handbewegung, die ihr deutlich machen sollte, sie solle wieder zu den anderen gehen und fragte dann mit schriller Stimme: »Ja?«

Als Jill die Küche verließ hörte sie ihre Mutter sagen: »Ach, du bists Leo! Schön, dass du anrufst.«

Danach folgte ein leises, verlegenes Kichern. Alle weiteren Wortfetzen wurden von der lautstarken Unterhaltung ihrer Verwandtschaft im Wohnzimmer übertönt. Jill war noch immer irritiert über den Anruf, als sie sich wieder auf dem Sofa niederließ, um mit halbem Ohr einer Urlaubsgeschichte ihres Onkels zu folgen. Ab und an hörte Jill noch ein verlegenes Kichern aus der Küche. *Wer zum Teufel ist Leo?*, fragte sie sich. *Und woher kennt er meine Mutter?*

Ihre Gedanken verschwanden schlagartig, als sie in der Küche ein hohes, gedehntes »Tschüüüüss« von ihrer Mutter hörte und diese wieder ins Wohnzimmer kam, um zu kritisieren, dass sich doch alle längst hätten für die Kirche anziehen können. Während sich alle widerspenstig von der Couch erhoben und in den Flur gingen, blieben Jill und ihre Mutter, die noch ein paar Kerzen ausblies, im Wohnzimmer zurück.

»Sag mal ... wer war das?«

»Wer?«

Ihre Mutter widmete sich auffällig hingebungsvoll dem Kerzenausblasen.

»Na der Kerl am Telefon.«

»Ach«, ihre Mutter kicherte leise, »Das ist Leo. Ich hab dir von ihm erzählt.«

»Das wüsste ich aber.«

Jill legte die Stirn in Falten und fragte sich, ob sie es vielleicht wirklich getan hatte.

»Oh, dann hab ich das wohl vergessen.« Sie blies weiter Kerzen aus.

»Mum, bitte! Ich will dir das jetzt nicht aus der Nase ziehen.«

»Ja, ja okay«, sie atmete tief ein, »Leo hab ich vor knapp einem Monat bei einem Erste-Hilfe-Kurs kennengelernt, den ich gehalten habe. Davon weißt du ja sicherlich auch nichts mehr, aber ... - wie auch immer. Jedenfalls glaube ich, dass es etwas werden könnte.«

Ihre Stimme klang deutlich zu hoch für eine Frau in ihrem Alter.

»Wie ›Es könnte etwas werden‹?!«

Normalerweise ließ sie Jill bis in alle Details an ihrem Privatleben teilhaben.

»Du lernst ihn nach Weihnachten noch kennen, Schätzchen«, sagte ihre Mutter mit beruhigender Stimme und fügte dann hinzu: »Und nun geh in den Flur und zieh dich an. Wir müssen los. Na mach schon.«

Jill, die es nicht fassen konnte, dass ihre sonst so mitteilsame Mutter plötzlich Geheimnisse vor ihr hatte, ging zur Garderobe und zog sich gehorsam an.

Fünf Minuten später machten sich Tante, Onkel und Cousine, Oma und Opa, Mutter und Tochter auf zwei Autos verteilt auf den Weg zur Kirche, die drei Orte weiter war.

Die Fahrt schien für Jill unendlich lange. Dabei schaute sie durchs Fenster auf die schneebedeckten Felder, die eingefrorenen Gräser und Bäume und freute sich über die Spuren, die der Winter hinterlassen hatte. Nachdem die Landschaft eintönig geworden war und sie Denndorf verlassen hatten, kamen sie in der nächste Stadt an. Sie fuhren an einigen grauen Gebäudeblocks vorbei, bis sie die Altstadt erreichten und auf dem großen, überfüllten Parkplatz vor der Kirche parkten.

»Alle Mann aussteigen!« Jills Opa verstellte seine Stimme so, dass sie wie eine Bahnhofdurchsage klang und machte seine Tür schwungvoll auf.

Jill betrat die Kirche durch die schwere Eingangstür. Der Innenraum war mit weihnachtlicher Dekoration geschmückt, die in Rot- und Goldtönen gehalten war.

Die Kirche war auch dieses Jahr so voll und Jill und ihre Verwandtschaft so spät dran, dass sie sich nur einen Stehplatz in der hintersten Ecke ergattern konnten. Das war der Teil an Weihnachten, den Jill am wenigsten mochte. Selbst die sich immer wieder wiederholenden Urlaubsgeschichten ihres Onkels waren unterhaltsamer als in einer Ecke, eingequetscht zwischen fremden Menschen, stehen zu müssen und nichts sehen zu können. Jill seufzte leise auf, als endlich die Messe begann. Die Stimme des Pfarrers drang über den Lautsprecher auch in die hintersten Reihen. Während er sich freute, dass es so viele Menschen in seine Kirche verschlagen hatte, schaltete Jill gedanklich ab.

Nach der Messe stolperte Jill nach Luft ringend ins Freie. Nicht, dass es in der Kirche heiß gewesen wäre, aber die Gerüche der vielen Menschen auf engem Raum hatten sich ihr unumgänglich aufgedrängt. Nun stand Jill vor der großen, schweren Kirchentür und wartete auf den Rest ihrer Verwandtschaft, während sie sich wie in einem Meer von Menschen fühlte, die zu ihrer Linken und ihrer Rechten an ihr vorbei strömten. Sie atmete gierig die kühle Abendluft ein und blickte sich in der Masse der Menschen um, um ein vertrautes Gesicht zu entdecken. In dem Moment stolperte ihr Tina entgegen, auf deren Gesicht sich bei Jills Anblick sofort ein Lächeln breit machte.

»Hats dir gefallen?«

Sie ignorierte einfach, dass sie Menschen anrempelte, während sie versuchte, sich Jill zu nähern.

»Wie jedes Jahr eben.«

Tinas Lächeln verschwand und wandelte sich zu einer belehrenden Miene.

»Dass du auch immer so negativ über alles denken musst. Es ist Weihnachten und Kirche gehört nun mal dazu«, fuhr sie fort, unbeirrt davon, dass Jill sich suchend nach ihrer Verwandtschaft umschaute.

»Du? Meine Eltern warten schon.« Tina zeigte in Richtung Parkplatz. »Ich wünsche dir einen schönen Heiligabend mit deiner Familie!«

»Den wünsche ich dir auch.«

Ihre Worte rührten Tina auf unerklärliche Weise so sehr, dass sie sie fest an sich drückte.

»Ich hab dich lieb«, flüsterte sie.

Jill lächelte. »Ich dich doch auch.«

Im nächsten Moment war Tina schon verschwunden und Kathi stand neben ihr.

»War das nicht deine Freundin Tina?«

»Ja, das war sie«, antworte Jill abgelenkt, da sie auch den Rest der Verwandtschaft kommen sah. Endlich konnte sie sich zum Auto durchkämpfen, um den vielen Menschen zu entkommen.

Auf dem Heimweg saß Jill mit Kathi auf der Rückbank. Während Kathi ihr von ihrem neuen Hund Jimbo erzählte, den sie zum Geburtstag bekommen hatte, wunderte Jill sich darüber, wie alt ihre Cousine geworden war. Vergangenes Jahr an Weihnachten war sie noch eines der pubertierenden Mädchen gewesen, die »Britney Spears« und die »Backstreet Boys« vergötterten und mittlerweile erzählte sie Jill von ihrem Freund, mit dem sie schon seit sechs Monaten zusammen war, ihren Freunden, mit denen sie ab und an tanzen ging und von ihrem Hund, um den sie sich selbständig kümmerte. *Sie wirkt glücklich. Als hätte sie alles, was sie bräuchte. Und es fällt ihr gar nicht schwer.*

Jill verspürte einen Anflug von Neid, während sie ihre Cousine musterte. Gerade als Kathi ihr von einer lustigen Geschichte, die sie mit Freunden erlebt hatte erzählen wollte, hielt ihre Mutter in der Auffahrt vor ihrem Haus an.

Beim Essen kamen sich Jill und Kathi etwas verloren unter all den Erwachsenen vor. Sie verkrochen sich ans Tischende und fragten sich gegenseitig über Schule, Freunde und Hobbys aus. Dabei musste Jill feststellen, dass Kathi viel mehr zu berichten hatte als sie. Sie schien fast täglich etwas zu unternehmen, hatte viele Freunde und wirkte gänzlich unbekümmert.

Erst als alle Mägen gefüllt waren, erreichte der Abend seinen Höhepunkt; der Augenblick, auf den Kinder 364 Tage im Jahr warteten. Alle versammelten sich um den Weihnachtsbaum. Jills Onkel stimmte »O Tannenbaum« an. Danach folgte noch »Stille Nacht, heilige Nacht« und »Alle Jahre wieder« und dann stürzten sich alle auf die mit ihrem Namen versehenen Geschenke.

Jill beobachtete anfangs, wie sich ihre Familie eilig, wie kleine Kinder, deren Geduld noch begrenzt war, auf die Geschenke schmiss, dann erst nahm sie sich ihre. Es waren drei Große und ein Kleineres. Sie öffnete ein Geschenk nach dem anderen sehr sorgfältig, wobei sie ein Tagebuch, einen neuen Wintermantel, Klamotten und Bücher ans Tageslicht beförderte. Währenddessen fielen sich die anderen schon in die Arme und bedankten sich für die Geschenke.

Jill riskierte einen Blick zu ihrer Mutter, die mit leuchtenden Augen den großen Karton von Jill öffnete.

»Danke Töchterchen!« Sie zerrte die große Sporttasche ungeschickt aus dem Karton und betrachtete sie. Sie hatte eben doch die Begeisterungsfähigkeit eines Kindes. Jill musste lächeln.

Wenige Sekunden später drückte sie Jill auch schon so sehr an sich, dass diese glaubte keine Luft mehr zu bekommen.

»Gern geschehen, Mama.« Sie keuchte und bedankte sich auch bei den anderen für die Geschenke.

»Kathi, das Tagebuch ist echt schick.«

Sie drehte das rote Büchlein in ihren Händen, das mit einer beigefarbenen Schlaufe zugebunden war.

»Dachte ich mir doch, dass es dir gefällt.« Kathi umarmte sie.

Der Rest des Abends verging wie im Flug und so war es kein Wunder, dass die ganze Verwandtschaft erst kurz vor Mitternacht aufbrach.

»Es war ein wunderschönes Fest. Und nochmal danke für diese tolle Geldbörse.« Jills Tante küsste ihre Schwester zum Abschied auf beide Wangen.

»Dein Geschenk war aber auch echt klasse«, erwiderte Jills Mutter, um das Kompliment bloß nicht länger wirken zu lassen. Jill knuffte währenddessen ihre Cousine Kathi, die sehr froh darüber schien, nun endlich nach Hause fahren und dort ins Bett fallen zu können. Gähnend hielt sie sich die Hand vor den Mund. »Na dann sehen wir uns wohl nächstes Jahr wieder, was? Einen guten Rutsch bis dahin.«

Wenig später waren alle gegangen und Jill schloss die Tür hinter ihnen.

Die plötzliche Stille im Haus war erholsam. Sie stöhnte erschöpft auf, während sie sich an die Tür lehnte.

»Hat's dir gefallen?«, fragte ihre Mutter.

»Es war ganz nett. Es ist nur jedes Jahr wieder von neuem anstrengend.«

Ihre Mutter lächelte nun ebenfalls erschöpft.

»Um das Geschirr kümmere ich mich morgen. Machen wir, dass wir ins Bett kommen.«

Jill ließ sich das nicht zweimal sagen und folgte ihrer Mutter die Treppen hinauf, ging dann in ihr Zimmer und schloss mit einem »Gute Nacht«, das sie in den Flur rief, die Tür. Auch Jills Mutter rief ihr ein »Gute Nacht« zu und ging dann ins Bad, um sich die Zähne zu putzen.

Jill hatte sich nur schnell ihren Schlafanzug angezogen, das Fenster aufgerissen und lag nun auf ihrem kalten Bettlaken. Sie starrte an die Decke, umgeben von der Kälte und der Dunkelheit und ließ ihre Gedanken kreisen. Sie dachte noch einmal über den Abend nach und musste zugeben, dass sie ihn sogar genossen hatte.

Plötzlich fror es sie entsetzlich und so richtete sie sich eilig auf, ging zum Fenster und schloss es. Dabei bemerkte sie, wie der Wind draußen heftig wehte. Im Garten der Nachbarn drehte sich ein Windrädchen so schnell, dass es laute, ratternde Geräusche von sich gab.

Das wird 'ne stürmische Nacht, dachte Jill und kroch wieder unter die Bettdecke. Während sie über den Abend nachdachte, merkte sie gar nicht, wie sie langsam erschöpft einschlief.

Sie hörte Stimmengewirr und Musik, die leise vor sich hin trällerte. Sie roch frisch aufgebackene Brötchen. Jill rief sich den gestrigen Abend in Erinnerung und fand es unglaublich, wie schnell Heiligabend vergangen war. Sie öffnete ihre Zimmertür, um ins Bad zu gehen. Mitten auf dem Flur blieb sie jedoch regungslos stehen. Sie hätte schwören können eine fremde Männerstimme von unten gehört zu haben, doch nun war es wieder ihre Mutter die sprach. Auf Zehenspitzen schlich Jill näher an die Treppe heran, hielt den Atem an und lauscht nach unten. Da war sie wieder. Diese Stimme. Sie war Jill völlig fremd, doch die Art und Weise, wie die Person sprach, war ihr vertraut. Jill überlegte, ob sie nach unten gehen sollte. Immerhin hatte sie die Stimme neugierig gemacht. Plötzlich fiel ihr ein, dass sie sicherlich schlimm aussehen musste, mit ihren ungekämmten Haaren und dem übergroßen Schlafanzug mit Katzen darauf. Sie machte sich im Bad frisch und huschte dann erst barfuß die kalten Stufen der Treppe hinunter.

Als sie die Küche betrat, erblickte sie ihre Mutter mit einem Mann in einer innigen Umarmung. Als die beiden Jill bemerkten fuhren sie sofort wie Teenager auseinander, die man beim Rumknutschen erwischt hatte.

Auch wenn Jill die Stimme des Mannes vertraut vorkam, so war sie sich doch sicher, dass sie ihn nie zuvor gesehen hatte. Seine braunen Haare hatte er sich vorne hochgegelt.

Seine blauen Augen strahlten Stärke und Klarheit aus, was seine breiten Schultern nur unterstrichen. Der einzige Makel in seinem Gesicht schien seine etwas zu groß geratene Nase zu sein. Als Jill bewusst wurde, wie eindringlich sie den Mann gemustert hatte, ließ sie ihren Blick schnell abschweifen.

»Guten Morgen, Schatz«, begrüßte ihre Mutter sie, während sie scheinbar nach den richtigen Worten suchte, um die Situation zu erklären. Der fremde Mann kam ihr zuvor.

»Ich bin Leo. Wir haben uns ja gestern schon mal kurz unterhalten.«

Jill war von der Szenerie noch so überrascht, dass sie gar nicht reagierte.

»Am Telefon. Gestern Abend ...«, half ihr der Fremde auf die Sprünge. Langsam dämmerte es Jill. Das war also der Kerl, mit dem ihre Mutter gestern telefoniert hatte, während sie immer wieder dieses »Ich-bin-ja-so-verliebt-Kichern« hatte hören lassen.

»Oh ... ähm ... Hallo.«

Sie war immer noch überrascht, dass ihre Mutter ihr bis gestern nichts von Leo erzählt hatte und sie sie heute in der Küche vorfand, wie sie Zärtlichkeiten austauschten.

»Er frühstückt heute mit uns. Damit ihr euch auch mal kennenlernt«, brach Jills Mutter das Schweigen.

»Wir haben schon alles gerichtet. Wir brauchen uns also nur noch hinzusetzen«, fügte sie mit einem flehenden Blick in Richtung Esstisch hinzu. Jill setzte sich und versuchte immer noch, ihre Gedanken zu ordnen. Am liebsten hätte sie ihre Mutter sämtliche Löcher in den Bauch gefragt, aber das wollte sie sich doch lieber für nach dem Essen aufheben, wenn Leo verschwunden war. Im Laufe des Frühstücks erfuhr Jill, dass Leo Architekt war, keine Kinder hatte und Jills

Mutter bei einem Erste-Hilfe-Kurs besser kennengelernt hatte, weil sie ihm ausversehen einen Apfelsaft übergeschüttet hatte. *Die Begabung, Menschen durch irgendwelche Missgeschicke kennenzulernen, scheint in der Familie zu liegen.*

Jill musste lächeln.

Als ihre Mutter die Geschichte erzählte, kicherte sie immer wieder und warf Leo verliebte Blicke über den Tisch hinweg zu. Jill wurde die Tragweite erst nach und nach bewusst und plötzlich fühlte sie sich, als hätte jemand in ihr Terrain eingebrochen. So war sie umso erleichterter, als Leo endlich gegangen war und ihre Mutter sich ihr gegenüber auf die Couch setzte.

»Ich glaube, ich hab dich damit ganz schön überrumpelt, oder?«

»Hättest du mir nicht einfach sagen können, dass er heute mit uns frühstückt?«

Eigentlich hatte sie Leo sehr nett gefunden, aber es störte sie, dass ihre Mutter sie nicht informiert hatte.

»Schatz, ich hab das gestern einfach bei dem ganzen Stress vergessen. Und vielleicht hatte ich auch ein bisschen Schiss davor, es dir zu sagen. Entschuldige.« Ihre Mutter blickte beschämt zu Boden. »Wie findest du ihn denn so?«

»Ganz okay. Du hättest mir nur eher davon erzählen sollen.«

Jill schluckte ihren Ärger runter. Schließlich machte Leo ihre Mutter offensichtlich glücklich. Sie wollte ihr das Glück nicht vergönnen.

Nachdem die ersten Wogen geglättet waren, erzählte Jills Mutter ihrer Tochter alles von der ersten Begegnung, bis zu dem Moment, wo Leo am Morgen zum Frühstück auf der Matte gestanden hatte. So erfuhr Jill, dass es ihrer Mutter mit ihm ernst war. Jill seufzte bei dem Anblick ihrer Mutter, wie sie dort, überglücklich strahlend, auf dem Sofa saß und die Worte nur so aus ihr heraussprudelten. Es hatte sie offenbar wirklich erwischt. Nach einer Weile musste Jill sogar darüber grinsen, wie gut Leo mit seiner ruhigen und doch neckenden Art zu ihrer Mutter passte.

Im Laufe der Woche kam es immer öfter vor, dass Leo abends zum Essen kam. Einmal folgte dem Abendessen ein Spielabend zu dritt, einmal ein DVD-Abend mit Popcorn und Cola. Er machte es Jill leicht, sich an ihn zu gewöhnen. Er war zurückhaltend und freundlich und ließ Jill die Zeit, die sie brauchte, um sich an die Beziehung zwischen ihm und ihrer Mutter zu gewöhnen. In dieser Woche wurde Jill jedes Mal, wenn Leo dagewesen war, anschließend von ihrer Mutter gefragt, wie sie ihn denn finde und jedes Mal antwortete Jill: »Ganz nett«, wodurch ihre Mutter wieder beruhigt war und von ihr abließ.

Am Donnerstagabend, zwei Tage vor Silvester, klingelte das Telefon. Jill hörte, wie ihre Mutter sich unten mit »Tennert« meldete. Dann: »Jill, für dich!«

Sie hechtete die Treppen herunter, nahm den Hörer entgegen und hechtete wieder nach oben.

»Ja?«, fragte sie außer Atem.

»Hey Jill! Hier ist Tina. Ich hab ja gehofft du würdest dich mal melden, aber nachdem du die ganze Woche nicht angerufen hast, dachte ich, ich ruf dich einfach an.«

»Meine Mutter hat einen neuen Mann kennengelernt. Dadurch war hier irgendwie ganz schön was los. Ich hab's vergessen, mich bei dir zu melden. Entschuldige.«

Jill bekam ein schlechtes Gewissen.

»Einen neuen Freund? Davon musst du mir unbedingt erzählen. Aber vorher will ich mit dir was besprechen. Ich will an Silvester eine Party schmeißen. Nichts Großes, nur mit ein paar Leuten. Willst du nicht auch kommen? So ab 20 Uhr?«

Die Sachlichkeit ihrer Freundin überraschte Jill. Bisher hatte sie noch nicht mal im Entferntesten an Silvester gedacht.

»Natürlich. Gern.«

»Cool! Und jetzt erzähl mir mal alles ganz genau von deiner Mutter und ihrem neuen Lover.«

Sie hörte an Tinas Stimme, dass sie grinste. Jill legte sich aufs Bett, das Telefon ans Ohr gepresst und begann zu erzählen.

Jill stand vor ihrem Kleiderschrank und suchte nach etwas Passendem zum Anziehen. Sie raufte sich gerade durch die widerspenstigen Haare, da klopfte jemand an ihre Zimmertür.

»Ja?« Sie blickte durch den Spiegel zur Tür. Leo lugte durch einen schmalen Türspalt herein.

»Na? Machst du dich schick für heute Abend?«, fragte er mit dem neckenden Unterton, den Jill mittlerweile von ihm gewohnt war. »Ja - naja. Ich bin unentschlossen, was ich anziehen soll.« Jills Blick flog zwischen Kleiderschrankinhalt und Spiegel immer wieder hin und her.

»Das Problem kenn ich von deiner Mutter. Mach dir also keine Sorgen, das Phänomen scheint in der Familie zu liegen.« Leo grinste. »Ich wollt dich auch gar nicht weiter stören. Deine Mutter hat mich nur gebeten, dir mitzuteilen, dass sie gleich noch mit uns beiden eine Kleinigkeit essen möchte, bevor wir in diesem Jahr auseinander gehen.« Er lächelte, wobei sich Fältchen um seine Augen legten.

Jill drehte sich zu ihm um.

»Dann komm ich gleich runter.« Mit einem Lächeln wandte sie sich wieder ihrem Kleiderschrank zu.

»Dann bis gleich.« Er schloss die Tür und ließ Jill mit ihrem Kleiderproblem wieder allein.

Nach wenigen Minuten hatte sie ihre Unentschlossenheit satt und legte sich ihre enge, dunkelblaue Lieblingsjeans und einen dünnen, eleganten Pulli heraus und ging runter.

Punkt 20 Uhr – oder vielleicht doch eher ein paar Minuten später – stand Jill vor Tinas Haustür und drückte auf die Klingel. Von drinnen hörte sie gedämpfte Bässe. Als Tina ihr die

Tür öffnete, schlug ihr die Musik entgegen. Tina strahlte und zog sie an der Hand zu sich ins Haus.

»Die meisten sind schon da«, sagte sie, während Jill ihre Jacke an die Garderobe hängte. Tina stieß die Tür zum Wohnzimmer auf und zog Jill in den Raum, in dem schon etwa 20 Leute waren.

»Frischfleisch!«, rief einer der Jungen, die es sich in einer Ecke gemütlich gemacht hatten. Ein paar andere brachen in Gelächter aus. Tina warf ihnen einen strafenden Blick zu.

»Oh man, immer noch in der Pubertät. Tschuldige, die meinen es gar nicht so«, schnaubte sie.

Innständig hoffte Jill, dass die Jungs nicht zu den vier Freunden gehörten, die heute mit ihr bei Tina übernachten sollten.

Plötzlich drehte jemand die Musik leiser und Jill schaute zur Stereoanlage. Ihre Überraschung konnte sie kaum verbergen, als sie das Mädchen erblickte, das sie vor fast zwei Wochen im Kaufhaus angerempelt hatte. Neben ihr stand ihr Kumpel, der dabei gewesen war.

»Wie hätte es auch anders kommen können?« Sie grinste Jill an.

»Oh, ihr kennt euch?« Tina schaute verblüfft drein.

»Nun ja, nicht direkt. Sie hat mich mal umgerannt.« Jill lächelte, während sie das Mädchen eingehend musterte und feststellte, dass sie noch hübscher als einige Wochen zuvor im Kino aussah. Sie hoffte, es würde keinem auffallen, wie nervös sie das machte.

»Na dann. Myra, das ist Jill. Jill, das ist Myra«, sagte Tina.

Nachdem sie Jill noch alle anderen vorgestellt hatte und Jill versuchte, sich die Namen der vielen Anwesenden im Kopf zu behalten, wurde die Musik wieder lauter gedreht.

»Getränke und Knabbereien findest du in der Küche«, sagte Tina und tanzte vor ihr auf und ab.

»Dann geh ich mir lieber mal was holen.« Jill grinste.

Als sie die Küche betrat, kam ihr plötzlich Myra entgegen, so dass sie fast zusammenstießen.

»Tschuldige«, stotterte Jill und schob sich an ihr vorbei durch die schmale Küchentür. Als Myras Gesicht ihrem ganz nah war und Jill sich fragte, ob ihr rasender Puls nicht zu hören sein müsste, antwortete Myra: »Das macht doch nichts. Ist ja mittlerweile schon fast Gewohnheit.«

Sie zwinkerte Jill zu. Während sie schon wieder auf dem Weg ins Wohnzimmer war, schaute Jill ihr in Gedanken nach. *Was zum Teufel ist mit mir los? Ich verhalte mich doch sonst nicht wie der letzte Depp.*

Wenige Sekunden später war Myra auch schon aus ihrem Blickfeld verschwunden und Jill machte sich in der kleinen Küche auf die Suche nach etwas zu Trinken.

Sämtliche Ablagen waren vollgestellt mit Süßigkeiten, Snacks und Häppchen und als Jill den Kühlschrank öffnete, erblickte sie massenweise Bier und andere alkoholische Getränke. Unentschlossen nahm sie sich etwas heraus, das dank seiner roten Farbe lecker aussah und machte sich damit wieder auf den Weg ins Wohnzimmer.

Sie entdeckte einen Jungen auf der Couch, der ihr bekannt vor kam. Er war offenbar gerade gekommen. Sie ging langsam auf ihn zu, um ihn genauer zu betrachten und stellte sich letztendlich, immer noch nach seinem Namen suchend, vor ihn.

»Mike?«, fragte sie unsicher. Der Junge schaute auf und seine Augen wurden groß, als er sie erkannte.

»Jill! Was machst du denn hier?«

»Dasselbe könnte ich dich fragen!«

»Ich bin gerade eben erst gekommen. Kennst du Tina etwa auch?«

Mike musterte sie mit neugierigem Blick.

»Natürlich. Wir sind praktisch zusammen groß geworden. Es ist echt verdammt lange her, dass wir uns gesehen haben. Ich glaube seit der siebten Klasse nicht mehr.«

Sie war erstaunt, wie sehr sich Mike verändert hatte. Damals hatte er noch klein und kindlich ausgesehen, nun trug er seine braunen Haare etwas länger, was ihm etwas Wildes verlieh. Auch seine Brille trug er nicht mehr. Er war groß geworden, war schmal gebaut und sein Gesicht war markanter geworden. Nur eines hatte sich nicht verändert – er hatte noch immer zwei verschiedenfarbige Augen. Ein Merkmal, ohne dass sie ihn vermutlich nicht wieder erkannt hätte.

Mike forderte sie auf, sich neben sie zu setzen.

Damals war Mike in Jills Klasse gegangen, bis er irgendwann mit seiner Familie weggezogen war. Allerdings erfuhr Jill, dass er nun schon seit mehreren Monaten wieder in Denndorf wohnte und Tina vor wenigen Wochen auf einer Party eines Freundes kennengelernt hatte.

»Und auf welche Schule gehst du jetzt?«

Jill nahm einen großen Schluck von ihrem Getränk und sah sich flüchtig im Raum nach Myra um.

»Mit der Schule bin ich durch. Ich hab mittlerweile 'ne Ausbildung angefangen, weil ich was Praktisches machen wollte.«

Irgendwann, als die meisten Gesprächsthemen abgehakt waren und Mike sich mit einem »Du entschuldigst mich mal eben, ja?« in Richtung Toilette drängte, überkam Jill ein plötzliches Schwindelgefühl. Wahrscheinlich hätte sie vorher doch mehr essen sollen. Überrascht davon entschied sie sich, an die frische Luft zu gehen. Sie zog die Haustür auf und schlüpfte hinaus in die Dunkelheit. Vorsichtig lehnte sie die Tür so an, dass sie nicht zufallen konnte und atmete in langen Zügen die kalte, klare Nachtluft ein. Während sich ihre Lungen immer und immer wieder wohltuend füllten, verflog der Schwindel langsam. Abseits der Tür ließ sie sich an die kalte Hauswand sinken und starrte einige Minuten in den Himmel, der in dieser klaren Nacht mit glitzernden Sternen gespickt war.

Plötzlich riss sie ein Geräusch aus den Gedanken. Jemand hatte die Tür aufgezogen und trat nun neben sie. Im ersten Moment war Jill überrumpelt, weil sie in diesem scheinbar unantastbaren Augenblick nicht damit gerechnet hatte, dass jemand zu ihr stoßen würde, doch dann war sie viel zu sehr damit beschäftigt, die schemenhafte Gestalt in der Dunkelheit zu erkennen.

»Jill?«

»Ja?« Sie versuchte noch, die Stimme einzuordnen.

»Fast hätte ich dich schon wieder umgerannt«, sagte die Person, scheinbar lächelnd, und da wurde Jill klar, dass nur Myra vor ihr stehen konnte.

»Setz dich doch.« Jill grinste und kam sich im nächsten Moment blöd vor, weil sie jemandem anbot, sich an eine kalte, schmutzige Hauswand zu setzen. Myra hatte auf diese Einladung aber offensichtlich nur gewartet und setzte sie sich schweigend neben sie.

Jill spürte trotz der Kälte regelrecht, wie Myras Wärme auf sie abstrahlte und erneut begann ihr Puls zu hämmern. Myra rückte etwas näher heran, so dass sich ihre Seiten berührten, und schlang ihre Arme um ihre Mitte. Dabei konnte Jill jede ihrer Bewegung spüren und fühlte, wie Hitze sich in ihr breit machte.

»Es ist verdammt kalt.« Myra klapperte leicht mit den Zähnen. Jill schaute sie direkt an. Genau in dem Moment trafen sich ihre Blicke. Jills Gedanken begannen zu rasen und sie konnte nicht mehr klar denken. Krampfhaft überlegte sie, was sie tun oder sagen sollte. Sie spürte Myras Atem. Und plötzlich näherte Myra sich ihr und küsste sie so sanft, dass sich ihre Lippen kaum berührten – als würde diese leichte Berührung es fast wieder ungeschehen machen. Als würde sie erst jetzt bemerken, was sie getan hatte, schreckte sie zurück.

»Es tut mir leid. Das hätte ich nicht tun sollen.«

Während Myra noch eine Entschuldigung stammelte, beugte sich Jill zu ihrer eigenen Überraschung zu ihr herüber und küsste sie. Erst zaghaft, dann härter. Sie sog Myras Geschmack in sich auf und hörte, während ihr Puls weiter in die Höhe schnellte, wie Myras Atem schneller wurde. Auf einmal ertönte ein Geräusch an der Tür und beide wichen auseinander. Der Faden dieses intimen Moments war gerissen. Einfach so. Jills Herz hämmerte wild gegen ihren Brustkorb. Plötzlich brach wieder die Kälte der Nacht über sie herein. Ihr Blick flog zur Tür. Dort machte Tina gerade ein paar Schritte nach draußen, woraufhin ein Bewegungsmelder anging und der Vorgarten des Hauses von Licht erfüllt wurde. Wenige Sekunden später realisierte Tina erst, dass noch jemand außer ihr draußen war.

»Was macht ihr denn hier? Ist euch nicht kalt?«

Myra stand eilig auf.

»Doch. Wir wollten nur 'n bisschen frische Luft schnappen und ich geh auch wieder rein. Wird mit der Zeit echt etwas kühl.«

Mit diesen Worten verschwand sie durch die Haustür, wobei sie sich auf der Türschwelle kurz zu Jill umdrehte. Sie versuchte in Myras Gesicht zu lesen, was sie dachte, doch es war unmöglich.

»Hab ich euch gerade gestört?«, fragte Tina verwirrt.

»Nein. Natürlich nicht. Lass uns aber lieber wieder reingehen. Es wird echt kalt.«

Kaum war sie drinnen, gab sie vor auf Toilette zu müssen. Sie schloss hinter sich ab, lehnte sich an die Tür und atmete tief durch. Dabei drehte sich in ihrem Kopf immer wieder die Frage, was dieser Kuss für Myra bedeutet hatte. Und was er ihr selbst bedeutete. Ihre Gedanken rasten und sie konnte sie einfach nicht sortieren. Sie erkannte sich selbst kaum wieder. So impulsiv war sie eigentlich nie. Noch immer fühlte es sich für sie an, als habe es den Moment nie gegeben, als hätte Myra nie neben ihr gesessen und als hätten ihre Lippen nie Myras Lippen berührt. Der ungewohnte Geschmack auf ihren Lippen erinnerte sie jedoch immer wieder daran, dass es kein Traum gewesen sein konnte.

Im Laufe des Abends blieb Myra auf Abstand und warf ihr immer wieder Blicke zu, die sie kaum deuten konnte. Sie fragte sich, ob sie damit ebenso in Jills Gesicht nach ihren Gefühlen zu forschen versuchte, wie Jill es bei Myra selbst tat.

So verging der Abend, ohne, dass die beiden noch ein Wort wechselten. Einige tanzten oder spielten Flaschendrehen und um kurz vor 0 Uhr drehten sie die Musik leiser; alle schauten auf den Fernseher, in dem während einer Silvestergala eine Uhr die letzten Minuten herunterzählte.

Tina, die wie eine Verrückte Sektgläser unter den Anwesenden verteilte, rief mit schriller Stimme: »Gleich ist es so weit!«

Dabei leuchteten ihre Augen so sehr, dass Jill diese Begeisterung ansteckte. Sie gingen alle auf die Straße und zählten laut den Countdown von zehn herunter, um sich dann zuzuprosten.

»Happy New Year, Schätzchen«, rief Tina Jill entgegen, während die ersten Raketen den Himmel erleuchteten. Tina drückte sie ganz fest an sich, gab ihr einen Kuss auf die

Wange und rannte dann zur nächsten Person, mit der sie das Gleiche tat. Jill folgte ihr mit ihrem Blick und sah, wie Tina sich Mike um den Hals warf und ihn auf den Mund küsste. Irritiert schaute sie Mike an, der sich in dem Moment zu ihr drehte, breit grinsend sein Glas hob und ihr über das Knallen hinweg zuprostete. Danach wandte er sich ab und folgte Tina, die ihn an der Hand hinter sich her durchs Getümmel zog.

Jill stand leicht abseits, als sie plötzlich jemand sanft an der Schulter berührte. Sie drehte sich um und sah Myra, die ihr fast wieder so nah wie schon zuvor an diesem Abend war.

»Happy New Year«, sagte sie mit leiser, fast melancholischer Stimme, doch trotz des lauten Knallens, das sie beide umgaben, hörte Jill es ganz deutlich. Daraufhin umarmte sie sie lange.

»Dir auch ein frohes neues Jahr.«

Jill legte ihre Stirn nachdenklich in Falten. Ehe sie sich weiter unterhalten konnten, wurden beide von den anderen gerufen, die sich schon auf den Weg zum »Bischofsplatz« machten. Dort wurde jedes Jahr ein riesiges Feuerwerk veranstaltet. Sie beeilten sich, die anderen nicht zu verlieren.

Nach kurzer Zeit hatten sie einen Platz zum Hinsetzen gefunden. Tina breitete eine große Decke auf dem nassen Gras aus. Kaum hatte Jill sich neben Tina und Mike niedergelassen, schweifte ihr Blick erwartungsvoll gen Himmel.

Über einen Lautsprecher ertönte die Stimme eines Mannes, der die Zuschauer darauf hinwies, dass die Show in wenigen Augenblicken den Höhepunkt erreichen werde. Dabei wurde er fast gänzlich von den am Himmel explodierenden Knallkörpern übertönt.

Jill beugte sich nun leicht vor, so dass sie Tina und Mike anschauen konnte und fragte: »Warum habt ihr mir eigentlich nicht erzählt, dass ihr zusammen seid?«

»Du hast ja nicht gefragt.« Tina grinste.

»Wie hätte ich es denn wissen können?«

Noch bevor sie ihr Gespräch beenden konnten, ertönte ein besonders lauter Knall, gefolgt von einem explosionsartigen Sternenhagel. Dem Knall folgten weitere und es blieb Jill nichts anderes übrig, als sich vorzunehmen, Tina zu einem anderen Zeitpunkt auszufragen.

Während der ganzen Show blickte Jill zufrieden und zugleich nachdenklich in den Himmel und saugte die vielen Raketenhagel regelrecht in sich auf. Ihr wurde kurz bevor die Vorstellung endete bewusst, dass sie jetzt nirgends lieber sein würde, als genau an diesem Ort und so war sie fast traurig darüber, als ein letzter, vibrierender Knall ertönte und die Welt plötzlich wieder still wurde.

»Vielen Dank, dass sie unserer Show beigewohnt haben. Wir hoffen Sie auch im nächsten Jahr wieder erfreuen zu dürfen«, sagte der Mann über den Lautsprecher. Seine Stimme wurde bereits von dem Applaus der Menge übertönt.

Es war zwei Uhr nachts, als sich ein Großteil der Gruppe verabschiedete und auf den Heimweg machte. Es waren nur einige wenige, die bei Tina übernachten sollten – darunter auch Myra und Mike.

Als Jill Tinas Zimmer betrat, war sie heilfroh, dass ihre Freundin bereits Luftmatratzen bereitgelegt hatte.

»Ich schlafe mit Mike in meinem Bett und dann bleiben noch zwei einzelne Matratzen und eine doppelte. Ich dachte mir, ihr beiden Mädels schlaft vielleicht auf der? Ich denke Oli und Steffen wollen nicht zusammen auf einer schlafen.« Tina grinste und schaute Jill und Myra auffordernd an, die ratlos zwischen den Matratzen standen. Die beiden tauschten kurze Blicke, ehe Myra nickte.

Erst gegen halb drei Uhr morgens machten sich Mike und Tina schließlich auf den Weg ins Bett. Oliver stand noch im Raum und breitete seinen mitgebrachten Schlafsack aus, während Steffen schon leise schnarchend schlief. Er hatte es irgendwie geschafft innerhalb von Sekunden einzuschlafen und schnarchte nun so, dass die anderen befürchten mussten, nicht mehr ungestört einschlafen zu können. Während Oliver seinen Schlafsack ausgebreitet hatte und hineingeschlüpft war, kam Myra auch endlich aus dem Bad. Sie trug lediglich ein weiteres T-Shirt und einen Slip, doch ihre bloßen Beine zogen Jills Blicke auf sich. Oliver, der sich bereits herumgedreht hatte und dies alles nicht mehr sah, bekam ebenso nicht mit, wie Myra Jills gebannten Blick bemerkt hatte, sich auf die Unterlippe biss und sie anlächelte, während sie auf die Matratze zuging und zu ihr unter die große Bettdecke schlüpfte. Für einen Moment zog die kalte Luft von draußen unter die Decke, doch dann spürte Jill nur noch die Wärme, die ihren Körper umgab und seufzte erschöpft auf.

»Sind alle so weit?«

Tina kicherte und tastete nach dem Lichtschalter, während Mike sie in den Nacken küsste. Plötzlich umgab Jill völlige Dunkelheit. Der Gedanke, dass Myra direkt neben ihr im Bett lag, ließ ihr Herz rasen. Sie sehnte sich danach, sie zu berühren. Gleichzeitig war ihr die Intimität unheimlich. Sie kannte Myra kaum. Ehe sie entschieden hatte, was sie tun wollte, spürte sie, wie Myra von hinten ein kleines Stück an sie heran rutschte und sie zögerlich umarmte. Jill zögerte. Dann streifte sie mit ihrer Hand sanft über Myras Arm und schob ihre Finger zwischen ihre. So schliefen beide ein, ohne ein Wort gewechselt zu haben. Immerhin – und das war Jills letzter Gedanke, bevor sie einschlief – schien Myra sie nicht nur aus einer Betrunkenheit heraus geküsst zu haben.

Am nächsten Morgen erwachte Jill durch das leise Murmeln von Tinas Stimme. Diese lag zwar immer noch mit Mike im Bett, war aber schon hellwach. Jill drehte sich von der Seite auf den Rücken und musste feststellen, dass Myra nicht mehr neben ihr lag. Oliver hingegen lag immer noch in seinem mittlerweile total zerwühlten Schlafsack und Jill konnte sein gleichmäßiges, leises Atmen hören. Unter der Tür zum Badezimmer strömte ein heller Lichtstrahl hindurch und Jill hörte, wie jemand duschte. Immer noch etwas benommen suchte sie das Zimmer nach Myra ab, konnte sie aber nicht finden. Ebenso wenig Steffen.

»Wer ist denn grade im Bad?«, fragte Jill mit einem Blick zum Bett, in dem Tina sich gähnend streckte.

»Steffen. Der Kerl duscht echt dreimal so lang wie ich«, antwortete Tina und kuschelte sich gleich darauf wieder an Mike.

»Und wo ist Myra?« Jill versuchte möglichst beiläufig zu klingen.

»Die ist schon ganz früh gegangen. Ich weiß nicht wieso, aber als ich heute Morgen aufgewacht bin, war sie schon weg.«

Tina schien sich nicht sonderlich für die Gründe zu interessieren, da Mike sie nun noch fester an sich zog und sie damit zum Kichern brachte.

Jill drehte sich wieder auf die Seite. Gestern Abend war sie noch mit einem sicheren Gefühl eingeschlafen und nun war all das wieder weg.

Es hat sicher seine Gründe, warum sie weg ist. Das wird sich aufklären, dachte sie. Aber es half nichts: In ihr machte sich ein unbehagliches Gefühl breit.

Etwa eine Stunde später erwachte Jill erneut. Sie richtete sich auf der Matratze auf, um diesmal bloß wach zu bleiben und schaute sich im Zimmer um. Alle Betten waren leer. Plötzlich öffnete sich die Badezimmertür und Mike kam heraus und sah Jills fragenden Blick.

»Die anderen sind schon am Frühstücken. Du hattest noch geschlafen und wir wollten dich nicht wecken.«

»Oh. Na gut. Dann komm ich auch gleich nach.«

Sie streckte sich genüsslich.

Kaum hatte Mike das Zimmer verlassen, stieg sie mit wackeligen Schritten von der Matratze herunter und ging ins Bad, um sich frisch zu machen. Als sie nach unten ins Wohnzimmer kam, aßen die anderen bereits.

»Ich fand's echt toll, dass du da warst!«, sagte Tina zu ihr, als sie bereits an der Tür standen. »Nächstes Jahr müssen wir unbedingt wieder zusammen feiern.«

Jill umarmte sie und antwortete: »Natürlich. Ich fand's auch toll«, und mit gesenkter Stimme fügte sie hinzu: »Und wegen Mike reden wir nochmal am Telefon.«

Tina kicherte und verabschiedete sich von ihr.

»Oh mein Gott!«, war das einzige, was Jill hervorbrachte, kaum hatte sie daheim die Wohnungstür aufgeschlossen. Der Anblick des Wohnzimmers glich einem Bombeneinschlag. Überall lagen oder hingen Luftschlangen und Konfetti. Auf dem Tisch standen teils nur halb geleerte Sektgläser, daneben die dazu gehörenden, geöffneten Flaschen. Chips- und Salzstangenkrümel, sowie einige Kissen bedeckten den Fußboden. Jill schloss die Tür hinter sich und blickte sich voller Entsetzen im Zimmer um. Es war alles ganz still. Scheinbar schlief ihre Mutter noch.

Langsam gewann Jill wieder ihre Fassung zurück und musste sogar über das Chaos grinsen, das ihre Mutter verursacht hatte.

In normalen Familien ist es irgendwie andersherum, dachte sie sich. Weil sie so gut gelaunt war legte sie eine CD von ihrer Lieblingsband ein und begann das Zimmer zu putzen. Sie räumte die vollen Tische ab, saugte den Boden, warf die Luftschlangen weg, brachte den überquellenden Müll hinaus, schaltete die Spülmaschine an und sang dabei laut zu ihrem Lieblingslied »Fightin' for Love«.

Gerade als Jill den Kehrbesen als Mikro nutzte und damit tanzte, kam ihre Mutter die Treppe herunter und fing an zu lachen. Jill, die gerade noch eine besonders schwungvolle Drehung machte, bemerkte ihre Mutter leider ein wenig zu spät und blieb abrupt stehen. Sie eilte zur Stereoanlage und machte die Musik leiser. Ihre Mutter grinste und bemerkte offenbar jetzt erst, wie aufgeräumt das Wohnzimmer war.

»Du bist ein Schatz!« Sie gab ihrer Tochter einen Kuss auf die Stirn. »Wie war's gestern Abend?«, fragte sie, während sie Jills Augenringe musterte.

»Och, ganz nett. Wir haben uns das Feuerwerk auf dem Bischofsplatz angesehen. Das war echt der Hammer! Aber was habt ihr hier eigentlich getrieben?«

»Leo hat mir ein paar seiner Freunde vorgestellt und ich ihm ein paar meiner Freunde.« Ihre Mutter zuckte mit den Schultern und grinste. »Übrigens: Er schläft noch oben. Nur damit du diesmal vorgewarnt bist.«

Nachdem Jill noch ein wenig mit ihrer Mutter geplaudert hatte, ging sie hoch in ihr Zimmer und warf sich aufs Bett. Die Schlafdefizite der vergangenen Nacht hatten deutliche Spuren hinterlassen und so blieb sie einfach liegen und führte sich den gestrigen Abend noch einmal vor Augen. Sie dachte gerade an den Moment, in dem Myra sie das erste Mal geküsst hatte und spürte ein Kribbeln auf ihren Lippen, als das Telefon klingelte und sie aus ihren Tagträumen riss. Dabei wurde ihr wie am Morgen schon schmerzlich klar, dass sie Myras Nummer gar nicht hatte und sie sie wahrscheinlich so schnell nicht mehr sehen würde.

»Jill Tennert«, meldete sie sich. »Ach, Tina, du bists.«

Tina berichtete, wie mittlerweile alle nach Hause gegangen waren und ihr langweilig geworden war. Jill fragte sie darüber aus, was mit Mike war und Tina erzählte ausschweifend, wie sie sich kennen und lieben gelernt hatten und dass sie Jill nichts hatte davon erzählen wollen, weil sie die Beziehung sicherlich nicht ernst genommen hätte.

»Aber es ist mir verdammt ernst mit ihm. Und ich glaube er sieht es genauso«, beendete Tina ihren Monolog mit für ihre Verhältnisse geradezu seriösem Unterton.

»Ich hätte ja auch nichts anderes behauptet. Ich bin das so von dir nur nicht gewöhnt. Und dass du mir davon nicht erzählst, schon gar nicht. Aber du hattest deine Gründe.«

Tina schluckte.

Jill wollte das Gesagte nicht so vorwurfsvoll im Raum stehen lassen. »Die Hauptsache ist, dass du glücklich mit ihm bist.«

»Das bin ich!« Tina hielt kurz inne. »Was war mit dir und Myra los? Ihr habt euch doch gut verstanden, oder?«

»Ja, sie scheint ganz nett zu sein.« Jill versuchte ihre Stimme möglichst entspannt klingen zu lassen. In Wahrheit raste ihr Herz schon wieder, nur weil sie ihren Namen gehört hatte.

Eine weitere Stunden sprachen die beiden Freundinnen über den gestrigen Abend und scheinbar wollte Tina gar nicht mehr auflegen, doch letztendlich konnte Jill sie doch noch abwimmeln.

Gerade als Jill sich verabschiedete, fiel Tina ihr ins Wort: »Jill? Was machst du eigentlich heute Abend?«

»Nichts Besonderes, wieso?«

»Ich habe mich gefragt, ob du nicht mit mir und Mike einen DVD-Abend machen möchtest. Ich kann ja auch einen der Jungs von gestern einladen, wenn dir einer gefallen hat.« Tina lachte.

»Äh, nee. Aber ich komme gern.«

Um halb 8 kam Jill bei Tina an und wollte gerade klingeln, da öffnete sie auch schon die Tür. Sie wirkte unglücklich – und das war ein Zustand, in dem sich Tina quasi nie befand.

»Stimmt was nicht?«

»Ach«, seufzte sie, »Mike hat kurzfristig abgesagt. Er hat irgendeine komische Veranstaltung mit den Pfadfindern, die er völlig vergessen hatte. Aber immerhin bist du jetzt da.«

»Pfadfinder? Echt jetzt?« Jill grinste.

Es brauchte zwar eine Zeit, bis Tina merkte, dass der Abend auch ohne Mike mehr als gelungen war, doch schon bald hob sich ihre Stimmung und sie schien nicht einmal mehr darüber nachzudenken, dass Mike ursprünglich hatte auch kommen wollen.

Sie saßen gemeinsam auf der ausgezogenen Couch, die Beine bedeckt von einer alten, braunen Wolldecke. Kreuz und quer lagen auf dem Sofa Chipstüten, Popcorn und Coladosen verteilt und im Fernseher lief »Titanic«. Beide hatten den Film schon sicher zehnmal gesehen, hatten sich dann aber für ein elftes Mal entschieden.

An den kitschigen Stellen des Films mussten sie jedes Mal lachen – oder wahlweise weinen - und Jill bemerkte, wie schön es war, mit Tina endlich wieder etwas gemeinsam zu machen. Sie fühlte sich gut in ihrer Anwesenheit. Natürlich – manchmal nervte sie Tinas Geplapper, aber in letzter Zeit hatte ihre Freundin sich verändert. Seitdem sie sie mit Mike gesehen hatte, sah Jill sie in einem anderen Licht.

»Willst du auch noch Popcorn?«, fragte Tina in dem Moment, in dem die Titanic den Eisberg rammte. Sie gähnte herzhaft.

»Nee du, lass mal. Ich glaub das war heute Abend definitiv zu viel.« Jill grinste.

»Ja, stimmt. Mir ist auch schon ein bisschen schlecht.« Tina stöhnte bei dem Anblick der vielen leeren Tüten auf. Erschöpft lehnte sie sich an Jills Schulter.

»Tina?«, fragte Jill, nachdem der Film geendet hatte.

In der plötzlichen Stille hörte Jill deren leises, regelmäßiges Atmen. Sie konnte nicht genau sagen, an welcher Stelle des Films sie eingeschlafen war, aber bemerkt hatte sie es nicht. Somit weckte sie Tina vorsichtig, die schlaftrunken ein »Is' der Film schon alle?«, hervorbrachte.

»Ja, der Film ist schon alle.«

Jill musste über die Wortwahl grinsen.

»Wann bin'n ich eingeschlafen?« Tina rieb sich die Augen.

»Ich hab keine Ahnung. Aber es ist wohl besser, du gehst direkt ins Bett. Und ich muss eh heim. Ich hatte vergessen, wie lang der Film geht.« Jill begleitete Tina nach oben in ihre Zimmer, wo diese sich sofort aufs Bett fallen ließ und erneut einschlief.

»Ich finde schon allein zur Tür«, sagte Jill zu sich selbst in die Stille hinein und ging runter, um den Fernseher auszumachen, die gröbsten Verwüstungen im Wohnzimmer zu beseitigen und sich auf den Weg nach Hause zu machen.

***

Jill schob sich gerade genüsslich ihr Abendbrot in den Mund, als Leo kurz in die Küche lugte, um sich zu verabschieden.

»Ich verschwinde mal wieder. Lass dich mal drücken.«

Bevor sie aufstehen konnte, beugte er sich zu ihr herunter und umarmte sie. Ihre Mutter begleitete ihn noch bis an die Tür. Jill lauschte deren Gespräch. Zu ihr drangen nur einige Wortfetzen, da beide mit gedämpfter Stimme redeten, aber Jill meinte heraus hören zu können, dass Leo sehr froh war, dass er sich mit Jill mittlerweile so gut verstand und er sie für ein tolles Mädchen hielt. Nachdem Jill die Haustür ins Schloss fallen gehört hatte, kam ihre Mutter in die Küche.

»Er mag dich wirklich«, sagte sie.

»Ich finde ihn auch echt nett.«

Auf dem Gesicht ihrer Mutter breitete sich ein Lächeln aus.

»Ich geh mal hoch und mach mich für die Nachtschicht fertig. Manchmal frag ich mich, warum ich Ärztin geworden bin. Jedenfalls ist im Gefrierfach noch 'ne Pizza, falls dich doch noch der große Hunger überfallen sollte.«

Jill nickte und schaute ihrer Mutter nach, wie sie die Treppe hoch eilte. Sie warf sich aufs Sofa und blieb einfach liegen. Sie hörte sich selbst Atmen, so still war es im Wohnzimmer geworden, doch einige Minuten später kam ihre Mutter auch schon wieder zurück.

»Bis morgen, Schatz.« Sie beugte sich zu Jill herunter, um ihr einen Kuss auf die Stirn zu geben.

»Viel Spaß bei der Arbeit.«

Jill legte den Kopf in den Nacken, um sich zu entspannen. Kaum hatte ihre Mutter die Haustür hinter sich zugezogen, stand sie auf, schnappte sich ihre Jacke und verließ das Haus. Sie wollte einfach nur raus, um über die vergangenen Tage nachzudenken. Sie streifte ziellos durch die Stadt, bis sie entschied, zu ihrem Lieblingsplatz in Denndorf zu gehen. Sie lief an einigen Gärten vorbei, als sie eine kalte Windböe erfasste.

Sie schüttelte sich, zog den Reißverschluss ihrer Jacke höher und lief schneller.

Nach kurzer Zeit kam Jill auf dem Felsvorsprung an, der einen beeindruckenden Ausblick über die ganze Stadt bot. Tagsüber waren hier viele Leute, aber kaum war die Sonne untergegangen leerte sich hier alles und so manche einsame Seele hatte die Möglichkeit sich im Gras niederzulassen und mit einem Blick über die Stadt ihre Gedanken kreisen zu lassen.

Doch diesmal war scheinbar noch jemand auf diese glorreiche Idee gekommen. Unmittelbar auf dem Felsvorsprung saß eine Gestalt, die Beine an sich gezogen und die Arme darum geschlungen. Sie hatte Jill anscheinend kommen gehört und drehte sich augenblicklich um.

Jill erkannte sie sofort. Selbst in der Dunkelheit schien ihre Ausstrahlung zu leuchten. Als Myra sie ebenfalls bemerkte, blieb ihr Mund vor Erstaunen leicht geöffnet.

»Jill?«

»Was machst du denn hier oben?«

»Ich bin oft hier. Setz dich doch.« Myra klopfte direkt neben sich ins Gras.

»Warum haben wir uns hier noch nie gesehen? Das ist sozusagen mein Lieblingsplatz.«

Jill setzte sich neben sie. Allein ihre Nähe ließ ihr Herz wieder rasen. Sie mochte diesen Platz so sehr, da man von hier alles überblicken konnte. Man saß nachts in völliger Dunkelheit verborgen hier oben und konnte auf die vielen, kleinen Häuser blicken, in deren Fenstern noch Licht brannte, sich fragen, was wohl jede einzelne Person gerade tat und auf andere Gedanken kommen.

Allmählich nahm sie den süßlichen Geruch war, der Myra wie eine Hülle zu umgeben schien.

»Warum warst du am Neujahrsmorgen schon so früh weg? Hab ich was falsch gemacht?«

»Nein, gar nicht. Ach, meine Mutter ...«, Myra seufzte, »Sie hat mich früh morgens angerufen und war tierisch sauer, dass ich abends nicht nach Hause gekommen bin. Eigentlich hatten wir das nämlich so abgemacht, aber als ich dann erfahren habe, dass du auch bei Tina übernachtest ...«. Sie senkte ihre Stimme, als sie weitersprach: »Ich wusste, ich würde dich so bald nicht wieder sehen, wenn ich gegangen wäre.«

»Ich bin froh, dass du geblieben bist«, sagte Jill kaum hörbar. Sie schlang ihre Arme um ihre Mitte und blieb dann regungslos neben Myra sitzen, die ihren Blicken auswich.

»Was machen wir jetzt?«, fragte Myra in die Stille hinein.

»Hattest du so etwas schon mal?«

Myra zögerte.

»Noch nie so ... Und du?«

»Nein.«

Jill ließ ihren Blick über den sternübersäten Himmel schweifen. Sie hatte sich nie gefragt, warum sie bisher niemanden besonders anziehend gefunden hatte, während Tina einen Freund nach dem anderen gehabt hatte. Sie dachte immer, sie wäre einfach noch nicht so weit.

»Naja, vielleicht sollten wir einfach abwarten und sehen, was es ist?«

Jill spürte das Bedürfnis, sie zu küssen. Aber sie traute sich nicht.

»Vielleicht wäre das das Beste.« Myra ließ sich nach hinten ins Gras fallen und starrte in den Himmel.

»Übrigens mach ich am Wochenende eine Party bei mir. Tina kommt auch. Möchtest du auch kommen?«

»Meine Mum wollte was mit mir machen, also werde ich wahrscheinlich nicht können. Ich schau mal«, erwiderte Jill, die sich schon jetzt überlegte, wie sie ihrer Mutter und Leo den geplanten Kinobesuch absagen konnte.

Myra zögerte. Jill hatte das Gefühl, dass sie noch etwas sagen wollte, aber sie schwieg. Stattdessen stand sie auf.

»Gehst du schon?« Jill versuchte sich die Enttäuschung nicht anmerken zu lassen.

»Eigentlich hätt ich gar nicht so lange weg sein dürfen. Ich sollte seit Stunden daheim sein, aber ich musste einfach raus und etwas nachdenken. Und dann kamst du und … ach, ich hoffe, meine Mutter verkraftet es.«

Sie lächelte, aber es war ein melancholisches Lächeln.

Nun richtete auch Jill sich auf.

»Dann ist's wohl besser, wenn du jetzt wirklich gehst. Ich denke, ich sollte auch mal langsam wieder nach Hause.«

»Gute Nacht, Engel«, sagte Myra mit einer plötzlichen Zärtlichkeit in der Stimme.

»Engel sind doch immer blond.« Jill grinste.

»Nicht alle.«

Mit diesen Worten beugte sich Myra zu Jill herüber und küsste sie sanft auf die Wange.

Somit trennten sich die Wege der beiden – zumindest fürs Erste.

EXTRAVAGANTE POOL-PARTY

Jill und Tina liefen schweigend nebeneinander her. Beide starrten vor sich hin, während sie sich beeilten, annähernd pünktlich zu Myras Party zu kommen. Jill beobachtete eine zerfetzte Tüte, die vom Wind fortgetragen wurde und zog den Reißverschluss ihrer Jacke höher.

»Ziemlich kalt, was?«, fragte sie beiläufig, wobei ihr die außergewöhnlich ruhige Art ihrer Freundin aufgefallen war.

»Mhm«, erwiderte Tina nur und vergrub ihre Hände in ihren Jackentaschen.

»Alles okay mit dir und Mike?« Jill schaute ihre Freundin von der Seite an.

»Mit Mike läuft alles super.«

Jills Blick wanderte auf die andere Straßenseite, wo ein Mann halb rennend mit der einen Hand in seinen Manteltaschen etwas suchte. Dabei hielt er sich mit der anderen, freien Hand den Hut auf dem Kopf fest, damit dieser nicht vom Wind fortgetragen wurde. Er wirkte dabei so hektisch und unglücklich, dass in Jill – wie so oft in den letzten Tagen – das Gefühl der Zufriedenheit aufstieg. Immerhin hatte sie nun schon seit knapp zwei Wochen Ferien und ihr würde noch eine weitere bleiben, um all jene Dinge zu erledigen, die sie sich am Anfang vorgenommen hatte.

»Ach, es liegt an meinen Eltern«, sagte Tina plötzlich.

Jill hatte schon beinahe vergessen, worüber sie zuletzt gesprochen hatten.

»Inwiefern?«

»Sie zoffen sich seit Tagen. Ich glaube, sie haben mich nur zu Myras Party gelassen, damit sie sich ungestört daheim Porzellan um die Ohren werfen können.«

Tina klang bedrückt. Den Rest des Weges erzählte sie ihr alles, was bei ihr Zuhause in den vergangenen Wochen vorgefallen war, woraufhin Jill sie versuchte aufzuheitern. Schließlich schloss Tina mit einem: »Ich glaube, sie lassen sich noch scheiden, wenn das nicht aufhört«, als die beiden in die Straße einbogen, in der Myra wohnte.

»Wo ist es denn?«, fragte Jill und spürte, wie ihr Herz höher schlug.

»Das blaue Haus da drüben.« Tina deutete mit ihrem Finger auf eines der Häuser, das deutlich größer war als die Nachbarhäuser. Nach wenigen Metern erreichten sie die Haustür. An ihr hing ein Türklopfer aus Messing, der an dem modernen Haus eigenartig wirkte.

»Na dann mal los«, hörte Jill sich selbst sagen, als sie die Haustür, die für neu ankommende Partygäste bereits leicht offen stand, aufstieß. Dabei wurde die Musik, die sie schon von weitem gehörte hatten, schlagartig lauter und ergoss sich wie eine Flutwelle über sie. Eng aneinander gepresst quetschten sie sich in die Menge.

»Dass es groß ist, hatte ich ja schon gehört, aber so groß ...« Tina lehnte sich zu Jill herüber, damit diese sie verstand.

Auf Jill prasselten in diesem Moment unglaublich viele Eindrücke nieder und so musste sie erst einmal stehen bleiben, um sich zu orientieren. Überall tanzten oder standen Menschen mit Bierflaschen oder roten Plastikbechern. Wo man zwischen den Menschen hindurch auf den Boden blicken konnte, lagen entweder Chipskrümel oder kaputte Becher.

»Komm, schauen wir uns mal um«, brüllte Tina gegen die Musik an und mit einem Nicken folgte ihr Jill. Sie gingen aus dem ersten Zimmer, das in seinen weißen Tönen wie eine normalerweise sterile Empfangshalle gewirkt hatte und liefen durch den Flur weiter in ein zweites Zimmer, das wohl das Wohnzimmer war. An den Wänden hingen extravagante Ölgemälde, die so wirkten, als hätten sie Unmengen von Geld gekostet. Auch hier tummelten sich überall Leute, die in kleinen Grüppchen zusammenstanden, tanzten und lachten. Jill ließ ihren Blick durch die Menge schweifen, um Ausschau nach bekannten Gesichtern zu halten.

»Da drüben ist Myra«, sagte Tina.

»Wo?«

Jill versuchte Tinas ausgestrecktem Finger mit ihrem Blick zu folgen, konnte sie jedoch nicht sehen.

»Na da, auf dem Sessel da drüben«, erwiderte Tina wiederum und erblickte in diesem Moment Mike, der durch das Getümmel auf sie zukam. »Da ist Mike. Du entschuldigst mich doch mal, oder?« Sie quietschte kurz und war im nächsten Moment auch schon verschwunden, um sich einen Weg zu ihm zu bahnen.

Nun erspähte Jill auch Myra, die wirklich, wie Tina es gesagt hatte, auf einem Sessel am Ende des Raums saß. Gerade als sie entschied, zu ihr herüber zu gehen, sah Jill, wie sich ein Junge zu Myra hinunter beugte, ihr einen Kuss gab und sie an sich zog. Jill blieb stehen, als sei sie gegen eine Wand gelaufen. Sie fühlte sich plötzlich völlig taub. Sie sah noch, wie Myra sich lächelnd zu dem Jungen umdrehte und ihm etwas ins Ohr flüsterte. Plötzlich drehte sie ihren Kopf, als hätte sie sich beobachtet gefühlt, und schaute – über die Menschenmenge hinweg – direkt Jill an. Ihr Lächeln erstarrte vor Überraschung. Sie musste Jills verletzten Blick gesehen haben, denn sie entschuldigte sich bei dem Jungen und versuchte durch die Menge hindurch zu Jill durchzudringen.

Jill, die den Kuss noch immer vor ihrem geistigen Auge sah, wollte einfach nur noch fliehen. Verzweifelt versuchte sie

Tränen zu unterdrücken. Wie dumm war sie gewesen? Während ihr die Tränen in die Augen stiegen, zog sie ohne nachzudenken eine Tür auf, schlüpfte durch sie hindurch und eilte eine Marmortreppe herunter. Jill nahm ihre Umgebung kaum wahr. Sie zog eine weitere Tür auf und ging auch durch diese, wobei der Lärm der Musik sich immer weiter von ihr entfernte.

Plötzlich stockte ihr der Atem und ihre Tränen, die gerade noch heiß ihre Wangen herunter gelaufen waren, versiegten schlagartig.

Jill war, ohne dass sie es bewusst wahrgenommen hatte, in den Keller gelaufen. Nun stand sie in einer großen Halle, in der sich ein großer Pool befand. Das Schwimmbecken war umgeben von Marmorsäulen. Diese und das Design des gesamten Raumes ließen alles antik erscheinen.

Für einen Moment war Jill völlig irritiert durch den Anblick des Wassers, dessen glitzernde Oberfläche eine harmonische Atmosphäre über den gesamten Raum warf. Doch schon wenige Sekunden später tauchten wieder die Bilder von eben auf. Immer noch wie betäubt lief Jill einige Schritte und ließ sich an einer Säule am Beckenrand nieder. Mit einem fast ausdruckslosen Blick ließ sie ihren Kopf, der heiß von den vergossenen Tränen war, an die kalte Säule sinken und verharrte so schweigend, während sie auf die Wasseroberfläche blickte, die ihr fälschlicher Weise den Eindruck vermittelte, sie hätte nie einen schöneren Moment erlebt, als jenen.

Nur wenige Augenblicke hatte Jill dort verharrt, als die Tür der Halle aufgezogen wurde und Myra eintrat. Anfangs schaute sie sich suchend um, doch dann entdeckte sie Jill.

»Ich wusste ja nicht, dass du kommst. Du hattest gesagt, du könntest wahrscheinlich nicht.« Sie lief auf Jill zu.

Die reagierte nicht und verharrte in ihrer Position. Sie hatte ihren Blick immer noch starr aufs Wasser gerichtet und wollte von all dem eigentlich gar nichts hören.

»Es tut mir so leid.«

»Wie lange seid ihr schon zusammen?«

Myra, die von ihrem scharfem Unterton überrascht war, hielt in ihrer Bewegung inne und antwortete kaum hörbar: »Knapp drei Monate.«

Nun schaute Jill sie direkt an und Myra konnte nicht anders, als auf Jill zuzugehen, nachdem sie ihren verletzten Blick gesehen hatte.

»Ich kann dir das erklären.« Ihrer sonst so sicheren Stimme mischte sich Verzweiflung bei.

Als Jill ihren Kopf wieder wegdrehte, um Myra ihre erneut aufsteigenden Tränen nicht sehen zu lassen, sprach sie einfach weiter, während sie wie angewurzelt einige Meter von Jill entfernt stand.

»Das mit Simon war nie was Ernstes. Du musst mir das glauben. Wir haben uns mal auf einer Party zufällig kennengelernt und ich fand ihn sympathisch. Irgendwann erzählte mir eine Freundin, dass er in mich verliebt sei und da ich bis dahin auch immer mal wieder von ihm gesprochen hatte, dachte sie, ich würde genau so empfinden. Sie konnte ja nicht wissen, dass ich festgestellt hatte, dass Jungs nicht das sind, was ich suche. Jedenfalls verkuppelte sie uns bald darauf. Ich weiß nicht, wie es dazu kam, aber ich weiß, dass es dumm von mir war, aber mir gefiel, dass ich ihm gefiel. Ich habe unsere Beziehung nie als was Ernstes angesehen und habe mit ihm auch nie wirklich über meine Probleme gesprochen. Eigentlich haben wir insgesamt wenig miteinander gesprochen. Allerdings habe ich gemerkt, wie sehr er in mich verliebt ist und ich konnte ihm einfach nicht das Herz brechen. Und als ich dich dann kurz vor Weihnachten im Kaufhaus angerempelt hatte, musste ich immer an deine blauen Augen und dein schüchternes Lächeln denken. Allerdings dachte ich mir, dass ich dich sowieso nie wieder sehen würde. Und plötzlich hast du im Kino nur wenige Plätze von mir entfernt gesessen und auch da dachte ich, dass ich dich nicht noch ein weiteres Mal sehen würde. Deshalb habe ich das alles beiseite gedrängt und so weiter gemacht wie bisher. Und dann kam Silvester. Ich hätte nicht gedacht, dass es so weit kommen würde und dass ich dir jemals so nah sein würde. Ich hab das nicht eingeplant, Jill. Es tut mir so leid. Bitte glaub mir.«

»Wann hättest du mir das denn sagen wollen? Bevor oder nachdem ich mich in dich verliebt habe?« Jill war wütend.

Myra setzte zu einer Erwiderung an, doch sie unterbrach sie.

»Ich muss nachdenken. Wir sehen uns.«

Und mit diesen Worten ging sie an Myra vorbei, ihren Blick starr geradeaus gerichtet. Sie hörte noch, wie Myra schluchzte, doch all diese Geräusche verstummten, kaum war die Tür hinter ihr ins Schloss gefallen.

Abermals brachen die Tränen aus Jill hervor, doch sie wischte sie eilig weg, öffnete selbstsicher, trotz zitternder Knie, die Kellertür und stürmte erneut ins Getümmel der Menschen, an deren Laune sich seit ihrem Verschwinden nichts geändert zu haben schien. Sie eilte auf die Haustür zu und rempelte aus Versehen jemanden an.

»Jill? Ist alles okay?«

Sie blickte geradewegs in das Gesicht ihrer Freundin.

»Tina? Sei mir nicht böse, aber ich geh jetzt. Ich ruf dich an.«

Mit diesen Worten umarmte sie ihre Freundin kurz, die überrascht noch etwas Unverständliches brummte. Wenige

Sekunden später hatte Jill die Haustür hinter sich zugeschlagen und lief hinaus in den kalten Regen, der wie wohltuender Balsam auf ihre Haut prasselte.

EMOTIONALER ZUSAMMENSTOSS

»Jill? Bist du es?«, klang Tinas Stimme durch den Telefonhörer.

»Natürlich, wer sonst?«

»Sag mal – was war denn gestern mit dir los? Du warst doch total
verheult.«

»Sei mir nicht böse Tina, aber ich will da jetzt nicht drüber reden.«

»Soll ich vorbei kommen?«

»Brauchst du doch nicht.«

»Ich würde aber gerne.«

»Na schön.«

15 Minuten später saß Tina auf Jills Bett und schaute ihr zu, wie sie sich schlaff an die Wand sinken ließ.

»War die Party gestern noch schön?«, fragte Jill.

»Nun ja.« In Tinas Augen leuchtete Eifer auf.

Sie ließ sich nicht ein weiteres Mal dazu auffordern, zu erzählen, was sie gestern Abend noch mitbekommen hatte.

»Nachdem du gegangen warst, hab ich mich mit Mike noch zu Myra und Simon gesetzt. Simon ist übrigens ihr Freund, falls du das noch nicht weißt. Jedenfalls war Myra wegen irgendwas total down und abwesend und hat kaum was gesagt, was Simon wütend gemacht hat. Irgendwann bin ich mit Mike tanzen gegangen, weil er es für besser hielt, die beiden allein zu lassen. Gerade als wir vom Tanzen zurückkamen, fetzten sich Simon und Myra dermaßen, dass ich schon Angst hatte, sie würden sich im nächsten Moment mit irgendwas bewerfen. Simon warf ihr vor, sie würde ihn nicht lieben, weil sie sich ihm nie anvertraut hätte und es auch jetzt nicht täte und Myra stritt nur alles ab und wurde sauer auf ihn. Zumindest hab ich das so mitbekommen. War kein schöner Anblick. Natürlich war dann auch die ganze Stimmung kaputt. Myra hat sich auf ihr Zimmer verzogen, Simon ist abgehau'n und Mike und ich sind nach einigen Minuten dann auch gegangen, weil uns nicht mehr nach Feiern zumute war.«

Plötzlich klopfte jemand an die Tür.

»Ja?«, rief Jill laut, doch im gleichen Moment öffnete sich die Tür schon und Jills Mutter erschien.

»Hallo Tina.« Sie lächelte.

»Hey Frau Tennert.«

Jills Mutter kam nun ganz ins Zimmer, wodurch ein Tablett mit Keksen und zwei mit Milch gefüllten Gläsern sichtbar wurde, das sie in der Hand hielt.

»Mum, wie klischeehaft ist das denn? Sowas machen Mütter doch nur in Filmen.«

»Ich weiß ja, aber ich wollte das einfach schon immer mal machen.«

Ihre Mutter grinste und stellte das Tablett vor den beiden ab.

»Ich will euch auch gar nicht weiter stören.«

Und mit diesen Worten verschwand sie auch schon wieder.

»Danke Frau Tennert!«, rief Tina ihr hinterher. »Deine Mum ist schon cool«, sagte sie und griff nach einem Keks.

»Was machen wir jetzt?«

Jill zerkaute einen Keks und spülte ihn mit einem großen Schluck Milch hinunter.

»Wir könnten spazieren gehen.«

Kurz darauf liefen beide dick eingepackt in Richtung Feld. Der Wind zog Jill in die Jacke und so zog sie ihren Reißverschluss so weit zu, wie es nur ging. Tina tat es ihr nach, schien sich aber keineswegs an dem heftigen Wind zu stören, der ihre dunkelblonde Bobfrisur wild durch die Luft warf.

Die beiden Freundinnen redeten im Laufe des Spazierganges so viel, wie sie es die letzten Wochen nur selten getan hatten. Jill erzählte Tina das Neuste von Leo und Tina berichtete von den Streitereien ihrer Eltern und der Tatsache, dass sie es bald nicht mehr Zuhause aushielt.

»Du kannst jeder Zeit bei mir übernachten, wenn dir die Decke daheim auf den Kopf fällt«, sagte Jill, wobei sie ihre Stimme heben musste, damit sie den tosenden Wind übertönte.

»Jill?«, wandte sich Tina ihr vollkommen zu, »ich find's echt toll, dass du mir das anbietest. Auf dich konnte ich mich schon immer verlassen. Aber ich möchte auch, dass du weißt, dass ich ebenso immer für dich da bin. Ich weiß ja, dass du ungern über deine Probleme redest, aber du kannst mir vertrauen. Wenn du so weit bist, komm bitte zu mir.«

Jill war so gerührt von dem Angebot ihrer Freundin, dass sie sie lange umarmte, auch wenn sie wusste, dass sie ihr Angebot nicht annehmen würde.

Später am Abend lag Jill im Bett, konnte aber nicht schlafen. In ihrem Zimmer war es dunkel. Nur der Vollmond schien gegen diese Dunkelheit ankämpfen zu wollen und warf seinen hellen Schein in Jills Zimmer. Draußen tobte noch immer der Wind, nur war auch noch Regen hinzugekommen, der trommelnd an ihre Fensterscheibe schlug.

Doch Jill nahm all das nur nebensächlich wahr. Viel mehr beschäftigte sie die Frage, wie es nun mit Myra weitergehen sollte. Sie konnte nicht ausschließen, dass Myra lediglich mit ihr gespielt hatte. Aber auch nicht, dass sie es ernst gemeint hatte, als sie ihr sagte, sie sei ihr wichtiger als Simon.

Das ist doch bescheuert, dachte Jill mit einem Anflug von Verzweiflung und drehte sich auf die Seite, wobei der Mondschein nun direkt auf ihr Gesicht fiel.

Letzten Endes, nachdem sie sich eingestehen musste, dass sie Myra unbedingt wieder sehen wollte, schlief sie ein.

Am nächsten Morgen fühlte Jill sich wie erschlagen. Sie wollte einfach nie wieder aus ihrem Bett aufstehen. Doch ihre Mutter machte ihr einen Strich durch die Rechnung.

»Jiiilll, wach auf.« Sie versuchte ihre Tochter wachzurütteln.

»Nich' jetzt, Mum. Bitte!«, sagte Jill gedämpft unter der Bettdecke.

»Es ist schon halb 1 und mir ist furchtbar langweilig, weil Leo seit einer Stunde weg ist. Wir sollten was zusammen machen.«

Mit diesen Worten riss ihre Mutter ohne Erbarmen die Bettdecke weg. Jill kugelte sich zusammen.

»Das ist das Schlimmste, was man seiner Tochter antun kann«, beschwerte sie sich und grinste.

Ihre Mutter gab ihr einen Kuss auf die Stirn und setzte sich an die Bettkante.

»Wollen wir vielleicht shoppen gehen?«

»Okay, aber gib mir 'ne halbe Stunde, ja?«

»Natürlich, Kleine. Übrigens hat Tina angerufen. Du sollst sie zurückrufen.« Und damit verließ ihre Mutter das Zimmer, wobei sie es sich nicht nehmen ließ, hinzuzufügte: »Die ist im Gegensatz zu dir wenigstens schon wach.«

Kaum hatte ihre Mutter das Zimmer verlassen, holte sich Jill mit einem weiten Sprung zum Schreibtisch das Telefon und kroch zurück unter die warme Decke. Es tutete viele Male und gerade als Jill schon den Hörer sinken ließ, hörte sie eine Stimme am anderen Ende. Sofort hielt sie sich wieder die Hörmuschel ans Ohr und erkannte die Stimme von Tinas Mutter.

»Guten Morgen, Frau Meyer, ist Tina denn zu sprechen?«, krächzte Jill ins Telefon und räusperte sich.

»Ach, guten Morgen, Jill. Ich hätte deine Stimme fast gar nicht erkannt. Ich hol dir Tina ans Telefon.«

Jill hörte gedämpft, wie sie nach Tina rief und einen Moment später das Gepolter der Treppe.

»Huhu Jill!«

»Morgen.«

»Ich hab auch gar nicht viel Zeit. Mike wartet unten auf mich. Wir wollten zusammen zu meinen Großeltern gehen. Die wollten ihn mal kennenlernen.«

»Das klingt doch nett. Warum hattest du denn vorhin angerufen?«

»Also Mike und ich hatten Lust Schlittschuhfahren zu gehen und wir wollten noch Freunde mitnehmen. Wir haben Myra schon gefragt und sie würd gern mitkommen. Nun wollt ich dich noch fragen, ob du mit möchtest und wenn ja, ob es okay ist, dass sie mitkommt.«

Jill hielt die Luft an. Ehe sie darüber nachdenken konnte, antwortete sie: »Äh, natürlich. Und wann, wie, wo, was?«

»Wir würden morgen mit der Bahn zur Schlittschuhbahn fahren. Wobei Myra wohl direkt hin kommt. Treffen würden wir uns um halb 10 Uhr. Wenn's dir nicht zu früh ist.«

»Nee, das ist überhaupt kein Problem. Ich komm gern und Myra kann natürlich auch kommen.«

»Super. Ich freu mich! Bis morgen.«

Mit diesen Worten legte Tina auf.

Das Einkaufszentrum war rappelvoll. Jill und ihre Mutter mussten schnell feststellen, dass sie nicht die Einzigen waren, die auf die glorreiche Idee gekommen waren, diesen kalten und verregneten Wintertag zu nutzen, um sich in einer Shopping Mall zu verkriechen. Jill folgte ihrer Mutter gedankenverloren durch die Menschenmenge in die Unterwäscheabteilung eines der vielen Geschäfte.

»Suchst du eigentlich was Bestimmtes?«, fragte sie, nachdem ihre Mutter abrupt stehen geblieben war und Jill fast in sie gerannt wäre.

»Leo und ich sind bald einen Monat zusammen und das will ich natürlich mit ihm feiern.« Sie zwinkerte ihrer Tochter zu. »Naja – du bist noch zu jung, um das zu verstehen.«

»Natürlich, Mum.«

Jill versuchte die Bilder aus ihrem Kopf zu verdrängen.

Nun steuerte ihre Mutter auf eine Verkäuferin zu, um sich über Dessous beraten zu lassen. Jill streifte dabei weiter, da sie überhaupt nicht mitbekommen wollte, was ihre Mutter dort anprobieren oder gar zum Einmonatigen mit Leo tragen wollte. Die Information allein war schon zu viel.

In der Nähe der Kasse fand sie eine kleine Schmuckabteilung. Neben den wirklich teuren und edlen Schmuckstücken gab es hier auch Dinge, die man für zwei Euro kaufen konnte. Jill liebte diese kleinen Regale, in denen alles glitzerte und funkelte und wo man sich alles dreimal anschauen musste, um auch wirklich jede Kleinigkeit wahrgenommen zu haben. Da sie wusste, dass sie viel Zeit haben würde, bis ihre Mutter fertig war, ließ sie ihren Blick sorgfältig über die einzelnen Teile gleiten und entschied sich nach einigen Minuten für eine Lederhalskette, an der ein kleines, silbernes Herz hing. Auf dem Weg zur Kasse warf Jill einen Blick hinüber zur Dessous-Abteilung und musste feststellen, dass ihre Mutter sich immer noch von ein und derselben Verkäuferin beraten ließ. Mittlerweile hatte sie wenigstens einige Teile in der Hand, die sie beim Sprechen eingehend musterte.

Nachdem Jill ihre Kette bezahlt hatte, warf sie sofort die Verpackung weg und legte sie sich um den Hals. Neugierig lief sie zu einem der vielen Spiegel, die überall im Geschäft verteilt waren und betrachtete zufrieden ihr neu erworbenes Schmuckstück.

Den Rest der Zeit, die ihre Mutter mit Reden, Suchen und Anprobieren beschäftigt war, lief Jill ziellos durchs Kaufhaus. Dabei schaute sie hier und da Kleidungsstücke an oder stand vor dem riesigen Schaufenster der Zoohandlung, in dem kleine Hasen über eine mit Streu bedeckte Fläche hoppelten.

Nach einiger Zeit kehrte Jill wieder zurück. Gerade als sie das Geschäft betreten wollte, kam ihr ihre Mutter mit leuchtenden Augen und geröteten Wangen entgegen.

»Das wäre geschafft.« Sie atmete hörbar aus. »Suchst du noch was?« Sie warf einen Blick auf die Uhr. Jill schüttelte den Kopf.

Sie wurde durch das Klingeln des Weckers geweckt, das ihr in den Ferien völlig fremd geworden war. Ihr Puls raste durch das plötzliche Piepen so sehr, dass sie reflexartig auf die Lärmquelle schlug und stöhnend in ihr Kissen zurücksank. Nach ein paar Minuten riss sie sich zusammen und schwang ihre Beine aus dem Bett, weil sie wusste, dass dies ein langer, aber auch toller Tag werden würde und es sich nicht lohnte, auch nur eine Sekunde dessen zu verschwenden.

Da ihr nur mit einem Slip und einem langen Hemd bekleideter Körper bereits erste Spuren von Gänsehaut durch die morgendliche Kälte im Zimmer aufwies, lief sie, sich herzhaft streckend, zu ihrem Kleiderschrank und fischte sich einen Pulli und eine Jogginghose daraus hervor.

Sie lief leise die Stufen hinunter, um ihrer Mutter, Leo und sich das Frühstück zu richten. Dafür war sie immerhin extra eine halbe Stunde eher aufgestanden.

Sie schob, mit einem kurzen Blick auf die Uhr, Brötchen in den vorgeheizten Ofen und begann den Tisch zu decken. Gerade als die Brötchen fertig waren und Jill sie aus dem Backofen fischte, kam Leo herunter. Auf seinem Gesicht zeichneten sich noch Abdrücke des Kissens ab. Als er sah, dass Jill sich die Mühe gemacht hatte das Frühstück vorzubereiten, lächelte er.

»Deine Mutter wird sich freuen.«

Kaum hatte er den Satz beendet, kam die ebenfalls von oben, lobte das gute Benehmen ihrer Tochter, sagte mehrfach, dass diese guten Manieren nur von ihr kommen könnten und ließ sich am Esstisch nieder, ehe sie genüsslich in ihr Brötchen biss.

Das Frühstück der Drei hätte sich ewig hinziehen können, wäre Jill nicht irgendwann eilig aufgesprungen, weil sie in 30 Minuten am Bahnhof sein musste.

Sie lief nach oben, machte sich fertig und rüstete sich mit allem aus, was man beim Schlittschuhlaufen gebrauchen konnte – Handschuhe, Mütze und Schal. Als sie etwas außer Atem die Treppe herunter hastete, saßen ihre Mutter und Leo immer noch am Esstisch und tranken ihren Kaffee.

»Ich muss dann los.«

Sie stürmte vorbei.

»Wohin geht's nochmal?«, fragte ihre Mutter.

»Schlittschuhlaufen.« Jill war bereits im Flur, zog ihre Jacke über und hängte sich die Tasche um. Mit einem kurzen »Tschüss!« in Richtung Küche griff sie nach der Türklinke.

Nach zehn Minuten kam Jill am Bahnhof an und erblickte Tina, die wild mit den Armen wedelte. Links neben ihr stand Mike, der ratlos dreinschaute, aber sich wohl auch nicht daran störte, dass seine Freundin anschließend laut über den halben Bahnhof rief: »Jiiiiill, hier sind wir!«

Jill kam gerade bei den beiden an, als auch schon die Bahn vor ihnen hielt. An einigen Menschen vorbei quetschten sie sich in das Zugabteil.

Weitere 20 Minuten später kamen die drei an der riesigen Eisporthalle an, die für ihre zwei großen Schlittschuhbahnen bekannt war.

»Hattet ihr nicht gesagt, Myra würde auch kommen?«, fragte Jill, während sie sich nach ihr umschaute.

»Doch, doch. Aber sie wartet drinnen«, sagte Tina.

Sie reihten sich in die lange Schlange vor dem Eingang ein, um fast eine halbe Stunde zu warten, bis sie endlich ihre Eintrittskarten ergattern konnten.

»Wir hatten ausgemacht uns beim Schlittschuhverleih zu treffen. Ah, da drüben ist sie.« Tina boxte sich einen Weg frei - mit Jill und Mike im Schlepptau.

Mit ihrer engen Jeans und dem trotzdem sportlichen Outfit sah Myra so gut aus, dass Jill ihren Blick einfach nicht von ihr losreißen konnte und jeden Teil ihres Körpers geradezu sehnsüchtig mit ihren Augen abtastete.

»Huhu«, rissen Tinas Worte sie plötzlich aus ihrer Trance und im nächsten Augenblick umarmte diese Myra. Mike lächelte ihr hingegen nur zu und auch Jill hielt sich mit einem schlichten »Hi« zurück.

Tina, die erwartet hatte, dass Jill Myra ebenfalls umarmen würde, schaute irritiert zwischen den beiden hin und her, zuckte dann leicht mit den Schultern und fuhr dann in ihrem überaus gut gelauntem Ton fort: »Na dann lasst uns mal das Eis unsicher machen!«

Es dauerte nicht lange und alle vier waren mit Schlittschuhen ausgestattet und liefen wackelig in Richtung Schlittschuhbahn.

»Ich bin echt lange nicht mehr gefahren«, sagte Myra, wagte sich aber als Erste aufs Eis.

Jill folgte ihr vorsichtig. Sie hatte lange nicht mehr auf dem Eis gestanden und war das Gefühl der übers Eis rutschenden Kufen kaum noch gewöhnt. Myra und Tina wackelten genau so unsicher wie sie über die Eisfläche, während Mike sich als guter Läufer entpuppte.

»Soll ich dir zeigen wies geht, Schatz?«, fragte er Tina.

Sie himmelte ihn an und nickte heftig. Sekunden später waren die beiden auch schon Hand in Hand in der Menschenmenge verschwunden.

»Wollen wir mal auf die andere Bahn draußen?« Myra hatte neben Jill gehalten, ohne dass sie es gemerkt hatte.

»Klar.«

Jill war froh, als sie nach wenigen Metern die Tür zur Außenbahn erreichten und der Lärm der Menschen augenblicklich nachließ.

Die Bahn bestand im Grunde genommen aus einer riesigen Eisfläche, an deren Seiten mehrere Sitzgelegenheiten und Tische standen. Anfangs fuhren Jill und Myra nur schweigend nebeneinander her. Beide waren unsicher, wie sie miteinander umgehen sollten, schließlich hatte ihr letztes Gespräch deutliche Spuren hinterlassen.

Jill hielt gerade Ausschau nach Mike und Tina, als Myra plötzlich der Länge nach mit einem Aufschrei hinfiel.

Jill realisierte das alles erst einen Moment zu spät, blickte sich erschrocken zu Myra um und fuhr geradewegs in einen bärtigen Mann, der wie Jill Probleme mit der Sicherheit auf dem Eis zu haben schien.

Der Ruck, den Jill dem Mann versetzte, beförderte beide aufs Eis. Der Bärtige rappelte sich sofort auf, murmelte etwas Unverständliches und fuhr weiter.

Jill merkte, wie ihr das Blut in den Kopf schoss und nahm erst jetzt wieder ihre Außenwelt richtig wahr. Sie hörte ein Lachen, das von hinten kam und drehte sich, immer noch auf der Eisbahn sitzend, um. Da saß Myra, die wie Jill mit Eis bedeckt war. Sie lachte so sehr, dass ihr die Tränen in die Augen stiegen.

»Du hättest das mal sehen sollen!«, rief sie zu Jill rüber und lachte nach Luft ringend weiter.

Jill grinste, konnte sich aber wegen ihres schmerzenden Knies nicht allzu sehr über die Situation freuen.

Langsam rappelte sie sich auf und fuhr dann vorsichtig – bedacht darauf, ihr Knie möglichst wenig zu belasten – zu Myra hinüber, um dieser auf die Beine zu helfen. Das Ganze wurde dadurch erschwert, dass Myra immer noch lachte und keine Kraft zum Aufstehen hatte.

»So lustig kann das gar nicht ausgesehen haben«, protestierte Jill, während sie mit Myra auf eine Bank zusteuerte, die ein wenig entfernt von der Bahn stand.

»Oh doch!« Myra wischte sich die Tränen aus dem Gesicht und schien zumindest wieder ausreichend Luft zu bekommen. Kaum hatten sie die Bank erreicht und sich darauf niedergelassen, da legte sich wieder ein gewisser Ernst über die beiden. Jill legte ihr Bein hoch und tastete ihr Knie ab.

»Autsch!«, rief sie überrascht aus.

»Oh je. Zeig mal her.«

Jill zog ihr Hosenbein übers Knie und begutachtete es. Es war gerötete.

»Das wird wohl 'n blauer Fleck.« Myra strich zärtlich über ihr Knie.

Sie errötete durch die Berührung und zog eilig ihr Hosenbein wieder runter. Myra sah sie geradewegs an.

»Jill? Ich weiß nicht, ob du das jetzt hören willst, aber ich habe mit Simon Schluss gemacht. Und ich weiß auch, dass ich das hätte früher tun sollen. Und vor allem hätte ich dir von ihm erzählen sollen. Es tut mir entsetzlich leid.«

Jill richtete ihren Blick in Richtung Boden. Es kostete sie viel Mühe, das Vergangene zu verarbeiten.

»Weißt du«, begann sie zögernd, »als ich gesehen habe, wie ihr euch geküsst habt, ist für mich etwas kaputt gegangen. Ich dachte, ich wäre für dich nur Spaß gewesen oder du hättest dich nie ernsthaft für mich interessiert. Nach unserem Gespräch wurde mir aber bewusst, dass das nicht stimmt und dass ich nicht alles Gute von mir abhalten sollte, nur damit mir nie wehgetan wird. In deiner Gegenwart fühle ich mich so glücklich, wie ich mich bisher noch nie in der Gegenwart eines anderen Menschen gefühlt habe und ich werde meinetwegen auch alles Schlechte ertragen, um dieses Gefühl weiterhin haben zu dürfen.«

Dabei traten Jill Tränen in die Augen. Myra wirkte erst nachdenklich, erwiderte dann aber Jills Blick und sagte: »Es gibt nichts, was daran schlecht ist.«

Dann strich sie sanft die Tränen von Jills Wangen, zog sie zu sich heran und küsste sie so zärtlich, dass jeder Muskel in Jills Körper sich sofort entspannte und sie sich am liebsten in Myras Armen verloren hätte. Das, was sie für Myra empfand, war wie die Antwort auf eine Frage, die sie sich bisher nie zu trauen gestellt hatte.

Plötzlich wurde Jill klar, dass Myra sie in aller Öffentlichkeit küsste und sie schreckte zurück. Doch trotz allem blieb ein Lächeln auf ihren Lippen.

»Lass uns weiterfahren«, sagte Jill.

Myra zog sie an der Hand in Richtung Schlittschuhbahn, wo die beiden auf Mike und Tina stießen, die ihnen gut gelaunt entgegenkamen.

Den Rest der Zeit verbrachten sie zu viert, wodurch es den beiden nicht mehr möglich war, sich zu nähern. Allerdings versuchten beide, wenn Tina und Mike beschäftigt waren oder mal nicht hinsahen, sich möglichst nahe zu kommen – auch wenn sie sich nur streiften. Sie warfen sich geheimnisvolle Blicke zu, sobald die anderen außer Reichweite waren. Jill genoss den ganzen Tag und konnte es kaum erwarten, mit Myra allein zu sein. Sie wollte unbedingt wieder ihre weichen Lippen spüren.

Nach knapp zwei Stunden gab die Erste auf: Tina sank erschöpft auf eine Bank nieder. »Mir reicht's für heute. Meine Füße können nicht mehr.«

Mike setzte sich neben sie. »Wenn ihr wollt, könnt ihr ja noch ein, zwei Runden fahren und dann gehen wir?«

»Okay. Dann treffen wir uns hier gleich wieder«, erwiderte Jill, nachdem sie Myra einen fragenden Blick zugeworfen und diese genickt hatte.

»Fahren wir um die Wette?«, fragte Myra mit einem herausfordernden Unterton. Jill grinste und fuhr los.

Sie hörte Myra hinter sich protestierend »Hey! Das ist unfair!« rufen, aber das störte sie wenig.

Nach etwa der Hälfte der Strecke überholte Myra sie und sie hatte Mühe mitzuhalten.

»Du hast mir vorenthalten, dass du das so gut kannst!«, rief Jill ihr keuchend hinterher.

»Tja«, erwiderte Myra nur mit einem Schulterblick zu Jill und fuhr dann zu Mike und Tina, die immer noch auf der Bank saßen. Einige Sekunden später kam auch Jill an. Mit der letzten Luft, die ihr blieb, lachte sie.

»Na schön. Du hast gewonnen! Aber mein Knie ist ja auch verletzt«, presste sie hervor, während sie ihre Hände auf die Oberschenkel stützte und hastig Luft einsog.

»Natürlich! Das Knie ist schuld! Über die Siegerprämie reden wir übrigens später.« Myra grinste. Ihr schneller Atem malte kleine Dampfwolken in die Luft.

»Ihr seid doch verrückt«, sagte Tina, die im Gegensatz zu Jill und Myra froh darüber schien, ihre Schlittschuhe bald ausziehen zu können.

Mit geröteten Wangen kamen die vier aus dem Eisstadion und waren froh, als sie später in der Bahn Sitzplätze fanden. Jill blickte aus dem Fenster und versuchte die rasch vorbeifliegende Landschaft in sich einzusaugen. Dabei spürte sie eine gewisse Befriedigung in jedem einzelnen ihrer Körperteile. Vor allem ihre Füße dankten es ihr, wieder in normalen, bequemen Schuhen zu stecken.

»War doch 'n netter Tag«, brach Mike das Schweigen, woraufhin ihm alle zustimmten, um danach doch den Rest der Heimfahrt wieder zu schweigen.

»Kommt gut heim, ihr beiden«, sagte Tina, kaum waren sie aus der Bahn ausgestiegen. Dabei umarmte sie erst Jill, dann Myra und anschließend schnappte sie sich Mike und verschwand mit ihm in der Flut der sich vom Bahnhof weg bewegenden Menschen.

»Was machen wir jetzt noch mit dem angebrochenen Tag?«, fragte Myra.

»Sag du es mir.« Jill schaute sie neugierig an.

»Du könntest – natürlich nur rein theoretisch – noch ein bisschen zu mir kommen. Meine Eltern sind im Urlaub und kommen erst heute Abend wieder.« Sie klang unsicherer als sonst.

»Ja, rein theoretisch könnte ich das tun.« Jill grinste, griff nach Myras Hand und so machten sich die beiden schlendernd auf den Weg zu dem blauen, extravaganten Haus.

Dort angekommen suchte Myra in ihrem Rucksack nach ihrem Türschlüssel. Jill betrachtete sie von der Seite, wie sie leise fluchend darin herumwühlte.

»Hab ihn!«

Sie schwenkte triumphierend ihren Schlüsselbund in der Luft herum. Nachdem Myra ungeduldig die Haustür aufgeschlossen hatte und ins Haus gegangen war, trat Jill vorsichtig hinter ihr ein.

Die Eingangshalle wirkte ohne die vielen Menschen, die am vergangenen Wochenende hier noch getanzt hatten, geradezu steril aufgrund der weißen Einrichtung. Zudem sah es deutlich sauberer und größer aus, als das letzte Mal.

Kaum hatte Myra die Tür hinter Jill geschlossen, drückte sie Jill sanft dagegen und küsste sie, während ihre Hände zu ihrer Taille wanderten.

»Willst du was trinken?«, fragte sie und gab Jill einen weiteren, selbstverständlich wirkenden Kuss, ließ ihren Rucksack irgendwo auf den Boden fallen und war schon auf dem Weg in die Küche. »Irgendeinen Saft vielleicht?«, fragte sie weiter, nachdem Jill nicht antwortete.

»Klar. Gern.«

Jill folgte ihr mit pochendem Herz in die Küche und umarmte sie von hinten, während sie Orangensaft in zwei Gläser goss.

»Voilà«, sagte Myra und gab ihr ein Glas.

Jill nahm einen Schluck und behielt das Glas danach unentschlossen in der Hand. Am liebsten hätte sie Myra eng an sich gezogen und lange geküsst, doch sie traute sich nicht. All das, war so neu für sie, so ungewohnt. Sie konnte einfach nicht glauben, wie vertraut ihr Myra erschien.

Myra schaute sie geradewegs an. Ihre grünen Augen funkelten. »Wenn dir das zu viel wird, sag bitte Bescheid, ja?«

»Was meinst du?«

»Komm mit. Ich hab eine Idee«, sagte Myra und führte Jill die Marmortreppe in den Keller hinab.

Jill spürte, wie sich ein Widerstand in ihr regte. Sofort wurden die Erinnerungen an die Hausparty wach. Sie erinnerte sich an das Gespräch, das die beiden hier unten geführt hatten. Doch im nächsten Moment platze diese Erinnerung und sie nahm nur noch Myra wahr, die mit ihrer engen, figurbetonten Jeans unmittelbar vor ihr lief und Jill damit fast wahnsinnig machte.

Myra stieß die Tür zur Schwimmhalle auf, ließ Jill an sich vorbei zuerst eintreten und folgte ihr dann.

»Und von welcher Idee hast du da gesprochen?« Jills Herz raste. Sie war verunsichert.

»Ich dachte ich hole mir meine Siegerprämie ab.« Myra lächelte. Ein Lächeln, das Jill auf ihrem Gesicht noch nie gesehen hatte.

Wie schon bei ihrem ersten Besuch in dieser Halle legte sich sofort ein besänftigendes Gefühl über Jill, das durch das gedämpfte Licht, das aus dem Pool kam, und die glitzernde Wasseroberfläche erzeugt wurde. Nun kam Myra behutsam auf Jill zu, küsste sie dann aber sehnsüchtig, wie sie es auch schon vorhin getan hatte, ließ ihre Hände langsam an Jills Rundungen hinab gleiten, zog sie mit ihren Armen ganz nah an ihren Körper heran und schien jedes Stück von ihr erkunden zu wollen.

»Warte«, keuchte Jill, bevor sie sich vollends in Myras Armen verlieren konnte. Während sie innehielt blickte sie Myra für eine Sekunde an.

Was machte sie da eigentlich? Sie dachte nach, um sich dann doch ihren Gefühlen hinzugeben, ihre Lippen begierig auf Myras Mund zu pressen und ihn mit ihrer Zunge zu erforschen.

Myra knöpfte, während sie Jill mit der einen Hand zu sich zog, mit der anderen Hand ihre Hose auf. Anschließend öffnete sie Stück für Stück Jills Oberteil. Dabei ließ sie für einen Moment von ihr ab, um ihr Schlüsselbein zu küssen.

»Ich … ich hab das noch nie gemacht«, sagte Jill. Alles in ihr pulsierte. Ihr war heiß.

Myra schaute sie lange an. »Wenn dir das zu schnell geht …«

»Geht es dir denn nicht zu schnell?« Jills Gedanken rasten.

»Nein, ich will mehr von dir.«

Es waren nur diese Worte aus Myras Mund, die all ihre Zweifel beseitigten. Sie presste ihre Lippen begierig auf ihre.

»Du riechst so unglaublich gut.« Myra ließ ihre weichen Lippen über Jills Hals wandern.

Nun befreite Jill Myra von ihrer Hose und ihrem T-Shirt und ließ ihre eigene nach unten gleiten. Sie stöhnte leise auf, als Myra ihren Körper mit Küssen bedeckte und wenige Augenblicke später fielen auch die restlichen Kleidungsstücke zu Boden. Noch nie hatte sie ein Mädchen nackt so attraktiv gefunden. Jill war für einen Moment zu überrascht davon, dass dieses wunderbare Gefühl, das sie hatte, als sie Myras Körper sanft mit ihren Fingern nachfuhr, ihr so vertraut vorkam, so sicher.

»Komm«, wisperte Myra und zog Jill über eine Treppe ins Schwimmbecken. Dabei küsste sie sie erneut.

Sie waren mittlerweile so weit im Pool, dass ihre Oberkörper fast vollkommen im Wasser waren.

Myra drückte Jill leicht an den Beckenrand und begann ihre Brüste mit ihren Lippen zu liebkosen. Jill glaubte zu träumen und schloss ihre Augen, während sie leise aufstöhnte. Sie konnte nicht glauben, dass die zärtlichen Berührungen, Myras Hände, die ihren Körper entlang fuhren und sie fest an sich zogen, wirklich real sein konnten. Als Myra ihren Oberschenkel zwischen ihre Beine schob und sie noch fester an den Beckenrand presste, glaubte sie, ihren Verstand vollends verlieren zu müssen. Voller Begierde und Sehnsucht presste sie sich Myra entgegen, forderte mehr. Und plötzlich gab ihr Myra all das. Alles in ihr pulsierte.

Ihre heißen Lippen auf ihrer Haut zu fühlen, berührt zu werden, wie es niemand zuvor getan hatte – all das brachte Jill fast um den Verstand. Ein explosionsartiges Gefühl wurde in Jill frei, wie sie es noch nie gespürt hatte. Sie konnte sich nicht länger zurückhalten und stöhnte auf, während sie ihre Finger in Myras Rücken grub.

Myra sank mit einem letzten, erschöpften Keuchen an sie. Jill spürt Myras Haut auf ihrer eigenen und nahm das immer noch pulsierende Gefühl in sich wahr, das langsam wieder zu versiegen begann. Myra stieß sich leicht vom Beckenrand ab, kam dann wieder näher und küsste sie ganz zärtlich auf die halb geöffneten Lippen.

»War das okay für dich?«, fragte sie leise.

Es kam Jill komisch vor, Myras Stimme zu hören, weil sie das Ganze, was soeben passiert war, real zu machen schien. Sie antwortete mit einer sanften Erwiderung des Kusses und flüsterte: »Mehr als das.«

Durch ein lautes Piepsen wurden die beiden plötzlich auf die Uhr an der Wand aufmerksam, die 17 Uhr anzeigte.

»Oh, verdammt. Meine Eltern tanzen bald hier an.«

Myra schaute sich panisch um, als könnten sie jeden Moment durch die Tür hereinkommen.

»Dann sollten wir uns vielleicht mal wieder anziehen.«

Jill musste über ihre unnötige Bemerkung grinsen.

Gemeinsam verließen sie das Becken und Myra holte aus einem Nebenraum Handtücher. Sie hielt eines Jill hin und sagte mit ernstem Blick: »Du weiß ja gar nicht, wie wunderschön du bist.«

Jill lächelte, griff dann nach dem Handtuch und zog Myra zu sich. Sie küsste sie nochmals, wenn auch nur flüchtig, auf den Mund und begann dann, sich abzutrocknen und wieder in ihre Sachen zu schlüpfen.

Kaum waren die beiden auf dem Weg von der Treppe hinauf ins Erdgeschoss, da hörten sie die Stimmen von Myras Eltern.

»Myra? Wir sind wieder Zuhause!«, klang es gedämpft durch die Kellertür.

Jill öffnete sie und schlüpfte mit Myra ins Wohnzimmer. Myras Eltern, beide vom Urlaub braun gebrannt, waren kurz erstaunt, lächelten dann aber.

»Mum, Dad – das ist Jill«, sagte Myra und fügte dann eilig hinzu: »Wir waren nur eben unten im Keller, weil ich Jill unbedingt unseren Pool zeigen wollte.«

Trotz ihrer feuchten Haare begnügten sich die Eltern mit dieser Erklärung und fingen an, vom Urlaub zu erzählen.

Myra wurde bewusst, wie unwohl sich Jill in ihrer Situation fühlen musste und unterbrach ihre Eltern entschuldigend: »Ich bring nur eben Jill zur Tür und dann könnt ihr mir das alles in Ruhe erzählen, ja?«

»Natürlich. Entschuldige, Schätzchen«, sagte ihre Mutter mit demselben liebevollen Unterton, wie sie Myra auch begrüßt hatte und dann verschwanden die beiden – nach einer kurzen, höflichen Verabschiedung von Jill – mit ihren Koffern nach oben.

Myra begleitete sie zur Tür. Jill prüfte nochmal, ob die Luft wirklich rein war und küsste sie.

Dann fragte sie schüchtern: »Bekomm ich deine Nummer?«

»Natürlich.« Myra lächelte und griff nach einem kleinen Notizzettel und einem Kugelschreiber, der auf einem antiken Tischchen in der Eingangshalle lag.

Nachdem die beiden ihre Handynummern ausgetauscht hatten, zog Jill mit einem Lächeln auf den Lippen die Tür hinter sich zu.

Daheim angekommen fand sie ihre Mutter in der Küche vor. Sie backte gerade einen Kuchen und war in das Kneten des Teiges und eines ihrer Lieblingslieder im Radio vertieft, so dass sie Jill gar nicht hörte. Jill schlich sich gut gelaunt von hinten an ihre Mutter heran und tippte ihr ganz vorsichtig auf die Schulter. Ihre Mutter schrie auf und fuhr erschrocken herum.

»Du kannst mich doch nicht so erschrecken!«

Jill reagierte darauf nicht und lugte stattdessen über ihre Schulter, um zu sehen, was sie da backte.

»Der ist für Oma. Du musst also gar nicht erst so gierig gucken.« Ihre Mutter zwickte sie leicht in die Seite.

»Hey!«, rief Jill und wich ein Stück zurück.

»Wo hast du eigentlich gesteckt? Wart ihr so lange Schlittschuhfahren?«

»Nein, ich war danach noch bei Myra.«

Augenblicklich schossen Jill die Bilder aus dem Pool wieder durch den Kopf. Myras Haut, die ihre sanft streifte und ...

»Ist Myra eine neue Freundin von dir? Hast mir ja noch nie was von der erzählt«, unterbrach ihre Mutter Jills abschweifende Gedanken.

»Äh ... ja. Sozusagen. Wir haben uns auf Tinas Silvesterparty kennengelernt und heute war sie beim Schlittschuhfahren dabei.«

»Ach so. Vielleicht lern ich sie ja dann auch mal kennen?«

Jill zuckte mit den Schultern. »Klar.«

DER ANFANG DANACH

»Ich mach schon auf«, rief Jill den anderen zu und eilte zur Tür. Die Winterferien waren mittlerweile schon fast verstrichen und eine seltsame, aber trotzdem ausgelassene Stimmung hatte sich über sämtliche Schüler gelegt.

Seit Jills letztem Treffen mit Myra waren einige Tage vergangen und so freute sie sich nun umso mehr, sie endlich wieder zu sehen.

»Hallo, schöne Frau«, begrüßte Jill sie und strahlte.

Myra zog sie an sich und küsste sie leise. »Ich hab dich vermisst«, flüsterte sie mit fast vorwurfsvollem Unterton, erwiderte gleichzeitig aber das Lächeln.

»Wo bleibt ihr denn?«, kam es in dem Moment aus dem Wohnzimmer, wo sich bereits Tina, Mike und Joseph eingefunden hatten.

»Eigentlich will ich da jetzt gar nicht rein«, flüsterte Myra mit einem Blick über Jills Schulter und zupfte an deren Pulli.

»Ich würde auch lieber mit dir allein in einem warmen, kuscheligen Bett liegen.« Jill küsste sie erneut, diesmal aber länger.

»Wann wollen wir es ihnen sagen?«, fragte Myra.

»Bald, aber lass uns noch warten«, seufzte Jill und zog Myra ins Haus.

»Hey Myra!«, rief Tina, als die beiden das Wohnzimmer betraten.

»Hi.« Sie winkte in die Runde. »Ich hoffe ihr habt noch nicht ohne mich angefangen?«

»Natürlich nicht«, sagte Joseph. »Ach Jill, wolltest du nicht noch Popcorn machen?«

Jill nickte nur und ging in Richtung Küche.

»Ich komm mal eben mit«, schloss sich Myra eilig an.

Nach wenigen Schritten waren die beiden in der Küche, wo Jills Mutter, halb im Kühlschrank steckend, etwas suchte. Als sie Jill hörte, schlug sie sich aus Versehen den Kopf an einer der Fachtrennungen an.

»Autsch«, hörten sie gedämpft aus dem Kühlschrank. Endlich zog sie ihren Kopf daraus hervor und rieb sich dabei den Hinterkopf.

Myra musste unwillkürlich lachen. Daraufhin grinste auch Jills Mutter, reichte Myra die Hand und sagte:»Ich bin Susan, Jills Mutter, wie du dir denken kannst. Und du bist?«

»Myra.« Sie schüttelte ihre Hand.

»Ach, lern ich dich endlich mal kennen. Jill hat mir schon von dir erzählt.«

Jill fühlte sich kurz ausgeschlossen. Der Anblick von Myra und ihrer Mutter war geradezu so, als hätten sich zwei alte Bekannte wieder getroffen.

»Ich hoffe, Jill hat nur Gutes erzählt.« Myra grinste.

»Na klar! Jedenfalls stör ich euch Kids auch gar nicht länger. Ich wollte eh gleich los. Hab nur eben noch das hier gesucht.« Sie schwenkte eine Tube Senf in der Luft herum. »War echt nett, dich mal kennenzulernen«, fuhr sie fort, lächelte Myra nochmals zu und verschwand mit einem »Schönen Abend noch« aus der Küche.

»Äh, warte mal. Mum? Wohin gehst du denn?«

Jill hörte ihre klappernden Absätze auf den Fließen wieder lauter werden und gleich darauf stand sie auch schon wieder in der Küche.

»Zu Leo. Hatte ich das nicht gesagt?«

»Nein. Du hattest eigentlich nur gesagt, dass du heute Abend weg bist. Wann kommst du wieder?« Jill runzelte die Stirn.

»Ich wollte doch bei Leo übernachten. Ich hätte schwören können, dass ich mit dir darüber heute Morgen gesprochen habe!«

Ihre Mutter drückte ihr einen Kuss auf die Stirn und ging dann erneut. »Bis morgen.«

Die Tür fiel ins Schloss.

»Das war also deine Mutter«, sagte Myra und konnte sich ein Grinsen nicht verkneifen.

»Ja, ich glaubs auch kaum.«

»Total cool.«

Sie begannen Popcorn für die hungernde Meute im Wohnzimmer zu machen. Innerhalb weniger Minuten war eine Schüssel voll und Jill ging kurz ins Wohnzimmer, stellte sie dort auf dem kleinen, runden Couchtisch ab, verkündete noch eine weitere machen zu wollen und lief wieder in die Küche.

»Noch 'n paar Minuten, dann sind wir soweit!«, rief sie den anderen zu.

Myra hatte sich mittlerweile auf eine der Küchenablagen gesetzt und schaute Jill beim Popcorn machen zu.

Jill schob eine zweite Schüssel in die Mikrowelle, stellte die Stoppuhr ein und wendete sich dann Myra zu, die sie die ganze Zeit über mit ihren durchdringenden grünen Augen beobachtet hatte. Ihre schwarze Strumpfhose, der gewagt kurze, schwarze Rock, den sie darüber trug und ihr enger, dunkelgrüner Pulli, der ihre wohlgeformten Rundungen zur Geltung brachte, zogen Jill in jenem Moment an. Sie machte ein paar Schritte auf sie zu. Myra schob ihre Beine leicht auseinander, damit sie ihr noch näher kommen konnte. Somit blieb Jill unmittelbar vor Myra stehen und blickte zu ihr auf. Sie spürte deren heißen Atem auf ihrer Haut und gleichzeitig roch sie den für Myra typischen süßen Duft, der sie seither in ihren Bann gezogen hatte. Ihr Mund war leicht geöffnet und Jills Lippen waren zwar dicht an den ihrigen, berührten sie aber nicht. Sie spürte nur das Pulsieren in ihrem Körper. Dieses Gefühl, das sie immerzu durchflutete, wenn sie Myra so nah war wie jetzt. Doch in diesem Moment war das Gefühl so stark, dass Jill es absichtlich hinauszögerte, nur um es etwas länger genießen zu können. Myras Atem wurde schneller und wie als hätte sie es nicht mehr abwarten können, küsste sie sie, wobei sie mit ihrer Zunge in Jills Mund drang.

Plötzlich gab es ein grelles »Bing« und Jill schrak keuchend zurück. Das pulsierende Gefühl und Myras Duft verschwanden, nur der intensive Geruch von Popcorn lag noch in der Luft. Jill stöhnte leise, ließ enttäuscht ihre Hand über Myras Oberschenkel gleiten und ging zur Mikrowelle.

Myra hüpfte von der Küchenablage runter und zog ihren hochgerutschten Rock zurecht.

»Na dann mal los.« Sie seufzte und ging mit ihr ins Wohnzimmer zurück.

»Da wäre auch schon die zweite Ladung.« Jill stellte die Popcornschüssel in die Mitte des Tisches und ließ sich zwischen Joseph und Myra nieder. Auf der anderen Couch lagen Mike und Tina eng umschlungen.

»Kanns losgehen?«, fragte Joseph und hantierte dabei mit der Fernbedingung.

»Lass laufen«, antwortete Mike.

Sie schauten zwei Filme, die in ihrem Genre nicht hätten unterschiedlicher sein können. Der erste Film war eine Komödie, die – anders als Jill es gewohnt war – sogar richtig lustig war. Als Mike dann den zweiten Film – einen Horrorfilm mit dem Titel »Changed« – einlegte, gähnte Tina neben ihm herzhaft.

»Eigentlich bin ich nicht so der Freund von Horrorfilmen«, erwähnte Myra eher halblaut.

»Wenn du Angst bekommst, kannst du gern hier rüber kommen«, erwiderte Joseph und zwinkerte Myra zu.

»Ich werds mir überlegen«, antwortete sie und wandte sich ab.

Jill fühlte sich unbehaglich und zog ihre Beine an sich.

Nachdem der Mörder des Filmes sein letztes Opfer gefunden hatte, das geschmacklos abgestochen wurde, flimmerte der Abspann über den Fernseher. Dazu ertönte eine Melodie, die für einen Horrorfilm viel zu fröhlich klang. Mike schaltete den Fernseher aus, ging zur Stehlampe neben dem Sofa und schaltete das Licht wieder ein. Die anderen saßen benommen von den letzten Szenen des Films da. Er hingegen räumte sämtliche Schüsseln und Chipspackungen in die Küche und ließ sich erst dann wieder neben Tina nieder. Die verpasste ihm für die guten Manieren einen Kuss.

»Danke «, lächelte Jill Mike müde an.

»Kein Ding«, sagte er und schaute prüfend auf die Uhr. »Viertel vor 1 schon.«

Langsam wurden die anderen auch wieder wach. Tina griff Mikes letzte Bemerkung auf und sagte: »Ich denke, wir werden mal gehen, oder?« Sie richtete sich träge auf.

Die anderen taten es ihr nach, wobei der unschöne Film immer noch die Stimmung drückte.

»Ich werd dann auch langsam mal. Wie kommst du eigentlich nach Hause, Myra?«, fragte Joseph und musterte sie dabei von der Seite.

»Ich muss mal schauen.«

»Ich könnte dich auf meinem Roller mitnehmen. Nicht, dass dir was passiert.«

Dabei grinste er so arrogant, dass Jill fast schlecht wurde.

»Ich kann schon auf mich aufpassen. Trotzdem danke.«
Myra zwinkerte ohne zu lächeln.

»Wie du meinst.«

Joseph bemühte sich, keine Gesichtsregung zu zeigen.

»Myra, können wir dich noch ein Stück begleiten?«, fragte Tina.

»Ich wollte noch kurz was mit Jill klären, geht ruhig schon mal. Ich komme allein heim.«

Tina zuckte die Schultern, schnappte sich Mike und machte sich mit Joseph im Anhang auf den Weg.

»Und wie machen wir es jetzt noch?«, fragte Jill, kaum war die Tür ins Schloss gefallen.

Myra gähnte erst herzhaft und antwortete zögernd: »Deine Mum ist doch über Nacht weg, oder?«

»Von mir aus kannst du gerne hier bleiben.«

»Ob ich jetzt oder erst morgen früh nach Hause komme, ist meinen Eltern wahrscheinlich eh egal.« Myra zuckte mit den Schultern.

»Aber nur, wenn wir jetzt ins Bett gehen«, sagte Jill und küsste Myra auf die Wange.
Beide waren von dem Abend müde und sehnten sich nur noch nach einer warmen Bettdecke. Wenige Minuten später, nachdem alle Lichter gelöscht waren, gingen sie gemeinsam nach oben.

Jill war schon umgezogen und lag im Bett, als Myra sich ihres Rockes und ihrer Strumpfhose entledigte.

»Ich hab dir da drüben ein T-Shirt rausgelegt. Ich hoffe, es passt dir«, sagte Jill, wobei sie es nicht lassen konnte, Myra zu beobachten, wie sie sich ihren Pulli auszog und nur noch in Unterwäsche da stand. Myra griff sich das T-Shirt und schlüpfte hinein. Dabei entging ihr nicht Jills Blick und sie musste grinsen. Doch gleich darauf durchdrang sie die Kälte, die in Jills Zimmer herrschte, und so kroch sie eilig zu ihr unter die Decke.

»Du bist ja eiskalt«, erschrak Jill, als Myra sich nach Wärme bettelnd an sie schmiegte.

»Wenn du auch vergisst deine Heizung aufzudrehen«, entgegnete sie gespielt trotzig und presste sich nur umso mehr an Jill, um sie zu necken. Jill küsste sie auf die Schläfe und beugte sich über sie hinweg, um nach dem Lichtschalter zu tasten.

Plötzlich umgab sie völlige Dunkelheit, wobei nur Myras Duft zu existieren schien. Jills Augen gewöhnten sich daran und Myras Umrisse traten mehr und mehr hervor. Sie ließ sich zurück ins Kissen fallen, woraufhin Myra sich erneut seitlich an sie kuschelte.

»Wie hat dir der Abend gefallen?«, fragte Myra.

»Ganz nett eigentlich. Der zweite Film war zwar echt brutal, aber mit Mike und Tina macht sowieso alles Spaß.«

Jill sah die beiden gedanklich vor sich herumalbern.

»Ja, die beiden sind echt ein süßes Paar. Nur dieser Joseph ist doch echt ein Idiot. Ich kann so arrogante Typen nicht leiden.«

»Das hat mich auch ziemlich gestört.« Jill spürte wieder Wut in sich aufsteigen.

»Als meine Freundin hast du doch auch allen Grund dazu«, sagte Myra, wobei Jill der Tonlage ihrer Stimme entnehmen konnte, dass sie lächelte.

»Als deine feste Freundin?«

»Ja. Oder wie würdest du das hier bezeichnen?«, fragte Myra und beantwortete die Frage selbst mit einem langen, zärtlichen Kuss.

»Warst du schon mal mit einem Mädchen zusammen?«, fragte Jill. Ihr wurde bewusst, wie toll sie es fand, ihren Arm schützend um Myra legen zu können.

»Nicht so richtig. Wir waren mit unserer Klasse mal für eine Woche Zelten und da hab ich ein Mädchen kennengelernt. Wir hatten auch was miteinander, aber nach vier Tagen war sie eines Morgens einfach weg und ich hatte eigentlich nichts von ihr, außer einen Vornamen. Ansonsten hatte ich nie was Festes, nur Freunde, wobei das nie lang gehalten hat. Wie sieht's bei dir aus?«

»Mit einem Mädchen war ich noch nie zusammen, wobei ich komischerweise immer darauf gehofft habe. Zumindest kommt mir das so vor, seitdem das mit uns beiden begonnen hat. Freunde hatte ich bisher zwei. Wobei das mit dem Ersten nicht lange hielt und mit dem Zweiten dann immerhin ein paar Monate, bis ich gemerkt habe, dass es nicht Liebe ist, die ich für ihn empfinde. Das war ziemlich hart und hat ihn wohl auch sehr verletzt. Wahrscheinlich bin ich damals nur davongelaufen.«

»Jetzt musst du das ja nicht mehr tun.« Myra küsste sie lange und ließ sich müde an sie sinken.

***

Eine Tür fiel ins Schloss. Zumindest war das Jills vernebelte Erinnerung an das Geräusch, das sie geweckt hatte. Sie war benommen und rieb sich die Augen, wodurch ihr die Welt wieder klarer erschien.

Eng an sie geschmiegt lag Myra, deren regelmäßiger, flacher Atem dafür sprach, dass sie immer noch durch Traumwelten spazierte. Die Treppenstufen knarrten. Dann folgte ein leises Klopfen an der Tür, was nur Jills Mutter sein konnte.

Jill, der plötzlich bewusst wurde, dass diese es hinterfragen würde, wenn sie sehen würde, dass ihre Tochter mit Myra in einem Bett, so eng aneinander gekuschelt geschlafen hatte, richtete sich reflexartig auf, verließ das Bett mit einem leisen Sprung und zog die Tür einen Spalt breit auf.

»Guten Morgen.«

Ihre Mutter grinste gut gelaunt und musterte ihre verschlafene Tochter.

»Pssst, Mum. Nicht so laut. Myra hat hier übernachtet und sie schläft noch«, schien es Jill die bestmögliche Ausrede zu sein. »Ach, echt? Das ist ja toll. Wenn ihr wach seid, könnt ihr gerne unten was frühstücken. Ich hab extra Brötchen geholt und für Myra wird es wohl auch noch reichen. Ich muss jetzt nur leider direkt zur Arbeit. Eine Arbeitskollegin hat mich vorhin gebeten früher zu kommen, so viel ist heute im Krankenhaus los. Also, mach's gut, Kleine.« Mit diesen Worten drückte sie ihrer Tochter einen Kuss auf die Stirn – so, wie sie es sich in letzter Zeit zur Gewohnheit gemacht hatte – und verschwand nach unten.

Jill schloss die Tür leise, um Myra bloß nicht zu wecken, doch als sie sich umdrehte, bemerkte sie, dass diese schon wach war.

»Guten Morgen, schöne Frau«, sprach Myra mit verschlafener Stimme, wobei sie an Jills Begrüßung von gestern Abend dachte. »War das deine Mutter eben?«

»Ja. Aber sie ist jetzt wohl wieder weg. Tschuldige, wenn wir dich geweckt haben.«

»Das macht doch nichts. Aber möchtet du nicht vielleicht wieder zu mir ins Bett kommen?«

Jill ließ sich das nicht zweimal fragen und schlüpfte wieder unter die warme Decke. Kaum lag sie, setzte sich Myra breitbeinig auf sie, beugte sich zu ihr herunter und küsste sie.

Dann schmiegte sie sich so von oben an Jill und versuchte ihr von dort aus in die Augen zu blicken, als sie sie fragte:»Wann sagen wir es den anderen?«

Eigentlich wollte sich Jill nun keine Gedanken darüber machen. Sie wollte nur fühlen, wie Myra sich an sie presste und den Moment genießen. Gleichzeitig war ihr auch bewusst, dass sie es irgendwann den anderen sagen mussten. Schließlich konnten sie sich nicht immer verstecken.

»Ist es dir denn ernst mit mir?« Jill erschien die Frage merkwürdig, aber sie musste sie stellen.

»Ich denke, ja. Siehst du das denn anders?«
Myra schaute sie gebannt an, als sie zur Antwort ansetzte.

»Doch schon. Aber …«, sie brach kurz ab, um gleich darauf fortzufahren,»das ist alles irgendwie neu für mich. Und es hat sich so schnell und intensiv entwickelt. Meinst du nicht, es könnte gerade deswegen genau so schnell wieder zu Ende sein? Irgendwie habe ich diese Befürchtung ständig im Hinterkopf. Das alles erscheint mir viel zu schön, um wahr zu sein.«

»Hey«, flüsterte Myra,»natürlich habe ich auch manchmal Bedenken, aber irgendwo ist das doch auch normal. Das spricht doch nur dafür, wie wichtig uns beiden die Sache ist. Und nur weil alles so intensiv und schnell gegangen ist, muss es längst nicht schnell enden. Darüber will ich im Moment aber ehrlich gesagt auch nicht nachdenken, weil du mir viel zu wichtig bist.«

»Wenn du das so siehst, sollten wir es ihnen vielleicht sagen.«

Jill lächelte bedrückt und schon bald suchten ihre Lippen Myras und fanden, wonach sie sich so sehr sehnten.

DAS ENDE DAVOR

Jill war in ihre Mathehausaufgaben vertieft, als das Telefon klingelte. Sie seufzte, ließ sich gegen ihre Stuhllehne fallen und vergrub ihr Gesicht kurz in den Händen. Nachdem das Telefon unaufhörlich weiter klingelte, griff sie nach dem Hörer.

»Jill Tennert.«

Sie rieb sich mit der Hand über die Stirn.

»Hier spricht Myras Mutter. Ich wollte dich nur darüber in Kenntnis setzen, dass dir jeder weitere Kontakt mit meiner Tochter untersagt ist! Ihr werdet euch nicht wieder sehen, verstanden?«

Durch den drohenden Unterton war Jill plötzlich hellwach.

»Was? Wieso?«

In dem Moment hörte sie Myras Stimme im Hintergrund: »Mum, das kannst du nicht machen!«

»Geh auf dein Zimmer!«, brüllte ihre Mutter.

Jill hörte eine Tür zuschlagen.

»Du scheinst ein nettes Mädchen zu sein«, wandte sich Myras Mutter wieder an Jill, »aber ich kann nicht zulassen, dass meine Tochter schon wieder auf die falsche Bahn gerät.«

Im nächsten Moment erfüllte ein lautes Tuten den Hörer. Doch Jill hielt ihn einfach weiter ans Ohr gepresst, hoffend, dass das nicht alles war, was Myras Mutter ihr zu sagen hatte.

Erst nach einigen Augenblicken, in denen das Tuten Jill immer lauter in den Ohren geklungen hatte und sie es letztendlich durch das Auflegen des Hörer beendete, realisierte sie langsam, was Myras Mutter ihr da gerade gesagt hatte. Vor zwei Tagen hatten Myra und Jill noch nebeneinander gelegen und sich geschworen, ihren Freunden davon zu erzählen und nun das. Jill wusste nicht, ob Myras Mutter wirklich so hart durchgriff, wie sie es am Telefon angedroht hatte, aber sie wusste genau, dass sie es nicht aushalten würde, Myra nicht mehr wiederzusehen.

Nach einigen Minuten, in denen Jills Wanduhr vergeblich versucht hatte, ihre Aufmerksamkeit mit ihrem lauten Ticken auf sich zu ziehen, beugte Jill sich wieder über ihre Hausaufgaben. Es half doch alles nichts. Morgen würde nach drei Wochen Ferien wieder die Schule beginnen und Jill hatte viele ihrer Hausaufgaben bis jetzt unerledigt gelassen. Zwei Minuten später richtete sich Jill wieder auf, schlug das Mathebuch zu und ließ sich erneut gegen die Lehne des Stuhls fallen. Sie verstand Mathe ja doch nicht. Warum sollte man sich dann deswegen Gedanken machen?

Viel mehr beschäftigte sie jetzt die Sache mit Myra. Sie versuchte sie auf ihrem Handy zu erreichen, doch es meldete sich nur die Mailbox. Jill ließ sich auf ihr Bett sinken, um gleich darauf eine andere Nummer in die Tasten des Telefonhörers zu tippen.

»Können wir uns treffen?«, fragte Jill, als sich Tina endlich am anderen Ende meldete.

»Oh ja. Das kommt mir gerade recht. Ich muss hier raus.« Tina seufzte. »In 20 Minuten am Feld?«

»Ich wär daheim noch eingegangen.« Tina zog ihre Jacke bis oben hin zu und schaute Jill dankbar an.

»Geht mir nicht anders. Ist mit deinen Eltern eigentlich alles wieder in Ordnung?«

»So würde ich es zwar nicht bezeichnen, aber die Streitereien haben wenigstens aufgehört. Das deute ich als Schritt in die richtige Richtung. Sie gehen jetzt zu so 'ner Eheberaterin. Schräg, oder?«

»Ein bisschen – aber solange es hilft? Deine Eltern waren halt schon immer außergewöhnlich.«

Jill musste an Tinas Mutter denken, die jedes Jahr schon im Herbst die Weihnachtsdekoration hervorholte und das Haus damit verzierte, während andere noch nicht mal ihre Halloween-Deko ausgepackt hatten. Sie musste grinsen.

»Naja – genug von mir. Warum ist dir daheim die Decke auf den Kopf gefallen?«, fragte Tina.

»Wenn Mikes Eltern ihm den Kontakt mit dir verbieten würden, was würdest du dann machen?«

»Ich würd mich mit ihm heimlich treffen. Was sonst? Wieso fragst du überhaupt? Hast du etwa einen Kerl an der Angel, von dem ich nichts weiß?« Tina grinste.

»Nicht ganz.« Jill schluckte.

»Ein Mädchen?« Tinas Gesichtsausdruck blieb unverändert.

»Wie … wie kommst du darauf?«

Tina sprang nun direkt vor sie auf den Weg, wodurch sie ruckartig stoppen musste.

»Du hast was mit Myra!«

Tinas Augen leuchteten, als hätte sie die richtige Antwort bei einer Quizshow gewusst.

»Wie … kommst du auf die Idee?« Jill errötete.

»Oh mein Gott, ich hab's gewusst!« Tina jubelte und ignorierte ihre Frage einfach.

»Ja, na schön«, gestand Jill mit einem Anflug von Gereiztheit, die im nächsten Moment vor Neugierde wieder verfliegen sollte. »Aber woher weißt du es nun?«

»Schätzchen, das hat man gesehen«, antworte ihre Freundin gespielt herablassend und grinste.

»Und was hältst du davon?« Sie hätte niemals gedacht, dass Tina auch nur im Traum darauf gekommen wäre und schon gar nicht, dass man es *gesehen* haben könnte. Sie legte die Stirn in Falten.

»Ich find's irgendwie süß. Gewöhnungsbedürftig, weil ich dich nie richtig mit jemandem gesehen habe - aber süß«, sagte Tina und fügte hinzu: »Irgendwie warst du doch eh schon immer anders. Während ich mir einen Typen nach dem anderen geangelt habe, hast du eigentlich immer nur von Mädchen gesprochen.«

»Ach Quatsch. So offensichtlich war das nicht.«

»Doch, doch!«

Tina duldete keinen Widerspruch mehr.

»Naja ... aber was mache ich denn jetzt? Ich darf mit Myra keinen Kontakt mehr haben.« Jill seufzte.

»Wie ich schon anfangs sagte: Heimlich treffen lautet die Devise.« Tina grinste noch immer. Jill war froh, dass sie alles so locker aufgefasst hatte. Im Grunde genommen hatte sie es sogar erstaunlicherweise lockerer als Jill selbst aufgenommen.

In dieser Nacht lag sie lange wach. Es war nicht nur so, dass sie am nächsten Tag zum ersten Mal seit Wochen wieder zur Schule gehen musste und sie deswegen deutlich zu früh ins Bett gegangen war. Hinzu kam auch noch, dass sie immer noch über das, was Tina gesagt hatte, nachdenken musste.

So lag sie auf ihrem kühlen Bettlaken, das einfach nicht warm werden wollte und starrte mit hinter dem Kopf verschränkten Armen zur Decke, an der Lichtfetzen von draußen einen Tanz vollführten.

Es waren Minuten, wenn nicht sogar Stunden, des Herumwälzens vergangen, als Jill von draußen plötzlich etwas hörte.

Sicher nur der Wind, dachte sie, doch als sich dasselbe wiederholte, ging sie ans Fenster und blickte nach draußen.

Dort stand eine dunkle Gestalt auf dem Rasen im Vorgarten. Sie zog sie das Fenster auf. Ihr Herz fing heftig an zu pochen. Der kalte Wind schlug ihr von draußen entgegen.

»Jill?«, zischte die Person halblaut.

»Was machst *du* denn hier?« Jill erkannte Myras Silhouette.

»Ich musste einfach mit dir reden. Meine Mutter hat mein Handy beschlagnahmt und überwacht mich. Lässt du mich rein?«

Kurze Zeit später saßen die beiden bei Kerzenlicht auf der Couch im Wohnzimmer. Myra hatte ihre Beine im Schneidersitz verschränkt.

»Was ist denn passiert?«

Jill schlang ihre Arme unwohl um ihre Mitte.

»Nachdem wir letztes Mal ausgemacht hatten, dass wir es den anderen sagen würden, habe ich gedacht, es wäre besser, es meiner Mutter zu erzählen, weil sie es doch früher oder später rausbekäme.«

»Und die war nicht sonderlich begeistert?«

»Naja, erst ist sie vollkommen ausgerastet und hat mir vorgeworfen, dass ich daran Schuld wäre, dass ihre Erziehung missraten wäre, und so weiter. Dass ich meine Trotzphasen endlich mal einstellen soll. Dann hat sie mich gezwungen, ihr deine Nummer zu geben und es kam zu dem Telefonat.«

»Ich hoffe, so wird meine Mutter nicht reagieren. Aber wir müssen das irgendwie wieder hinbekommen. Ich will dich weiter sehen dürfen.« Jill schaute trotzig zu Boden. »Was meinte deine Mutter eigentlich, als sie sagte, sie würde nicht *nochmal* erlauben, dass du auf die schiefe Bahn gerätst? Du sagtest doch, du hättest nur mal was mit einem Mädchen auf einer Klassenfahrt gehabt, sie dann aber nie wieder gesehen?«

Myras Gesichtsausdruck veränderte sich. Jill hatte diesen Ausdruck in ihren Augen noch nie gesehen und wusste nicht, wie sie ihn deuten sollte. Ihr entging nicht, dass Myra ihrem Blick auswich.

»Also?«, hakte sie nervös nach.

»Es ist nicht so, wie du denkst. Es gab nie eine andere, von der ich dir nichts erzählt habe.«

»Sondern?«

Myra Stimme vibrierte, als sie weitererzählte. »Ich war noch etwas jünger – vielleicht 14 oder 15 – als ich an einen älteren Typen geraten bin, der keinen besonders guten Einfluss auf mich hatte. Ich habe damals angefangen zu rauchen – nicht nur Zigaretten – und kam viele Nächte betrunken nach Hause. Ich schäme mich dafür, wie naiv ich damals war und wie leicht ich mich von diesem Arsch beeinflussen lassen hab. Es hat fast ein halbes Jahr gedauert, bis ich da wieder rausgekommen bin. Fast hätte ich das Schuljahr damals nicht geschafft. Ich wollte dir das nur nicht erzählen, damit du dir kein falsches Bild von mir machst. Zumal wir uns ja noch nicht gut kennen.«

»Oh.« Jill war erleichtert und zugleich schockiert. So eine Dummheit hätte sie Myra nicht zugetraut. An Myras kauernder Haltung erkannte sie, dass es keine gute Idee war, weiter nachzuhaken.

»Was machen wir jetzt wegen deiner Mutter? Ich ertrage es nicht, die nicht mehr zu sehen.« Sie senkte die Stimme, so dass die letzten Worte nur ein Flüstern waren.

»Das kommt auch nicht in Frage! Wir sehen uns weiter heimlich so oft es geht und ich versuch das mit meiner Mutter zu regeln.«

Sie beugte sich zu Jill herüber und küsste sie sanft.

»Ich denke ich werde jetzt wieder gehen müssen. Wenn meine Mutter merken sollte, dass ich weg war, dann kann ich es vergessen, sie zu überzeugen.«

Auf Jills Gesicht breitete sich ein Hauch von Enttäuschung aus, wobei sie es auch gleichzeitig nur allzu gut verstehen konnte. Sie musste sowieso ins Bett, damit sie morgen wieder fit für die Schule war.

»Du hast ja Recht.« Sie seufzte. »Komm gut nach Hause.« Leise zog sie die Haustür auf.

»Schlaf gut.« Myra beugte sich zu ihr herüber und küsste sie noch einmal, ehe sie in das Meer aus Schwarz schlüpfte und verschwand.

HÜRDENLAUF

Sie lief die Straße hinunter in Richtung Schule. Gähnend hielt sie sich die Hand vor den Mund, um sie gleich darauf wieder kraftlos fallen zu lassen. Ihre Augenringe – entstanden durch die Schlaflosigkeit der letzten Nacht – traten so deutlich hervor, als wollten sie sie damit ärgern. Schnell überging sie den Gedanken an ihr Aussehen, das schon nach dem Aufstehen nach Schlafmangel geschrien hatte.

Sie ging allein. Heute Morgen – kurz bevor sie das Haus verlassen wollte – hatte sich Tina gemeldet und mit kränklicher Stimme gesagt, dass sie nicht kommen würde.

»Du schaffst den ersten Schultag auch ohne mich«, hatte Tina in einem Hustenanfall gesagt und kurz darauf auch schon aufgelegt.

Nun ging sie also allein. Anfangs musste sie sich sogar fragen, ob sie den Schulweg überhaupt noch kannte. Immerhin war sie ihn seit drei Wochen nicht mehr gegangen. Aber wie sich nach den ersten Schritten herausgestellt hatte, funktionierte alles wie von selbst. Nur sie *funktionierte* nicht. Zu ermüdend war die letzte Nacht gewesen, zu brutal das Klingeln des Weckers am frühen Morgen.

Sie kam auf dem Schulhof an. Wie ihre Beine es überhaupt soweit geschafft hatten, fragte sie sich, als sie die Tür zum Klassenraum aufstieß.

Die Lehrerin war noch nicht da. Auch wenn Jill es nicht sofort sah, so war ihre Abwesenheit doch aufgrund des lauten Geräuschpegels spürbar. Ihre Mitschüler, die zwar alle nicht viel ausgeschlafener als sie selbst aussahen, aber immerhin aktiv wirkten, saßen in kleinen Grüppchen beisammen und unterhielten sich. Ein paar Jungs warfen sich mit Papierknäulen ab.

Jill machte sich nicht die Mühe, sich in eines der Gespräche einzuklinken. Sie ging geradewegs auf ihren Sitzplatz zu und ließ sich auf den ihr vertrauten Stuhl fallen. Steffen, der Jills geknickte Art und Tinas Fehlen bemerkt hatte, kam zu ihr herüber und setzte sich neben sie.

»Na?«, begann er ein Gespräch, das nur wenige Sekunden dauern sollte, denn schon kam Frau Müller herein und grüßte die Klasse mit einem lauten »Guten Morgen!«.

Den Rest des Schultages verbrachte Jill in Trance. Während der Schulstunden saß sie halb aufrecht, halb in sich zusammengefallen auf ihrem Stuhl, am Ende des Unterrichts notierte sie sich die Hausaufgaben, die auch jetzt schon den Rahmen sprengten und in den Pausen stand sie bei den kleinen Gruppen ihrer Klassenkameraden und hörte geistig abwesend nur gedämpft ihre Stimmen über die Ferien berichten.

»Jill? Bei dir ist alles okay, oder?«, setzte Steffen in der zweiten Pause zu einem weiteren Versuch an, ein Gespräch zu beginnen. »Ja, natürlich«, antwortete Jill nur. Was hätte sie auch sonst auf solch eine Frage antworten sollen, wo diese doch fast ausschließlich diese Antwort zuließ.

»Und Tina? Warum ist sie nicht da?«

Er blickte sie aufgrund seiner enormen Größe von oben herab neugierig an.

»Ach, die ist krank.« Jill schaute gedankenverloren an seiner Schulter vorbei auf den Rest des Schulhofes. Ihm entging diese abweisende Haltung nicht und so versuchte er ungeschickt das Gespräch zu beenden. Glücklicherweise klingelte die Pausenglocke genau in dem Moment, was ihm das Ganze erleichterte.

Als Jill daheim ankam, war niemand da. Eigentlich hatte sie ihre Mutter erwartet, aber anscheinend war diese unterwegs.

»Na dann«, sagte sie halblaut zu sich selbst und warf ihre Schultasche achtlos auf den Boden. Im nächsten Moment schnappte sie sich das Telefon vom Couchtisch und rief Tina an, um ihr die Hausaufgaben durchzugeben.

Nachdem Jill ihr noch erzählt hatte, wie schrecklich der Tag doch ohne sie gewesen war, versprach diese, alles zu tun, um sie nicht noch ein weiteres Mal hängen zu lassen.

Nachdem die beiden aufgelegt hatten, warf Jill einen Blick auf die Uhr und wunderte sich erneut, warum ihre Mutter noch nicht da war. Sie lief zur Stereoanlage und drehte sie laut auf. Irgendein Liebeslied schmetterte durch den Raum. Plötzlich hörte sie über die Musik hinweg ein Klingeln an der Tür. Sie drehte die Musik wieder etwas leiser und öffnete. Myra stand mit ihrer Schultasche vor der Tür.

»Was machst du denn hier?« Jill zog sie ins Haus.

»Ich dachte ich schaue nach der Schule nochmal kurz vorbei, ehe ich nicht mehr weiß, wann ich dich das nächste Mal sehen kann«, antwortete sie. »Hast du auch so viele Hausaufgaben auf wie ich?«

»Und wie.« Jill forderte Myra mit einem Nicken auf, ihr ins Wohnzimmer zu folgen.

»Du siehst erschöpft aus. War der erste Schultag so schlimm?« Myra ließ sich neben ihr aufs Sofa fallen.

»Oh ja. Ich dachte schon nach der ersten Stunde, er würde niemals zu Ende gehen.«

Jill seufzte und lehnte sich an Myras Schulter. Die beugte sich zu ihr herunter und küsste sie.

»Beruhigt sich die Lage daheim denn wieder?«, fragte Jill.

»Nun ja. Meine Mum und ich zoffen uns seit dem Anruf bei dir jeden Tag. Ich halte das echt nicht mehr aus, wenn's so weiter geht. Ständig will sie bestimmen, was für mich das Beste wäre. Dabei kennt sie mich nicht mal und interessiert sich einen Dreck für mich.«

Myra sprach mit bebender Stimme. Jill versuchte sie zu besänftigen, indem sie ihr sanft über den Arm streichelte.

»Und was ist mit deinem Vater? Was sagt der dazu?«

»Das kannst du völlig vergessen. Was meine Mum daheim sagt, das wird auch getan. Als er erfahren hat, dass ich mit dir zusammen bin, hat er sich zwar merkwürdig verhalten, aber wenigstens hat er nicht gleich mit Verboten um sich geschmissen. Und nun lässt er meine Mum machen, was sie für richtig hält, damit er sich da nicht einmischen muss.« Myra seufzte und ließ sich an sie sinken.

Jill strich ihr durchs Haar und flüsterte: »Wir bekommen das schon hin ... irgendwie.« Sie straffte sie Schultern. »Du? Ich hab übrigens Tina von uns erzählt. Ich hoffe, das war okay. Ich musste einfach mit jemandem reden.«

»Natürlich. Wie hat sie reagiert?«

»Sie sagte, sie hätte es schon immer geahnt und war irgendwie aus dem Häuschen.« Jill rollte die Augen. Myra grinste.

»Besser so, als so zu reagieren, wie meine Mutter.« Ihr Lächeln gefror für einen Moment. Dann schüttelte sie den Gedanken ab.

»Ach, worüber ich noch mit dir reden wollte ...«, Myra sog kurz die Luft zwischen ihren Schneidezähnen ein, so dass ein pfeifendes Geräusch entstand, »am Wochenende ist eine Party bei Oliver. Ich hoffe, du kommst auch?«

Dabei schaute Myra so hoffnungsvoll drein, dass Jill sich aufrichtete, um sie mit einem geflüsterten »Natürlich« zu küssen. Sie zog Jill an ihren Beinen zu sich heran, so dass die auf den Rücken fiel und lachte. Myra beugte sich über sie und küsste sie nun inniger, wobei sie mit einer Hand an Jills Seite hinab glitt. Jill musste grinsen und umschlang Myras Mitte mit ihren Beinen, ehe sie mit ihrer Zunge in ihren Mund eindrang.

»Ähem«, räusperte sich plötzlich jemand. Erschrocken fuhren beide hoch.

»Mum?« Jill keuchte.

Ihre Mutter stand mitten im Wohnzimmer. Myra wich erschrocken von Jill zurück, allerdings war es zu spät um irgendetwas leugnen zu können.

»Ich hab was vom Chinesen mitgebracht.«

Ihre Mutter schwenkte eine Plastiktüte herum, wobei sich ihr außergewöhnlicher Gesichtsausdruck nicht änderte.

»Ich glaub ich geh jetzt besser«, raunte ihr Myra leise zu, woraufhin Jill sie wortlos zur Tür begleitete. Dort angekommen flüsterte Myra ein »Viel Glück«, gab ihr einen Kuss auf die Wange und verschwand.

Jill blieb einen Moment an der Tür stehen, atmete tief ein und ging dann zurück ins Wohnzimmer. Ihre Mutter stand dort immer noch genau so, wie wenige Augenblicke zuvor.

»Ich wette, alle wussten es, nur ich war so blind und hab nicht gesehen, was meine Tochter beschäftigt.« Ihre Mutter massierte leicht ihre Schläfen.

Jill spürte eine riesige Last von sich abfallen.

»Mum, das stimmt nicht.«

»Doch. Ich glaube, ich hab dich wegen Leo in letzter Zeit einfach zu sehr vernachlässigt. Es tut mir leid. Wirklich. Ich will nur, dass du weißt, dass du wegen sowas immer zu mir kommen kannst.«

»Das heißt, du hast kein Problem damit?«

Ihre Mutter schaute sie mit großen Augen an.

»Damit, dass du mit Myra zusammen sein möchtest? Natürlich nicht. Oh Gott, Jill, hast du das etwa wirklich gedacht?«

Sie war immer noch verwirrt von den Worten ihrer Mutter. Sie hatte sich Nächte zuvor ausgemalt, wie sie wohl reagieren würde, wenn sie es ihr sagen würde, aber so leicht hatte sie es sich nicht vorgestellt.

Nun kam ihre Mutter auf sie zu, umarmte sie und drückte sie an sich. Jill begann ihr davon zu erzählen, was sie in den letzten Tagen so sehr beschäftigt hatte - dem Verbot von Myras Mutter.

»Ich war nie in so einer Situation, aber ich gebe dir Recht, dass die Art und Weise, wie ihre Mutter gehandelt hat, völlig übertrieben ist«, sagte ihre Mutter und fügte lächelnd hinzu: »Aber wenn ich eines gelernt habe: Die Zeit wird es sicher richten, Schätzchen.« Sie strich ihr durchs Haar.

Der Rest der Woche wollte kaum vergehen. Auch am nächsten Tag ließ Tina sie im Stich. Allerdings konnte sie ihr Fehlen immerhin auf ihre Eltern schieben, da sie sie noch nicht in die Schule lassen wollten.

So verbrachte Jill die meiste Zeit allein oder mit Steffen, der von ihren merkwürdigen Reaktionen auf seine Fragen mittlerweile jedoch eingeschüchtert war.

Myra sah Jill ebenfalls nicht mehr. Auch hörte sie nichts von ihr. Wie hätte sie sich auch melden können? Sie durfte ja nicht und fand anscheinend auch keine Möglichkeit, den Fängen ihrer Mutter zu entkommen.

***

Es war Freitag. Jill war froh, dass sie heute Abend auf Olivers Party gehen konnte. Immerhin hatte sie sich schon die ganze Woche über gelangweilt und hatte so endlich wieder die Gelegenheit, die Menschen zu sehen, die ihr wichtig waren.

Sie malte sich gerade den heutigen Abend aus, als sie an Tinas Haus ankam.

Jill klingelte und blickte prüfend an sich herunter. Sie trug nur eine schlichte Röhrenjeans und eine dunkelgrüne Bluse unter ihrer halb geöffneten Lederjacke. Sie hatte sich mehr als sonst geschminkt – ihre Augenlider waren von schwarzem Kajal umzogen. Sie zupfte ihrer Haare zurecht, als die Tür sich vor ihr öffnete.

»Hey, Jill. Tina ist gleich soweit.« Mike lächelte schief.

»Hab nichts anderes erwartet.«

Jill grinste und musterte Mike, der sich für die Party extra schick gemacht hatte. Er trug weiße Sneakers, eine dunkelblaue Stoffhose und ein schwarzes Hemd. Seine unterschiedlich farbigen Augen wurden dadurch nur noch mehr betont und ließen ihn geheimnisvoll wirken. Als Tina aus der Tür trat, merkte Jill, wie Mike ihr einen weiteren außergewöhnlichen Blick zuwarf. Sie versuchte ihn zu deuten. In dem Moment zog Tina die beiden aber auch schon gut gelaunt mit in Richtung Supermarkt. Dort wollten sie Myra treffen.

Einige Jugendliche saßen mit Bierflaschen in der Hand an der Eingangstür des Geschäfts. Musik spielte aus einem alten CD-Player, der irgendwo inmitten der Gruppe stand. Doch Myra war noch nicht da.

»Mike, wohin geht's denn?«, fragte plötzlich einer der Jugendlichen.

Jill beobachtete ihn, konnte ihn aber nicht erkennen, weil sein Gesicht halb im Schatten lag. Nun beugte sich der Junge nach vorne ins Licht.

»Ach, hey Joseph! Wir wollen gleich auf 'ne Party von einem Kumpel. Und was machst du heute noch?«

»Siehst du ja.« Joseph grinste, nahm einen großen Schluck von seinem Bier und blickte sich inmitten seiner Freunde um.

Es war dieses arrogante Grinsen, das Jill noch nie an ihm gemocht hatte. Sie entfernte sich ein paar Schritte und ging zu Tina. Sie wollte um keinen Preis mit ihm reden müssen.

»Und worauf wartet ihr dann noch?«, hörte sie Joseph fragen.

»Wir sind mit Myra verabredet.«

»Das ist ja nett.«

Obwohl sie Joseph den Rücken zugekehrt hatte, spürte Jill, wie er sein Grinsen wieder aufsetzte.

Gerade als sie sich ernsthaft fragte, wie Mike nur mit diesem Kerl befreundet sein konnte, kam Myra aus der Dunkelheit auf sie zu. Anfangs erkannte sie zwar nur ihre Umrisse, aber an der Art und Weise wie sie ging und sich bewegte, erkannte Jill sie sofort.

»Hallo.« Sie lächelte und blieb neben Jill stehen.

Joseph stand zum ersten Mal auf. »Na, wie geht's?«

Myra ignorierte die Begrüßung vorerst, küsste stattdessen Jill mit einem geflüsterten »Hey«, das nur ihr galt, und wandte sich dann Joseph zu, dessen Augen groß geworden waren. »Gut geht's mir.«

Myra lächelte seinen verzerrten Gesichtsausdruck einfach weg. Ein betretenes Schweigen legte sich über die fünf. Selbst die Musik aus dem Hintergrund schien leiser zu spielen als vorher.

Tina war die Erste, die sich wieder fasste und ein gut gelauntes »Wir gehen dann mal, Jungs« in die Runde warf. Jill war wie betäubt und setzte sich wie fremdgesteuert mit ihren Freunden in Bewegung.

Sie fühlte sich unsicher neben Myra, konnte aber nicht aufhören an Josephs Gesichtsausdruck zu denken und sich daran zu erfreuen.

»Ich hoffe, dir hat das nichts ausgemacht«, flüsterte Myra ihr zu, als sie einige Meter vom Supermarkt entfernt waren. »Ich konnte es nur einfach nicht lassen. Diese Art von Joseph, dass er sich so gibt, als könnte er jede haben. Das hat mich einfach gestört.«

»Kein Problem.« Jill griff nach ihrer Hand. Aus dem Augenwinkel beobachtete sie, wie Myra sie anlächelte, wodurch auch sie lächeln musste.

»Irgendwie ist das gewöhnungsbedürftig mit euch beiden«, sagte Tina nach einigen Minuten völlig ungehemmt.

Myra schaute sie nachdenklich von der Seite an. »Das ist doch okay für euch, oder?«

Es war eine merkwürdige Frage, aber Jill spürte, dass sie Myra wichtig war. Nun klinkte sich Mike ins Gespräch ein.

»Natürlich ist das okay. Dass ihr das Gefühl habt, das überhaupt fragen zu müssen ...«

Jill war überrascht, dass gerade er so eine klare Haltung hatte und lächelte ihn dankbar an. Er erwiderte dieses Lächeln, wirkte aber gleichzeitig nachdenklich und verändert. Jill konnte es sich nicht erklären, wollte aber auch nicht weiter nachfragen.

Myra hakte sich bei Jill ein.

»Ich konnte noch gar nicht fragen: Wie hat es deine Mutter eigentlich aufgenommen?«, fragte sie leise.

»Richtig gut. Eigentlich hat sie sich nur Vorwürfe gemacht, weil ich mit meinen Problemen nicht zu ihr gekommen bin. Dann wirkte es so, als fände sie es sogar gut. Ich dachte erst, sie würde mich auf den Arm nehmen. Dass sie es weiß, macht echt vieles leichter.«

»Ich dachte mir schon, dass deine Mutter das nicht so spie-
ßig wie meine aufnehmen würde. Deine Mum ist halt einfach
cool.« Myra lächelte.

Als die Vier bei Oliver ankamen, ließ Myra Jills Hand los.
Die Musik spielte laut und kaum hatten sie das Haus betreten, wurden sie von einer Hitze überflutet. Menschen tanzten
dicht an dicht.

Es dauerte nicht lange, da waren auch sie unter den Tanzenden. Als dann ein langsameres Lied aufgelegt wurde, sah
Jill aus dem Augenwinkel, wie Mike Tina näher zu sich zog
und so beide eng umschlungen tanzen. Dabei schaute sie auffordernd zu Jill rüber, lächelte und wandte sich dann ab. Als
sich Jill wieder Myra widmete, die noch immer neben ihr getanzt hatte, war es nicht sie, die die Initiative ergriff, sondern
Myra. Sie legte ihre Arme um sie und zog sie langsam näher
an sich heran.

»Nur, wenn es okay für dich ist«, flüsterte Myra gerade so
laut, dass sie es hören konnte.

Sie erwiderte nichts, sondern ließ sich nur an Myra gelehnt
im Meer aus dieser wunderschön traurigen Musik treiben.
Dabei schenkte niemand den beiden Mädchen, die dort eng
umschlungen tanzten, Beachtung. Außer Tina, die an Mike
geschmiegt über dessen Schulter zu ihnen herüber sah und
lächelte.

»Manchmal weiß ich echt nicht, wie es weitergehen soll«,
sagte Myra plötzlich. So unsicher hatte Jill sie noch nie erlebt.
Sie schaute ihr lange in die Augen. Doch ehe sie etwas Pas-
sendes antworten konnte, kam schon das nächste, schnellere
Lied, das mit dem Jubel der Anwesenden empfangen wurde.

»Ich muss hier mal raus«, murmelte Jill.

»Dann komm ich mit.«

»Bitte ... ich brauche kurz Zeit für mich.«

Mit diesen Worten ließ sie Myra mitten im Getümmel stehen und bahnte sich ihren Weg nach draußen.

Als Jill draußen im Garten ankam, wusste sie nicht recht, warum sie weggelaufen war. Sie bereute, dass sie Myra einfach so stehen gelassen und ihr Gefühlschaos an ihr ausgelassen hatte. Auch ihr ging es mit der Situation nicht gut, das wusste sie.

Die plötzliche Stille schmiegte sich geradezu bedrohlich an ihren Körper und schien nicht länger nur die Abwesenheit von Geräuschen zu sein, sondern mehr als das. Jill hielt den Atem an, lauschte in diese Stille hinein und stieß dann ihren Atem in die kalte Nachtluft aus.

Bald schon schlang sie die Arme um ihren Körper und spürte, wie sie bei jedem Atemzug ein leichtes Zittern durchfuhr.

Sie fragte sich, jetzt wo all diese äußeren Einflüsse verschwunden waren, warum sie davon gelaufen war. Sie wusste es nicht. Sekunden später gestand sie sich, dass sie es sehr wohl wusste.

An einem Klettergerüst ließ Jill sich hinab gleiten, zog ihre Beine an sich, schlang ihre Arme darum, legte den Kopf auf die Knie und verharrte dort zusammengekauert, während sie ihre Gedanken treiben ließ.

Sie war glücklich mit Myra, doch trotzdem war es bedrückend, gar deprimierend, sie gefunden zu haben und es gleichzeitig nicht jedem zeigen zu dürfen. Sie fühlte sich hilflos. Alles wirkte auf sie selbst jetzt noch so verwirrend und neu wie vor wenigen Tagen, als Myra ihren Körper mit Küssen benetzt hatte.

Was tat sie hier eigentlich? War das richtig? Es fühlte sich richtig an. Aber nur mit dem Herzen. Den Verstand schien Jill lange schon nicht mehr gebrauchen zu wollen. Viel zu offen waren seine Ansichten, viel zu ehrlich. Und wenn es nach Myras Mutter ging, dann war die Beziehung zwischen ihnen ohnehin falsch. Jill spürte auch jetzt wieder die Furcht in sich aufsteigen, als sie darüber nachdachte, ob das alles nicht vielleicht doch ein Fehler war.

Was war, wenn sie sich ständig verstecken müssten und niemals Normalität erleben würden? Was war, wenn sie dann nach einer Weile feststellen sollte, sie hätte ihre eigenen Gefühle nur falsch interpretiert? Und es wäre die ganze Zeit nur das dramatische Abenteuer gewesen, das sie daran anzog?

Jill starrte vor sich auf den Boden, richtete sich dann auf und ließ ihren Kopf an das kalte Geländer des Gerüsts sinken. *Ich zerdenke schon wieder alles.* Sie seufzte.

Über all das konnte sie sich noch ein andermal den Kopf zerbrechen. Jetzt wollte sie den Abend genießen.

Als Jill wieder nach drinnen trat und die Hintertür zuzog, sah sie weder Myra noch ihre Freunde. Sie drängte sich durch die Menschenmenge und stieß auf Tina.

»Wo sind denn Mike und Myra?« Sie musste ihre Stimme erheben, um gehört zu werden.

»Mike holt uns gerade was zum Trinken und wo Myra ist, weiß ich nicht. Vielleicht auf Toilette.« Sie zuckte die Schultern.

Jill ließ weiter den Blick durch die Menschenmenge schweifen, entspannte sich dann aber. »Willst du tanzen?«

»Gern!« Tina griff nach ihrer Hand und zog sie auf die Tanzfläche.

Dort begannen die beiden ausgelassen zu tanzen und lachten so sehr, wie sie es schon lange nicht mehr getan hatten. Gerade als Tina bei ihrem fachmännischen Roboter-Tanz losprustete und sich an Jills Arm festhalten musste, um nicht umzukippen, kam Mike mit zwei Bechern in den Händen wieder.

»Oh. Hätte ich gewusst, dass du auch wieder das bist, hätte ich dir was mitgebracht.«

»Das ist doch kein Problem.« Jill lächelte.

»Aber ich muss eh nochmal auf Toilette. Also nimm du doch einfach meinen Drink, ich hol mir einen neuen.« Er drückt ihnen die Becher in die Hand und verschwand wieder.

»Ich glaub ich kann nicht mehr«, lachte Tina und rempelte Jill an, »meine Beine geben gleich nach!«

»Dann setzen wir uns mal? Ich brauch definitiv eine Pause.« Jill zog ihre Freundin in Richtung Bar.

Mike war nun schon auffällig lange auf der Toilette und Myra hatte sich auch nicht mehr blicken lassen.

»Wo sind die beiden bloß?« Jill versuchte beiläufig zu klingen und nippte an ihrem Getränk.

»Die kommen schon wieder.«

Als Jill Tina eingehender musterte, bekam sie plötzlich Schuldgefühle. »Ist bei dir daheim eigentlich alles wieder okay? Ich war in letzter Zeit so sehr mit meinen eigenen Problemen beschäftigt, dass ich danach gar nicht mehr gefragt habe.«

»Meine Eltern haben sich wieder eingekriegt, so wie's aussieht. Ich weiß nur leider nicht, wie lang das so bleiben wird.«

Sie gab Jill zu verstehen, dass sie in diesem Moment nicht darüber sprechen wollte.

»Ich bin froh, dass ich dich hab«, sagte Jill.

Tina lächelte, doch dann wurde sie auf etwas aufmerksam und ihr Lächeln erstarrte. Irritiert drehte Jill sich um und erblickte Myra, die ihren Arm um Mikes Schulter gelegt hatte, um sich selbst zu stützen. Ihr Gesicht hatte eine ungesunde Blässe angenommen. Trotzdem kicherte sie.

»Was ist denn bitte passiert?« Tinas Augen waren weit aufgerissen.

»Ich hab sie so hinten bei ein paar üblen Kerlen gefunden. Die haben sich zusammen zugesoffen. Ich weiß auch nicht, was sie sich dabei gedacht hat. Am besten, wir bringen sie jetzt nach Hause.« Mike keuchte unter Myras Gewicht.

»So wie ich ihre Mum kenne, wird das nicht ohne Konsequenzen bleiben«, schluckte Tina.

Nun konnte auch Jill endlich reagieren: »Ich werde sie nach Hause bringen. Ich möchte euch nicht den Abend verderben – wäre ja nicht das erste Mal.«

Mike schien zu einer Erwiderung ansetzen zu wollen, doch Jill warf ihm einen Blick zu, der ihm zu verstehen gab, dass sie fest entschlossen war.

»Na schön, aber passt auf euch auf!« Er griff nach Myras Arm und übergab sie an Jill.

Diese stütze nun die Kichernde und vor sich hin Brabbelnde und brachte sie nach einer kurzen Verabschiedung nach draußen.

»Was hast du dir dabei nur gedacht?« Jill schaute sie sauer und besorgt von der Seite an.

»Is' doch egal«, erwiderte Myra und trat dabei so weit nach rechts aus, dass Jill sie wieder zu sich ziehen musste, um zu vermeiden, dass sie auf die Straße lief.

Für den Rückweg brauchten sie gefühlt eine Stunde. Zwischendurch wollte Myra einfach nicht mehr weiter laufen, sondern hängte sich an Jill und lallte: »Du weiß' nich', wie wichtig du mir bis'«.

Jill war unendlich froh, als sie endlich bei Myras Haus ankamen. Niemand schien mehr wach zu sein – alle Lichter waren gelöscht.

»Wo is'n der Schlüss'l?«, kicherte Myra vor sich hin und kramte unbeholfen in ihrer Tasche.

»Lass mich mal.« Jill nahm ihr die Tasche ab und fand den Schlüssel. Kaum waren sie drinnen, schloss sie leise die Tür. Sie wollte bloß niemand wecken.

»Geh'n wir jetz' ins Bett?«, fragte Myra und gluckste aus unerfindlichen Gründen.

»Pssst! Wir wollen doch deine Eltern nicht wecken«, flüsterte Jill und hielt Myra die Hand vor den Mund. »Warte hier. Und sei leise! Ich komm gleich wieder.«

Myra sank an der Wand in sich zusammen, blieb aber immerhin ruhig.

Mit wenigen Schritten war Jill in der Küche und holte eine Flasche Wasser, die Myra durchaus noch brauchen würde, um ihren Kater zu bekämpfen.

Als sie wieder in die Eingangshalle zurückkehren wollte, hörte sie die Stimme von Myras Mutter. Sie stand auf der Treppe und starrte ihre Tochter ungläubig an.

»Guten Abend, Frau Schwarz«, stotterte Jill.

Was für einen schlechten Eindruck musste Myras Mutter bloß von ihr haben? Sie hatte ihre Tochter total betrunken nach Hause gebracht.

»Ich wollte sie grade ins Bett bringen«, fügte Jill hinzu, da Frau Schwarz immer noch wie erstarrt war. Als würde sie ihren nächsten Schritt genauestens überlegen.

»Ich weiß, ich hätte besser auf sie aufpassen müssen.«

Jill sagte es, obwohl sie wusste, dass sie keine Verantwortung für Myras Handeln trug. Schuldig fühlte sie sich dennoch. Plötzlich schien es, als habe Myras Mutter ihre Fassung wieder erlangt, schritt die letzten Treppenstufen hinunter und sagte mit ruhigem, bestimmten Unterton: »Ich werde das schon machen. Du gehst jetzt.«

Dabei richtete sie ihren Blick in Richtung Tür. Jill verschwand wortlos. Sie ließ es jedoch nicht aus, sich auf der Schwelle umzudrehen und Myra einen entschuldigenden Blick zuzuwerfen.

***

Myra fühlte sich verloren. Ihre Gedanken schienen vernebelt. Sie fühlte sich nicht in der Lage gegen ihre Mutter auch nur ein Wort zu erheben.

»Was hast du dir dabei gedacht?«, hatte sie ihre Mutter angefahren, unmittelbar nachdem die Tür hinter Jill ins Schloss gefallen war.

»Myra, was haben dein Vater und ich bei deiner Erziehung bloß falsch gemacht?«

Ihr Ton war schroff. Als würde sie ihre Tochter lange dafür leiden lassen wollen.

Myra konnte nichts entgegnen. Sie fühlte sich elend. Nicht nur, dass ihre Mutter maßlos enttäuscht war machte ihr zu schaffen, sondern auch der Alkohol, den sie auf fast leeren Magen getrunken hatte.

Unbeholfen und leicht schwankend versuchte sie aufzustehen. Ihre Mutter musste ihr letzten Endes dabei helfen. Schweigend half sie ihr die Treppe hinauf, brachte sie schweigend in ihr Zimmer und immer noch schweigend half sie ihr beim Umziehen. Ebenso wenig verlor sie auch nur ein Wort über den Vorfall, als sie das Zimmer verließ.

Myra blickte auf die Uhr: Es war zwei Uhr nachts. Sie war vollkommen erschöpft und konnte keinen klaren Gedanken fassen, außer, dass es ihr vor dem morgigen Tag graute. Dann schlief sie ein.

Sie träumte von einer riesigen Spinne, deren Kopf durch den Kopf ihrer Mutter ersetzt worden war und sie zu verschlingen drohte. Gerade, als sie mit ihren riesigen Zähnen Myra attackieren wollte, schreckte sie schweißgebadet auf. Ihr Herz pochte gegen ihren Brustkorb und sie fühlte sich unendlich müde. Erst langsam wurde ihr bewusst, dass es nicht der grausame Traum war, der sie geweckt hatte, sondern das knarrende Geräusch ihrer Zimmertür.

Erst jetzt – nachdem sie sich beruhigt hatte – stellte sie fest, dass ihre Mutter in ihrem Zimmer stand.

»Myra?«

»Ja?«

Myra wundert sich, dass es offenbar immer noch mitten in der Nacht war. Immerhin konnte sie wieder klar denken. Sie fühlte sich für einen neuen Kampf gegen ihre Mutter gewappnet.

Ohne Vorwarnung setzte sich ihre Mutter an ihre Bettkante.

»Wir müssen das irgendwie klären. Ich habe das Gefühl, dich deswegen schon wieder zu verlieren. Dabei will ich dich doch nur schützen.«

Myra sah das Gesicht ihrer Mutter im Schein des Vollmondes, der durch ihr Dachfenster fiel. Und plötzlich sah sie nicht mehr diese zornige Frau, die ihr noch wenige Stunden zuvor die Treppe hinauf geholfen hatte. Nein, ganz und gar nicht. In dem Gesicht ihrer Mutter zeichneten sich tiefe Falten ab, ihre Augen blickten fürsorglich und erschöpft. Myra sah ihre Mutter, wie sie sie vorher nie gesehen hatte: Sie sah eine Frau voller Kummer – in jeder Hinsicht verletzlich.

»Mum? Es ist nur ... du kannst nicht über mein Leben bestimmen. Und du kannst mich auch nicht zu dem machen, was du gerne hättest«, setzte Myra an. »Ich ...«, sie schluckte, spürte dabei einen Kloß in ihrem Hals, das Brennen in ihren Augen, aber sie blinzelte es mit Entschlossenheit weg, »ich liebe Jill. Daran kannst selbst du nichts ändern.«

Als sie das nächste Mal erwachte, schien die Sonne. Alles erschien ihr unecht, als wäre es nur ein Traum gewesen. Sie wollte sich aufrichten, doch der plötzliche Schmerz, der durch ihre Schläfe zuckte, beförderte sie zurück auf die Matratze. Ihr Schädel brummte.

Verschwommen sah sie das gestrige Geschehen noch einmal vor ihren Augen ablaufen – Teile fehlten. Doch etwas wurde nun, wo sie daran zurück dachte, immer klarer: Das Gespräch mit ihrer Mutter. Es schien Myra das einzige zu sein, das gestern wirklich passiert war.

Stöhnend richtete sie sich mit der Hand an ihre Stirn gepresst erneut auf – gewappnet gegen den Schmerz. Sie schaffte es ächzend. Nur mit einem Slip und einem weiten Shirt bekleidet – von dem sie gar nicht mehr wusste, wer es ihr angezogen hatte – schlich sie die Treppenstufen hinab. Doch mittendrin machte sie Halt.

Durch die verglaste Fensterfront fielen die ersten Sonnenstrahlen an diesem Morgen und verbreiteten eine milde Wärme auf ihrer Haut. Einen Augenblick lang konnte sie sich nicht von dem Bild losreißen. Dann aber lief sie die letzten, warmen Treppenstufen hinab.

Die Küche wirkte so steril und sauber wie sonst auch. Auf einem der Tresen erblickte Myra zu ihrer Überraschung eine Tüte vom Bäcker. An ihr lehnte sogar ein kleiner Zettel: »Guten Morgen, Myra. Habe frische Brötchen für dich geholt.

Mach dir ein gutes Frühstück! Nach gestern kannst du das sicher gebrauchen. Ich bin mit Silvia im Golfclub und später shoppen. Bis heute Abend. Liebe Grüße, deine Mutter«.

Myra konnte nicht anders und musste lächeln. Lange hatte ihre Mutter keine Notizzettel mehr hinterlegt, wenn sie fortging. Immer hatte sie gesagt, sie wäre in Eile gewesen. Auch die Brötchen versetzten Myra ins Staunen. Es schien fast so, als habe sich ihre Mutter vergangene Nacht von allen Sorgen freigesprochen und als wäre sie plötzlich ein völlig anderer Mensch. Sie war noch immer unsicher, ob sie dem trauen konnte.

Als sie gestern Nacht an Myras Bett gesessen und sie ihr dabei die Haare zurückgestrichen hatte, erzählte sie ihrer Tochter mit fast melancholischer Stimme etwas, was Myra selbst jetzt noch – Stunden später – nicht glauben konnte.

»Weißt du, als ich in deinem Alter war, gab es da so ein Mädchen – Susan«, hatte sie mit glänzenden Augen zu erzählen begonnen. »Es dauerte nicht lange und wir kamen uns näher. Ich glaube, ich war in meinem ganzen Leben nie wieder so verliebt, wie in diesen wenigen Monaten. Ich hätte damit nie gerechnet, aber ich hatte mich Hals über Kopf in sie verliebt und sie sich auch in mich – zumindest dachte ich das. Ich wurde eines Besseren belehrt, als sie irgendwann mit einem älteren Kerl durchbrannte. Für sie war ich offenbar nur ein Abenteuer. Als Mitschülerinnen das mit Susan und mir herausbekamen, hänselten sie mich über zwei Schuljahre lang. Ich wurde von der ganzen Klasse ausgegrenzt. Das war fast noch schlimmer, als Susans Verhalten. Ich wollte nicht, dass du auch so verletzt wirst.«

Myra hatte es schon gestern im betrunkenen Zustand nicht glauben können und glaubte es jetzt noch weniger. Nichts schien mehr übrig von ihrer Mutter, der biederen, peniblen

Frau – so, wie sie sie immer gesehen hatte. Ihre Mutter hatte sie am Ende des Gesprächs mit Tränen in den Augen in die Arme geschlossen. Sie erinnerte sich nicht, wann das das letzte Mal passiert war.

***

Jill kam völlig verschwitzt und außer Atem daheim an. Schon von draußen hörte sie das Telefon klingeln und schaffte es gerade noch rechtzeitig die Tür aufzuschließen, dann verstummte das Klingeln.

»Mist«, keuchte sie nach Atem ringend und rief zurück.

»Ja?«, meldete sich Myra.

»Du hattest angerufen?«

In den vergangenen Wochen hatten die beiden heimlich so viel telefoniert, dass Myra Jill auch nur an einem Seufzen erkannt hätte.

»Ich muss dir was erzählen. Kommst du vorbei?«

»Vorbei? Du meinst zu dir nach Hause?« Jill war sich sicher, etwas missverstanden zu haben.

»Ja, genau. Ich erkläre es dir gleich.«

»Oh. Okay. Ich komm gerade vom Joggen. Ich dusche noch schnell und dann komme ich, ja?«

»Ähm … ja gut, bis gleich.«

Ihre Haare waren noch feucht und so hatte sie sich daheim eine Mütze über ihre sonst so widerspenstigen braunen Haare ziehen müssen. Nun kam sie sich damit selbst fremd vor.

Nachdem Jill geklingelt hatte, hörte sie, wie sich innen Schritte näherten. Wider Erwarten war es nicht Myra selbst, sondern ihr Vater, der sie mit einem Lächeln hereinbat.

»Myra ist unten im Pool. Den Weg kennst du ja, oder?«

»Ähm, natürlich. Danke.«

Sie war irritiert, in diesem Haus überhaupt empfangen zu werden. Sie stieg die breite Marmortreppe zur Schwimmhalle hinab. Von Myra fehlte jede Spur.

Verwundet ließ sie ihren Blick durch die Halle wandern. Plötzlich hörte sie das Wasser plätschern.

»Jill?«

Myra Stimme hallte von dem anderen Ende des Schwimmbeckens aus durch die Halle. Sie war gerade erst aufgetaucht.

»Bin hier«, antwortete Jill und ging in die Hocke, um mit Myra auf Augenhöhe zu sein.

»Ich komm rüber.«

Und schon tauchte Myra auf sie zu. Mit kräftigen Zügen kam sie ihr näher und Jill musste beeindruckt feststellen, wie ihre Figur unter Wasser noch sportlicher wirkte, als ohnehin schon. Myra tauchte auf und stieg über die Metalltreppe aus dem Becken. Sie trug einen schlichten schwarzen Bikini, der perfekt zu ihren schwarzen Haaren passte. Eine Strähne ihres kurzen Haares streifte ihre Wimpern. Sie blinzelte. Dabei löste sich ein Wassertropfen aus ihrem Haar und lief glitzernd ihre Wange herunter. Jills Aufmerksamkeit wurde auf ihre grünen, leuchtenden Augen gezogen, die ihr in jenem Moment ein Lächeln schenkten.

»Na du?« Sie beugte sich zu Jill hinunter und küsste sie sanft. Gerade als Myra sich wieder aufrichten wollte, zog Jill sie wieder zu sich und presste ihre Lippen sehnsüchtig auf Myras. Die grinste und ging nach hinten, um sich ein Handtuch zu holen. Jill legte ihre Hand auf die Wasseroberfläche und ließ ihre Finger langsam ins Wasser eintauchen.

»Was machst du denn da?«, fragte Myra von nebenan.

»Nichts. Es ist hier unten nur so schön.«

Jill fühlte sich ertappt und zog ihre Hand wieder zurück. Sie ließ sich aus der Hocke rückwärts auf den Boden fallen.

»Bin ich vielleicht müde vom Joggen.«

Sie hatte die Augen geschlossen, als sie plötzlich Myra über sich spürte. Sie setzte sich breitbeinig auf sie.

»Warum bist du eigentlich immer oben?« Jill grinste.

»Ergibt sich so«, lachte Myra presste Jills Hände auf den Boden und küssen sie.

»Nun sag: Weshalb bin ich hier? Oder vielmehr: Warum darf ich hier sein?« Sie hatte die Neugierde nicht länger ausgehalten.

Myra ließ von ihr ab und setzte sich neben sie.

»Ich habe gestern Nacht noch mit meiner Mutter über dich gesprochen – über uns«, korrigierte sie sich. »Ich habe ihr gesagt, dass du mir viel bedeutest.«

Jill schaute sie gebannt an.

»Sie hat mir da so eine Geschichte erzählt ... Jedenfalls läuft es darauf hinaus, dass sie mal in ein Mädchen verliebt war und sehr verletzt wurde. Sie hat wohl sehr viel für dieses Mädchen riskiert – und am Ende sehr lange darunter gelitten. Sie hatte Angst, dass mir dasselbe passiert.«

»Und wie konntest du sie umstimmen? Ich dachte, nachdem ich dich betrunken heimgebracht habe, dürfte ich dich mit Sicherheit nie wieder sehen.«

»Eigentlich hab ich sie gar nicht umgestimmt. Es war wohl eher ihre eigene Einsicht. Sie hat mich gestern Nacht gefragt, warum ich so viel getrunken habe. Ich denke, du warst der Grund – oder vielmehr die Umstände. Jedenfalls soll ich dich zum Abendessen einladen. Sie will dich kennenlernen.« Myra lächelte, aber es wirkte nicht echt.

»Ich komme. Oder hältst du das für eine Falle?«

Jills Herz hämmerte allein bei dem Gedanken an den Besuch gegen ihren Brustkorb.

»Nein, offenbar will sie es echt versuchen. Aber das alles kam total plötzlich. Ich hab Angst, dass sie es sich wieder anders überlegt.« Sie seufzte. »Also gegen 7?«

»Ich bin gegen 7 da.«

***

Es war Sonntagabend, wenige Minuten vor 19 Uhr. Auch wenn Jill normalerweise nie pünktlich war – heute war sie es. Mit eiligen Schritten überquerte sie die Straße, ohne auch nur zu schauen, ob ein Auto kam. Sie war zu sehr vertieft in ihre Gedanken, zu nervös, wenn sie daran dachte, dass sie sich gleich vor Myras Eltern behaupten musste. So fühlte es sich zumindest an.

Plötzlich riss sie ein Hupen aus ihrer Trance. Keuchend sprang sie beiseite. Helle Scheinwerfer blendeten sie. Das Auto kam näher und gerade, als es vorüber fuhr, öffnete der Fahrer die Fensterscheibe und rief: »Pass doch auf, wo du hinläufst. Sonst kommst du noch unter die Räder!«

Er fluchte noch etwas, eher er weiterfuhr, doch Jill hörte schon nicht mehr hin.

Von der dunklen Nacht umhüllt trat Jill vor das Haus der Familie Schwarz und klingelte. Es wirkte einladend – als einzige Lichtquelle in dieser dunklen Nacht.

Jill sog scharf die Luft ein und versuchte sich auf das vorzubereiten, was gleich folgen würde. Prüfend blickte sie noch einmal an sich herunter. Genau in dem Moment öffnete sich die Tür.

DINNER ZU VIERT

»Hallo Schatz.« Myra strahlte.

Jill musste trotz ihrer Anspannung lächeln. Myra ging einen Schritt auf Jill zu und zog die Tür hinter sich zu.

»Keine Sorge, meine Eltern sind noch im Wohnzimmer und hören uns nicht.« Ihre Stimme klang ungewöhnlich hart.

»Du siehst toll aus.« Myra zog sie an den Hüften zu sich heran.

»Danke, du aber auch – obwohl es ja etwas künstlich brav wirkt.« Jill musste grinsen. Myra trug eine weiße Bluse und einen mittellangen, etwas zu schlichten Rock, der das ganze brave »Schuldmädchen-Outfit« perfekt machte.

»Das hat meinen Eltern vorhin die Sprache verschlagen. Ich glaube, sie haben bemerkt, dass ich das nicht freiwillig trage.«

Jill musste lachen und ließ sich mit ihrer Stirn an Myras Schulter sinken. So verharrte sie einen Moment, schaute dann wieder auf und sagte: »Also los?«

Myra nickte und war schon im Begriff wieder ins Haus zu gehen, als sie inne hielt: »Ach, noch was: Erwähn am besten nicht mehr die Geschichte von meiner Mutter und dass sie in dieses Mädchen verliebt war. Mein Vater weiß davon nichts und soll es besser auch nicht erfahren.«

»Dad? Gibst du mir mal die Bohnen?«

Die Schüssel wurde über den Tisch gereicht. Geschirr klapperte. Vor Jill stand eine mehr als üppige Mahlzeit. Sauerbraten mit Rotkohl und Rosmarin-Kartoffeln. Ein Essen, das Jills Mutter nie hätte kochen wollen, weil es ihr zu aufwendig war.

»Ihr geht also gar nicht in dieselbe Schule?«, wandte sich Myras Mutter an Jill.

»Nein, ich gehe auf die Erich Kästner.«

Es war eine dieser Fragen, die sich mit einer einsilbigen Antwort beantworten ließ und die meist weniger aus Interesse als aus mangelndem Gesprächsstoff gestellt wurde.

»Der Braten ist übrigens sehr lecker«, sagte Jill und rutschte auf ihrem Stuhl herum.

Myras Mutter lächelte kurz und wandte sich dann wieder ihrem Essen zu.

Während Jill in ihrem Rotkohl herumstocherte, fragte sie sich fieberhaft, was sie Myras Eltern fragen konnte. Sie suchte nach irgendeinem Gesprächsthema, aber es kam ihr einfach nichts in den Sinn. Ihr wurde immer heißer. Sie warf Myra einen flüchtigen, gehetzten Blick zu: in ihrem Gesicht sah sie kein Lächeln, sondern nur dieselbe Anspannung.

Jill hatte sich bisher kaum getraut zu ihr herüber zu-schauen. Sie befürchtete – so merkwürdig es klingen mochte -, dass die anderen an ihrem Blick erkennen würden, wie sehr sie Myra begehrte.

»Wie habt ihr euch dann eigentlich kennengelernt?«, fragte Myras Vater. Dabei schmatzte er auffällig laut und erntet einen strafenden Blick von seiner Frau.

»Wir kennen beide zufällig Tina Meyer und an ihrer Silvesterparty haben wir uns das erste Mal richtig kennengelernt.« Jill bemühte sich, sachlich zu klingen.

Nun klinkte sich auch Myra in das Gespräch ein: »Wobei ich sie schon vorher mal aus Versehen im Kaufhaus über den Haufen gerannt habe.«

Bei dem Gedanken daran mussten beide grinsen. Jill konnte nicht anders, als Myra einen vorsichtigen Blick über den Tisch zuzuwerfen. Anschließen schaute sie prüfend zu

Frau Schwarz; sie starrte geistesabwesend vor sich auf den Sauerbraten.

»Ihr entschuldigt mich kurz?«, fragte sie, als sie bemerkte, dass sie beobachtet wurde. Sie verschwand in Richtung Bad.

Myras Vater schien nicht zu registrieren, dass etwas nicht stimmte.

»Das nenn' ich Schicksal«, sagte er und prostete den beiden Mädchen zu. Jill hob ihr Glas und musste lächeln. Immerhin er war ihr offenbar wohlgesonnen.

Gerade als Frau Schwarz zurückkam, beendete ihr Mann eine lustige Geschichte von seiner Arbeit. Jill und Myra musste so sehr lachen, dass sie kaum Luft bekamen. Myras Vater verschluckte sich an seinem Wasser und hustete zwischen lautem Glucksen.

Jill war die erste, die den enttäuschten Blick von Myras Mutter sah und verstummte. Die anderen folgten. Wie sehr musste es auf sie gewirkt haben, als hätte erst ihre Abwesenheit Raum für einen schönen Abend gemacht.

Bis zu diesem Moment hatte Jill von ihr den Eindruck gehabt, sie sei eine biedere Frau, die stets darauf bedacht war, gerade zu sitzen und ihre guten Manieren zu zeigen. Nun empfand sie Mitleid für ihre innere Vereinsamung, die sie in diesem Moment mehr denn je offen präsentierte.

Myras Mutter räusperte sich und ließ sich mit gestrafften Schultern auf ihrem Stuhl nieder. Ihr war deutlich anzumerken, dass ihr die plötzlich wieder einkehrende Stille Unbehagen bereitete.

»Jill?« Ihr Unterton hatte etwas an sich, das Jills Herz vor Anspannung schneller schlagen ließ. »Ich weiß, ich habe dich nicht so freundlich empfangen, wie ich es hätte tun sollen. Ich möchte mich entschuldigen, wenn wir ... – nein, wenn ich dir das Gefühl gegeben habe, dass du hier nicht willkommen bist.«

Jill lächelte milde. »Danke, das ist nett. Ich freue mich einfach, dass ich Sie beide kennenlernen kann.«

»Ich bringe Jill noch nach Haus«, sagte Myra.

Ihre Eltern waren noch beim Abräumen des Tisches.

»In Ordnung«, sagte ihre Mutter, »und schön, dass du da warst, Jill.«

»Nett dich mal kennengelernt zu haben«, schloss sich Herr Schwarz an und lächelte.

»Ich hab mich auch gefreut«, sagte Jill und war froh, dass sie die Worte aufrichtig meinte.

»Lief doch ganz gut«, sagte Myra auf dem Heimweg. Der erleichterte Tonfall ihrer Stimme war nicht zu überhören.

»Das kommt alles so plötzlich. Es ist, als hätte deine Mutter zwei Gesichter.« Jill runzelte die Stirn. »Meinst du, sie behält diese Einstellung zu uns beiden bei? Irgendwie habe ich Angst, dass sie es nicht tut. Immerhin habe ich sie schon ganz anders erlebt.« Sie erinnerte sich an den Anruf und die wütende, kompromisslose Stimme von Mutters Mutter.

»Ach was. Du hast sie doch selbst gehört. Sie hat dich akzeptiert.«

Jill musste über Myras Ausdrucksweise grinsen, konnte ihre Angst jedoch trotzdem nicht ganz abschütteln.

»Morgen wieder Schule, mh?«, sagte Myra, als sie bei Jill angekommen waren.

»Ja. Das Wochenende verging viel zu schnell.« Jill lehnte sich an die Haustür. »War übrigens ein schöner Abend.«

Myra nickte.

»Jill?« Ihre Stimme war nur ein Flüstern.

»Ja?«

»Ich liebe dich.«

Im Schein der Straßenlaterne konnte Jill ihre Augen funkeln sehen. Für einen Moment fühlte sie sich, als hätte sie einen Rausch. Trunken vor Liebe zog sie Myra an sich, umschloss sie mit ihren Armen und küsste sie.

»Ich liebe dich auch«, flüsterte sie zwischen weiteren Küssen.

»Na, wie liefs?« Jills Mutter schaute kurz bevor sie zur Nachtschicht ins Krankenhaus ging bei Jill im Zimmer vorbei.

»Besser als erwartet.« Jill streckte sich.

»Das freut mich.«

»Myra hat gesagt, dass sie mich liebt«, platzte Jill hervor. Im nächsten Moment kam sie sich dumm und kindisch vor. Aber ihre Mutter lächelte verständnisvoll.

»Ich erinnere mich auch noch an das erste Mal, als mein erster Freund das zu mir gesagt hat.«
Sie sprachen wie zwei alte Freundinnen miteinander und Jill konnte nicht anders, als ihre Mutter am Ende zu umarmen und auf die Wange zu küssen.

Unvorstellbar, dass sie vor einiger Zeit noch im ständigen Streit miteinander gelebt hatten. Sie hatten sich vielleicht einfach verändert – die Zeit hatte sie verändert.

EINERSEITS

»Lass uns was unternehmen«, flüsterte Myra und kuschelte sich nach Wärme suchend an Jill.

»Ich hab keine Lust, Schatz«, seufzte diese. »Ich würde viel lieber hier mit dir bleiben.«

Es waren Wochen vergangen, seitdem Jill bei Myra zum Essen gewesen war. Seitdem sahen sie sich fast täglich. Sie verstanden sich prima, ihre Eltern hatten sich sogar einmal getroffen und es war ein schöner Abend gewesen. Doch nun drängte Myras Unternehmungslust und Jill wollte sich dem nicht beugen.

»Ach komm schon. Mike, Tina und Joseph gehen bowlen und haben gefragt, ob wir nicht mitkommen wollen.«

Jill erwiderte nichts, sondern küsste Myra, ließ dann ihre Lippen weiter über Myras nackten Brüste streifen, als wolle sie sie mit diesen Liebkosungen von ihrem eigenen Plan überreden.

»Jill, lass das.« Myra seufzte.

Sie machte weiter und so stand Myra abrupt auf. Jill schaute sie verdutzt vom Bett aus an. Sonst wirkte die Masche und sie konnte Myra für sich gewinnen – heute war irgendetwas anders.

»Wenn du nicht mitkommst, geh ich eben allein«, neckte Myra sie.

»Mach doch. Ich wette, du brennst darauf, Joseph wieder zu sehen.«

Myra war bereits dabei sich ihre Bluse zuzuknöpfen.

»Weißt du ... genau das werde ich jetzt tun.«

»Na dann, viel Spaß.«

Jill war überrumpelt von der Reaktion.

»Ciao.« Myra machte sich drauf und dran das Zimmer zu verlassen.

»Warte doch«, rief Jill hastig, um sie am Gehen zu hindern.

»Ja?«

Sie wollte nicht, dass Myra ging, aber sie hätte lügen müssen, um sie am Gehen zu hindern. Das wollte sie nicht. Außerdem hatte sie keine Lust, Josephs Grinsen wiederzusehen.

»Ach, nichts«, seufzte Jill.

»Na dann.«

Myra verschwand durch die Tür.

Jill ließ sich stöhnend zurück ins Bett fallen. Sie spürte jetzt noch Myras warmen Berührungen auf ihrer Haut, doch zugleich fröstelte es sie und sie schlüpfte unter die Bettdecke.

Warum habe ich das getan?, dachte sie sich. *Ich Idiot.*

Es war schlichtweg unnötig gewesen und jetzt war sie es, die allein zurückblieb, während Myra ihren Spaß haben würde – mit Joseph. Eine Woge der Eifersucht stieg in ihr auf.

***

Myra stürmte aus dem Haus. Immer noch wütend überquerte sie die Straße und machte sich auf den Weg zur nächsten Bushaltestelle. Sie hatte Glück, denn gerade als sie dort ankam, hielt der Bus.

Mit einem kurzen Blick auf ihre Armbanduhr stellte sie fest, dass sie es noch rechtzeitig zu Mike schaffen würde, ehe sie von dort aus zum Bowlingcenter aufbrechen würden.

»Guten Tag«, grüßte sie der Busfahrer höflicher, als sie es sonst von den Menschen gewohnt war und schaute Myra an.

Diese starrte erst irritiert zurück, ehe sie verstand. »Ach richtig.« Myra suchte in ihrer Jackentasche nach dem passenden Kleingeld für die Fahrkarte. Als sie ihr Ticket gelöst hatte, ging sie nach hinten durch und ließ sich auf einen der abgenutzten Sitzplätze fallen.

Sie wollte einfach nur noch weg von Jill, Abstand gewinnen. Sie hatte nicht mit ihr streiten wollen, aber sie konnte einfach nicht verstehen, warum Jill manchmal so stur sein musste. Seit Wochen sahen sie kaum noch ihre Freunde, nahezu jeden Vorschlag sie zu treffen, lehnte sie ab.

Jeder muss seine Lektion lernen, dachte sie sich daher im Stillen und beschloss, auch ohne Jill einen netten Abend zu haben.

Joseph war es, der ihr die Tür öffnete.

»Hey«, sagte er und musterte Myra von oben bis unten mit einem Grinsen. »Du siehst richtig gut aus.« Es war das erste Mal, dass Myra dabei nicht dieses selbstgefällige Lächeln auf seinen Lippen sah.

»Danke. Soll ich noch länger hier draußen rumstehen, oder bittest du mich auch rein?«

»Ach, bleib du nur draußen.«

Als er ihren verdutzen Gesichtsausdruck sah, musste er lachen: »Wir wollten uns gerade auf den Weg machen. Tina holt nur noch ihre Tasche und dann geht's los.«

»Ach so.« Myra grinste.

»Wo hast du eigentlich deine Freundin gelassen?«

»Die wollte nicht mit.«

»Naja – der Abend wird auch zu viert schön.« Er zwinkerte.

Nun kamen auch Mike und Tina aus dem Haus und drängten dabei Joseph mit nach draußen.

»Wie kommen wir eigentlich hin?«, fragte Myra.

»Gegenfrage: Wo hast du Jill gelassen?«, erwiderte Tina und musterte sie von der Seite.

»Die wollte nicht mit«, wiederholte Myra und hoffte dabei innerlich, dass Tina nicht nachhaken würde.

Sie hatte Glück. Tina runzelte zwar die Stirn und schaute skeptisch drein, doch bevor sie noch etwas sagen konnte, schaltete sich Mike ins Gespräch ein, indem er triumphierend einen Autoschlüssel durch die Luft schwenkte.

»Ich fahre! Ich hab heute meine Führerscheinprüfung bestanden. Und mein Vater leiht mir seinen Kombi.«

»Wow, herzlichen Glückwunsch!« Myra boxte ihm sanft in die Seite.

»Danke. Na dann mal los.«

Der kühle Fahrtwind blies ihr ins Gesicht. Die Fenster hatten sie trotz der kalten Luft herunter gekurbelt, nur um ein Stückchen mehr von der schönen, sternenübersäten Nacht in sich aufsaugen zu können.

Im Radio lief leise ein Liebeslied, das Myra schon hunderte Male gehört hatte, doch heute machte es sie zum ersten Mal traurig. Unwillkürlich musste sie an Jill denken und an ihr Auseinandergehen. Sie musste wohl leise aufgeseufzt haben, denn Joseph, der neben ihr saß, unterbrach sein Gespräch mit Mike und wandte sich ihr zu.

»Alles okay?«

Sie beide saßen hinten, während Tina und Mike vorne Platz genommen hatten.

»Ach, ja. Schon. Lass uns heute Abend einfach Spaß haben.«

Kaum hatte Joseph die Tür zum Bowlingcenter aufgestoßen, strömte ihnen laute Discomusik entgegen. Innerhalb kürzester Zeit hatten sie mit dem Mitarbeiter am Empfang alles abgeklärt und sich Schuhe ausgeliehen und einen weiteren Moment später befanden sie sich auf der ihnen zugewiesenen Bahn.

Myra wollte sich gerade aus ihrer Jacke befreien, als Joseph ihr zuvor kam und ihr beim Ausziehen half.

»So kenn ich dich ja gar nicht.« Sie musste grinsen.

»Das lässt sich ja ändern.«

Mit einem Lächeln auf den Lippen blickte sich Myra das erste Mal bewusst um. Das ganze Bowlingcenter war verdunkelt. Die Wandmotive in Neonfarben leuchteten unter dem Schwarzlicht hell auf. Eine Discokugel drehte sich hoch oben in der Luft. Menschen spielten an den Bahnen, lachten und tanzten. Drei Bahnen weiter jubelte ein Mann in Jogginghose, weil er einen Strike geworfen hatte.

»Heute ist Disconacht«, sagte Mike.

»Wow«, flüsterte sie, wobei sie sicher war, dass es zwar niemand wegen der lauten Musik gehört, aber an ihren Lippen hatte ablesen können.

Sie machten es sich an einem Tisch unmittelbar neben ihrer Bahn bequem. Ein Kellner kam mit einem Lappen in der Hand herbeigeeilt und wischte über den Tisch.

»Was kann ich euch bringen?«, fragte er über die laute Musik hinweg.

Die Vier bestellten Getränke. Sobald der Kellner wieder gegangen war, fragte Joseph: »Also, spielen wir jeder für sich oder machen wir Teams?«

Dabei blickte er herausfordernd zu Myra hinüber. Tina entging dieser Blick nicht und sie sagte schnell: »Wie wär's mit Jungs gegen Mädchen?«

»Wenn ihr verlieren wollt«, grinste Mike und zog sie auf seinen Schoß, um sie zu küssen.

»Wir nehmen die Herausforderung an.« Myra grinste.

»Gut, dann fang an. Ich glaube, deine Mitspielerin ist noch beschäftigt.« Mike lachte und zog Tina zurück auf seinen Schoß.

Myra war das letzte Mal als kleines Mädchen bowlen gewesen. Sie nahm die Kugel in die Hand, warf sie irgendwie auf die Bahn und musste mit ansehen, wie nur ein einziger Pin getroffen wurde.

»SO MACHT MAN DAS«, brüllte Tina und lachte. Der äußerst ironische Unterton in ihrer Stimme verlor sich auch nicht über die laute Musik hinweg. Myra trottete nach einem weiteren schlechten Wurf gedemütigt zum Tisch zurück.

»Mach dir nichts draus.« Joseph berührte sie leicht am Oberarm. Myra zuckte bei dieser kurzen Berührung zusammen, lächelte dann und ließ sich auf den Stuhl neben ihm nieder.

Als sie erneut an der Reihe war, war sie froh, dass Tina ihre schlechte Leistung hatte ausgleichen können und dass sie dank Mikes Ungeschick noch vorne lagen. Gerade als sie die Kugel erneut werfen wollte, sprang Joseph auf und hielt sie auf.

»Ich zeig dir mal, wie du es besser machen kannst, okay?« Sie nickte zögernd. Er nahm ihr die Kugel aus der Hand und demonstrierte, wie man richtig warf. Myra blickte immer noch skeptisch drein, also stellte er sich dicht hinter sie, ließ ihre Bewegungen verschmelzen und machte seine Bewegung erneut, nur dass er sie diesmal dabei führte. Myra lief eine Gänsehaut über ihren Rücken, als er so nah bei ihr stand. Es war ihr unangenehm, dass Tina und Mike sie so sahen, also führte sie den Wurf schnell aus. Zu ihrer Überraschung war es der erste Wurf, der gelang und mit einem weiteren Wurf räumte sie sogar alle Pins ab.

»Siehst du! Ich wusste, du kannst es.« Joseph umarmte sie.

Als sie wieder an ihrem Tisch ankam, dachte Myra, sie würde von Tina ein High Five ernten, stattdessen blickte diese sie strafend an.

»Myra und ich gehen mal eben auf die Toilette. Spielt ihr solange nur weiter«, sagte Tina und zog ihre verdutzte Freundin hinter sich her.

»Verrätst du mir, was das soll?«, fuhr Tina Myra an, noch ehe die Tür zur Damentoilette hinter ihnen zugefallen war.

»Was denn?«, versuchte Myra Unwissenheit vorzutäuschen und glaubte gleichzeitig, sich mit ihrer schuldbewussten Miene verraten zu haben.

»Dass du mit Joseph flirtest.«

»Hey, er macht mich permanent an. Ich tu doch gar nichts.«

»Myra, man sieht an deinen Blicken, dass es dir gefällt. Was denkst du denn, warum er immer weiter macht?«

Myra wusste nicht, was sie dazu sagen sollte.

»Ich weiß ja nicht, warum du deine Freundin heute Abend nicht mitgebracht hast oder was bei euch los ist. Aber ich bin auch mit Jill befreundet – und wenn du jetzt mit ihm flirtest, dann würde ich mich schlecht fühlen, wenn ich ihr nicht davon erzähle.«

Myra wusste, dass sie nichts *Verbotenes* getan hatte, aber Tina hatte auch nicht Unrecht. Josephs Verhalten hatte ihr gefallen – und sie hatte nichts dagegen getan.

Stöhnend ließ sie sich gegen die kalte Wand hinter sich fallen und antwortete: »Wir hatten vorhin einen Streit, ja. Ich weiß gar nicht, wieso das ausgeartet ist. Es ging eigentlich nur darum, dass ich Jill seit Tagen nicht dazu bringen konnte, mit euch was zu unternehmen oder einfach mal rauszukommen. Sie ist so verdammt stur manchmal.«

Tina seufzte. »Aber hör mal: Ihr beiden passt so super zusammen. Ich verstehe nicht, warum du wegen einem Streit gleich Joseph mit reinziehen musst. Immerhin hat das weder Jill verdient, noch hat Joseph es verdient, dass du ihm Hoffnungen machst. Du weißt ja, wie toll er dich findet.«

»Du hast ja Recht.« Myra starrte zu Boden. »Könntest du das für dich behalten?«

»Ja, klar. Ich konnte nur nicht wortlos weiter zuschauen.«

Benommen von dem ernsten Gespräch trat Myra aus der Damentoilette heraus. Die Musik, die ihr fröhlich entgegen dröhnte und die immer noch lachenden Menschen verstärkten dieses Gefühl nur noch mehr.

Zurück an ihrem Tisch bemerkten die beiden Jungs sofort, dass etwas anders war als vorher. Tina ließ sich auf Mikes Schoß fallen und schüttelte nur den Kopf, als er sie fragend anblickte.

Joseph hingegen merkte sofort, was nicht stimmte, da Myra ein Stück von ihm wegrückte und seinen Blick mied. Während es ihn kränkte, was sie tat, wusste er nicht, wie schuldig sie sich in dem Moment fühlte. Am liebsten hätte sie sich in diesem Augenblick mit Jill versöhnt, nur um sie wieder in ihre Arme schließen zu können.

Natürlich hätte sie sich niemals auf Joseph eingelassen – dafür liebte sie Jill viel zu sehr. Aber der Gedanke, dass sie mit ihm geflirtet hatte, beschäftigte sie den ganzen Abend, so dass sie schweigend ihre Bowlingrunde beendeten und danach unter einer unerträglichen Stille nach Hause fuhren.

ANDERSEITS

Draußen war es bereits dunkel geworden. Nachdem Jill eine Weile so dagelegen hatte, ihre Arme um sich geschlungen, entschied sie sich, aufzustehen.

Sie musste raus – raus aus dem Zimmer, in dem sie mit Myra gestritten hatte; raus, nur damit sie nicht immer wieder Myras Vorwurf in ihrem Kopf hören musste.

Sie stand auf und zog sich an, während sie verbissen versuchte, an etwas anderes zu denken. Doch es fiel ihr schwer. Das erste Mal musste sie auf diese Weise spüren, wie abhängig sie von Myra geworden war.

Widerstrebend scheuchte sie jeden weiteren Gedanken an Myra beiseite und verließ das Haus. Sie schwor sich, nicht mehr über den Abend nachzudenken. Doch das schien gar unmöglich zu sein und so schwirrten ihre Gedanken erneut durch den Kopf, als sie durch die Stadt lief. Der ganze Streit war unnötig gewesen. Doch leider bemerkte sie das erst jetzt im Nachhinein.

Plötzlich wurde sie aus ihren Gedanken gerissen: »Jill?!«

Es war mehr als Frage formuliert, denn offenbar hatte sie die Person auf der anderen Straßenseite nicht eindeutig erkannt.

»Ja?!«, antwortete sie irritiert und wechselte die Straßenseite. Als die ihr noch unbekannte Person einen Schritt auf sie zumachte und so in den Schein der Straßenlaterne trat, konnte sie sie endlich halbwegs erkennen.

»Sara? Was machst du denn hier?«

Jill blickte auf das große, alte Gebäude hinter ihr, aus dem leise Musik drang. Während Sara zu einer Antwort ansetzte, musterte Jill sie. Sie hatten sich seitdem Jill damals aus dem

Musikverein ausgetreten war nicht mehr gesehen und Sara hatte sich in der Zwischenzeit enorm verändert. Ihre Haare, die einst kurz und blond waren, hatte sie rötlich gefärbt. Sie fielen ihr lockig über die Schultern. Außerdem schien sie zugenommen zu haben. Kein Wunder, dass Jill sie nicht auf Anhieb erkannt hatte.

»Ich hab gleich einen Auftritt. Mein Gott – gut siehst du aus!«

Jill lächelte halbherzig bei dieser Bemerkung, gerade weil sie wusste, dass sie es nur aus Nettigkeit gesagt hatte. Sie fühlte sich elend und war sich sicher, dass Sara ihr genau das ansah.

»Wohin gehst du gerade?«, fragte Sara.

»Ach, mal sehen.«

»Wenn das so ist ... Wenn du willst, kannst du gern mitkommen. Du bekommst den Eintritt sicher spendiert, weil du ja damals auch im Musikverein warst.« Sara lächelte aufmunternd. »Also?«

»Naja, warum nicht.«

»Super!«

»Was ist passiert, dass es dir so gut geht?«, fragte Jill, während sie neben Sara in Richtung Eingang ging. Sie hatte sich die Frage einfach nicht verkneifen können.

»Marc und ich sind jetzt endlich zusammen«, grinste Sara breit und stieß die Tür zum »Kultur-Haus« auf, in dem immer literarische und musikalische Veranstaltungen stattfanden.

»Stimmt das eigentlich?«, fragte Sara plötzlich.

»Was?«

»Dass du mit diesem Mädchen zusammen bist? Das hab ich zumindest gehört.«

»Mit Myra? Ja, wieso?« Bei der Aussprache dieser Tatsache durchflutete sie ein gewisser Stolz – auch wenn Sara Myra nicht kannte. Dabei übersah sie Saras verwunderten Gesichtsausdruck. Sara setzte gerade zu einer Antwort an, als sie von dem Orchesterleiter gerufen wurde.

»Du? Ich muss dann los. Wir sehen uns in der Pause, ja?«, und damit schob sie Jill in den Veranstaltungssaal, wo das Orchester gleich auftreten würde.

Jill kannte die Prozedur noch in und auswendig, weil sie viele Jahre im Orchester gewesen war und Frühjahrs- und Weihnachtskonzert immer wieder gleich abliefen: Der große Saal füllte sich, die Musiker traten mit ihren Instrumenten ein, spielten Lieder, von denen man sich als Zuhörer zwangsläufig fragen musste, ob sie nicht schon im letzten Jahr präsentiert worden waren und sobald vermehrtes Gähnen im Saal laut geworden war, kündigte der Moderator der Veranstaltung eine Pause an, um anschließend mit dem Programm fortzufahren. Nach etwa zwei Stunden endete dieser Spuk und stolze Eltern und ihre gelangweilten Kinder gingen nach Hause und genossen das Zusammensein mit der Familie. Und nur für dieses Gefühl würden sie beim nächsten Konzert wieder mitwirken wollen.

Jill betrat den großen Saal und blickte sich nach einem freien Platz um. Dabei fiel ihr auf, dass viele Männer in Anzüge gekleidet waren. Sie schaute an sich herunter und betrachtete leicht errötend ihr Outfit, das sie vorhin leichtfertig aus dem Schrank genommen hatte. Sneakers, eine abgewaschene Jeans und ein Pulli.

Sobald sie sich damit abgefunden hatte, hielt sie Ausschau nach einer Sitzmöglichkeit. Schließlich wollte sie das mehrstündige Programm nicht im Stehen über sich ergehen lassen.

»Du siehst aus, als wärest du auf der Suche nach einem freien Platz«, bemerkte eine alte Dame und deutete auf den Stuhl neben sich. Sie räumte ihre Handtasche beiseite.

»Vielen Dank«, lächelte Jill sie an und ließ sich nieder.

Zum ersten Mal wurde sie sich der heißen Luft im Saal bewusst. Immerhin konnte sie früher gehen, wenn sie wollte.

Wenige Minuten später, in denen die alte Dame neben ihr mehrmals nervös in ihre Handtasche gegriffen hatte, um einen Blick auf ihre Uhr zu erhaschen, wurde das Licht gedimmt und die Musiker traten ein.

»Das ist mein Tommy«, sagte die Frau neben ihr und deutete auf einen pummeligen Jungen, der mehrfach stolperte, während er sich mit seiner Trompete zu seinem Platz durchkämpfte.

»Reizend.« Jill grinste. Die alte Frau schien die Ironie zum Glück überhört zu haben.

Anfangs konnte Jill sich noch auf die Musik konzentrieren, doch schon bald begann sie, die Musiker eingehend zu mustern und alle Töne und Klänge, so schön sie auch waren, waren plötzlich nebensächlich, als dienten sie nur dazu, Jill zu unterhalten, während sie die Menschen betrachtete und in ihre Gedankenwelt abtauchte.

Einige kannte sie noch von früher, aber sie musste sich eingestehen, dass wirklich ein paar schräge Typen im Verein mitspielten. Nachdem sie die Gesichter intensiv betrachtet hatte, ließ sie ihren Blick über den Saal gleiten, der mit pompösen Vorhängen und Blumengestecken extra hergerichtet worden war.

Just in dem Moment, wo sie ihren Blick wieder zurück zur Bühne wandern ließ, bemerkte sie, wie eine kleine Fliege hoch über der Menschenmenge mitten im Licht der Scheinwerfer flog. Jill war fasziniert davon, dass etwas so klein sein konnte, dass es selbst im Rampenlicht niemand zu bemerken vermochte. Während sie in ihren Tagträumen hing und sich über die unsinnigsten Sachen Gedanken machte, bemerkte sie fast nicht, dass ein weiteres Stück geendet hatte und das Publikum applaudierte. Der Moderator trat auf die Bühne, um anzukündigen, dass es nach einer kleinen Pause weitergehen würde.

Der Saal begann sich abrupt zu leeren, wobei Jill vermutete, dass die anderen nicht wie sie selbst, die Flucht ergreifen wollten, sondern vielmehr, dass sie hinaus stürmten um ihre musikalischen Kinder zu suchen und in den höchsten Tönen zu loben. An der Tür entstand bereits ein irrsinniges Gedränge und Jill entschloss kurzerhand noch zu warten.

»Weshalb bist du eigentlich hier? Junge Zuschauer sieht man hier nur sehr selten«, bemerkte die alte Dame neben ihr. Jill hatte sie fast schon wieder vergessen.

»Ach, eine Freundin von mir spielt hier mit und ich war früher auch mal dabei.« Jill beobachtete wieder die Tür, durch die die Menschenmenge mittlerweile größtenteils verschwunden war.

»Das ist ja schön. Es gibt nicht mehr viele junge Menschen, die sich für klassische Musik interessieren«, sagte die Dame. »Ich werde jetzt auch mal meinen Tommy suchen.«

Und mit diesen Worten verschwand sie. Jill beschloss, sich nun auch endlich auf die Suche nach Sara zu machen. Schließlich wollte sie diese langsam aber sicher mental darauf vorbereiten, dass sie gleich gehen würde.

Die zweite Hälfte, so war sich Jill sicher, würde sie nicht mehr schaffen, ohne dabei einzuschlafen.

»Na, wie hats dir gefallen?«, fragte Sara sie und rollte dabei mit den Augen.

Jill hatte es endlich geschafft, sich zu ihr durch das ganze Gedränge zwischen den Getränkeständen hindurch zu quetschen. Glücklicherweise stand Sara ein wenig abseits der

Masse – zusammen mit ein paar ihrer Vereinskameraden. Einer von ihnen fing bei Saras Frage an zu glucksen.

»Das kannst du doch nicht ernst meinen. Langweilig – vermute ich«, warf er in die Runde, weil er mit diesem Laut die ganze Aufmerksamkeit auf sich gezogen hatte.

Jill musste grinsen. »Du bringst mich direkt in Verlegenheit, wenn du sowas fragst.«

»Entschuldige vielmals.« Sara lachte und machte einen kurzen Knicks.

Erst jetzt wurde Jill wieder bewusst, wie viel Spaß sie damals zusammen beim Musizieren gehabt hatten.

An diese Zeit erinnerte sie sich gerne zurück und die Tatsache, dass sie damals einfach keine Zeit mehr gehabt hatte, um sich weiterhin der Musik zu widmen, bedauerte Jill zum ersten Mal seit vielen Jahren.

Sie unterhielten sich über die »alten Zeiten« und gerade als sie in großes Gelächter ausbrachen, weil der glucksende Junge einen seiner sarkastischen Witze gerissen hatte, drängte sich ein weiteres Mädchen zu ihnen in den Kreis. Jill hatte sie nie zuvor gesehen. Sie hatte rot-braunes Haar, war auffallend groß, wobei ihre hohen Absätze dies nur noch mehr unterstrichen. Sie hatte ein so makelloses Gesicht, dass Jill nicht umhin kam, sie für einen Moment fasziniert zu beobachten.

»Ach, Laura. Ich hab dich vorhin die ganze Zeit gesucht. Wo hast du denn gesteckt?«, fragte Sara.

Laura musterte Jill von oben bis unten, lächelte und wandte sich endlich Sara zu: »Meine Mutter konnte es nicht lassen und musste mich im Kreise meiner Verwandten festhalten, damit sie mir alle für meine Glanzleistung den Kopf tätscheln konnten«, beschwerte sich Laura, wobei sich eine

Haarsträhne aus ihrem Zopf löste, die sie sich genervt aus dem Gesicht blies. »Möchtest du uns nicht bekannt machen?«, fügte sie mit einem erneuten Lächeln in Jills Richtung hinzu.

»Oh, klar, das ist Jill. Ich hab dir schon von ihr erzählt.«

»Ach, richtig. Schön, dass ich dich endlich mal kennenlerne.«

Ein geheimnisvolles Lächeln zog sich bei diesen Worten über Lauras Lippen und Jill konnte nicht vermeiden, zu erröten.

Laura schien das nicht zu beirren. Noch ehe Jill antworten oder reagieren konnte, begab sich die Menschenmenge urplötzlich wieder in den Saal. Irgendjemand hatte offensichtlich das Signal gegeben, dass es weiterging.

»Wir müssen dann wieder rein«, erklärte Sara, da bereits einer der Veranstalter die Musiker zusammentrieb, damit sie pünktlich wieder auf die Bühne kamen. Eilig verabschiedeten die anderen sich von Jill und liefen davon, den fuchtelnden Armen des Veranstalters entgegen. Jill blieb nichts anderes übrig als sich mit der Menschenmenge wieder in den Saal spülen zu lassen.

Sie setze sich neben die alte Dame, die offensichtlich bereits einige Minuten vor Ende der Pause wieder in den Saal gegangen war, damit sie keine Sekunde des Auftritts ihres Enkelkindes verpasste.

Das Programm ging weiter; die Musiker traten erneut ein. Sekunden später fiel Jill wieder ein, dass sie eigentlich hatte gehen wollen. Über die Pause hinweg hatte sie ihr Vorhaben ganz vergessen. Es war einfach zu schön gewesen, die ganzen Leute wieder zu sehen und dann diese Szene mit Laura ... Obwohl die Musik bereits wieder einsetzte, schaffte es Jill nicht, sich auf das Stück zu konzentrieren. Wie schon zuvor ließ sie ihre Blicke über die Musiker streifen. Diesmal war es Laura, die sie fesselte, die ihre Augen nicht mehr gehen lassen wollte.

Trotz der außergewöhnlich roten Haare war sie ihr gar nicht aufgefallen, doch jetzt konnte sie sie einfach nicht mehr ignorieren. Irgendetwas an ihr faszinierte Jill. Stirnrunzelnd musterte sie sie noch einmal ausgiebig und fragte sich, wann sie wohl dem Musikverein beigetreten war.

Jill verlor durch die Tagträume ihr Zeitgefühl. Erst nach und nach wurde ihr bewusst, dass sie bereits jetzt aufgeregt war, Laura nach dem Auftritt wieder zu begegnen. Sie wusste nicht, was sie von ihr halten sollte. Auch war ihr nicht recht bewusst, ob sie sie vorhin wirklich angemacht hatte, oder ob Jill sich das nur einbildete. Selbst die Bemerkung »Schön, dass ich dich endlich mal kennenlerne« schien einen Hintergrund gehabt zu haben.

Von diesem Gefühl getragen, wanderte Jill weiter durch ihren Tagtraum, bis sie plötzlich wieder an Myra dachte. Den ganzen Abend war zu viel passiert, als dass sie an diese blöde Situation hätte zurückdenken müssen, aber jetzt, in diesem einen Moment, konnte sie es nicht umgehen, an Myra zu denken. Sie fühlte sich plötzlich schuldig wegen des Interesses, das Laura bei ihr geweckt hatte.

Jill beschloss, nach dem Konzert ein weiteres Aufeinandertreffen mit ihr zu vermeiden, sich schnell von Sara zu verabschieden und sich dann auf den Weg nach Hause zu machen.

Ihr Plan schien aufzugehen. Nachdem die letzten Noten gespielt und die letzten klatschenden Hände zur Ruhe gekommen waren, quetschte Jill sich an den Menschen vorbei nach draußen. Nach einigen Minuten erblickte sie Sara und die anderen in einer Ecke; nur Laura war nicht dabei.

»Ich werde jetzt gehen«, warf sie in die Runde und fügte dann mit einem strahlenden Lächeln hinzu: »Es war echt schön, euch mal wieder zu sehen. Vielleicht sollte ich doch mal wieder zu den Proben kommen.«

Sara nickte und lächelte breit, ehe sie Jill mit einer Umarmung verabschiedete. Jill kämpfte sich durch die Menschenmenge nach draußen. Sie war heil froh, als sie die kühle, klare Nachtluft einatmen konnte. Erleichterung machte sich in ihr breit, Laura nicht erneut gesehen zu haben.

Siegessicher schob sie ihre Hände in ihre Jackentaschen und wollte gerade loslaufen, als sie eine Stimme hinter sich hörte. Ihr Puls schnellte in die Höhe.

»Du gehst schon?«

Ein enttäuschter Unterton? Nein, sie bildete sich das nur ein. Das war zu abwegig. Langsam drehte sie sich um und glaubte, ihr pochendes Herz würde sie in der Stille verraten.

»Ja. Es wird mir sonst zu spät.«

Sie versuchte möglichst banal zu klingen. Laura kam auf sie zu und blieb dann dicht vor ihr stehen.

»Das ist aber schade«, antwortete sie beinahe flüsternd und Jill war sich in diesem Moment sicher, Erregung in ihrer Stimme zu hören. Sie spürte, wie ihr die Röte ins Gesicht schoss, wendete sich leicht ab und versuchte unauffällig ein wenig Platz zwischen sich und Laura zu schaffen, um wieder klar denken zu können.

»Wir sehen uns sicher irgendwann wieder«, brach Jill das Schweigen, das für Sekunden zwischen ihnen entstanden war.

»Mit Sicherheit.« Laura lächelte geheimnisvoll, ging einen Schritt auf Jill zu und küsste sie sanft auf die Wange, ehe sie sich abwendete und wieder nach drinnen ging. Jill war wie erstarrt. Sie spürte nur die kalte Nachtluft um sich herum.

Es war nicht das, was Laura gesagt hatte, sondern wie sie es gesagt hatte. Dass all ihre Andeutungen unterschiedlich interpretiert werden konnten, machte Jill schier verrückt.

Sie wusste nicht, was heute Abend passiert war und auch nicht, was es bedeutete. Sie wusste nur, dass es sie beschäftigte und gerade das in ihr Schuldgefühle gegenüber Myra verursachte.

»Myra ...«, flüsterte sie mitten hinein in die Dunkelheit, als sei es eine Entschuldigung für ihre Gedanken. Plötzlich sehnte sie sich so sehr nach ihr, dass das ganze Wirrwarr aus Gefühlen aus ihr herausbrach und in herabfallenden Tränen auf den kalten Boden tropfte.

WARTESCHLEIFE

Es waren zwei Tage seit dem Orchesterbesuch vergangen. Tage, in denen Jill nahezu stündlich darüber nachdachte, Myra anzurufen – und sich dann doch darauf einschwor, dass sie sich zuerst melden sollte.

Sie saß auf der Couch im Wohnzimmer und verbrachte ihren Abend genau so sinnlos, wie die vergangenen Abende auch.

Auch wenn sie nie an das klischeehafte Frustessen geglaubt hatte und es nur aus Filmen kannte, so war sie ihm nun doch verfallen. Zumindest musste sie das feststellen, als sie zur zweiten Eispackung an diesem Abend griff und deprimiert ihren Löffel hineinstieß.

»Jill, du musst endlich mal wieder raus«, hörte sie Tinas Stimme noch von ihrem letzten Gespräch mahnend in ihrem Kopf.

Sie hatte vorgeschlagen, mit Mikes Auto ein bisschen umher zu fahren – nur, damit Jill einen klaren Kopf bekam und mal an etwas anderes dachte.

Doch Jill hatte abgelehnt und nun saß sie hier und lauschte dem deprimierenden Ticken der Wanduhr, das ihr fortwährend »Mach ruhig weiter so, vergeude deine Zeit« zuzuflüstern schien.

Doch Jill wollte nicht nachgeben. Provozierend schob sie den nächsten Löffel Eiscreme in ihren Mund und blickte dabei herausfordernd zur Uhr. Es dauerte nicht lange und sie kam sich dabei ziemlich albern vor. Jetzt versuchte sie schon gegen die Zeit anzukämpfen.

Ächzend stand sie auf und ging in die Küche, um die Eiscreme-Packung wieder im Gefrierfach zu deponieren. Nach wenigen Schritten hatte sie die Wohnung verlassen, wobei sie noch einmal ein leises, provokantes Ticken hörte, ehe die Tür hinter ihr ins Schloss fiel.

Sie wusste nicht, wohin sie hätte gehen sollen, außer zu Tina. Nach einem kurzen Fußmarsch stand sie vor ihrer Tür, klingelte und betete zu Gott, dass sich die Tür vor ihr öffnen möge.

Glücklicherweise konnte sie drinnen schon bald Stimmen vernehmen, jedoch nicht zuordnen, wem sie gehörten. Erneut drückte sie erwartungsvoll auf die Klingel. Nach wenigen Sekunden stand Frau Meyer vor ihr.

»Tina ist oben«, sagte sie und musterte Jill mit besorgtem Blick.

Offensichtlich hatte Tina ihre Mutter ausgiebig über Jills Gefühlsleben informiert.

Fast ein wenig sauer quälte sie sich an Frau Meyer vorbei, die es eigentlich, das wusste Jill, nur gut mit ihr meinte und klopfte an Tinas Tür.

»Jaaa?«

Kaum hatte sie die Tür geöffnet, rief Tina: »Ich wusste, du würdest meinen Rat früher oder später annehmen«, zerrte Jill auf einen Stuhl und ließ sich selbst auf ihr Bett fallen.

Jill hatte keine Lust, etwas zu erwidern, wobei der Redefluss ihrer Freundin dazu wesentlich beitrug. Sie blieb einfach gehorsam auf dem Stuhl sitzen.

»Ich hab mit Mike übrigens schon etwas für heute Abend ausgemacht. Einer seiner Freunde schmeißt eine Party. Ach, jetzt guck doch nicht so – natürlich kannst du mitkommen! Das ist gar kein Problem.« Tina grinste.

Jill wurde bewusst, dass sie nun doch endlich mitreden musste, um sich vor allem Weiteren zu schonen. Sie setzte zu einem Widerspruch an, wurde jedoch direkt wieder unter-brochen.

»Ich kann dir auch was Schickeres borgen. Bist du ernsthaft so zu mir gelaufen?«

Sie musterte Jill mit leichtem Entsetzen. Im selben Moment war sie schon aufgesprungen und riss ihren Schrank auf. Während sie ein Outfit für Jill zusammenstellte, nutzte diese endlich ihre Chance, auch mal zu Wort zu kommen.

»Tina, nimm es mir nicht übel, aber eigentlich möchte ich heute mal nicht weg.«

»*Heute … mal?!*« - wieder dieser entsetzte Blick - »Das kommt gar nicht in Frage. Du hast lang genug daheim geses-sen, meine Liebe.«

Jill seufzte und ließ sich tiefer in den Stuhl rutschen. *Irgendwie werde ich den Abend ja wohl überleben,* dachte sie widerstre-bend. Immerhin besser, als die trostlose Anwesenheit der ti-ckenden Wanduhr weiter ertragen zu müssen.

Gegen 21 Uhr hupte jemand vor dem Haus.

»Das muss Mike sein. Hatten wir so abgemacht.« Tina zwinkerte, als hätte sie ihr gerade einen geheimen Code ver-raten.

Jill rollte mit den Augen, schnappte sich ihre Jacke und folgte Tina die Treppe hinunter.

»Mum, wir gehen dann!«

»Ja, Schatz. Und pass auf dich auf!«

»Kennst mich doch.«

»Deswegen ja!«

Grinsend verließ Jill das Haus, dicht gefolgt von Tina, de-ren Gesichtsausdruck zerknirscht wirkte.

»Das hat sie nur so daher gesagt«, sagte Tina und grinste und stieg ebenfalls in Mikes Wagen.

Die drei betraten das Haus, in dem die Party stieg. Auf der Fahrt hatte Jill nicht viel über den Gastgeber erfahren und fragte sich mittlerweile, woher die anderen beiden ihn kannten.

Sofort nach dem Eintreten wurden Mike und Tina ausgiebig begrüßt, wobei sich Jill ein wenig verlassen vorkam. Doch Tina merkte dies dank ihres zufälligen Taktgefühls und zog sie an der Hand durch die Menge. Mike blieb dabei bei seinen Freunden zurück.

»Ich kenn die ja auch nicht so wirklich«, sagte Tina und zog Jill weiter in Richtung Küche, wo sie sich die Getränkebar erhoffte.

Die Musik, die bislang eher aufdringlich und laut gewesen war, war hier glücklicherweise nur gedämpft zu hören und so beschloss Jill jetzt schon insgeheim, dass sie die Küche heute mehrfach aufsuchen würde, nur um ein wenig Ruhe zu haben.

»Was willst du trinken?« Jill war froh, endlich mal wieder die Initiative ergreifen zu können.

»Das Gleiche wie du.«

Mit zwei Cocktails bewaffnet, machten sie sich auf den Weg zurück ins Wohnzimmer. Die Musik war immer noch unerträglich laut. Tina zog sie dennoch in Richtung Tanzfläche und demonstrierte ihr, dass man auch wunderbar zu Musik tanzen konnte, die man selbst miserabel fand.

Langsam fand auch Jill daran Gefallen. Doch plötzlich prallte Tina mit jemandem zusammen und schüttete ihr dabei ihren Cocktail über. Während Jill völlig perplex und nass dastand, konnte Tina sich das Lachen nicht verkneifen. Jill blickte zuerst an sich herunter, prustete dann ebenfalls los, beschwerte sich jedoch gleichzeitig nach Luft ringend darüber, dass ihre Kleidung nun am ganzen Körper klebte.

»Tina, ich muss das unbedingt abkriegen. Sonst bleib ich noch wo kleben«, rief sie ihrer Freundin zu und zupfte an ihrer Kleidung.

Jill bahnte sich einen Weg zu der Tür, von der sie vermutete, dass es die Tür zum Bad war. Plötzlich wurde sie auf etwas aufmerksam.

Nicht weit entfernt von ihr saß Myra mit Simon, ihrem Exfreund, und unterhielt sich mit ihm. Wobei eigentlich vielmehr er sprach und sie desinteressiert durch den Raum blickte. Dabei sah sie so trostlos aus, dass Jill am liebsten auf der Stelle zu ihr gegangen wäre, um sie in die Arme zu schließen.

Ohne weiter darüber nachzudenken ging sie einige Schritte auf sie zu und jetzt bemerkte Myra sie ebenfalls und erhob sich, womit sie Simon mitten in seiner Erzählung unterbrach. Impulsiv zuckten Myras Finger, wollten Jill berühren und an sich ziehen, doch gerade noch rechtzeitig konnte sie es unterbinden. Sie ließ ihre Hände unentschlossen ineinander verschränkt.

»Gehen wir raus?«, fragte Jill und es war wohl kaum mehr als ein Flüstern, denn Myra blickte über die laute Musik hinweg verständnislos drein, schien dann jedoch zu begreifen und folgte Jill nach draußen auf die Terrasse. Simon rief noch ihren Namen, doch sie reagierte nicht.

Da standen sie nun, nur wenige Schritte voneinander entfernt und schwiegen sich an. Beide schienen das gegenseitige Verlangen nacheinander zu spüren und doch lag etwas zwischen ihnen.

»Was machst du denn hier – mit Simon?«, fragte Jill.

»Es ist nicht, wie du denkst. Sein Freund hat ihn eingeladen – und er wollte auf keinen Fall allein gehen. Er weiß, dass wir zusammen sind.«

Jill nickte, aber entspannen konnte sie sich nicht.

»Ich wusste nur nicht, dass ihr wieder Kontakt habt.«

»Hatten wir bis heute auch nicht. Sonst hätte ich dir doch davon erzählt.« Myra schaute ihr geradewegs in die Augen.

Zu gern wäre Jill einfach auf sie zugegangen, hätte ihre Lippen nur zu gern auf ihre gepresst. Sie hatte sich in den vergangenen Tagen so sehr danach gesehnt.

Myra räusperte sich. Jill trat nervös von einem Bein auf das andere.

»Es tut mir leid.« Ihre Stimme war leise und gerade das schien ihre Worte noch ehrlicher zu machen. »Ich hätte das einfach anders machen sollen. Und dir dann noch irgendwas wegen Joseph an den Kopf zu werfen, war auch blöd.«

Myra biss sich auf die Unterlippe und blickte Jill dann fest an: »Und mir tuts auch leid. Lass uns nächstes Mal bitte gleich über sowas sprechen und nicht tagelang diese Mauer zwischen uns aufbauen. Es war die ganze Sache doch nicht wert.«

Jill war erleichtert. Sie hatte diese Situation vorher mehrfach gedanklich durchgespielt und jedes Mal war sie viel kompromissloser abgelaufen als jetzt.

Als Myra sie nun in die Arme schloss und küsste, fragte Jill sich, ob der Streit seine Spuren hinterlassen würde. Doch dann verlor sie sich in der Umarmung und wurde erst wieder daraus wachgerufen, als Myra grinste und fragte: »Warum riechst du eigentlich nach Fruchtsaft?«

VEREINT

Sie lag direkt neben ihr, ließ ihren Blick über ihren Körper streifen, spürte noch immer die Berührungen der vergangenen Nacht auf ihrer Haut und ein sanftes Prickeln breitete sich auf ihr aus. Behutsam beugte sie sich vor, küsste Myra auf die Stirn, ehe sie vorsichtig aus dem Bett stieg, um sie bloß nicht zu wecken.

Vier Monate waren sie nun auf den Tag genau zusammen und bei dem Gedanken an die schöne Zeit, huschte ein Lächeln über Jills noch verschlafenes Gesicht.

Sie hatte sich schon ausgemalt, wie der heutige Tag verlaufen sollte und als sie sich dies nun nochmals durch den Kopf gehen ließ, durchflutete sie eine erneute Woge der Begeisterung.

Zuerst wollte sie das Frühstück richten, wobei sie ihre Mutter gebeten hatte, ihr eine rote Rose frisch vom Gärtner zu holen. Dank ihr lagen sogar schon frische Brötchen auf dem Küchentresen. An der Bäckertüte lehnte ein Zettel.

»Hallo Kleine. Ich hoffe, ich konnte dir damit ein wenig bei deiner Idee behilflich sein. Ich bin bei Leo, jedoch jederzeit auf dem Handy erreichbar. Kuss.«

Lächelnd legte Jill den Zettel beiseite und richtete das Frühstück auf einem Tablett. Da sie für das Tragen beide Hände benötigte, nahm sie die Rose zwischen die Zähne und ging die Treppenstufen hinauf. Leise öffnete sie ihre Zimmertür, wobei Myra diesmal dabei wach wurde. Verschlafen rieb sie sich die Augen.

»Du hast wirklich dran gedacht?«, fragte sie.

»Natürlich. Immerhin ist der vierte Monat was ganz Besonderes.« Jill grinste, stellte das Tablett auf dem Bett ab und

162

nahm die Rose aus dem Mund. Sie atmete den wunderbaren Duft der Rosenblüten ein, ehe sie sie Myra reichte.

»Die ist natürlich für dich.«

»Womit hab ich das nur verdient?«

Jill antwortete mit einem Kuss.

»Ich liebe dich.«

Myra lächelte, zog Jill dann zu sich aufs Bett, um ihre Haut mit Küssen zu benetzen und damit die vergangene Nacht erneut aufleben zu lassen.

Erst gegen Nachmittag erwachten die beiden erneut. Jill hielt es für unmöglich, dass sie noch einmal eingeschlafen waren, doch ein Blick auf die Uhr verriet ihr, dass es wirklich schon so spät war.

Die warme Umarmung, Myras Körper so dicht an ihrem Körper - all das war einfach zu schön gewesen, als dass sie es nicht unbedingt hätte auskosten wollen.

»Schatz, wach auf. Wir haben schon vier Uhr«, flüsterte Jill und küsste Myra, die murmelnd aus einem Traum erwachte.

»Ich dachte, wir könnten heute Abend vielleicht ins Schwimmbad gehen.«

Jill hatte sich vorher viele darüber Gedanken gemacht und dabei war ihr aufgefallen, dass sie noch nie zusammen dort gewesen waren. Also wurde es höchste Zeit.

Als die beiden die große Tür zur Eingangshalle aufzogen, ging gerade die Sonne am Horizont unter und tauchte alles in ein rotes Licht. Kaum waren sie eingetreten, schlug ihnen Chlorgeruch entgegen.

Jill blickte sich in der großen Halle um. Sie war fast leer. Nur ein paar Badegäste kamen ihnen auf dem Weg nach draußen entgegen. Jill ließ ihren Blick weiter durch den Raum gleiten. Die Decke war etwa haushoch und wurde von dekorativen Säulen getragen. Alles wirkte wie in einem antiken, römischen Bad. In der Mitte der Halle befand sich ein kleiner Springbrunnen, in dem eine Meerjungfrau Wasser spie.

»Ich war hier noch nie«, murmelte Myra.

»Nett, oder?«, flüsterte Jill, aus Angst, ihre Stimme würde in dem Raum zu laut hallen.

»Ich finds echt super, dass du mich hierhin mitgenommen hast. Lass uns reingehen.« Myra griff nach Jills Hand.

In ihren Bikinis traten sie in das Schwimmbad, das weitaus größer und faszinierender war, als seine Eingangshalle.

Über dem ganzen Bad lag eine unheimliche Stille. Jill stellte sich vor, wie hier mittags noch schreiende und lachende Kinder getobt und sich mit Wasser nass gespritzt hatten. Jetzt hingegen war alles ruhig. Ein paar Senioren schwammen gleichmäßig ihre Bahnen in einem der Schwimmbecken. Aus der Ferne waren leise Freudenschreie von den Wasserrutschen zu hören.

»Wohin gehen wir als erstes?«, fragte Jill, die heute alles Myra überlassen wollte.

»Rutschen? Sowas hab ich ewig nicht mehr gemacht.« Myra grinste bei dem Gedanken daran.

Vorbei am Kinderparadies und dem Becken mit den Sprungbrettern bahnten sie sich einen Weg in Richtung Rutsche. Dort angekommen reihten sie sich in die lange Warteschlange ein. Auch wenn hier kaum noch Kinder waren, so hatten sich nun offenbar alle anwesenden Jugendlichen gleichzeitig hier versammelt.

Myra lehnte sich an die Wand und wartete. Jill lehnte sich gegen sie und küsste sie. Myra grinste. Es hatte bisher nicht viele Situationen gegeben, in denen sie sich so nah in der Öffentlichkeit gezeigt hatten.

Nachdem Jill sich ein wenig aus der Umarmung löste, zog Myra sie wieder zu sich heran und küsste sie erneut. Ein Junge, der die ganze Zeit vor ihnen gestanden hatte, wurde durch die Geräusche auf die beiden aufmerksam und versuchte sich unauffällig umzudrehen. Er realisierte jedoch sofort, dass die beiden ihren Beobachter ebenfalls bemerkt hatten und wendete sich abrupt wieder ab.

Während es in der Schlange endlich voran ging, drehte sich der Junge erneut um, zuckte jedoch zusammen, als er sah, dass die beiden Mädchen ihn geradewegs anschauten und fuhr wieder herum. Nachdem er dies noch ein weiteres Mal gemachte hatte, warf Myra ihm einen genervten Blick zu.

»Willst du'n Foto von uns haben oder was?«

Der Junge wandte sich schlagartig ab, aber die beiden Mädchen konnten erkennen, wie seine Ohren sich vor Scham rot färbten.

Er war als Nächster an der Reihe und schien froh, als er den beiden davon rutschen konnte. Myra musste grinsen.

»Leute gibt's ...«, sagte Jill und schüttelte den Kopf.

Endlich waren die beiden an der Reihe und noch während Jill sich Gedanken machte, wie sie wohl rutschen sollte, sprang Myra in die große, dunkle Röhre und zischte davon.

»Hey! Warte!« Jill war völlig überrumpelt und beeilte sich nachzukommen.

Auf halber Strecke schaffte sie es, sie einzuholen. Dabei rutschte sie so schwungvoll in Myra rein, dass diese das Gleichgewicht verlor und lachend in der Kurve nach oben flog.

Jill versuchte ihr Tempo zu verlangsamen, doch das war beinahe unmöglich.

Durch die Dunkelheit in der Rutsche konnten sie nicht sehen, wo lang sie führte und so verloren die beiden letztlich vollends die Kontrolle und wurden wild durcheinandergeworfen.

Gerade als Jill glaubte, das Ganze nicht überleben zu können, sah sie den Ausgang der Rutsche. Beide flogen in hohem Bogen in ein Wasserbecken.

Sie landeten so schwungvoll im Wasser, dass sie sich regelrecht wieder an die Oberfläche kämpfen mussten.

Myra verschluckte sich beim Lachen und musste husten.

Es brauchte einige Zeit, bis die beiden sich wieder zusammenreißen konnten und ihre Umgebung erstmals richtig wahrnahmen.

Sie waren in einem Außenbecken gelandet, von dem man aus über eine kleine Öffnung über der Wasseroberfläche wieder ins Schwimmbad kam. Dampf lag über dem Wasser, das im Vergleich zu der Außentemperatur deutlich wärmer war. Es war dunkel geworden und Sterne funkelten am Himmel. Der Mond war an diesem Abend so voll, dass er zusätzlich zu der Beckenbeleuchtung Licht spendete und alles in eine außergewöhnliche Atmosphäre tauchte.

»Wunderschön«, flüsterte Myra.

Plötzlich hörten sie lautes Gelächter aus der Rutsche. Sekunden später schossen zwei Gestalten aus der Öffnung. Jill konnte Myra im letzten Moment beiseite ziehen. Die Gestalten bemerkten die beiden nicht einmal und machten sich sofort wieder auf den Weg nach drinnen, um sich - was ein paar Gesprächsfetzen zwischen den beiden vermuten ließen - erneut anzustellen.

»Das war knapp«, bemerkte Myra und im selben Moment hörten sie vom Inneren der Rutsche erneut Geschrei.

»Lass uns lieber mal in ein ruhigeres Becken gehen.«

Sie huschten über den kalten Steinboden zum nächsten Außenbecken, das etwas abseits lag. Fröstelnd umschlang

Myra ihre Mitte mit ihren Armen und schien froh darüber, als sie wieder in das warme Wasser tauchen konnte.

Dieses Becken war im Gegensatz zu dem anderen mit einem kleinen Whirlpoolbereich ausgestattet. Außer dem kontinuierlichen Blubbern war nichts zu hören. Auch schien es menschenleer zu sein.

»Ich find's toll, dass du mich heute Abend hierhin entführt hast. Auch wenn ich vom Rutschen einige blaue Flecke davon getragen haben dürfte.« Myra grinste. »Aber irgendwie muss ich mich noch revanchieren.«

Sie näherte sich ihrer Freundin langsam. Jill ahnte, worauf Myra hinauswollte und schaute sich im Becken um, um zu überprüfen, ob sie allein waren.

»Schatz, doch nich' hier. Was ist, wenn jemand kommt?«

Doch Myra schien diese Gefahr nur noch mehr zu erregen und so schwamm sie noch ein wenig näher an Jill heran und nahm sie hoch. Leise flüsterte sie ihr ins Ohr: »Du bist so wundervoll!«

Spätestens jetzt verlor sich Jill in Myras Nähe und vergaß alles um sich herum. Sie umschlang sie begierig mit ihren Beinen, während ein Anflug von Erregung sich in ihr breitmachte. Sie streckte ihre Arme aus und überkreuzte sie hinter Myras Nacken, so dass sie diese besser zu sich ziehen konnte. Sie küsste sie so, dass sich ihre Lippen nur sanft streiften. Gerade dadurch, dass sie sich selbst zurückhielt, wuchs die Erregung in ihr nur noch mehr.

»Du kriegst auch nie genug, oder?«, neckte Myra sie zwischen weiteren Küssen und umschlang sie mit ihren Armen.

»Du hast angefangen«, sagte Jill und drang fordernder mit ihrer Zunge in Myras Mund ein. Sie spürte Myras Becken an dem eignen, während ihr Atem sich beschleunigte. Myra presste Jill sanft gegen den Beckenrand, wisperte etwas und küsste sie erneut, wobei sie diesmal ihre Hände an Jill hinab gleiten ließ. Jill schlang ihre Beine noch fester um sie, spürte jede Bewegung, die Myra machte und keuchte leise auf. Sie legte ihren Kopf in den Nacken, um das zu genießen, was folgte.

KONTINUIERLICH

Sie rieb sich die schmerzenden Augen, ehe sie wieder nach vorne schaute, um möglichst aufmerksam und interessiert zu wirken.

Der Lehrer schrieb gerade eine lange Formel an die Tafel und die Schulstunde wollte einfach nicht enden. Fast ehrfürchtig warf sie einen Blick auf die Uhr, nur um festzustellen, dass die Stunde wirklich noch länger dauern würde, als erhofft. Sie seufzte auf und presste sich ruckartig die Hand auf den Mund, weil es wohl etwas zu laut gewesen war. Ihr Mathelehrer drehte sich kurz um, ließ sich aber nicht weiter beirren und fuhr fort, die Tafel zu beschreiben, ohne dabei irgendetwas zu sagen. Antonia unterdrückte neben ihr ein Kichern. Jill musste grinsen.

Sie hatte Toni schon immer gern gehabt und sich mit ihr auf einer Wellenlänge gefühlt. Dennoch hatten sie es in all den Jahren, in denen sie in eine Schulklasse gingen, nie geschafft, sich besser kennenzulernen.

Durch die offenen Fenster zog ein angenehm kühler Wind, der die Klasse wenigstens halbwegs am Leben zu erhalten schien. Jill hörte Vögel zwitschern und sanfte Sonnenstrahlen fielen in den Klassenraum, was nur unterstütze, dass sich jeder das Unterrichtsende herbeisehnte, um endlich wieder rausgehen und den Frühling genießen zu können.

Nachdem Jill noch eine Weile vor sich hingestarrt hatte, klingelte es endlich zur Pause.

»War das grauenvoll«, beschwerte sich Toni, als sie mit Tina und Jill auf den Schulhof lief. Die beiden stimmten ihr träge zu und ließen sich auf einer Bank nieder.

»Was macht ihr eigentlich in den Sommerferien?«, hielt Toni das Gespräch als Einzige am Laufen.

»Da fragst du mich was.« Tina zuckte mit den Schultern, »Ist ja noch ein paar Wochen hin.«

»Ja, schon, aber wenn man noch was buchen will, sollte man das bald machen.«

»Was hast du denn vor?«, fragte Jill.

»Ich hab mal mit Steffen und Oliver gesprochen und wir wollen diesen Sommer unbedingt aus Denndorf raus. Irgendwohin – vielleicht ans Meer. In eine Ferienwohnung oder sowas. Ganz ohne Eltern natürlich. Hättet ihr Lust?«

Jill nickte und strahlte. Anfang des Jahres hatte ihre Mutter schon angedeutet, dass sie diesen Sommer mit Leo allein wegfahren wollte. Es war Zeit für ihren ersten Urlaub mit Freunden.

Tina runzelte die Stirn. »Lust ja, aber das wird doch zu teuer.«

»Ach was. Ich hab mich gestern mal informiert und wenn wir frühzeitig buchen, dann ist der Preis voll okay. Und natürlich könnten Mike und Myra auch mit. Wär doch super, eine Woche Spaß ohne Ende!«

So ließ sich Tina zumindest vorerst umstimmen und gerade als die drei sich ausmalten, was sie alles ohne ihre Eltern tun könnten, klingelte es zum Pausenende.

Nachmittags kam Jill erschöpft nach Hause. Nach den vielen kalten Tagen des Winters war sie ganz und gar nicht mehr resistent gegen die Wärme des Frühlings. Sie warf ihre Schultasche in eine Ecke und schwor sich heilig, diese heute nicht mehr anzurühren.

»Ach, Jill, bist du auch endlich da«, hörte sie plötzlich eine Männerstimme hinter sich. Erschrocken fuhr sie herum.

»Leo! Was machst du denn hier?«

Leo musste bei ihrem verängstigten Gesichtsausdruck lachen und knuffte sie in die Seite.

»He!«, protestierte Jill.

»Ich dachte ich koche für meine beiden Frauen mal«, sagte er, wobei das Lächeln nicht von seinem Gesicht wich.

»Ist meine Mum noch nicht da?«

»Nein, aber die müsste jeden Moment auftauchen. Ich hab was richtig Leckeres gemacht. Ich denk, das wird euch schmecken.«

»Seit wann kannst *du* denn kochen?«

Leo knuffte sie erneut in die Seite.

»Hey, jetzt reicht's aber.« Sie lachte und wich von ihm zurück.

In diesem Moment öffnete sich die Tür und ihre Mutter trat ein, ebenfalls sichtlich erschöpft von dem Tag.

»Was riecht denn hier so gut?«, sagte sie verwundert, während sie sich erst im zweiten Moment über Jill und Leo wunderte, die so aussahen, als würden sie sich gerade in einem Boxkampf duellieren.

»Ich habe gekocht«, sagte Leo und fügte gespielt enttäuscht hinzu: »Deine Tochter hat das beim Reinkommen noch nicht mal bemerkt.«

»Du Ärmster.« Jills Mutter grinste und gab ihm einen Kuss. Er schien damit vertröstet zu sein und führte die beiden in die Küche.

Die Sonne war bereits untergegangen, als das Telefon klingelte. Jill entschuldigte sich und stand vom Tisch auf.

»Jill Tennert.«

»Hey Schatz.« Es war Myra, die aufstöhnte und sich beklagte, wie ätzend ihr Tag gewesen war.

»Meiner war auch grauenvoll, wenn es dich beruhigt.« Jill schulterte ihren Rucksack trotz des Schwurs, ihn heute nicht mehr anzurühren. »Und ich muss noch jede Menge Hausaufgaben machen.« Sie lief die Treppe hoch.

»Ja, viel Zeit hab ich auch nicht, ich wollte nur mal fragen, wie's dir so geht, wie dein Tag war. Ist eben blöd, dass wir nicht auf einer Schule sind.«

»Stimmt schon. Mir fällt da gerade was ein. Toni, eine Schulfreundin von mir, hat heute einen Sommerurlaub vorgeschlagen. Mit Oliver, Steffen, Tina und Mike. Wäre das nicht was?«

»Über sowas Ähnliches hab ich auch schon nachgedacht. Dann kämen wir im Sommer endlich mal raus«, stimmte ihr Myra zu, ehe sie sich ausmalte, wie toll der Urlaub werden würde.

Kaum hatten sie sich schweren Herzens voneinander verabschiedet, ließ Jill sich auf ihren Schreibtischstuhl fallen und packte ihre Schulhefte aus, um mit den Hausaufgaben zu beginnen.

***

Jill wurde durch ein lautes Poltern aus einem entsetzlichen Alptraum gerissen. Ihr Puls schnellte in die Höhe, weil sie die Lärmquelle nicht identifizieren konnte. Das Poltern ging weiter, unregelmäßig. Sie war sich sicher: Es kam von draußen und gerade deswegen beruhigte sie sich langsam wieder. Sie schluckte und stieg aus dem Bett, um ans Fenster zu treten. Auf halbem Weg dorthin zuckte ein Blitz am Himmel. Jill erschrak erneut.

Langsam nahm sie alles um sich herum besser war, bemerkte nun auch den Sturm, der draußen sein Unwesen trieb.

Fast behutsam öffnete sie ihr Fenster, um sogleich von einem ohrenbetäubenden Donnern überrumpelt zu werden. Auch das merkwürdige Poltern war erneut zu vernehmen. Nun sah Jill endlich, woher das Geräusch rührte: Ein alter Blecheimer wurde auf dem Grundstück der Nachbarn herum geworfen.

Jill hielt einen Moment inne, atmete die mittlerweile fast lauwarme Nachtluft ein, ließ sich den Wind ins Gesicht peitschen und betrachtete den Regen, der langsam immer stärker zu Boden prasselte. Auf ihre eigene Art genoss sie das Schauspiel und ließ sich mit ihrer Stirn zufrieden gegen den Fensterrahmen sinken.

Sie erinnerte sich an eine Zeit ohne Myra, ohne Leo, der ihre Mutter im Zaum hielt und ohne Mike, der Tina dazu gebracht hatte, vernünftig zu werden – wenigstens ein wenig.

Bei dem Gedanken daran, wie aufgedreht ihre Freundin früher einmal gewesen war, musste Jill grinsen. Sie vermisste die alte Zeit nicht, aber gleichzeitig war sie glücklich darüber, die Erinnerungen daran in sich zu tragen.

VOLL VERPLANT

Es war Freitag und nur diese Tatsache machte den trostlosen Geschichtsunterricht erträglich. Jill war sogar so gut drauf, dass sie im Unterricht mitarbeitete. Zu ihrer Überraschung machte das nicht nur ihre Lehrerin glücklich, es verkürzte auch die Zeit, bis die Schulklingel ertönte und die jubelnden Schüler ins Wochenende schickte.

»Schönes Wochenende«, rief Oliver Jill zu und verließ mit einigen Mitschülern den Klassenraum.

Schon bald war sie mit Frau Taylor allein, wodurch es Jill fast ein wenig unbehaglich wurde. Schnell packte sie die restlichen Sachen ein und schulterte ihren Rucksack, um sich auf den Heimweg zu machen.

»Tschüss«, sagte sie, als sie an ihrer Lehrerin vorbeiging.

Gerade als sie die Tür erreichte und eine Woge der Erleichterung sich in ihr breit machte, reagierte Frau Taylor auf ihre Verabschiedung.

»Jill?«

»Ja?«

»Ich wollte dir nur noch sagen, dass ich es super finde, dass du endlich deinen Spaß am Unterricht gefunden hast. Deine Beiträge waren heute echt super. Ich erhoffe mir Montag von dir eine gute Geschichtsarbeit.«

Jill schluckte leise. Die Arbeit hatte sie vollkommen vergessen.

»Ich werde mir Mühe geben«, antwortete sie, wünschte ein schönes Wochenende und verließ mit dem guten Vorsatz, am Wochenende Geschichte zu lernen, das Klassenzimmer.

Daheim angekommen ließ sie sich jedoch zuerst auf die Couch fallen und streckte sich.

»Na du?«

Ihre Mutter kam gerade aus der Küche. Ihre Wangen waren vom Kochen gerötet. »Wie war die Schule?«

Jill reagierte mit einer abweisenden Handbewegung.

»Gut, dann nicht. Übrigens fahren wir übers Wochenende zu deinen Großeltern.«

»WAS? Wann hast du das denn entschieden? Und warum erfahre ich das jetzt? Vielleicht hatte ich ja was anderes vor?!«

Ihre Mutter lächelte schwach, so als nähme sie Jill nicht ernst und sagte dann mit einer gewissen Autorität, die sie Jill gegenüber bisher nicht sehr häufig gezeigt hatte: »Die beiden würden sich riesig freuen und wir waren schon ewig nicht mehr dort. Nimm deine Hausaufgaben mit dorthin, aber du kommst mit. Ich wollte ihnen doch endlich mal Leo vorstellen und da möchte ich, dass du auch dabei bist.«

Jill stöhnte auf: »Jaja. Ich hätte ja nur gewollt, dass du es mir vorher gesagt hättest. Dass du auch immer so spontan sein musst.«

»Wir fahren in einer Stunde. Das Essen ist auch schon fertig«, erwiderte ihre Mutter und ging grinsend in die Küche, während Jill ihr ein empörtes »Mum!« hinterher rief.

Nach über einer Stunde hatten sie das Mittagessen gegessen, alle Koffer im Auto verstaut und waren abfahrbereit.

»Was ihr Frauen immer alles mitschleppen müsst. Wir sind gerade mal zwei Tage weg«, beschwerte sich Leo, weil er sich beim Hochhieven der Koffer fast den Rücken verrenkt hatte.

»Dass du auch immer so intolerant sein musst«, lachte Jill.

Sie freute sich mittlerweile sogar darauf, ihre Großeltern wieder zu sehen. Außerdem konnte sie die Autofahrt gut nutzen, um ein wenig Schlaf nachzuholen. Kaum saßen die drei im Auto, machte Jill es sich auf der Rückbank gemütlich, während ihre Mutter fuhr und Leo auf dem Beifahrersitz Platz nahm.

»Stört dich doch nicht, wenn wir ein bisschen Musik anmachen, oder?«, fragte ihre Mutter, während sie in den Rückspiegel blickte. Sie versuchte seit den vorherigen Anschuldigungen ihrer Tochter auffällig rücksichtsvoll mit ihr umzugehen.

»Mach ruhig«, antwortete Jill, die sich augenblicklich schwor, diese Phase ihrer Mutter noch ein bisschen auszukosten.

Gerade als sie losfuhren, wurde Jill blitzartig bewusst, dass sie Myra gar nicht mitgeteilt hatte, dass sie über das Wochenende nicht da sein würde. Daher kramte sie nun in ihrer Tasche nach ihrem Handy.

Die Tatsache, dass sie Myra wieder nicht sehen konnte, gab ihr einen leichten Stich ins Herz. Aber sie musste auch einmal eine Woche ohne ihre Freundin auskommen können, dachte sie sich, als sie die Nachricht an sie abschickte.

Kaum hatte sie ihr Handy beiseitegelegt, knüllte sie ihre Jacke zu einem Kopfkissen zusammen.

Unter dem leisen Summen des Radios schlief sie ein, und sollte erst wieder erwachen, nachdem sie bei ihren Großeltern bereits in die Einfahrt eingebogen waren.

Selbst das abrupte Bremsen des Autos vermochte Jill nicht zu wecken. Erst als Leo sie wachrüttelte, erwachte sie aus ihrem tiefen Schlaf.

»Aufwachen. Wir sind da«, sagte Leo mit sanfter Stimme und stieg aus dem Auto aus. Ihre Mutter war schon auf dem Weg zur Tür. Jill kam langsam zu sich. Jetzt erst bemerkte sie, dass die letzten Sonnenstrahlen des Tages durch die dreckigen Fensterscheiben des Autos fielen. Bald schon sollte die Sonne untergehen.

Ohne dass die drei die Klingel auch nur betätigt hatten, kam Jills Oma aus dem Haus und schloss Jill in die Arme.

»Du veränderst dich auch von Mal zu Mal«, sagte sie, während sie sie noch fester an sich drückte.

»Du dich dafür gar nicht«, entgegnete Jill, wobei ihre Worte durch die Umarmung nur als ein Nuscheln zu verstehen waren.

Der Satz trug dennoch Früchte. Wenn auch leicht gekünstelt empört wandte sich ihre Oma von ihr ab, um ihre Tochter willkommen zu heißen.

»Mama, das ist Leo. Leo, das ist meine Mutter Rita«, vermittelte diese, sobald auch sie sich aus der Umarmung befreit hatte.

Leo trat einen Schritt auf sie zu und schüttelte ihr die Hand. »Freut mich Sie kennenzulernen.«

»Ich freue mich auch. Susan hat ja schon so viel von Ihnen geschwärmt. Aber das mit dem *Sie* können wir uns auch sparen.« Dabei lächelte sie weise und schob die drei ins Haus, während die sich gerade noch ihre Taschen greifen konnten.

Drinnen wartete Jills Opa, der die drei nochmals empfing und betonte, wie sehr er sich freue, dass sie doch noch so kurzfristig gekommen seien.

»Setzt euch erst mal. Ich habe schon gekocht«, sagte Rita.

»Ich habe dir doch gesagt, dass wir schon daheim gegessen haben», erwiderte Jills Mutter und Jill konnte nicht vermeiden, dass sie bei dem Anblick ihrer Mutter, wie sie sich gegen ihre eigene Mutter versuchte durchzusetzen, grinsen musste.

»Aber ihr habt doch eine lange Autofahrt hinter euch«, entgegnete ihre Oma und duldete keinen Widerspruch mehr.

Jills Mutter rollte mit den Augen, folgte ihr dann aber in die Küche. Tatsächlich war der Tisch schon gedeckt und überaus beladen. Mehrere Töpfe standen auf dem Tisch, was geradezu an ein 5-Gänge-Menü erinnerte. Jill seufzte. Bei ihren Großeltern gab es immer so viel zum Essen, dass Jill, sobald sie nach Hause kam, davon einfach nichts mehr sehen wollte.

Das Essen nutzte ihre Oma, um mehr über Leo zu erfahren. Vor allem schien der aber damit punkten zu können, dass er sich noch eine zweite Portion auftat, während Jill und ihre Mutter bereits aufstöhnten und sich mit gefüllten Mägen zurück in den Stuhl fallen ließen.

Die ganze Prozedur zog sich ungemein in die Länge und so war Jill dankbar, als ihr Handy klingelte und sie eine Ausrede hatte, dem Ganzen zu entfliehen.

»Ich bin sofort wieder da.« Sie sprang auf und verließ das Zimmer.

Sara stand in großen Lettern auf ihrem Display. Jill bekam ein schlechtes Gewissen, weil sie sich bei ihr seit dem vergangenen Treffen nicht mehr gemeldet hatte. Sie nahm ab.

»Hey. Wo bist du denn? Ich konnte dich daheim nicht erreichen.«

»Ich bin bei meinen Großeltern übers Wochenende. Hat sich eher kurzfristig ergeben. Wie geht's dir?«

»Soweit gut. Hör mal – ich rufe an, weil ich dich zu einem DVD-Abend nächstes Wochenende einladen wollte. Einige aus dem Musikverein kommen. Das Ganze findet bei Laura statt. Ihr habt euch letztes Mal doch gut unterhalten, oder?«

Jill schluckte bei dem Namen, merkte dann jedoch, dass die Pause zu lang wurde und sagte: »Ähm, ja, klar. Warum auch nicht?!« Auf die Schnelle war ihr einfach keine gute Ausrede eingefallen.

»Gut, dann am Freitag, gegen 20 Uhr. Wenn du willst, kannst du auch deine Freundin mitbringen.«

»Ich werde sie fragen. Bis dann«, beendete Jill das Telefonat. Kaum hatte sie aufgelegt, ließ sie sich auf die Couch neben sich sinken. Sie konnte Myra unmöglich mitbringen. Das würde ein Chaos geben.

Nachdenklich stützte sie ihren Kopf auf und strich sich eine Locke, die sich aus ihrem Zopf gelöst hatte, aus dem Gesicht. Sie würde das Problem schon lösen. Schließlich hatte sie ja noch eine Woche Zeit, sich darüber Gedanken zu machen.

Seufzend stand sie auf, um zurück in die Küche zu gehen, wo bereits ein großer Teller Nachtisch auf sie wartete.

Es war mittlerweile spät geworden. Die Nacht war pechschwarz. Sie hatten den ganzen Abend damit verbracht, Gesellschaftsspiele am Küchentisch zu spielen. Nun standen die Erwachsenen langsam auf, um sich mit ihren Rotweingläsern ins Wohnzimmer zu begeben und dort den Rest des Abends zu verbringen.

Jeder Besuch erinnert an den letzten, ging es Jill durch den Kopf, als sie hinter ihrer Mutter her trottete.

Sie glaubte, dass deren gute Laune davon kam, dass Leo sofort einen guten Draht zu ihren Eltern bekommen hatte und sie viel von ihm hielten. Normalerweise war dies nämlich nicht so. Früher hatten Jills Großeltern ihre Mutter immer bezichtigt, abgeraten, ihre Entscheidungen für schlecht erklärt. Gerade als auch Jill sich auf dem Sofa niederließ, klingelte ihr Handy zum zweiten Mal an diesem Abend. Diesmal war es Myra.

»Wer ruft sie denn da immer an?«, hörte Jill noch ihren Opa sagen, als sie das Wohnzimmer verließ, um ungestört sprechen zu können.

»Hey«, meldete sie sich. Es hatte sie in den Garten verschlagen und dort setzte sie sich nun auf einen Stuhl. Die Sterne funkelten am Himmel. Jill spürte sofort, wie sie bei deren Anblick gelassener wurde.

»Hallo Schatz.« Aus dem Hintergrund war ein reges Stimmengewirr zu hören, »ich habe deine Nachricht eben erst gelesen, 'tschuldige.«

»Mir tuts leid. Ich hatte irgendwie gehofft, wir würden dieses Wochenende was zusammen machen und jetzt bin ich so weit weg von dir. Aber wo bist du denn gerade?«

»Du bist süß. Ich vermiss dich auch, falls du darauf hinauswolltest«, lachte sie am anderen Ende. »Meine Mutter macht eine von ihren komischen Partys, wo zwangsläufig Anwesenheitspflicht für mich besteht.«

»Klingt ja sehr ... spannend. Aber es scheint dir damit genau so zu gehen wie mir. Ich besuche meine Großeltern ja gerne, aber ... naja.«

»Ich weiß schon. Kenn ich von den Besuchen bei meinen auch. Immer nur die gleichen Themen: Essen und Krankheiten.«

»Du sagst es!«

»Aber du, wir könnten dann doch nächstes Wochenende was zusammen machen? Zumindest am Freitag.«

»Wieso? Was ist denn am Samstag?«

»Wir machen ein Klassentreffen, da möchte ich nicht fehlen.«

»Oh.«

»Was ist denn? Hast du etwa schon was vor?«

»So in etwa. Am Freitag treffe ich mich mit Leuten aus dem Musikverein. Ich hab da schon zugesagt.«

Jill rieb sich die Stirn. Sollte sie Myra doch fragen?

»Naja, vielleicht klappt's ja mal unter der Woche? Ich möchte dich einfach mal wieder sehen«, nahm ihr Myra in diesem Moment die Entscheidung ab.

»Natürlich. Das machen wir.«

»Okay. Dann telefonieren wir einfach dann nochmal. Meine Mutter kommt grade auf mich zu. Ich glaub sie will irgendwas von mir. Also noch viel Spaß bei deinen Großeltern. Ich liebe dich!«

»Ich dich auch, meine Hübsche.«

Es war ein lautes Rufen aus dem Hintergrund zu hören und im nächsten Moment erfüllte ein monotones Tuten die Leitung.

Als Jill wieder zurück ins Wohnzimmer kam, schaute sie ihre Großmutter neugierig an. »Und? Wer war das?«

»Myra. Eine Freundin von mir«, antwortete Jill, die sich schlecht fühlte, weil sie Myra als ihre feste Freundin verleugnete. Selbst ihre Mutter schaute sie mitleidig an, sagte jedoch nichts. Sie wusste, dass Jill mit einem Mädchen zusammen war, würde nur zu unnötigen Diskussionen führen. Ihre Großeltern waren liberal eingestellt, aber das gehörte sich in ihren Augen nicht.

Es war schon spät, als Jill allen eine gute Nacht wünschte und sich in ihr Zimmer zurückzog.

Nachdem sie umgezogen war, ließ sie sich auf die Bettcouch fallen und zog ihre Decke bis zum Kinn.

Gerade, als sie das Licht ausschalten wollte, klopfte es an der Tür. Ihre Mutter trat mit einem Lächeln ein und schloss die Tür hinter sich.

»Ich wollte dir nur nochmal eine gute Nacht wünschen.«

Sie ließ sich auf Jills Bettkante sinken. Irgendwie erinnerte sie das an frühere Tage, als ihre Mutter jeden Abend zu ihr gekommen war und noch ein wenig mit ihr über den Tag gesprochen hatte. In genau diesem Moment vermisste sie diese Abende. Aber hier, bei ihren Großeltern, schienen sie einfach weiter zu existieren. Als wäre zwischendrin überhaupt keine Zeit vergangen.

»Dir auch eine gute Nacht.« Jill lächelte.

Ihre Mutter blieb sitzen.

»Ist bei dir und Myra eigentlich alles in Ordnung?«, fragte sie und es schien so, als hätte sie die Frage schon lange beschäftigt.

»Wir sehen uns in letzter Zeit kaum. Aber ansonsten ist alles wie immer.«

Ihre Mutter lächelte. »Findest du es nicht auch toll, wie sie mit Leo umgehen?«

»Auf jeden Fall. So offen sind sie bisher niemandem direkt begegnet. Normalerweise braucht jeder normaler Mensch Tage, um zu ihnen durchzudringen.«

Ihre Mutter lächelte müde.

»Dann werde ich auch mal ins Bett gehen. War irgendwie ein langer Tag«, sagte sie, beugte sich zu Jill hinunter und küsste sie auf die Stirn.

»Ich hab dich lieb, Kleine.«

»Ich dich auch, Mum.«

Damit verließ sie das Zimmer. Jill ließ sich in ihr Bett sinken. Den Blick starr an die Decke gerichtet, dachte sie noch einmal über das Gespräch nach. Warum hatte sie ihre Mutter nach Myra gefragt? Wirkte sie, als wäre nicht alles okay? Dies brachte sie wiederum zu der Frage, ob wirklich alles so gut war, wie sie vorhin ihrer Mutter gesagt hatte. Natürlich – sie hatte Myra in den vergangenen Tagen kaum gesehen, aber insgesamt war doch alles in Ordnung, oder?

Seufzend verschränkte Jill ihre Hände hinter dem Kopf. Autoscheinwerfer durchleuchteten für einen kurzen Moment ihr Zimmer. Bald schon überwog die Müdigkeit und Jill schlief ein, ohne eine Antwort gefunden zu haben.

ANDERE WELT

Es war Dienstag. Gestern noch hatte Jill ihre Geschichtsarbeit geschrieben und war mit einem so guten Gefühl aus dem Klassenraum getreten, wie sie es schon lange nicht mehr nach einer Arbeit gehabt hatte. Die Mühe lohnte sich eben doch und gerade diese Tatsache motivierte Jill nur noch mehr für die Schule zu machen.

Das vergangene Wochenende und somit der Besuch bei ihren Großeltern schien schon jetzt weit zurückzuliegen. Gleichzeitig verging die Zeit bis zum nächsten Wochenende rasend schnell.

Es war Mitte April, die Tage wurden länger und wärmer, sie spürte in sich wieder Motivation und Antrieb. Dieses Gefühl durchflutete Jill wie ein Lebenselixier.

Gerade als sie über das kommende Wochenende und über den anstehenden DVD-Abend nachdachte, klingelte es an der Tür. Jill war allein daheim, ihre Mutter hatte Spätdienst. Das Klingeln riss sie aus ihren Tagträumen und ließ sie auffahren. Noch während sie sich fragte, wer es sein konnte, öffnete sie die Tür und blickte geradewegs in Tinas Gesicht.

»Was verschafft mir die Ehre?«

»Du lässt mich doch sicher rein, oder?« Tina quetschte sich grinsend an Jill vorbei.

»Ich war nur gerade spazieren und da dachte ich, ich schau mal vorbei.«

»Spazieren? Schwer zu glauben.« Jill lachte. »Warum kommst du wirklich?«

»Na schön. Ich hab vorhin mit Toni über unseren Urlaub gesprochen. Okay – *gesprochen* ist etwas untertrieben. Wir haben vor, morgen zu buchen.«

»Was?!«, rief Jill. »Dass ihr es auch immer so übereilen müsst.«

»Das ist nicht fair. Wir haben da gut drüber nachgedacht!«

»Ja, wir aber nicht?! Hättest du uns nicht eher drauf ansprechen können?«

»Ich dachte einfach, wir klären das bis morgen. Sonst bekommen wir hinterher keine Ferienwohnung mehr.«

»Dann lass uns das morgen mal besprechen – in der Schule. Das muss doch erst gut durchdacht sein. Buchen können wir immer noch dann, wenn alles geklärt ist.«

»Okay, okay. Wie du meinst. Ich dachte, du freust dich vielleicht, aber so wies aussieht ...«

»Komm schon. Ich will doch nur, dass wir das gut durchdenken, damit der Urlaub auch super wird. Außerdem könnt ihr doch nicht einfach etwas buchen, wovon die anderen gar nicht überzeugt sind.«

Mittlerweile waren sie wieder an der Tür angelangt und Tina machte bereits einen Schritt nach draußen.

»Ja, ja. Gut. Dann reden wir gleich morgen. Und frag deine Mutter endlich mal, ob du darfst.«

Mit einer Umarmung verabschiedeten sich die beiden voneinander. Jill warf die Tür hinter Tina ins Schloss, seufzte kurz auf und ging dann ins Wohnzimmer, um sich müde aufs Sofa sinken zu lassen.

Kaum saß sie, klingelte es erneut an der Tür. Jill stöhnte auf. Was wollte Tina nun schon wieder? Mit einem Seufzen öffnete sie die Tür.

Diesmal war es Myra, die sie schräg anschaute.

»Alles klar? Stör ich?«

»Gott sei Dank bist du es.« Jill zog sie zu sich in die Wohnung.

»Wer sollte es sonst sein?«

»Tina vielleicht, die mir eine Reise um die Welt aufschwatzen will.«

Myra schaute sie verständnislos an.

»Ach. Sie war grade hier wegen unserem Urlaub und hat mir verklickert, dass sie mit Toni schon alles organisiert hat. Dass sie immer alles so überstürzen muss.«

»Aber es ist doch gut, wenn sich jemand drum kümmert. Sonst wird das ja nichts.«

»Natürlich, aber sie war praktisch schon dabei zu buchen, ohne unser Einverständnis zu haben.«

»Das ist natürlich dann doch etwas vorschnell.« Myra grinste. »Du kennst Tina ja. Ich bin auf jeden Fall dabei und überlasse die Orga gern ihr.«

Jill lächelte. »Hast Recht. Naja – genug vom Urlaub. Hab ich dir eigentlich schon gesagt, wie froh ich bin, dich zu sehen?«

»Muss mir wohl entgangen sein.« Myra folgte ihr ins Wohnzimmer und ließ sich neben ihr auf der Couch nieder.

»So fertig? Was hattest du denn für einen Tag?« Myra musterte sie besorgt von der Seite.

»Ein Tag, wie jeder andere, nur mit doppelt so vielen Hausaufgaben.«

»Meine Lehrer konnten sich heute auch nicht zurückhalten. Wie lief eigentlich Geschichte? Für die Arbeit hast du doch so vorbildlich geübt«, neckte Myra sie.

Die beiden sprachen noch eine Weile über die Schule, darüber, dass sie sich am Wochenende nicht sehen konnten, sich aber auf jeden Fall danach treffen wollten. Schließlich verabschiedete sich Myra gähnend und drückte Jill einen sanften Kuss auf die Wange, als sie ging.

Kaum war Myra gegangen, griff Jill zum Hörer und wählte Tinas Nummer. Sie ging nach dem ersten Tuten dran.

»Ich hab nochmal mit Myra gesprochen – von uns aus könnt ihr buchen.«

»Yes! Wir kümmern uns«, jubelte Tina am anderen Ende.

***

Es war Freitag. Jill stand vor ihrem Spiegel. Sie knöpfte ihre dunkelblaue Bluse zu. *Irgendwie ist das zu schick,* dachte sie sich und ging wieder an ihren Kleiderschrank, nur um sich letztendlich doch für die Bluse zu entscheiden.

Warum war sie so aufgeregt? Es war doch egal, was sie trug. Das waren alles ihre alten Freunde. Jill biss sich auf die Unterlippe, als ihr bewusst wurde, dass das so nicht ganz stimmte. Sie schwor sich, heute Abend zu Laura so weit auf Distanz zu gehen, wie nur möglich.

Nach einem letzten prüfenden Blick in den Spiegel schnappte sie sich ihre Tasche, eilte die Treppe hinunter, um sich von ihrer Mutter zu verabschieden und verließ das Haus mit einem mulmigen Gefühl im Magen.

An der Straßenecke wartete bereits Sara. Sie umarmte Jill.

»Schön dich wieder zu sehen!«

»Ich freu mich auch. Wird sicher ein schöner Abend.« Jill biss sich auf die Unterlippe.

Sie unterhielten sich den ganzen Hinweg über. Es war viel passiert in den vergangenen Jahren. Gerade als Sara sie in eine Hofeinfahrt führte, fragte Jill: »Du machst also vier Wochen ein Praktikum? Mitten im Sommer? Ist das nicht etwas viel?«

»Ist doch nichts dagegen auszusetzen, oder? Und Geld bekomm ich ja auch dafür.« Sara drückte auf die Klingel.

Jill sah aus dem Augenwinkel, wie Sara sich die Haare richtete und prüfend an sich hinunter blickte. Vielleicht hatte sie es doch nicht übertrieben, als sie vorhin so lange vor dem Spiegel gestanden hatte, dachte Jill. Sara war schließlich nicht weniger bedacht auf ihr Äußeres. Es musste also keine Bedeutung haben.

Während sie Sara von der Seite musterte, öffnete sich die Tür vor ihnen. Jill bemerkte, wie sie für einen Moment die Luft anhielt, bis sie sah, dass nicht Laura in der Tür stand, sondern ein Bekannter aus dem Musikverein.

»Schön, dass ihr da seid. Dann können wir ja anfangen«, sagte er und umarmte beide, um sie gleich darauf an sich vorbei ins Haus zu bitten.

Er führte die beiden ins Wohnzimmer, wo bereits zehn andere auf sie warteten.

»Entschuldigt die Verspätung.« Jill spürte, wie ihre Ohren rot wurden.

»Das macht doch nichts«, erwiderte eine Person aus der hinteren Ecke. Als sie aufblickte, schaute sie geradewegs in Lauras Gesicht. Blitzartig röteten sich auch noch ihre Wagen.

Während Sara es sich neben ein paar Jungs auf der Couch bequem machte, stand sie unentschlossen inmitten des Wohnzimmers und versuchte zu übergehen, dass sie eben rot geworden war.

»Setz dich doch«, forderte sie der Junge gleich neben Sara auf.

»Gern«, stotterte Jill, lächelte dann jedoch dankbar und nahm neben ihm Platz. Kaum saß sie, ließ sich Laura direkt neben ihr nieder. Gerade dadurch, dass um sie herum schon alle saßen, wurde es eng auf der Couch. Jill spürte Lauras Arm und Oberschenkel an sich. Während diese ihren Arm hinter Jills Kopf auf die Couchlehne legte, wusste Jill nicht, wohin mit ihren Händen. Schon jetzt fühlte sie sich unbehaglich durch die in ihr aufsteigende Hitze. Sie hoffte, der Film würde ihre ganze Aufmerksamkeit erfordern und sie von Laura ablenken.

Sara dimmte das Licht, der Film begann.

Während alle sich auf die Verfolgungsjagd am Anfang konzentrieren, spürte Jill plötzlich Lauras Blick auf sich haften. Erst versuchte sie ihn zu ignorieren, musste dann aber in Lauras Richtung schauen. Laura lächelte.

»Schön, dass du auch gekommen bist«, hauchte sie Jill ins Ohr, so dass die anderen es nicht hören konnten.

Jill spürte, wie sich dabei eine Gänsehaut auf ihrem Körper ausbreitete.

»Aber wo hast du denn deine Freundin gelassen? Sara meinte, sie würde mitkommen.«

»Die konnte nicht«, log Jill und wandte sich ab. Laura entging nicht, dass sie erneut rot wurde und grinste.

Es dauerte nicht lange und sie lehnte sich wieder an Jill und wisperte: »Habe ich dir schon mal gesagt, wie süß du bist?« Dabei berührte sie sanft Jills Hand. Die zuckte zusammen und sprang auf. Damit zog sie die Aufmerksamkeit der anderen auf sich und Laura grinste – sichtlich belustigt darüber, Jill in diese Situation gebracht zu haben.

»Äh ... wo ist denn die Toilette?« Jill bemühte sich, gelassen zu klingen.

»Die nächste Tür links«, sagte Laura.

Fluchtartig verließ Jill das Wohnzimmer, eilte ins Bad und drehte den Schlüssel im Schloss um. Sie ließ sich gegen die Tür sinken, während sich in ihr wieder ein Gefühl von Sicherheit breit machte.

Sekunden verharrte sie so, ehe sie sich zum Waschbecken drehte und kaltes Wasser in ihr Gesicht spritzte. Während einzelne Tropfen ihr Kinn hinab in Richtung Hals rannen, glaubte sie langsam wieder Herr ihrer Lage zu sein.

Sie stöhnte leise und blickte ihr Spiegelbild an. Sie fühlte sich immer noch überhitzt, auch wenn sie es sich im Spiegel nicht ansah.

Als Jill wieder ins Wohnzimmer zurückkehrte, schauten die anderen sie zwar irritiert an, sagten aber nichts. Laura rückte wieder ein wenig von Jill ab.

Sie hat offensichtlich gemerkt, dass sie zu weit gegangen ist, dachte sich Jill.

So verging der Abend ohne weitere Vorkommnisse und in Jill machte sich immer mehr ein Zwiespalt breit. Einerseits wollte sie, dass Laura sie erneut berührte. Andererseits wollte sie sich nur wieder sicher fühlen und diese Nervosität loswerden.

Als der Film geendet hatte, verließ einer nach dem anderen das Wohnzimmer und verabschiedete sich dabei mit einer Umarmung von Laura. Sara war bereits vorgegangen und Jill war noch mit einem Jungen, dessen Namen sie nach wie vor nicht kannte, mit Laura zusammen zurückgeblieben.

»Naja, dann mach's mal gut«, sagte Jill schnell, nur um zu vermeiden, dass sich der Junge vor ihr von Laura verabschiedete und sie beide allein im Zimmer zurückließ. Sie ging in Richtung Tür, doch ehe sie sie erreichte, vernahm sie Lauras Stimme hinter sich: »Bekomm' ich keine Umarmung?«

Jill drehte sich hastig um, wobei ihr bewusst wurde, dass es so gewirkt haben musste, als hätte sie nur auf Lauras Einwand gewartet.

Zögernd ging sie wieder einige Schritte zurück und umarmte sie. Plötzlich spürte sie deren Hand an ihrer Taille, wodurch sie erschrocken zurückwich und stotternd noch einen schönen Abend wünschte. Sie eilte aus dem Zimmer. Der Junge, der diese Berührung nicht gesehen hatte, schaute Jill nur irritiert hinterher und umarmte Laura dann ebenfalls.

Sara wartete bereits draußen: »Wo hast du denn so lange gesteckt?«

»Ich hab mich nur noch verabschiedet.« Jill fuhr sich durchs Haar.

Während sich die beiden Freundinnen auf den Heimweg machten, blickte Sara sie durchdringend von der Seite an.

»Was läuft da eigentlich zwischen dir und Laura?«

»Nichts? Was sollte da laufen?«

Jills Herz schlug für einen Moment bis zum Hals.

»Du verhältst dich in ihrer Nähe immer so merkwürdig. Du bist doch noch mit Myra zusammen, oder?«

»Natürlich! Wie kommst du auf die Idee, dass es nicht so ist?«

»Ich dachte nur … Du weißt das vielleicht noch nicht, aber Laura steht auch auf Frauen.«

»Wirklich?« Jill schaute schnell weg, um Sara nicht merken zu lassen, dass sie log.

Den Rest des Weges verbrachten sie schweigend und so war es eine regelrechte Erlösung, als sie endlich vor Jills Haus ankamen und sich verabschiedeten.

Während Sara allmählich aus ihrem Blickfeld verschwand und von der Dunkelheit verschlungen wurde, setzte sich Jill auf die Treppenstufen vor ihrem Haus. Sie ließ ihren Kopf in ihre Hände sinken und stöhnte leise auf.

»Was machst du da eigentlich?«, sagte sie mitten ins Nichts hinein.

Plötzlich öffnete sich die Tür hinter ihr.

»Warum kommst du nicht rein?«, witzelte ihre Mutter.

»War ja gerade dabei.«

Jill klopfte sich die Hose ab und trottete nach drinnen.

SOMMER UND FREI

Endlich sollte der Urlaub beginnen. Das Ferienhaus war gebucht, das Wetter war perfekt und nun wartete Jill nur noch darauf, dass Mike mit seinem Auto vorfuhr, um sie abzuholen.

»Gott sei Dank haben mir meine Eltern den Minibus geliehen«, hörte sie seine Stimme noch am anderen Ende des Telefons sagen. Mit diesem Satz hatte er all die Probleme beiseite geschafft, die ihnen den Urlaub hätten verderben können.

Zwei Autos hatten sie sich nicht leihen können. Und wie hätten sie zu siebt in ein Auto passen sollen? Als sich Jill das vorstellte, musste sie grinsen. Die Sonne schien in ihr Zimmer. Durch das weit geöffnete Fenster drang das Gezwitscher der Vögel. Der Schweiß stand ihr vom Packen noch auf der Stirn, wurde aber von einem kühlen Windhauch besänftigt, der für einen Moment ihr Zimmer durchflutete, ehe die brütende Hitze sie wieder übermannte. Mit dem Handrücken wischte sie sich die Stirn trocken, um sich kurz darauf daran zu versuchen, ihren maßlos überfüllten Koffer zu schließen. Das Ding ging einfach nicht zu. Doch langjährige Erfahrungen ließen Jill nicht aufgeben. Mit einem Schwung setzte sie sich auf den Koffer, wackelte ein wenig hin und her und im Nu war der Reißverschluss zugezogen. Triumphierend reckte sie die Fäuste nach oben und ließ sich vom Koffer rollen.

Die Sommerferien hatten vor wenigen Tagen begonnen und nun folgte eine Woche Urlaub – Entspannung pur. Sie hatten ein kleines Haus in einem Ferienort gemietet. In dem Angebot war damit geworben worden, dass es einen herrlichen See gab, Sportplätze, einen Wald ... Jill geriet ins Träumen. Plötzlich ging ihre Zimmertür auf.

»Na? Alles gepackt? Schon aufgeregt?« Ihre Mutter klang fast so nervös, als würde sie selbst in den Urlaub fahren.

»Mum, entspann dich! Ich bin doch nur für 'ne Woche weg.«

Sie umarmte ihre Mutter.

»Ich weiß ja«, seufzte sie und drückte Jill liebevoll an sich, »aber pass bloß auf dich auf!«

»Großes Indianer-Ehrenwort.« Jill lachte.

»Na wenn das so ist ...«

Just in diesem Moment hupte es vor dem Haus und Jill hechtete ans Fenster.

Unten standen Myra und Tina.

»Bist du soweit?«

»Komme sofort!«, rief Jill nach unten und ging ein paar Schritte auf ihre Mutter zu.

»Mum, mach dir keinen Kopf, ja?«

»Ich werds versuchen. Meld dich hin und wieder.« Damit umarmte sie ihre Tochter erneut und küsste sie auf die Stirn.

Nach einer langen Verabschiedung an der Tür schleppte Jill ihren Koffer nach draußen.

»Moment, den nehm ich dir ab«, sagte Mike und hievte den schweren Koffer in den Kofferraum des großen Wagens.

Myra und Tina stiegen dicht gefolgt von Jill in den Minibus und Oliver zog die große Schiebetür schwungvoll zu. Durch das geöffnete Fenster winkte Jill ihrer Mutter noch einmal zu und rief: »Bis in einer Woche dann!« und damit fuhren sie aus der Einfahrt.

Jills Mutter winkte ihnen noch hinterher und Jill verlor sie erst aus dem Blick, als sie um die Ecke bogen.

»Das wird eine geniale Woche«, rief Mike vorn vom Steuer und schaltete das Radio an. »Sweet Home Alabama« schepperte durch das ganze Auto und hinaus auf die Straße, wobei sich daran niemand zu stören schien, denn auch die Menschen auf der Straße schienen froh darüber zu sein, dass die kalten Tage endlich ein Ende hatten.

Myra lehnte sich zu Jill herüber und sagte leise: »Es war echt nervig, dass wir uns in letzter Zeit vor lauter Stress kaum noch sehen konnten. Du weißt nicht, wie froh ich bin, dass ich endlich wieder mehr von dir haben kann.«

Jill musste bei dieser Formulierung grinsen. »Na da bin ich ja mal gespannt!«

Tina übertönte das Gespräch mit ihrem hingebungsvollen Gesang. Das steckte auch die anderen an und so sangen sie zusammen, während sie ihrem Reiseziel ein wenig näher kamen.

Nach zwei Stunden kamen sie an der großen Ferienanlage an. Mike drehte die Musik leiser, als sie sich den Schranken näherten, die die Einfahrt zierten. Toni, die eben noch in sich gesunken auf der Rückbank geschlafen hatte, schreckte hoch. Neben der Einfahrt stand ein Häuschen, in dem ein Mann saß. Er trank gerade einen Schluck aus seiner Cola. Als er den Minibus kommen sah, stand er auf, wodurch sein breit gebauter, muskulöser Körper zum Vorschein kam.

»Der ist ja lecker«, flüsterte Tina und biss sich auf die Unterlippe.

»Was hab ich da hinten gehört?«, antwortete Mike gespielt aufgebracht und grinste sie über den Rückspiegel an.

Der Mann trat nun an sein Fenster, wobei die Schweißperlen auf seiner Stirn sichtbar wurden. Trotz der Hitze lächelte er.

»Hallo. Ihr habt sicher gebucht, richtig? Müsst euch nur noch am Empfang euren Schlüssel holen. Einfach gleich rechts abbiegen. Und dann wünsch ich euch 'ne schöne Woche!«

»Danke«, sagte Mike.

»Ich mach euch gleich auf.« Im nächsten Moment war der Mann wieder in seiner Kabine verschwunden und die Schranken öffneten sich.

»Na dann mal los.« Mike trat aufs Gaspedal.

Dank der Ausschilderung gelangten sie ohne Probleme auf den Parkplatz vor der Empfangshalle.

»Verdammt, so groß hab ichs mir gar nich' vorgestellt«, murmelte Oliver.

Alle stiegen angeschlagen von der Fahrt aus, um sich die Beine zu vertreten.

»Irgendjemand hat jetzt die Ehre, die Schlüssel für unser Haus zu besorgen.« Steffen trat einen Schritt zurück.

»Wir machen das schon«, meldete Myra sich und zog Jill an ihrer Hand zu sich heran.

»Yes, Ma'am.« Jill grinste. »Wir sind gleich wieder da.«

Damit machten die beiden sich auf den Weg zu dem großen Gebäude vor ihnen, das von vielen Bäumen umgeben die Idylle nur minimal störte.

»Guten Tag! Wie kann ich euch helfen?«, fragte die Frau am Empfang.

»Wir haben ein Haus für eine Woche auf den Namen Meyer gemietet und wollten die Schlüssel abholen.«

Die Frau begann in ihren Unterlagen zu suchen und murmelte dabei gedankenverloren etwas vor sich hin, ehe sie an die beiden gewandt sagte: »Ah, ja, da. Moment, den Schlüssel bekommt ihr gleich.«

Sie drehte sich zu einem hölzernen Regal mit vielen kleinen Fächern um, in denen jeweils die Schlüssel der Häuser verteilt lagen.

Myra zog Jill zu sich und küsste sie. Gerade in dem Moment kam die Frau zurück und blickte verdutzt drein, ehe sie den Schlüssel mit mechanischen Bewegungen auf die Theke legte.

»Solltet ihr noch Fragen haben, könnt ihr jederzeit herkommen«, stotterte sie und wurde dadurch abgelenkt, dass Myra Jill erneut auf die Wange küsste und leicht zu sich heranzog.

»Hier habt ihr eine Übersicht der Anlage und hier«, nun nahm sie einen Stift zur Hand und umkringelte ein Haus, wobei sie Myra nicht aus den Augen ließ, »hier ist eure Nummer. Der Weg ist ja eingezeichnet.«

»Vielen Dank«, sagte Myra. Jill schnappte sich den Flyer und die Schlüssel.

»Und einen schönen Urlaub wünsche ich euch«, sagte die Frau und folgte den beiden beim Hinausgehen mit ihrem Blick.

Kaum waren sie draußen sagte Jill: »Schatz, musste das sein?«

»Was meinst du?«

»Das bringt die Leute in Verlegenheit.«

»Na und? Ich liebe dich, darf ich das nicht zeigen?«

»Darum gings dir doch gar nicht.«

»Um was ging es mir dann?«

»Ach, ist ja auch nicht so wichtig.«

Myra schaute sie durchdringend an und wollte zu einer Antwort ansetzen, aber sie waren schon wieder am Auto angelangt und ihre Freunde umringten sie, erfreut darüber, dass sie nun endlich die Schlüssel hatten. Gleich darauf saßen sie alle wieder im Auto, doch diesmal war nichts mehr von der

Trägheit von vorhin zu spüren. Sie waren alle gespannt darauf, wie das Haus und die Ferienanlage wohl sein würden.

Jill blickte an Tina vorbei aus dem Fenster.

Alles ist so schön grün, dachte sie sich, gerade als sie einen kleinen Hang hinauffuhren. Plötzlich stoppte der Wagen und Jill richtete ihre Aufmerksamkeit wieder nach vorne.

»Hier müsste es sein«, sagte Mike. Es klang mehr wie eine Frage, als eine Feststellung. Sie parkten am Rand und stiegen aus, um sich an den Hausnummern zu orientieren. Mehr oder weniger folgten alle Mike, da er den Plan der Anlage an sich genommen hatte und nun wie eine Art Rundführer sie durch einige schmale Wege lotste. Als er auf die richtige Hausnummer gestoßen war, hielt er so abrupt an, dass alle hinter ihm aneinanderstießen.

»Schlüssel«, sagte er mit einer künstlich professionellen Stimme und schien einen Chirurgen imitieren zu wollen, der seinem Assistenten einen Befehl gab. Toni kicherte leise. Nun wurde der Schlüssel von Jill, die ganz hinten lief, nach vorne durchgereicht. Kaum war er vorne angekommen, setzte sich der Zug wieder in Bewegung, in Richtung Haustür. Mike schloss die große, hölzerne Tür auf und betrat die Wohnung. Einer nach dem anderen folgte.

»Nun lasst mal gut sein«, grinste er, nachdem die anderen ihm weiterhin wie ein kleiner Zug gefolgt waren. Mit diesen Worten löste sich das Ganze auf und jeder machte sich auf eine Erkundungstour im Haus.

Schon bald hörte Jill Oliver von der zweiten Etage rufen: »Hier oben sind ein Bad und mehrere Schlafzimmer!«

Jill trat als Letzte durch die Haustür und öffnete zuerst instinktiv die Tür, die dem Eingang gegenüber war. Sie spähte in ein Schlafzimmer, in dem ein Doppelbett und ein Schrank standen. Sie schloss die Tür wieder. Rechts neben ihr führte die Treppe nach oben in den zweiten Stock. Doch sie interessierte erst der andere Teil des Hauses, weswegen sie sich nach links umdrehte und durch den langen Flur auf einen großen, ovalen Esstisch zulief, hinter dem sich eine Küche befand. Kurz vor dem Esstisch machte sie Halt; auf der rechten Seite, angrenzend an den Küchen- und Essbereich hing ein großes Ölgemälde auf dem ein Feld zu sehen war. Direkt daneben war der Fernseher, vor dem sich wie in einem Halbkreis aufgestellt, drei Sofas befanden.

Toni saß bereits auf der Couch und wippte auf und ab, um den Komfort zu testen, während Tina in der Küche alle Schranktüren öffnete und wieder schloss. Jill ging zum Sofa und wollte sich neben Toni plumpsen lassen. Leider verfehlte sie das Ziel ein wenig und landete fast auf Tonis Schoß.

»Autsch«, rief diese überrascht.

»Huch, tut mir leid!«

Toni hatte schon angefangen zu lachen und warf sich dabei zurück, so dass Jill erneut das Gleichgewicht verlor und halb auf sie fiel. Nun begann auch sie zu lachen. Sie versuchte sich wieder aufzurichten, was jedoch durch ihren Lachanfall schwer fiel.

Toni musste nur noch mehr lachen, als sie sah, wie Jill sich verzweifelt versuchte aufzurappeln und erst als es ihr gelungen war, ließ ihr Lachanfall langsam nach.

Jill trocknete gerade ihre Tränen, als sie bemerkte, dass Myra in der Tür stand und zu ihr hinüberschaute. Ihr Blick wirkte leer. Jill zuckte leicht zusammen, als sich ihre Blicke trafen. Eilig rückte sie von Toni weg. Die saß mit dem Rücken zur Tür und hatte von dem Ganzen nichts mitbekommen.

»Schauen wir uns die zweite Etage mal an?«, fragte Toni sie. Ehe Jill antworten konnte, wurde sie auch schon vom Sofa runter gezogen, geradewegs in Richtung Flur, vorbei an Myra, die mit ihrem Blick folgte.

»Kommst du mit, Schatz?«, rief Jill.

»Ich war schon oben«, antwortete sie und verschwand im Wohnzimmer. Jill musste hinter Toni her hechten, um sie nicht zu verlieren.

Sie hatte jetzt keine Lust, sich mit Myras Launen auseinanderzusetzen. Sie würde sich schon wieder fangen.

Die Treppe führte geradewegs auf ein Zimmer zu. Die Tür des Zimmers war geöffnet und Jill konnte erkennen, dass es sich um ein ähnlich eingerichtetes Schlafzimmer wie das im ersten Stock handelte. Nun bog sie nach rechts ab, um dem schmalen, länglichen Flur zu folgen, zu dessen beiden Seiten sich insgesamt je zwei Zimmer befanden. Die nächste Tür auf der Rechten führte ins Bad, indem sich Toni schon mit kritischem Blick umschaute.

»Wenigstens ist das halbwegs neu gemacht im Gegensatz zu der Couch da unten.« Toni grinste.

»Nicht schlecht.« Nach einem kurzen Blick drehte sich Jill um, um sich die anderen beiden Zimmer anzusehen, von denen sie eines mit zwei Einzelbetten und eines mit Doppelbett möbliert vorfinden sollte.

»So wies aussieht, bekomm ich ein Doppelbett für mich alleine«, sagte Toni, die dazu stieß, als Jill gerade das letzte Zimmer anschaute.

»Wir können nachher ja mal über die Aufteilung reden. Du musst nicht dauerhaft allein schlafen, wenn du nicht möchtest.«

Toni lächelte dankbar.

Als die beiden wieder unten ankamen, hatten es sich bereits alle im Wohnzimmer gemütlich gemacht und Toni und Jill ließen sich auf den freien Plätzen nieder.

»Also, wie machen wir es mit den Zimmern? Wie ihr sicher bemerkt habt, ist das Haus auf acht Leute ausgerichtet, sodass dann einer allein in einem Zimmer schlafen müsste. Wär ja irgendwie blöd, oder?«, fragte Jill in die Runde.

»Wir haben vier Mädels, wenn ich das richtig sehe. Also können die sich doch notfalls irgendwie arrangieren. Wir Jungs hätten ja noch eine Schlafmatte dabei, insofern könnten wir auch zu dritt in einem Zimmer schlafen. Platz is' ja genug«, bemerkte Steffen.

»Dann tauschen wir doch einfach untereinander? So richtig festlegen müssen wir uns ja nicht«, warf Toni ein.

Myra hingegen sagte: »Ich wollt gern mit dir in einem Zimmer schlafen, Jill.«

Jill irritierte es, dass Myra sie mit ihrem Namen direkt ansprach. »Können wir ja auch, nur wir können ja auch mal wechseln, oder? Muss ja nicht gleich am Anfang sein.«

»Wie du meinst.«

»Na, dann würde ich mal sagen, wir schaffen jetzt unsere Koffer ins Haus, beziehen die Zimmer und gehen runter zum Zentrum, um uns drüber zu informieren, was hier so abgeht«, schlug Mike vor und schaute betont enthusiastisch in die Runde.

Die anderen stimmten murmelnd zu und so waren sie schon bald am Auto, um ihre Koffer auszuladen.

»Wie machen wir's jetzt mit den Zimmern? Zumindest vorerst, damit wir wissen, wer seine Sachen in welchen Schrank räumen soll«, fragte Oliver nachdem er seinen Koffer schnaufend über die Türschwelle gezerrt hatte.

»Was haltet ihr davon, wenn Tina und Mike, Jill und Myra und ich und die Jungs sich vorerst ein Zimmer teilen. Schränke haben wir ja genug und so können wir alle in den zweiten Stock ziehen«, warf Toni ein.

Der Vorschlag fand allgemeine Zustimmung. Sie hievten, einer nach dem anderen, ihre Koffer die Treppe hoch.

Jill war schneller als Myra und ließ sich auf das Doppelbett in ihrem Zimmer fallen. Dabei streckte sie die Arme aus und genoss für einen Moment die Unabhängigkeit und Freiheit, die sie den ganzen Tag über gehabt hatte und den Rest der Woche noch haben sollte.

Myra räumte ein paar Klamotten in den Schrank und warf sich neben sie aufs Bett. Sie legte den Arm um sie und seufze vor Erleichterung: »Ist doch schön hier, oder?«

»Und wie! Ich bin auf den Rest gespannt. Das wird sicher 'ne coole Woche!«

Gerade als Jill geantwortet hatte, ertönte aus dem Nebenzimmer Steffens Stimme: »Seid ihr lahmen Schnecken endlich mal fertig? Können wir los?«

Dies ließen sich die beiden nicht zweimal sagen. Im Nu waren sie aufgestanden, um den Fußmarsch in Richtung Zentrum anzutreten. Die Stille, die über der Ferienanlage lag, faszinierte Jill am meisten. Zwar zwitscherten Vögel, aber selbst das wirkte beruhigend.

Sie liefen als kleines Grüppchen den Berg hinab und erst als sie im Zentrum der Anlage ankamen, wo ein großes Gebäude stand, ließ dumpfes Stimmengewirr und leise Musik darauf schließen, dass hier auch noch andere Menschen waren.

Am Empfang saß diesmal eine andere Frau. Jill atmete fast erleichtert auf.

»Das ist ja cool«, hörte sie Tina von der Seite sagen.

Sie löste ihren Blick von der Empfangsdame, um Tinas Blick zu folgen. Zuvor war Jill nur aus dem Augenwinkel aufgefallen, dass an der Wand eine Art Tabelle hing. Nun erkannte sie, wofür sie dort war.

Die Spalten waren in Tage eingeteilt, während die Zeilen bestimmten Uhrzeiten zugeordnet waren. In den Feldern standen Aktivitäten, an denen man sich beteiligen konnte.

»Wandern, Inline-Skating, Basketball, Fußball, Karaoke, Wassergymnastik, ...«, las Steffen leise vor, wobei er manche Worte einfach nur murmelte und andere laut aussprach.

Die Frau an der Rezeption sagte mit lauter Stimme – denn sie musste sie erheben, um über die Entfernung verstanden zu werden: »Wenn ihr wollt, könnt ihr euch auch ein Prospekt mitnehmen, dass das Programm dieser Woche beinhaltet. Außerdem findet ihr darin Infos zu unseren Angeboten zum Schwimmbad, dem Tennisplatz, Golfplatz und so weiter.«

Dabei wedelte sie mit einem weißen Prospekt herum. Oliver reagierte als Erster und nahm das Heft entgegen.

»Na dann würde ich sagen, wir schauen mal, was wir die Tage so machen«, sagte er, als er wieder auf die anderen zuging, streckte sich und hielt sich dabei gähnend das Prospekt vor den Mund.

Mike griff danach und faltete es auseinander. Offensichtlich hatte er nicht gefunden, wonach er suchte, denn er lief zurück in Richtung Rezeption und fragte: »Gibt's hier einen Supermarkt?«

»Sicher! Ihr müsst euch nur mal hier im Gebäude umschauen. Den Supermarkt findet ihr hinten links, eine Spielhalle, Restaurants und eine Bar auf der rechten Seite. Wie gesagt: Einfach mal umschauen«, antwortete die Frau und zwinkerte Mike zu.

»Vielen Dank.« Er lächelte.

So machte sich die Gruppe auf den Weg, um das gut klimatisierte Gebäude zu erkunden.

»Brauchen wir eigentlich was für heute Abend, oder haben wir was Essbares dabei?«, fragte Toni, als sie den Supermarkt sichteten.

»Ich würde sagen, wir kommen noch über die Runden. Nudeln sind doch schnell gemacht. Morgen müssen wir allerdings einkaufen«, sagte Tina, die den Essensvorrat als Einzige überblickt hatte.

Nun liefen sie in den anderen Teil des Gebäudes. Die Bar war geschlossen und im Restaurant war nichts los. Zudem waren die Preise dort überteuert, so dass sie dies wieder von ihrem Programmplan strichen.

Die Spielhalle hingegen erwies sich als riesig und nachdem sie einen Blick auf die vielen Flipperautomaten und Simulatoren geworfen hatten, verließen sie auch diese wieder mit dem festen Vorsatz, am Ende der Woche wiederzukommen, wenn sie noch Geld übrig haben sollten.

Sie machten sich auf den Heimweg – jedoch nicht, ohne einen kleinen Umweg am Schwimmbad vorbei zu machen. Als Jill den Eingang erblickte, kamen bei ihr das erste Mal richtige Urlaubsgefühle auf.

Palmen standen links und rechts am Weg und bildeten eine Art Allee. Zwischen den Kübeln waren Bodenstrahler angebracht, die schon jetzt vor Sonnenuntergang brannten. Chlorgeruch schien das Schwimmbad zu umhüllen.

Als die Eingangstür aufging und zwei Jungen in kurzer Hose, nacktem Oberkörper und nassen Haaren herauskamen, das Handtuch noch über der Schulter hängend und mit ihren Badelatschen auf dem Steinboden klappernd, drangen laute Freudenschreie und Stimmengewirr mit nach draußen.

»Da müssen wir morgen rein!«, rief Steffen so laut, dass Jill fast erschrak. So begeistert hatte sie ihn bisher nur selten erlebt.

»Bin ich auch stark dafür, aber vielleicht sollten wir das nachher beim Essen besprechen«, sagte Mike und ging weiter, womit er die kleine Gruppe, die mittlerweile mal wieder zum Stillstand gekommen war, mit sich zog.

Neben dem Schwimmbad, so bemerkten sie wenige Meter später, war ein See angelegt. Auch dort tummelten sich noch Leute, die die letzten Sonnenstrahlen genossen. Kinder beschossen sich mit Wasserpistolen und lachten.

Ihr Weg führte weiter durch ein kleines Stück Wald, in dem die Richtung zu den Ferienhäusern ausgeschildert war. Jill konnte an einer Abbiegung an einem Schild erkennen, dass es hier auch einen Trimm-Dich-Pfad gab. Sie beschloss im Stillen, ihn mindestens einmal in dieser Woche zu nutzen.

Schon bald hatten sie den Wald wieder verlassen. Endlich erreichten sie wieder die Sonnenstrahlen, die das dichte Blätterdach zuvor abgehalten hatte.

Nach ihrem langen Spaziergang kamen sie wieder am Ferienhaus an. Einer nach dem anderen ließ sich erschöpft von der Reise auf die Couch fallen. Toni ging zu ihrem CD-Player und schaltete die Musik leise an.

»So, ich würde sagen, wir teilen ein, wer kocht und wer danach abwäscht, oder? In den Luxus einer Spülmaschine sind wir ja leider nicht geraten«, sagte sie.

»Wie wär's, wenn sich immer Mädchen und Jungs abwechselnd ums Kochen und Abwaschen kümmern? Dann müssen wir gar nicht erst großartig einteilen«, sagte Jill.

Die meisten nickten. So machten sich die Mädchen ans Kochen, während die Jungs noch weiter auf der Couch saßen, sich unterhielten und Musik hörten.

Nach dem gemeinsamen Abendessen versammelten sie sich vor dem Fernseher, während Oliver und Tina noch die

Küche aufräumten. Jill wollte sich gerade auf die Couch fläzen, als sie merkte, dass Myra nun schon einige Zeit oben war. Also ging Jill ebenfalls die Treppen empor, um nachzusehen, was los war.

Als sie ihre Zimmertür öffnen wollte, hörte sie von drinnen ein leises Schluchzen. Sie runzelte die Stirn und trat ein. Myra saß auf dem Bett und zuckte zusammen, als sie Jill sah. Augenblicklich wischte sie sich die Tränen aus dem Gesicht, als wolle sie nicht, dass Jill sah, dass sie geweint hatte. Doch ihre immer noch roten Augen und ihre verlaufene Schminke hätten sie ohnehin verraten.

»Hey, was ist denn los?« Jill setzte sich neben sie aufs Bett.

»Nichts.«

»Das kannst du mir nicht erzählen.«

»Ich weiß es ja auch nicht. Du warst heute irgendwie den ganzen Tag so abweisend zu mir und ... ach, es war einfach ein langer Tag.«

»Ach, mein Schatz.« Sie zog Myra an ihrer Taille zu sich heran, um sie zu umarmen. Die ließ sich an sie sinken. Nachdem Myra so einen Moment verharrt hatte, richtete sie sich erneut auf, gewann ihre Fassung zurück und strich sich, wie als hätte sie bereits Übung darin, die letzten Tränen aus dem Gesicht. Erst jetzt schien ihr bewusst zu werden, dass ihre ganze Schminke verlaufen war. Eilig stand sie auf und ging ins Bad, dicht gefolgt von Jill, die kein Wort sagte und ihre Freundin einfach nur aufrichtig anschaute.

»Jetzt schau doch mal, wie ich aussehe.« Nach einem kurzen Blick in den Spiegel machte Myra den Wasserhahn an, um sich abzuschminken.

»Du siehst wunderschön aus. Sag ich dir das nicht oft genug, damit du es mir glaubst?« Sie entlockte Myra ein halbes Lächeln und setzte sich auf den Rand der Badewanne.

»Ach komm schon. Ich weiß du kannst das besser.«

Jill zog sie vom Waschbecken weg zu sich. Myra stand nun immer noch so schutzlos vor ihr, dass Jill nicht anders konnte, und sie küssen musste.

»Wenn du wüsstest, wie wichtig du mir bist ...«, seufzte sie und durchfuhr Myras Haare sanft mit ihrer Hand, zog sie noch näher an sich heran und küsste sie. Myra erwiderte nun endlich den Kuss und begann, Jill das T-Shirt auszuziehen.

»Bist du dir sicher?«

Jill hatte Myras Reaktion überrumpelt. Doch ihre Freundin schaute ihr nur zögernd in die Augen und küsste sie dann erneut. Myras Zunge erforschte ihren Mund. Jill befreite sie von ihrer Shorts. Myra schien sich immer noch schwach zu fühlen und ließ sie einfach machen. So hob Jill sie auf eine Kommode, die neben ihnen stand, beugte sich über sie und küsste sie, während deren Atem sich beschleunigte. Jill spürte ein Pulsieren, das ihren Körper durchflutete, hob Myra von der Kommode herunter, um sie gleich darauf an die Duschwand zu pressen.

Myra suchte begierig ihre Lippen und keuchte leise auf, als Jill sie mit der Vorderseite gegen die Duschwand drückte, sich von hinten an ihren Körper presste und mit ihrer Hand an ihrem Oberschenkel nach oben fuhr.

Gerade als Myras Stöhnen zu laut wurde, drehte Jill sie zu sich um, blickte in ihr verzerrtes Gesicht, spürte, wie sich jeder ihrer Muskeln anspannte und gerade als Myra zum letzten Mal laut aufstöhnen wollte, presste sie ihre Lippen auf die Ihrigen und erstickte so den Schrei.

Keuchend zog sie sich aus ihr zurück, schluckte, da ihre Kehle mittlerweile trocken war und verharrte einen Augenblick, dicht an Myra gelehnt. Dann ging sie zum Waschbecken, um sich die Hände zu waschen. Das Pulsieren in ihr wurde wieder schwächer, bis es endgültig versiegte. Jill stand noch einen Moment am Waschbecken, stützte sich mit ihren Händen am Beckenrand ab und versuchte ihre Gedanken zu ordnen. Myra zog wortlos ihre Shorts wieder an, wobei sie nun noch wackeliger auf den Beinen stand, als ohnehin schon.

Jill ließ sich auf die Kommode sinken und schaute ihre Freundin eingehend an. In diesem Moment erkannte sie Myra kaum wieder, erkannte sich kaum wieder. Eigentlich war Myra immer die Überlegene, die Starke. Heute hatte sie ihr die Rolle überlassen. Nachdenklich stützte sie ihren Kopf auf die Hände. Ein Schweißtropfen rann ihre Stirn hinab rann, sie wischte ihn eilig mit dem Handrücken weg.

»Gehen wir runter zu den anderen?«, fragte Myra nach einer Weile und räusperte sich. Jill runzelte die Stirn. Eigentlich, so fand sie, sollten sie über diesen merkwürdigen Tag reden. Andererseits war sie zu erschöpft, zu müde, um zu diskutieren.

»Na schön. Gehen wir runter.«

Myra öffnete die Tür, so dass die bizarre Atmosphäre durch den entstandenen Türspalt entweichen konnte.

Jill schreckte hoch und keuchte. Es war tiefe Nacht. Von draußen drangen die Rufe einer Eule durch das weit geöffnete Fenster.

Den vergangenen Abend hatten sie damit verbracht, auf der Couch zu sitzen, Fernsehen zu schauen und die nächsten Tage zu organisieren. Die ganze Zeit über hatten Myra und sie kaum ein Wort oder eine Berührung gewechselt und waren letztlich schweigend und müde als erste ins Bett gegangen. Daran musste Jill jetzt denken, während sie im Dunkeln neben ihrer Freundin saß, die friedlich schlief. Orientierungslos tastete sie mit ihrer Hand um sich, bis sich die Dunkelheit vor ihren Augen ein wenig aufhellte und sich das Zimmer schemenhaft hervortat. Ihre Kehle brannte, so trocken war sie. Behutsam tastete sie neben der Bettkante entlang, bis sie gegen etwas Kaltes, Hartes stieß. Sie griff nach dem Hals der Glasflasche, die sie dort am Abend zuvor platziert hatte, hob sie zu sich hoch und öffnete den Verschluss. Ein Zischen erfüllte den Raum. Leise drehte sie sich um, blickte neben sich, um zu schauen, ob Myra wach geworden war. Sie murmelte nur etwas vor sich hin und verstummte wieder.

In gierigen Zügen ließ Jill das Wasser ihre Kehle hinab rinnen, doch es wollte einfach keine Linderung geben. Sie schloss die Flasche wieder, stellte sie mit wieder an die Stelle, wo sie zuvor gestanden hatte und rieb sich die brennenden Augen. Sie brauchte frische Luft. Es war zu stickig in dem Zimmer. Bedacht darauf, jede kleinste Bewegung so leise wie möglich auszuführen, schlug sie die Bettdecke zurück, stand auf und trat an das offene Fenster. Sie ging so nahe wie möglich heran, um frische Luft zu bekommen, doch vergeblich. Die Luft schien selbst draußen zu stehen. Mit ihren Händen stützte sie sich links und rechts am Fensterrahmen ab und ließ den Kopf zwischen ihren ausgestreckten Armen nach unten hängen. Sie atmete tief durch.

Plötzlich spürte sie etwas an ihrem Bauch und zuckte zusammen.

»Schatz, ich bins doch nur.«

Als sie Myras ruhige Stimme hinter sich vernahm, lockerten sich ihre Muskeln wieder.

»Konntest du nicht schlafen?«

Ihre Freundin trat einen Schritt näher an sie heran, wobei sie ihre Hände an Jills Taille verweilen ließ. Jill antwortete nicht, sondern atmete nur immer weiter in tiefen Zügen ein und aus. Myra küsste sie sanft in den Nacken.

Jill schloss die Augen, spürte noch weitere Küsse zwischen ihren Schulterblättern und seufzte auf.

»Kommst du wieder mit mir ins Bett?«

Myras Stimme klang entspannt, sicher. Jill verharrte in ihrer Position und erst als Myras Hand die ihre am Fensterrahmen umschloss und sanft mit sich zog, löste sie sich von dem Ausblick ins schwarze Nichts und folgte ihr ins Bett. Kaum lagen die beiden, kuschelte Jill sich an Myra. Die küsste sie sanft auf die Stirn und deckte sie beide mit der dünnen Bettdecke zu.

»Was ist denn nur heute mit dir los?«, fragte sie und Jill meinte aus ihrer Stimme heraus zu hören, dass sie wieder ihre alte Rolle eingenommen hatte.

»Ich weiß es nicht«, hörte Jill sich sagen und wunderte sich darüber, warum ihre Stimme so fremd klang.

»Vielleicht sollten wir einfach nur schlafen«, murmelte Myra.

Jill war jedoch noch hellwach. Sie merkte schon bald, wie Myra wieder einschlief. Sie selbst lag noch eine Weile wach, hörte Myras Herz leise in ihrer Brust schlagen. Und irgendwann schlief sie mit dem rhythmischen Pochen ein.

KEHRTWENDE

Sie betraten die große Eingangshalle. Goldenes Licht fiel durch die verglaste Decke und tauchte alles in eine warme Atmosphäre. Jill hielt den Atem an, so fasziniert war sie von dem Anblick. Sie fühlte sich, als wäre sie heute Morgen gar nicht aufgewacht, als würde sie immer noch träumen. Spätestens als Myra nach ihrer Hand griff und sie mit sich in Richtung Eingang zog, begriff sie, dass es real sein musste.

»Unglaublich, wie geil das gemacht ist.« Auf Tonis Gesicht machte sich der Anflug eines Lächelns breit.

»Na dann lasst uns reingehen und Spaß haben«, sagte Oliver und ging durch die Drehschranken, die den Eingang bildeten. Schon jetzt überströmte ein Chlorgeruch die sieben Freunde.

Im Nu waren sie umgezogen und betraten das Schwimmbad. Der Anblick des Innenlebens war faszinierend. Es schien so, als wäre nirgendwo gespart worden. Alles war vorhanden. Von Rutschen, über Dampfsaunas, bis hin zu Schwimmerbecken, Planschbecken und Kanälen, in denen lachende Kinder durch eine künstliche Strömung mitgerissen wurden.

Mike pfiff durch die Zähne und auch die anderen waren damit beschäftigt, die vielen Eindrücke möglichst schnell in sich aufzusaugen und zu realisieren, wohin sie als Erstes gehen wollten. Solche Schwimmbäder kannte Jill aus Denndorf nicht. Während sie selbst ihren Blick noch über das Restaurant schweifen ließ, beschlossen die anderen bereits, erst zu den Rutschen zu gehen. Jill folgte der kleinen Gruppe einfach, während sie sich weiter umsah.

Eine steinerne Treppe führte durch einen Torbogen nach oben zu den Öffnungen der Rutschen. Jill betrat die Treppe als Letzte und musste sich beeilen, damit die anderen sie nicht abhängten. Dass sie endlich Ferien hatten, dass sie mit Menschen, die sie mochte, im Urlaub war, überströmte sie wie ein Glücksgefühl.

Die Stufen waren recht uneben und so musste Jill sich auf das Emporsteigen konzentrieren. Auf den meisten Stufen stand zudem Wasser, das von oben aus der Rutsche tropfte und die Stufen rutschig machte. Jill griff provisorisch nach dem Geländer. Doch kaum hatte sie ihre Hand danach ausgestreckt, rutschte sie auf einer Treppenstufe ab und fiel rückwärts.

Adrenalin schoss ihr durch den Körper. Sie glaubte, sie müsste jeden Moment hart mit dem Kopf aufschlagen, stellte sich schon auf das Schlimmste ein, während sie noch ein letztes Mal verzweifelt nach dem Geländer griff und ihr Körper sich vollends verkrampfte. Plötzlich aber fühlte sie, wie ihr jemand von hinten Halt gab und sie auffing. Sie lag mitten in den Armen eines wildfremden Jungen. Nur in der einen Sekunde, in der sie das noch nicht realisiert hatte, noch nicht rot wurde, war es ihr möglich, ihn kurz zu betrachten, sich seiner hellblauen, vom Chlor geröteten Augen und seiner blonden, mittellangen Haare bewusst zu werden und dem stark gebräunten Körper, mit dem er sie aufgefangen hatte ... *Aufgefangen.* Jetzt erst realisierte sie die Situation und sprang unsicher auf, ehe sie ihre Körperbeherrschung zurückgewann. Der Junge betrachtete sie nur und lachte.

»Passiert dir das öfter?« Er grinste.

Er musste wohl etwa in ihrem Alter sein. Zumindest dachte Jill das, bevor sie dazu ansetzte, sich zu bedanken. Ihre Ohren wurden heiß. Sie mussten knallrot sein. Ohne nachzudenken wollte sie nur schnellstmöglich aus dieser peinlichen Situation fliehen und lief so die Treppenstufen weiter nach oben. Dabei dachte sie noch nicht daran, dass sich auch der Junge wohl in die Schlange vor der Rutsche einreihen würde. Diese Tatsache wurde ihr erst bewusst, als sie den Anschluss zu ihren Freunden wieder gefunden hatte.

Dem Jungen war nicht entgangen, wie Jill davon gestürmt war. Er stellte sich dicht hinter sie, streckte die Hand mit einem Lächeln aus und sagte: »Ich bin übrigens Daniel.«

»Äh, Jill«, stotterte sie, was ein breites Grinsen auf sein Gesicht zauberte.

»Und woher kommst du, Jill?« Er schaute sie durchdringend an.

»Denndorf. Das ist so'n Kaff ein paar Stunden von hier«, antwortete sie und wurde sich dann darüber bewusst, wie nichtssagend diese Antwort gewesen war. Niemand kannte Denndorf.

Mittlerweile wurden auch ihre Freunde auf den braungebrannten Blondschopf aufmerksam. Myra, die nicht allzu weit von Jill entfernt stand, kam nun noch ein Stück näher heran und fragte verdutzt: »Woher kennt ihr euch denn?«

Jill senkte den Kopf. Sie erwartete bereits, dass gleich alle in grölendes Gelächter ausbrechen würden, wenn Daniel erst einmal schilderte, wie sie geradewegs in seine Arme gefallen war.

Doch Daniel sagte nur: »Ach, wir sind so aneinandergeraten«, und zwinkerte Jill zu. Das Gelächter blieb aus und sie nickte – was nur er wissen konnte – aus Dankbarkeit. Mittlerweile waren auch seine beiden Freunde nachgekommen, wodurch das Gespräch sowieso eine Wende nahm und Myra nicht anders konnte, als das geheimnisvolle Zwinkern von Daniel im Raum stehen zu lassen.

»Ach, das sind übrigens Jerry und Tom«, warf Daniel in die Runde.

»Tom und Jerry? Du machst Witze ...« Toni lachte.

»Nein, das ist sein Ernst.« Jerry rollte mit den Augen.

»Sie haben mir verboten, sie in der Reihenfolge vorzustellen«, fügte Daniel hinzu und grinste, wobei seine klaren blauen Augen glänzten.

»Und ihr seid?«, fragte Tom.

Jill stellte ihre Freunde etwas verlegen vor. Freundliche Handschläge wurden ausgetauscht.

Mittlerweile hatten sie vollkommen vergessen, dass es vor ihnen weiterging und sie mit dem Rutschen dran waren. Doch das Nörgeln eines kleinen Jungens ein paar Meter hinter ihnen holte sie wieder zu dem Ort zurück, an dem sie sich befanden und machte ihnen wieder bewusst, was sie hier eigentlich wollten.

»Na dann sehen wir uns unten«, sagte Toni, die als Erste reagierte und in der großen blauen Röhre verschwand.

»Na so leicht kommt sie mir nicht davon«, rief Mike und einen Moment später war auch er weg. Die anderen folgten. Jill wurde immer schneller. Vor sich konnte sie Tina sehen, die genauso wie sie selbst herumgewirbelt wurde. Plötzlich spürte sie einen Stoß von hinten. Daniel hatte sie eingeholt.

»Hast wohl gedacht, du könntest mich abhängen, was?« Er lachte und schaffte es in der nächsten Kurve sich unsanft an ihr vorbei zu quetschen. Jill ließ es sich nicht nehmen, setzt sich auf ihre Schienbeine, so, dass sie an Geschwindigkeit zunahm. Sie nutzte das Überraschungsmoment aus und ließ den völlig verdutzt dreinblickenden Daniel hinter sich. Lachend flog sie in hohem Bogen aus der Rutsche ins Auffangbecken und Daniel, der dicht hinter ihr gewesen war, fiel direkt auf sie drauf. Beide verschluckten sich vor Lachen.

»Nette Rutschpartie.« Tina grinste und rieb sich den Ellenbogen.

»Das kann man wohl sagen.« Mike umarmte sie von hinten, um sie zu küssen.

Tom ließ seine Augen kurz auf den beiden verweilen, eher er sich abwandte und sagte: »Eigentlich könnten wir doch mal was zusammen machen, oder? War ganz lustig.«

»Klar«, pflichtete ihm Toni sofort bei, bevor sie Myras bedrückten Blick überhaupt bemerken konnte.

»Wir könnten einen Karaoke-Abend morgen bei uns machen, seid ihr dabei?«, schlug Tina vor, während sie sich aus Mikes Umarmung wandte, um beim Reden gestikulieren zu können.

Den Tag verbrachten sie noch zu zehnt im Schwimmbad, ehe sich ihre Wege trennten und sie ausmachten, sich am nächsten Tag wieder zu treffen.

»Die waren ja mal nett«, bemerkte Toni auf dem Heimweg. Sie waren über fünf Stunden im Schwimmbad gewesen und nun waren sie fast zu müde zum Heimlaufen. Deswegen stieß Tonis Bemerkung nur auf murmelnden Zuspruch, dem wiederum ein Schweigen folgte, das Jill erlaubte, vollkommen in ihrer Gedankenwelt zu versinken. Sie musste unwillkürlich an Daniel denken. Ein wirklich netter Kerl, der absolut mit ihr auf einer Wellenlänge war.

»Jill?«, hörte sie jemanden von rechts fragen, was sie in die Wirklichkeit zurückriss. Sie wurde sich sofort wieder ihrer immer noch leicht vom Schwimmbad aufgeweichten Haut an den Fingerkuppen bewusst, dem Chlorgeruch, der ihnen immer noch anhaftete und zugleich mit dem Geruch von Duschgels und Shampoos mischte.

»Ja?« Fast mechanisch drehte Jill den Kopf nach rechts.

»Ähm, ich will ja nicht stören, aber wir sind da und wollen gerne rein. Und – du hast die Schlüssel. Wenn's dir also nichts ausmacht ...«, sagte Steffen, grinste und hielt ihr die offene Hand hin.

***

Am nächsten Morgen erwachte Jill von dem Gezwitscher der Vögel und den ersten Sonnenstrahlen, die durch einen Spalt in den Vorhängen fielen. Sofort war sie hellwach.

Ein Blick auf die Uhr verriet ihr die schmerzliche Tatsache, dass es erst sieben Uhr war. Sie gähnte herzhaft, streckte sich und richtete sie sich im Bett auf. Myra schlief noch immer. Erst jetzt, wo sie sie so sah, reingekuschelt in ihr weiches Kopfkissen, wurde ihr bewusst, wie still sie den ganzen Abend über gewesen war. Durch die drei Jungs im Schwimmbad hatte sie ihr deutlich weniger Aufmerksamkeit geschenkt als sonst. Jill machte sich Vorwürfe deswegen. Behutsam beugte sie sich entschuldigend zu ihrer Freundin herunter und küsste sie auf die Wange. Dabei streiften ihre Lippen nur sanft ihre weiche Haut, zu sehr bedacht darauf, sie durch ihre Berührung nicht zu wecken.

Da sie nun ohnehin nicht mehr schlafen konnte, stand sie auf und ging hinunter. Über dem ganzen Haus lag noch eine friedliche Stille. Jill liebte diese Morgen, an denen die Welt wie rein gewaschen vom Schmutz der vergangenen Tage wirkte. Zumindest dachte sie dies, als sie aus der Terrassentür im Wohnzimmer schaute und feststellte, dass es über Nacht geregnet haben musste.

Leise öffnete sie die Tür und atmete die immer noch nach feuchter Erde riechende Morgenluft ein. Trotz der Sonnenstrahlen am Himmel, die sanft ihre Haut wärmten, stellte sie fest, dass schon wieder graue Regenwolken am Himmel hingen. Es war nur eine Frage der Zeit, bis es regnen würde.

Unentschlossen blieb sie einige Momente stehen, versuchte sie möglichst zu genießen, ehe sie entschloss, nicht länger untätig herumzustehen und in dem nahegelegenen Wald joggen zu gehen.

Mit Sportschuhen, einer neongrünen, kurzen Shorts und einem Top trat sie aus dem Haus und zog die Tür hinter sich zu. Sie hatte schon gar nicht mehr gewusst, wie gut es tun konnte, zu laufen, so lange hatte sie nicht mehr trainiert. Die Tatsache beschäftigte sie anfangs, doch schon bald wurden ihre Gedanken von der Waldluft, den nun noch lauter zwitschernden Vögeln und dem blühenden und duftenden Grün um sie herum, beiseite gedrängt.

Sie war erst 15 Minuten unterwegs, als der Himmel sich schlagartig verdunkelte. Die Vögel gaben keinen Laut mehr von sich, als würden auch sie bereits das Unwetter erahnen. Jill blickte besorgt zum Himmel. In diesem Moment traf sie der erste Regentropfen mitten auf die Nase.

Auf einmal wurde ihr bewusst, wie weit sie noch von ihrem Ferienhaus entfernt war. Sie begann ihr Tempo zu erhöhen. Doch schon bald folgten dem ersten Regentropfen viele weitere. Ein Grollen war hinten über dem Wald zu hören. Ein lautloser Lichtblitz folgte. Jill erschrak, als er plötzlich vor ihr über den Himmel zuckte. Es fing so stark an zu stürmen, als würde die Welt gleich untergehen. Blätter und kleine Äste flogen durch die Luft. Entschlossen kämpfte sie gegen den peitschenden Regen an. Ihre Kleidung war bereits jetzt vollkommen durchnässt, klebte ihr am Leib und machte sie unbeweglich. Sie hatte nur noch einen Gedanken: dass sie endlich heim kommen musste.

Nach etwa zehn Minuten kam sie an. Es war ihr viel länger vorgekommen, so sehr hatte sie das Gefühl gehabt, dort draußen um ihr Leben zu kämpfen. Eilig versuchte sie den Wohnungsschlüssel aus ihrer Hose zu ziehen, was sich als sehr umständlich erwies, da die Taschen vor Nässe zusammenklebten. Kaum hatte sie sich den Schlüssel gegriffen, ging die Tür vor ihr auf. Myra stand in ihrem Schlafanzug vor ihr, vermutlich gerade auf dem Weg, die Zeitung von draußen noch ins Trockene zu retten. Ihre Augen weiteten sich, als sie Jill so vor sich sah.

»Was hast du denn gemacht?«, entfuhr es ihr, doch Jill entging nicht der besorgte Unterton in ihrer Stimme. Hastig zog Myra sie ins Haus, da Jill zu unbeweglich, zu durchfroren war, um sich noch bewegen zu können. Einen Augenblick lang stand Jill allein im Flur, ehe Myra wieder zurückkam – beladen mit Handtüchern.

»Du musst erstmal raus aus den nassen Sachen. Wo warst du denn? Ich bin vorhin durch das Gewitter aufgewacht und das Bett neben mir war leer. Weißt du eigentlich, wie viele Sorgen ich mir um dich gemacht habe?«

»Tut mir leid ... Als ich losgelaufen bin, sah es so aus, als würde das Wetter halten.«

Myra schleifte Jill in ihr Zimmer. Sie befreite sie von ihrem T-Shirt. Jill war froh, als ihre Haut sich endlich wieder einigermaßen frei fühlen konnte.

Während sie sich aufs Bett warf und Myra ihre Beine entgegenstreckte, zog diese gewaltsam an ihrem Hosenbein, um sie ihr auszuziehen. Da die Hose einfach zu fest am Körper klebte, stemmte sich Myra gegen die Bettkante, um mehr Kraft aufbringen zu können.

Jill musste bei dem Anblick anfangen zu lachen.

»Hör auf zu lachen – so kann ich dir erst recht nicht helfen.« Myra fluchte und stemmte sich noch kraftvoller gegen die Bettkante. Als sie die Hose Jill halb ausgezogen hatte, fing jedoch auch sie an zu lachen und ließ sich auf Jill fallen. Die lag noch immer lachend und mit Tränen in den Augen auf dem Bett.

Plötzlich kam Steffen herein. Er sah, wie Jill, nur mit ihrem durchweichten BH bekleidet und ihre Jeans bis zu den Knien heruntergezogen auf dem Bett lag, Myra direkt auf ihr drauf, mittlerweile ebenfalls mit feuchten Abdrücken auf ihrem Pyjama. Er wurde knallrot, als habe er sie gerade in einem intimen Moment erwischt.

»Äh, tut mir leid«, stammelte er und schloss die Tür wieder, wobei er etwas murmelte wie: »Es gibt Frühstück.«

Myra und Jill hielten für einen kurzen Augenblick mit dem Lachen inne, ehe sich ihre Blicke trafen und sie wieder loslachen mussten.

So kam es, dass die beiden den Frühstückstisch erst erreichten, als alle anderen schon fertig waren.

Die anderen hatten den Tisch bereits zum größten Teil abgeräumt und es sich auf der Couch bequem gemacht.

Jill nahm sich ein Croissant aus der Bäckertüte vom Vorabend. Besorgt blickte Oliver aus dem Fenster und sagte: »Ich glaub, das Wetter bleibt heute so regnerisch. Wird schwer, da irgendwas zu unternehmen.«

»Heute Abend kommen eh erstmal die Jungs vorbei und den Tag über können wir ja auch einen Spieltag machen, oder?«, schlug Toni vor. Jill war kurz fasziniert davon, dass sie sich nie durch etwas entmutigen ließ.

»Warum eigentlich nicht? Wir sind noch knapp drei Tage hier, da ist es doch nicht schlimm, wenn wir mal einen Tag drinnen hocken«, stimmte ihr Jill schmatzend zu, ehe sie sich wieder voll und ganz ihrem Croissant widmete.

»HA! Schon wieder gewonnen!«, rief Tina, während sie mit ihrem Männchen auf dem Spielbrett die letzten Schritte ins

Ziel machte. Triumphierend streckte sie ihre Arme in die Luft und grinste.

Steffen raunte Jill von der Seite zu: »Wie macht sie das eigentlich immer? Die letzten drei Mal hat sie auch schon gewonnen.«

Jill flüsterte: »Sie schummelt ganz sicher. Ich weiß nur noch nicht wie«, als es an der Tür klingelte und ihre Worte vermutlich gar nicht mehr zu Steffen durchdrangen, denn der blickte nur verständnislos drein.

»Ich geh schon!«, rief Tina und rannte zur Tür, um die drei Besucher hereinzulassen.

»Wir dachten, wir bringen euch eine Kleinigkeit mit«, sagte Tom, der überladen war mit Chips und anderen Knabbereien.

Myra musste bei seinem Anblick lachen, doch als Tom rot wurde, räusperte sie sich hastig und verstummte.

»Lieb von euch«, sagte Toni. Plötzlich wieder motiviert sprangen sie einer nach dem anderen vom Sofa auf, nur um dann doch nicht recht zu wissen, was sie eigentlich wollten.

Mike räumte das Brettspiel zusammen, während Toni Tom ein paar Snacks abnahm und in die Küche trug, um sie in Schalen zu füllen. Derweil machten es sich die anderen auf der Couch bequem. Jill setzte sich neben Myra. Diese fing in dem Moment den enttäuschten Blick von Daniel auf, weil sie sich nicht neben ihn gesetzt hatte. Die nutzte die Gelegenheit, ihm zu demonstrieren, dass sie zu ihr gehörte, indem sie Jill küsste.

Tom räusperte sich und Jerry atmete geräuschvoll ein.

»Seid ihr ... zusammen?«, stieß Daniel erstaunt hervor.

Jill tat er leid, wie er da saß, bis eben völlig ahnungslos und sie jetzt anschaute, als hätte er es wissen müssen. Beinahe machte sie Myra Vorwürfe, dass sie es ihm nicht subtiler beigebracht hatte. Als sie sich dabei ertappte, das zu denken, biss sie sich auf die Unterlippe. Sie dachte für einen Moment darüber nach. Irgendwie hatte sie es ja genossen, wie er sie angesehen hatte. Aber wenn sie nun in sich hinein hörte, hätte sie niemals mit ihm etwas anfangen wollen. Sie gehörte zu Myra, zumindest war sie es, die sie in vielen Jahren immer noch an ihrer Seite sehen wollte.

Wie aus weiter Entfernung nahm sie wahr, wie Myra »Ja, wir sind zusammen« antwortete. Langsam drang wieder die Realität zu ihr durch und sie nahm die Jungs endlich wieder mit scharfen Konturen wahr - wie sie dort mit enttäuschten Mienen auf dem halb zerlöcherten Sofa mit dem kitschigen Blümchenmuster saßen. Lediglich Jerry blickte neugierig drein, als warte er auf den nächsten Kuss zwischen den beiden Mädchen.

Jill war es fast etwas unangenehm, als Myra ihm unwissend gab, wonach er sich gesehnt hatte. Vielleicht bildete sie sich das aber auch nur alles ein, dachte sie sich, als sie Myras Lippen auf ihren spürte.

Als Jill an diesem Abend ins Bett fiel, schlief sie schnell ein, obwohl sie viele Dinge beschäftigten. Sie schlief sehr tief, träumte jedoch von ungeheuren Dingen, die sie dazu brachten, sich im Bett zu wälzen und wild um sich zu treten, so dass sie sogar – ohne es zu ahnen – Myra aus dem Bett verscheuchte.

Erst als sie am nächsten Morgen erwachte, die Augen langsam öffnete und gleich wieder schloss, um das grelle Licht erst nach und nach wahrzunehmen und sich bewusst wurde, dass heute bereits ihr vorletzter Ferientag war, bemerkte sie das leere Bett neben sich. Sie fuhr mit ihrer Hand über die nicht gemachte Bettwäsche. Sie war kalt. Kalt das ganze Bett, obwohl die Sonnenstrahlen sie warm ins Gesicht trafen. Jill griff sich an den Kopf, nur um gleich darauf zu spüren, wie benommen und immer noch müde sie vom Schlaf war. Trotzdem stieg sie aus dem Bett und lief die Treppe herunter.

Kaum war sie im Wohnzimmer angekommen, sah sie, wohin Myra gegangen war. Sie schlief auf der Couch, nur mit einer dünnen Decke zugedeckt und alle Viere von sich gestreckt. Auch wenn Jill sich in diesem Moment die Couch sehr ungemütlich vorstellte und sich fragte, warum Myra diese Schlafmöglichkeit der unmittelbar neben ihr oben im Bett vorgezogen hatte, sah sie doch sehr zufrieden aus, wie sie da lag und offensichtlich so viel besser schlief, als Jill die ganze Nacht über.

Erst jetzt, wo Jill sie dort liegen sah, erinnerte sie sich wieder an den gestrigen Abend. Wie durch dichten Nebel sah sie darauf zurück.

Sie erinnerte sich, wie sich anfangs ein Schweigen über den Raum gelegt hatte, nachdem Myra sie vor den anderen geküsst hatte. Hastig hatten sie dann entschieden, Karaoke zu spielen. Dafür hatte Tom seine Spielekonsole mitgebracht. Er sollte sich später noch als eine liebenswürdige, aber sehr ruhige Gesellschaft herausstellen. Schon bald hatten sie vor dem Fernseher gesessen und wild darauf losgesungen. Anfangs hatten sich die Jungs nicht getraut mit ihren brüchigen Stimmen mitzusingen, doch nach und nach wurde die Stimmung lockerer, die Musik lauter, bis sie sich zu später Stunde voneinander verabschiedet hatten. Ihre Stimmbänder hatten vom Singen und die Bauchmuskeln vom Lachen geschmerzt. Dabei hatten sie vor der Haustür gestanden, die Stille genossen, die im Vergleich zu dem zuvor ohrenbetäubenden Lärm so gut tat und sich darüber unterhalten, dass sie morgen Abend wieder etwas gemeinsam unternehmen wollten. Schließlich war es ihr letzter Abend und danach würde ihnen nur noch ein Vormittag bleiben, um den Ort und die Ruhe und Stille, die er ausstrahlte, zu genießen, ehe sie sich auf die Heimreise machen würden.

Nun dachte Jill daran zurück, erschreckt darüber, dass sie viele Einzelheiten durch ihren Schlaf vergessen zu haben schien. Zugleich traf sie die Erkenntnis, dass sie heute Abend zusammen ihren letzten Abend feiern würden. Der Urlaub war wirklich kurz gewesen. Zuvor hatte Jill noch geglaubt, diese Woche würde nie vergehen und nun stand die Abreise schon fast bevor. Gedankenverloren stand Jill im Wohnzimmer, während sie auf Myra starrte, die sich regte, etwas murmelte und dann strampelnd auf die andere Seite wälzte. Jill musste grinsen. Plötzlich bemerkte sie, dass noch jemand mit ihr im Raum war.

»Hattet ihr etwa Streit?«, fragte Tina mit noch ungebrauchter Stimme, während sie in dem alten, dunkelbraunen Türrahmen stand und die Arme ineinander verschränkte.

»Nein, nein ... Eigentlich nicht. Warum sie hier schläft, weiß ich allerdings auch nicht.« Jill rieb sich die vom Schlaf dicken Augen.

»Gut. Bei euch beiden weiß man ja nie«, erwiderte Tina besorgt und gähnte herzhaft, wodurch die Ernsthaftigkeit ihrer Aussage wieder verloren ging.

Jill schaute sie fragend an. Da Tina aber nichts mehr sagte, beschloss auch sie, nicht mehr darauf einzugehen.

»Wollen wir Brötchen holen?«, fragte Tina.

»Na schön ... Wir sind einfach zu nett für die Kerle. Würden die das jemals für uns machen? Nein – die schlafen nur immer bis mittags durch.«

Jill wurde sich der Tatsache bewusst, dass sie das nicht einmal belastete. Aber es war wirklich so: Die Jungs hatten sich in den letzten Tagen kaum am Haushalt beteiligt, vielleicht auch, weil sie es von daheim nicht gewohnt waren, Verantwortung zu übernehmen. Bei dem Gedanken musste Jill grinsen. Wie unreif sich das anhörte.

Sie verwarf die Gedanken und folgte Tina auf Zehenspitzen aus dem Zimmer.

»Ich hab extra mal mehr Geld mitgenommen. Wir hatten ja ausgemacht, für heute Abend Alkohol zu kaufen. Wir haben nämlich echt noch viel Geld übrig.« Tina zog die Haustür hinter sich zu.

Über dem Haus lag immer noch eine enorme Ruhe – sie schienen die Einzigen zu sein, die so früh wach waren. Wie spät war es eigentlich? Jill wollte einen Blick auf ihre Uhr werfen, erinnerte sich dann aber daran, wie sie sich eisern vor der Anreise geschworen hatte, in ihrem Urlaub Zeit keine Rolle spielen zu lassen. Es war ja auch egal. Sie lächelte. Sie wollte es genießen, nicht wissen zu müssen, wie viel Uhr es war.
Ihr wurde bewusst, dass sie immer noch nicht auf Tinas Aussage reagiert hatte.

»Dann würde ich sagen, wir kaufen jetzt einfach das letzte Mal ein. Wenn wir morgen Mittag eh abfahren, brauchen wir ja gar nicht mehr so viel«, sagte sie, doch auch Tina schien ihr gar nicht richtig zuzuhören. Auch sie lief in Gedanken versunken neben Jill her.

Im Supermarkt war die Hölle los. War auf den Straßen keine Menschenseele gewesen, so wirkte es nun so, als hätten sich alle Frühaufsteher auf die Minute genau alle in dem kleinen, stickigen Supermarkt verabredet. Jill und Tina standen vor dem Regal, das als »Getränkeabteilung« ausgeschildert war und begutachteten die kleine Alkohol-Auswahl.

»Und ich dachte schon, wir müssten uns Gedanken machen, was wir heute Abend trinken«, witzelte Tina, die mit jeder Minute ausgeschlafener wirkte.

Jill starrte weiterhin gebannt auf das Regal, als würde sich dadurch die Auswahl plötzlich erweitern. Bei Tinas Bemerkung musste sie grinsen.

»Ach, dann nehmen wir eben von allem ein bisschen was mit.«

Damit war das überflüssige Machtwort gesprochen und sie gingen beide in Richtung Kasse; beladen mit einem letzten Mittagessen für heute, den Brötchen fürs Frühstück und allen vielversprechenden Alkoholkombinationen, die das Regal hergegeben hatte.

Als sie wieder an ihrer Ferienwohnung angekommen waren und die Tür aufgeschlossenen hatten, staunten sie nicht schlecht. Wo vor kurzer Zeit noch Myra auf dem Sofa geschlafen hatte, war nun wieder Ordnung. Auch war der Tisch gedeckt, bereit für das Frühstück. Steffen schob gerade noch den letzten Teller zurecht und schaute deswegen stolz in die Runde. Jill musste grinsen.

»Hab ich ganz allein gemacht«, witzelte er.

Auf der Couch saßen Toni und Mike, vor ihnen ein kleiner Haufen Geldscheine und Münzen.

»Wir haben mal angefangen zu zählen, wie viel Geld wir noch haben«, sagte Toni und streckte erwartungsvoll ihre Hand aus. Tina begriff nicht sofort, was sie wollte, runzelte nur die Stirn, ehe sie verstand und in ihre Hosentasche griff, um das Restgeld herauszuholen. Sie reichte es Toni, die es zählte und zu dem Rest addierte.

»Viel ist es nicht mehr, aber für die Spielhalle reicht das auf jeden Fall noch. Ihr seid doch nachher dabei, oder?«

Nach dem Frühstück zogen sie los – erneut in Richtung Zentrum. Diesmal mit der Absicht, ihr letztes Geld in der Spielhalle zu verprassen.

Schon von weitem hörten sie die Flipperautomaten knallen, hörten Kinder lachen, hörten Weltraum-Geräusche, Motorengeräusche und ein lautes Klackern.

»Ich finde, das ist ein schöner Abschluss. Immerhin bist du bald für zwei Wochen im Feriencamp. Ich weiß schon jetzt kaum, wie ich es ohne dich aushalten soll, Schatz«, sagte Tina und zog Mike näher an sich heran. Er legte seinen Arm um sie und küsste sie auf die Wange.

»'türlich ist das ein schöner Abschluss«, sagte Oliver und betrat als Erster mit einem Grinsen auf dem Gesicht die Spielhalle.

Trotz der frühen Morgenstunde tummelten sich bereits viele Jugendliche an den Spielautomaten. Viele davon hatten sich bereits vorher durch ihr Geräusch verraten. Nun sah Jill, dass es auch Snowboardsimulationen und Autositze gab, in denen man simulierte Rennen fahren konnte.

Während sie sich noch umschaute und die Halle mit ihren Augen erkundete, kaufte Steffen an der Kasse Chips für die Automaten.

Zwei Stunden später war es, als Jill und ihre Freunde die Halle wieder verließen. Allesamt hatten sie rote Köpfe, weil sie sich auf den letzten Metern ein wildes Dance-Battle geliefert hatten. Tina hatte erneut gewonnen, was Steffen zur Verzweiflung trieb.

Nun waren ihre Taschen vollkommen leer. Jill fühlte sich, als wäre sie in einem Casino gewesen und hätte sich arm gespielt. Das Gefühl war nicht nur erleichternd, sondern machte sie auch zufriedener. So lächelte sie vor sich hin, als Myra nach ihrer Hand griff und sich ihr im Gehen anschloss.

»Warum hast du heute eigentlich auf der Couch geschlafen?«, fragte Jill.

»Du hast echt unruhig geschlafen. Ich hab's einfach nicht neben dir ausgehalten. Sorry, Schatz.« Myra grinste und küsste Jill von der Seite. Jill runzelte die Stirn. Für einen Moment wusste sie nicht, ob Myra die Antwort ernst gemeint hatte oder nicht. Da Myra das Thema sofort wieder fallen ließ, schwieg auch Jill.

***

»Wir dachten, wir könnten nicht mit leeren Händen kommen.«

Nachdem es mehrfach geklingelt hatte, hatte Mike endlich die Tür geöffnet. Jill hörte Daniels Stimme durch den Flur nach oben klingen.

»Irgendwie kommt mir das bekannt vor«, sagte Mike.

Sie erinnerte sich an die vielen Chipstüten, die die drei letztes Mal mitgebracht hatten und die auch jetzt noch – überwiegend verschlossen – auf dem Couchtisch lagen. Nun hörte sie Flaschen klirren.

Bitte nicht noch mehr Alkohol, schoss es Jill durch den Kopf, als sie vor den alten, dunkelbraunen Kleiderschrank in ihrem Schlafzimmer trat. Sie griff nach einem weißen Oberteil, das ziemlich eng saß und zog es an. Dabei seufzte sie leise.

»Was hast du denn?« Myra betrat das Schlafzimmer.

»Ach, nichts.«

Jill räumte die letzten Kleidungsstücke vom Boden auf.

»Du wirst mit dem Shirt die Jungs verrückt machen, so sehr, wie man deinen BH durchsieht. *Ich* kann schon kaum wegsehen«, sagte Myra hinter ihr.

Jill drehte sich um, um ihren Gesichtsausdruck zu sehen, ihre Reaktion besser deuten zu können. In letzter Zeit war ihr öfter aufgefallen, dass sie sie schlecht einschätzen konnte.

Als sie nun ihre Freundin erblickte, wie sie mit ihrer schlanken Figur, ihren leicht hervorragenden Hüftknochen, die über ihrem Hosenbund durchblitzten und ihren noch nassen, zerzausten Haaren in der Tür stand, wurde Jill unwillkürlich von ihr körperlich angezogen. Als nächstes bemerkte sie, wie auffällig stark Myra sich heute geschminkt hatte. Ihre Augen umgab ein tiefes Schwarz, wodurch das Grün ihrer Augen wie bei einer Katze hervorstach. Jill schaute sie wie gebannt an.

»Der letzte Abend ... ich dachte, ich mach mich mal ein wenig her«, antwortete Myra auf eine Frage, die Jill nie gestellt hatte.

»Natürlich«, sagte Jill fast künstlich verständnisvoll und bemerkte, dass sie sich wie am Anfang ihrer Beziehung fühlte. Am Anfang war Myra auch immer so unerreichbar für sie gewesen – und wie sehr hatte Jill es dann genossen, als sie genau von dieser Person begehrt worden war.

Jill zögerte. In sich spürte sie das Verlangen, Myra zu küssen, in die Arme zu schließen und gleichzeitig merkte sie, wie in ihr Angst aufkam. Angst davor, dass Myra das gar nicht wollte.

Gerade als Myra noch etwa sagen wollte, hörten sie von unten: »Mädels, lasst ihr euch auch noch blicken?«

Als Jill hinter Myra das Zimmer verließ, sah sie Steffen auf der Treppe stehen, der sie beide erwartungsvoll anschaute.

»Kommt ihr? Die anderen sind schon da.«

Als Jill das Wohnzimmer betrat, sah sie als erstes Mike und Tina, die eng umschlungen eine Couch einnahmen. Als nächstes fiel ihr Blick auf Daniel, der leicht abgekapselt von den anderen saß. Instinktiv ließ sich Jill neben ihm auf der Couch nieder, was ein Lächeln auf sein Gesicht zauberte. Jill umarmte ihn kurz zur Begrüßung und musterte ihn genauer.

Heute trug er eine beige, weite Hose und ein dunkelgrünes, ärmelloses Shirt, was seinen muskulösen Körper nur noch mehr betonte. Jill ließ ihren Blick durch die Runde schweifen. Myra hatte neben Toni Platz genommen, auffällig weit weg, wie Jill es im Nachhinein vorkam.

»Wo bleibt eigentlich die Musik? Ich dachte, wir feiern heute!?« , fragte Mike und küsste seine Freundin.

»Schon dabei.« Toni war aufgesprungen, ehe Mike seinen Satz fertig ausgesprochen hatte und drehte die Musik auf. Sofort wurde Jill umgeben von »Summer of '69« und ließ sich einen Moment erschöpft gegen die Rückenlehne der Couch sinken.

»Darf ich euch was zu trinken bringen?«, fragte Mike in die Runde, wobei er sich anfangs kaum von Tina lösen konnte, dann aber doch aufstand.

Daniel reagierte sofort: »Ich helf dir.«

Gemeinsam gingen die beiden in Richtung Küche, während die anderen auf dem Sofa sitzen blieben.

Die Party, und das wurde Jill erst jetzt bewusst, zielte nur darauf ab, dass sie sich betrinken würden. Es gab eigentlich nichts zu feiern. Morgen würde ein Urlaub enden, wie Jill ihn noch nicht erlebt hatte. Ab morgen würde sie wieder das Grün und die Entspannung vermissen, ebenso die intensive Zeit, die sie mit Myra und ihren Freunden verbracht hatte.

Seufzend lehnte sich Jill zurück. Die Feier war im vollen Gange. Mike hatte zum – sie wusste nicht einmal mehr zum wievielten Mal – eine Runde ausgeschenkt und in Jill hatte das Gefühl, die Kontrolle über sich zu verlieren, die Überhand gewonnen. Schließlich hatte sie sich entschieden, einen Moment hinaus auf die Terrasse zu gehen. Nun saß sie da – in einem zerkratzten Plastikstuhl und starrte von der Terrasse direkt auf Bäume, die sie schattig umringten. Sie atmete tief ein, fuhr sich mit den Händen durch die Haare, versuchte den Moment festzuhalten und sich auf einen Punkt zu fokussieren.

Die Terrassentür hinter ihr ging auf, für einen kurzen Augenblick überflog die laute Musik von drinnen die Terrasse, ehe sie sich in die Wälder hinein verflüchtigte und die Tür wieder geschlossen wurde. Jemand trat von hinten an sie heran. Plötzlich spürte sie Hände auf ihren Schultern. Trotz Neugierde drehte sie sich nicht um, blieb einfach sitzen und starrte in den mit Sternen gespickten Himmel, der in dieser Nacht so klar war, dass er alles offenbarte.

»Na, schon genug?«, fragte Myra. Ihre Stimme klang brüchig, vermutlich, weil sie sich so lange über die laute Musik hinweg unterhalten hatte.

Von drinnen klang Gelächter dumpf nach draußen.

»Ich brauch nur 'ne Pause«, sagte Jill, als Myra ihre Hände von ihren Schultern gleiten ließ.

»Okay. Ich dachte schon, es wär' was. Dann geh ich mal wieder rein. Tina und Mike haben gerade angefangen zu tanzen. Sieht echt lustig aus!«

Myra kicherte und fummelte an der Tür herum, um wieder nach drinnen zu gehen. Kurz darauf öffnete sich die Tür und schloss sich erneut und Jill glaubte sich wieder allein in Gesellschaft mit den Bäumen und der sternklaren Nacht.

Plötzlich spürte sie erneut Hände auf ihren Schultern und erschrak dermaßen, dass sie überrascht aufschrie.

Hinter ihr ertönte ein lautes Lachen.

»Jill, an dich werde ich mich nie gewöhnen. Immer wieder für eine Überraschung gut«, hörte sie Daniel hinter sich sagen, eher er vor sie trat und sich neben ihr auf einen Stuhl setzte.

»Ich bin eigentlich gar nicht so, du tauchst nur immer im falschen Augenblick auf.« Jill grinste.

»Ach? Wer hätte dich denn vor der Rutsche aufgefangen, wenn ich nicht gewesen wäre?«

Daraufhin konnte Jill nichts erwidern und lächelte nur, während er sie provozierend anschaute.

»Myra hat mich eben richtig finster angeschaut, als ich ihr beim Rausgehen entgegenkam. Oder hattet ihr irgendwie grad Streit und es lag gar nicht an mir?«

Sie drehte sich zu ihm hin und sagte mit kaum hörbarer Stimme, als würde es die ganze Sache abmildern: »Irgendwie läuft's grade nicht so gut. Und dass du ihr dann in die Quere kommst, macht sie sicher nicht gerade happy.«

»Wie meinst du das?«

»Naja – zumindest denkt sie, dass du was von mir willst.«

Daniel schwieg. Jill wusste genau, dass sie einen wunden Punkt getroffen hatte.

»Als ich euch das erste Mal zusammen gesehen habe, wusste ich schon, dass euch irgendwas Spezielles verbindet; ich wusste nur nicht, wie tief das mit euch beiden ist. Aber jetzt wo ich das weiß, hab ich mich schon damit abgefunden. Das ist eigentlich auch der Grund, warum ich denke, dass ihr das wieder hinbekommt. Es gibt doch immer Höhen und Tiefen.«

Als Daniel das sagte, bemerkte Jill das erste Mal, wie rational und klar er die Dinge im Gegensatz zu ihr zu sehen schien. Als sie ihn nun im Profil betrachtete, fühlte sie sich zu ihm hingezogen, wie schon die Tage zuvor, doch jetzt merkte sie, dass es auf eine völlig andere Art und Weise war, wie sie sich zu Myra immer hingezogen gefühlt hatte. Sie empfand Achtung für ihn und Respekt dafür, dass er wusste, was er wollte. Er schluckte, kaum hörbar, wobei sich sein Adamsapfel auf und ab bewegte. Dann schaute er sie durchdringend an und legte seine Hand auf ihr Knie. Sie wusste, dass er damit nicht versuchte, sie für sich zu gewinnen, sondern ihr Hoffnungen zu machen.

»Ihr schafft das schon! Lass uns reingehen. Irgendjemand sollte Myra dazu bringen, aufzuhören, den Alkohol in sich reinzuschütten, so betrunken, wie sie schon ist.«
Gemeinsam kehrten sie beide aus der kühlen Nachtluft zurück in das stickige Zimmer, wo Tina und Mike immer noch wie zwei Verrückte tanzten. Es war offensichtlich, dass sie zu viel getrunken hatten. Jill musste lachen, als sie sah, wie die beiden sich leicht schwankend unrhythmisch bewegten. Sie ließ sich neben Tom und Toni auf die Couch sinken. Myra war nicht im Raum, wie Jill nach wenigen Augenblicken feststellte. Doch ohne die Möglichkeit, sich weiter Gedanken darüber zu machen, wurde sie von Toni auf die Tanzfläche gezerrt, wo sie sich lachend deren Bewegungen anpasste.

Die anderen folgten und so tanzten sie zu mehreren Liedern, ehe sie sich außer Atem auf die Couch fallen ließen und Mike erneut eine Runde ausgoss.

Gerade als sie ihr Glas ausgetrunken hatte, wurde Jill bewusst, dass nun Tina fehlte und auch Jerry nicht da war. Irritiert blickte sie sich im Raum um, als könnten sie sich irgendwo versteckt haben. Da sie sie nicht entdeckte, stand sie auf und ging in Richtung Flur.

Von oben hörte sie leise Stimmen, also ging sie die Treppe hoch.

Als Erstes erblickte sie Tina, die mitten auf dem Flur stand und in Jills und Myras Zimmer schaute.

»- Ich will ihr nicht den letzten Tag verderben, das hat sie nicht verdient. Aber wenn du nicht morgen mit ihr redest, dann tu ich es!«

Jill erschrak fast bei Tinas scharfem Unterton. Ihre Worte klangen wie eine Drohung. Als sie Jill erblickte, hörte sie abrupt auf zu reden, begann zu stottern und brach ab.

Jills Magen zog sich zusammen. Ihr Puls schoss in die Höhe. Sie musste wissen, was los war.

Als sie selbst nahe genug herangetreten war, um einen Blick ins Zimmer zu werfen, sah sie Myra, nur noch mit einem BH und ihrer kurzen Hose bekleidet auf der Bettkante sitzen, Jerry daneben auf dem Teppich stehend und gerade dabei, sich sein T-Shirt überzustreifen.

»Meld dich bei mir, wenn dus dir anders überlegt hast«, sagte er und verließ das Zimmer, wobei er Tina leicht anrempelte, weil sie ihm den Weg versperrte. Jill würdigte er keines Blickes, als er an ihr vorbeiging.

Sie bemerkte das jedoch längst nicht mehr, sondern blickte voller Entsetzen und Unglauben auf ihre Freundin, die immer noch regungslos auf dem Bett saß. Sie fühlte sich, als würde sie plötzlich in ein Loch stürzen, als hätte man ihr den Boden unter den Füßen weggerissen.

»Ich lass euch allein«, hörte sie Tina hinter sich sagen, wobei ihre Worte nur dumpf an ihr Ohr klangen, zu benommen war sie, um etwas klar wahrzunehmen.

Im nächsten Augenblick stand Jill im Zimmer, die Tür hinter sich geschlossen, allein mit Myra. Der Raum fing an sich zu drehen. Sie griff nach dem Kleiderschrank, um sich zu stützen.

Myra schien erst jetzt wieder klar zu werden. Sie sagte fast tonlos: »Ich konnte den Anblick von dir und Daniel nicht ertragen. Aber ich hab Jerry gerade gesagt, er soll aufhören. Das musst du mir glauben.«

Jill hörte diese Worte und wie aus dem Nichts schoss ihr das Blut in den Kopf, Wut durchströmte sie. Heiße Tränen schossen ihr aus den Augen, liefen ihr die Wangen hinunter. Sie konnte nicht länger zurückhalten, was sie in diesen kurzen Augenblicken alles empfand.

»Wie kannst du es wagen?«, rief sie außer sich.

Myra ging beschwichtigend auf Jill zu.

»Ich hätte nie mit ihm geschlafen! Ich weiß doch auch nicht, was in mich gefahren ist.«

Mit diesen verzweifelten Worten zog sie Jill an sich und presste ihre Lippen gewaltsam auf ihre. Jill versuchte sich aus dem Griff zu befreien. Doch im nächsten Moment wurde sie von Myra aufs Bett geworfen. Sie sprang auf Jill drauf, riss ihr brutal das T-Shirt vom Leib, überhäufte sie mit verzweifelten Küssen.

Jill spürte in sich das Verlangen, das sie in solchen Momenten sonst immer nach Myra gehabt hatte, gemischt mit Enttäuschung und Wut.

»Ich liebe dich«, rief Myra unter weiteren Küssen und dabei strömten ihr Tränen über die Wangen, während sie Jills Handgelenke fest umklammert hielt, bis diese unter ihren Griffen weiß wurden.

Jill, die Myra das auf keinen Fall durchgehen lassen wollte, bäumte sich unter ihr, konnte sich jedoch nicht wehren. Zu kraftvoll wurde sie von Myra auf das Bett gedrückt, zu sehr bohrte sie ihre Fingernägel in ihre Haut, ehe sie Myra in sich spürte und sie sich an sie presste. Weinend erwiderte Jill nun ihre Küsse, sog ihre Lippen und ihren Geschmack begierig in sich auf, befreite ihre Hände und schlug damit kraftlos auf Myra ein, ehe sie sie erneut gewähren ließ.

In diesen wenigen Augenblicken, in denen sie mit Myra schlief und sie gleichzeitig miteinander rangen, durchlebte Jill alle Gefühle, die ein Mensch nur haben konnte; Stärke, Wut, Hass, Macht bis hin zu vollkommener Schutzlosigkeit,

Schwäche, Liebe, Hingebung, Verlangen. Zuletzt war sie es, die Myra küsste, ihr dabei auf die Lippen biss, genau in dem Moment, als alle Gefühle in ihr explodierten und sie sie von sich stoßen konnte.

Jill griff sich ihre Kleidung und rannte aus dem Zimmer. Von drinnen hörte sie Myra ihren Namen schreien, ehe sie die Treppen hinunter stürmte.

Als Jill ins Wohnzimmer kam, starrten sie alle entsetzt an; wie sie ohne T-Shirt, mit zerkratztem und gerötetem Oberkörper dastand, die Schminke vollkommen verlaufen, ihre Augen vom Weinen feuerrot, konnte Jill es ihnen nicht einmal verübeln.

Sie musste raus. Weg von hier. Eilig griff sie nach einer Jacke und der letzten Flaschen Alkohol und wollte zur Haustür hinausstürmen, als sich Daniel ihr in die Quere stellte.

»Das bringt doch nichts«, sagte er, die Hand fest gegen die Tür gepresst. Doch Jill drückte ihn kraftlos beiseite, ehe er ihren Wunsch akzeptierte und aus dem Weg ging.

Sie stürzte nach draußen und rannte die Straße hinunter. Sie rannte ziellos, einfach immer weiter, immer weiter weg, bis ihre Lungen von der kalten Luft schmerzten und sie sich keuchend irgendwo ins Gras fallen ließ.

Immer noch nach Luft ringend öffnete sie die Flasche, wusste nicht einmal, was sie da trank und ließ die kalte Flüssigkeit in ihren Rachen fließen.

Immer wieder durchschossen sie die Bilder von Myra, wie sie neben Jerry auf dem Bett saß, halb ausgezogen. Wie Myra ihr schmerzverzerrt gesagt hatte, sie würde sie lieben. Auch jetzt noch spürte sie ihre salzigen, heißen Lippen auf ihrem Mund. Bei dem Gedanken daran, liefen Jill wieder die Tränen heiß über die Wangen. Erneut setzte sie die Flasche an ihren Mund, trank wieder und wieder.

ZERSTÖRTE IDYLLE

»Jill, verdammt, steh' auf. Scheiße, wie viel hast du denn getrunken? Ich riech dich ja von hier.«

Sie wurde unsanft von zwei Personen vom Boden hochgezogen und gestützt. Erst nahm sie Tinas Stimme wahr, ehe Daniel wütend sagte: »Wir haben dich die halbe Nacht gesucht. Dir hätte weiß Gott was passieren können!«

Sie fühlte, wie ihre Kleidung nass und kalt an ihrem Körper klebte und lachte leise bitter auf, als ihr ihre Misere bewusst wurde. Dann verlor sie wieder die Erinnerung.

***

Jill erinnerte sich nicht mehr, wie sie wieder zurück ins Ferienhaus gekommen war. Doch als sie am nächsten Morgen erwachte, lag sie auf der Couch im Wohnzimmer. Orientierungslos schaute sie um sich. Ein elender Schmerz schoss ihr durch den Kopf. Das letzte Überbleibsel, das sie neben den noch schmerzenden Kratzern auf ihrem Oberkörper an gestern erinnerte.

Sie wusste nicht mehr, wie viel sie gestern noch getrunken hatte, ehe sie sich übergeben hatte und irgendwann ins Gras gefallen und eingeschlafen war. Sie wusste im ersten Moment nicht einmal mehr, ob das alles wirklich passiert war.

»Du siehst grauenvoll aus«, hörte sie Tina plötzlich hinter sich sagen. Dann reichte sie ihr eine Tasse Tee und ließ sich neben ihr nieder.

»Daniel und seine Jungs sind heute auch wieder abgefahren. Er hat für dich seine Adresse und Telefonnummer hinterlassen; falls du ihn mal anrufen willst, hat er gesagt.«

Jill nickte bloß, ehe sie die Tasse mit zitternden Händen entgegennahm. Die heiße Flüssigkeit rann ihr die Kehle hinunter, erhitzte auch den Rest ihres Körpers und machte sie wenigstens etwas lebendig. Sie fühlte sich elend, ihr war schlecht und sie rechnete fest damit, sich im nächsten Augenblick wieder übergeben zu müssen.

Tina drückte sie an sich, noch ehe Jill die ersten Tränen aus den Augen rinnen konnten. So verharrten sie beide. Jill kam es wie eine Ewigkeit vor, als sie sich schließlich von ihrer Freundin löste und sie mit fragendem Blick anschaute.

»Myra hat die halbe Nacht geweint, ehe sie eingeschlafen ist. Zumindest hat Toni mir das gesagt. Die war gestern Abend noch bei ihr, hat mit ihr geredet ... Myra schiebt das Ganze wohl auf den Alkohol«, sagte Tina mit leiser Stimme, als wolle sie Jill damit schonen.

Diese schnaufte verächtlich und ließ sich zurück auf die Couch fallen, wobei ihr Kopf erneut von einem höllischen Schmerz durchfahren wurde. Sie fühlte sich erschöpft.

»Ich hab für dich gepackt. Ich hoffe, das war okay. Ruh dich jetzt noch ein bisschen aus. Ich weck dich, wenn wir fahren«, flüsterte Tina. Das Letzte, was Jill spürte, waren Tinas Lippen, die sie fürsorglich auf die Stirn küssten, ehe sie wieder in eine andere Welt sank.

Es kam Jill vor, als hätte sie überhaupt nicht geschlafen, als sie an diesem Tag erneut erwachte. Diesmal war es Stimmengewirr, das sie weckte. Eine Stimme erkannte sie sofort: Es war Myras. Wut auf sich selbst durchfuhr sie trotz Schlaftrunkenheit, weil sie merkte, wie sie Myra vermisste, wie sie am liebsten auf der Stelle zu ihr rennen und mit ihr über alles reden wollte. Sie schnaubte auf, als sie sich aufrichtete und versuchte alle weiteren Gedanken aus dem Weg zu räumen. Just in dem Moment betrat Myra das Zimmer, beladen mit einem großen Korb, um vermutlich letzte Lebensmittel einzupacken. Als sie sah, dass Jill wach war, hielt sie abrupt an. Sie senkte den Blick und lief an ihr vorbei. Jills Herz zog sich zusammen und ihre Kehle schnürte sich zu, als sie Myra hinter sich spürte, hörte, wie sie die Schränke leerte. Schon wieder stiegen ihr die Tränen in die Augen und so verließ sie hastig den Raum, versuchte die größtmögliche Distanz zwischen sich und Myra zu schaffen, indem sie nach oben ging. Tina war gerade dabei, Jills Koffer nach unten zu schleppen.

»Warte, ich mach das schon«, sagte Jill mit krächzender Stimme, räusperte sich, strich sich die letzten Tränen von den Wangen und versuchte eine aufrechte Haltung anzunehmen. Tina schaute sie unsicher an, schien es dann aber für sinnvoll zu erachten, Jill ihre Sachen allein tragen zu lassen. So hievten die beiden Mädchen die letzten Koffer nach unten.

Mit verschwommenem Blick schaute Jill ein letztes Mal auf das Obergeschoss, zu dem sie in den letzten Tagen so häufig glücklich emporgestiegen war, weil sie wusste, Myra würde auf sie warten. Ein letztes Mal atmete Jill tief ein, ließ ihren Blick über den Flur gleiten und folgte dann Tina die Treppenstufen hinunter.

Unten nahmen ihr Oliver und Steffen den Koffer wortlos ab, schauten sie jedoch mitleidig an, ehe sie das Gepäck zum Auto brachten.

Als sie alle im Auto saßen, konnte die Heimreise beginnen. Jill saß nun ganz vorne, während Myra ganz hinten saß. Jedoch glaubte sie ständig ihre Blicke in ihrem Nacken zu spüren, was sie fast verrückt machte.

»Wir müssen die Schlüssel noch eben im Zentrum abgeben und dann geht's ab nach Hause«, murmelte Mike.

Ohne ein weiteres Wort zu wechseln fuhren sie auf den Parkplatz vor dem Zentrum.

»Wer bringt die Schlüssel weg?«, fragte Mike. Die anderen zeigten keine Reaktion. »Okay, mach ichs eben!«

»Ich komm auch mit.«

Jill stieß die Tür auf und sprang aus dem Auto. Sie hätte es keine Minute länger in dem Wagen ausgehalten. Mike legte ihr kurz die Hand auf die Schulter.

»Tut mir leid wegen euch beiden. Muss hart sein, sie jetzt in deiner Nähe zu haben.«

»Ja, ist es.«

Jill versuchte sich ein Lächeln abzuringen, um ihm zu zeigen, dass sie ihm dankbar war. Er schien zu verstehen und so schwieg er den Rest des Weges.

Als sie drinnen ankamen, stellte Jill mit Erleichterung fest, dass mittlerweile eine andere Empfangsdame dort saß, als bei ihrer Ankunft. Sie hätte nicht nochmal den fragenden, neugierigen Blick der Frau ertragen.

Sie gaben die Schlüssel ab, wobei Jill sich so unselbständig wie ein Hund vorkam, der seinem Herrchen folgte. Schließlich verließen sie das Gebäude wieder, ohne ein Wort zu sagen. Als sie das Auto erreichten, fing es gerade an zu regnen.

Der Himmel hatte sich in den letzten Stunden zugezogen. Mittlerweile war er bedeckt mit dicken, schwarzen Regenwolken.

Als sie den Ferienort verließen, wirkte nichts mehr so, wie es ausgesehen hatte, als sie gekommen waren. Die Sonne, die sie in den letzten Tagen begleitet hatte, war verschwunden. Außerdem hörte Jill auch keine Vögel mehr zwitschern, sondern nur das dumpfe Grollen, gefolgt von einem Lichtblitz, der die Bäume um sie herum erleuchtete. Kaum waren sie ein paar Kilometer gefahren, begann ein heftiger Wind zu toben.

Jill wurde mulmig, dennoch sagte sie kein Wort. Nur die Musik, die im Radio lief, »Sweet Home Alabama«, erinnerte noch an das Szenario, das Jill erlebt hatte, als sie hier angekommen waren – an diesem schönen Ort.

TAUSEND TAGE

Sie verließ eilig die U-Bahnstation und ging – anders als die anderen Menschen, die von der Rolltreppe Gebrauch machten – die steinerne Treppe hoch in Richtung Innenstadt. Als sie oben im Freien ankam, wurde ihr das erste Mal bewusst, dass sie gar nicht darüber nachgedacht hatte, warum sie gerade hierhin gekommen war. Vielleicht, weil sie einen Ort suchte, den sie nicht mit Myra verband. Vielleicht, weil hier das äußerliche Treiben der Menschenmassen sie von dem Aufruhr in ihr selbst ablenken sollte. Unentschlossen schob sie ihre Hände in die Jackentaschen. Laub raschelte bei jedem Schritt unter ihren Schuhen. Gedankenverloren blickte sie zu Boden, während sie darüber hinweg zu schweben schien.

Plötzlich durchfuhr sie das Gefühl, gleich gegen etwas zu stoßen; sie blickte reflexartig auf. Umso mehr war sie überrascht, als sie sah, dass ihr gar niemand entgegenkam. Nun den Blick gehoben, machte sie sich auf den Weg ins Stadtinnere.

Dieses hatte sie bereits nach wenigen Schritten, vorbei an einigen kahlen Schaufenstern, erreicht. Plötzlich befand sie sich inmitten einer Strömung aus Menschen, die sich in zwei Richtungen bewegte. Jill ließ sich erst einige Schritte von ihr tragen, ehe sie abrupt stoppte. Einige Passanten hinter ihr gingen genervt um sie herum. Doch Jill kümmerte sich nicht um sie. Sie blieb einfach stehen, ließ ihren Blick über die Menschen gleiten, saugte jeden einzelnen Eindruck in sich auf, als wolle sie durch den Überfluss der neuen Eindrücke alte Gefühle und Gedanken beiseite drängen.

Sie sah Frauen, Männer, Kinder. Es gab korpulente, schnaufend hastende Leute. Jene, die aussahen, als trieben sie täglich vier Stunden Sport und die sich auch jetzt bewegten, als wären sie gerade dabei. Sie sah die Art von Leuten, die überheblich herumstolzierten und jene unscheinbaren Leute, die nicht darum wussten, wie *scheinbar* sie gerade deswegen in Wirklichkeit waren.

Sie musste erstaunlich lange derart versteinert dort gestanden haben, denn sie spürte ihre durchfrorenen Finger schon nicht mehr, als sie ein Passant hart anrempelte und dann – ohne sich zu entschuldigen – aus dem Staub machte.

Jill wurde dadurch aus ihren Tagträumen herausgerissen. Dann hörte sie ihren Namen.

»Jill? Bist du das?«

Die Stimme drang von hinten an ihr Ohr, also wandte sie sich um – immer noch etwas berauscht, weil sie gar nicht darauf vorbereitet gewesen war, mit einem Menschen kommunizieren zu müssen.

Als sie Mike sah, war sie froh, dass es *nur* Mike war. Er war immer der einfache Typ gewesen, mit dem sie sich unverbindlich unterhalten konnte, von dem sie wusste, dass er nicht schlecht über sie denken würde, egal wie sie sich in dem Moment gab. Er bahnte sich zwischen einigen Menschen hindurch einen Weg zu ihr.

»Hab ich mich also doch nicht geirrt. Was machst du hier? Siehst ganz schön verloren aus.«

Jill wurde sich erst jetzt bewusst, dass sie ihn immer noch anstarrte, als erwarte er gar keine Antwort, als wäre sie nur hier, um zu beobachten, wie er sich entschuldigend mit seiner schlanken Figur, seiner bleichen Haut und seinen breiten Schultern zwischen den Menschen durchdrängte. Als sie nun etwas widerwillig ihre Position als Betrachter verließ und zu einem »Hey« ansetzte, wunderte sie sich über das merkwürdige Krächzen in ihrer Stimme. Eilig räusperte sie sich.

Die anfängliche Unebenheit in ihrer Stimme schien wie ein Mitbringsel aus einer anderen Welt zu sein, das sie nun mit mehr Nachdruck weghustete. Sie war wieder Herr ihrer Lage.

»Verloren? Das gleiche könnte ich von dir auch sagen, oder?«

Sie brachte sogar ein Lächeln zustande. Immerhin war sie wirklich erfreut, ihn zu sehen. Es war nur einfach der falsche Zeitpunkt gewesen. So abrupt.

Mike erwiderte das Lächeln, doch auch ihn schien etwas zu bedrücken.

»Hast du seit dem Urlaub mal mit Myra über all das gesprochen?«

Er sprach ganz leise, so, als würde die Frage Jill dadurch weniger schmerzen.

»Nein, also nicht wirklich.«

Sie spürte, wie ihr die Tränen in die Augen stiegen. Es hatte sich nichts in den letzten Wochen geändert – Jill konnte es immer noch kaum ertragen, wenn jemand auch nur den Namen ihre Ex-Freundin aussprach und noch weniger ertrug sie es, wenn sie Myra auf der Straße begegnete und sie Blicke austauschten, die so viel aussagten. Und doch schien es unmöglich, die klaffende Lücke zwischen ihnen je wieder füllen zu können.

»Also war's das?«, fragte er ungläubig.

Eigentlich, und das wusste Jill, wollte er sie nur dazu bringen, darüber zu reden. So wie Tina ihr es schon seit Wochen predigte. Jill war diesem Ratschlag bisher nie nachgekommen. Es verletzte sie zu sehr.

Aber jetzt konnte sie nicht vermeiden, dass sie ein Schwall der Erinnerungen an die vergangenen Wochen überkam. Eines Nachts, wenige Tage nachdem sie aus dem Urlaub heimgekommen waren, war sie plötzlich aufgewacht, weil sie von draußen Geräusche gehört hatte. Regelrecht paranoid hatte sie sich gefühlt, als sie ans Fenster getreten war, um zu sehen, was draußen vor sich ging.

Alles was sie erblickt hatte, war ein riesiges Herz gewesen, das aus Kerzen gebildet war und inmitten des Herzes war nur die Silhouette einer Gestalt zu sehen gewesen.

Ihr Herz hatte angefangen zu rasen, als sie nach unten gelaufen war, um nach draußen zu gelangen.

Kaum hatte sie die Tür geöffnet, hatte sie Myra erkannt. Die bittere Kälte hatte Jills dünnes T-Shirt binnen Sekunden durchfroren, doch sie war unfähig gewesen, das in dem Augenblick wahrzunehmen; zu gebannt hatte sie ihre Augen und Sinne auf diese eine Person gerichtet.

Ohne dass Jill irgendwas gesagt hatte, hatte Myra angefangen zu sprechen.

»Jill? Ich konnte vorher einfach nicht den Mut aufbringen, dir vor die Augen zu treten, aber ich will dir sagen, wie leid mir tut, was passiert ist. Ich wollte das nie. Ich will nur dich! Ohne dich kann ich einfach nicht leben; Verdammt - ich fühle mich so halb, so unvollkommen, wenn du nicht an meiner Seite bist.«

Myras Worte hatten sich überschlagen, doch Jill hatte trotz der Dunkelheit wahrgenommen, dass sie weinte. Als sie schließlich einen Schritt vor Jill stehengeblieben war, ihre Hand ergriffen und diese verzweifelt gedrückt hatte, spürte auch Jill, wie ihr die Tränen in die Augen stiegen. Eigentlich, und das wusste sie, wenn sie ehrlich zu sich selbst war, hätte sie Myra am liebsten an sich gedrückt und geküsst. Aber etwas in ihrem Inneren konnte es einfach nicht.

»Das alles sagst du mir *jetzt*!«, hatte Jill erwidert und ihre Stimme hatte dabei geschwankt.

»Ich weiß doch, wie dumm das ist, aber ich hab einfach viel zu lange gebraucht, um zu verstehen, wie viel mir das alles bedeutet, wie wichtig mir das mit dir war, wie wenig ich ohne dich leben kann ...«

Mittlerweile hatte sich Myras Verzweiflung ein wenig Hoffnung beigemischt. Jill war jedoch reglos geblieben, hatte geschluckt und die Tränen weggeblinzelt.

»Ich will dich nicht mehr sehen, hörst du?«

Die Sicherheit, die Entschlossenheit, die in ihrer Stimme mitgeklungen hatte, hatte sie selbst für einen Augenblick überrascht, doch sie schaffte es, dies alles Myra nicht merken zu lassen.

»Bitte, Jill! Ich weiß, dass du mich noch liebst!«, hatte Myra unter Tränen geschluchzt und sie an sich gezogen. Doch Jill hatte es geschafft, sich zu befreien, wieder nach drinnen zu laufen und die Tür hinter sich zuzuknallen und damit abzuschließen, was eben vorgefallen war, ehe die Tränen aus ihr hervor gebrochen waren und sie sich kraftlos gegen die Tür sinken gelassen hatte.

Dies war nur einer von mehreren Vorfällen gewesen, die sich ereignet hatten. Immer wieder hatte Jill versucht, herauszufinden, wie es Myra ging und was sie machte, doch Tina hatte diese Taktik längst durchschaut, nach vielen Malen sogar genervt reagiert und ihr gesagt, sie solle Myra selbst fragen, wenn es sie so sehr interessierte. So hatte Jill diese Fragerei immer wieder fallen gelassen und versucht das Interesse, die Neugierde und das Gefühl der Unvollkommenheit in sich zu ignorieren.

Jill hing noch in Erinnerungen fest, als Mike sie versuchte, in die Realität zurückzuholen.

»Jill? Hallo?« Er fuchtelte mit seiner Hand vor ihrem Gesicht herum.

»Tut mir leid, was hast du gesagt?«

Erst jetzt wurde ihr wieder bewusst, dass sie immer noch in der Stadt war, um sie herum viele hunderte Menschen, die sie einfach ausgeblendet hatte.

»Ob du demnächst mal etwas mit Tina und mir unternehmen willst, wollte ich wissen«, sagte er. »Tina meinte, du kämest nicht mehr unter Leute, müsstest vielleicht einfach mal was anderes sehen.«

»Mike, nehms mir nicht übel, aber wenn mich eines noch fertiger machen würde, dann wäre das, mit einem Pärchen einen Abend zu verbringen.«

Sie konnte sich einfach nicht vorstellen, mit den beiden etwas zu unternehmen und sie dabei so glücklich zu sehen.

»Es ist ja nur ein Angebot. Ich möchte nur, dass du weißt, dass wir beide für dich da sind, falls du reden willst, falls du mal was machen willst; du weißt schon.«

Dabei betonte Mike das *beide* so, dass sie ihm einfach glauben musste, dass es seine Worte waren und nicht die, die Tina ihm in den Mund gelegt hatte. Dankbar lächelte sie, zog es aber vor, darauf nicht zu antworten.

In dem Moment kam ihr in den Sinn, wie Tina sie in der letzten Ferienwoche damit genervt hatte, dass Mike im Ferienlager war und sie ihn vermisst hatte.

»Du bist über die Ferien nochmal weggewesen?«, wollte Jill das Gespräch auflockern.

Diesmal war Mike es, der gedankenverloren neben ihr stand, kaum reagierte. Lediglich ein gedämpftes »Ja« kam über seine Lippen.

»War's denn nicht schön?«, fragte Jill vorsichtig, als sie spürte, einen wunden Punkt getroffen zu haben.

»Doch, schon.« Mikes Blick flog gehetzt durch die Menschenmenge. Diesmal war er es, der das Thema eilig beendete und sie fragte, ob sie ihren Einkaufsbummel nicht gemeinsam fortsetzen wollten.

Leicht durchfroren kam sie daheim an. Sie trug mehrere Plastiktaschen voller Klamotten und war viel Geld losgeworden.

Sie hatte mit Mike einen schönen Nachmittag in der Stadt erlebt – überraschender Weise war sie endlich auf andere Gedanken gekommen.

Nun warf sie die Tüten in den Flur und konnte sich nicht schnell genug von ihren Schuhen befreien. Ihre Füße waren eiskalt und so ließ sie sich einfach – immer noch mit der Jacke bekleidet – auf die Couch fallen, wo sie einige Momente verharrte, ehe wieder Leben in ihre Glieder kam.

Es war erstaunlich, wie schnell das Wetter in den letzten Wochen umgeschlagen war. War es während ihres Urlaubs noch sommerlich warm gewesen, so hatte sich schon bald darauf das Herbstwetter durchgesetzt; es stürmte, regnete oder gewitterte die meiste Zeit und auch die Temperaturen sackten immer weiter ab. Beim Einkaufen hatte Jill immerhin eine warme Winterjacke in der Stadt entdeckt. Somit war ihr Ausflug wenigstens nicht sinnlos gewesen.

Plötzlich klingelte das Telefon. Das Klingeln, das barsch die Stille durchfuhr, ließ Jill aufschrecken. Keuchend griff sie neben sich und nahm den Hörer ab.

»Jill? Bist du das? Hab ich dich bei was gestört? Du klingst so abgehetzt«, klang es mit lauter Stimme durch den Hörer.

»Sara? Bist du das etwa? Wie komm ich denn zu der Ehre?«

»Ein paar Freunde und ich gehen heute Abend ins Kino; ich dachte, ich frag mal, ob du mitgehen willst. Wir wollten ja eh mal wieder was zusammen machen.«

Jill stöhnte immer noch durchfroren und gegen die aufkommende Müdigkeit kämpfend auf.

»Ach komm, das wird sicher lustig. Du hättest auch noch eine Stunde, um dich fertig zu machen.«

»Okay. Aber nur weil du es bist.«

Jill grinste, als sie hörte, wie sehr sich Sara darüber freute.

Kaum hatte sie aufgelegt, überlegte sie, was sie eigentlich mit der Zeit machen sollte. Genau in diesem Moment, wo sie in ihre warme Jacke gekuschelt auf der Couch lag, umgeben von Wärme, erfüllt mit tiefster Müdigkeit, fiel ihr nur eine Sache ein, die sie machen konnte: schlafen.

Durch ein Klingeln fuhr Jill hoch. Orientierungslos blickte sie um sich. Sie konnte das eigene Wohnzimmer erkennen, auch wenn sie anfangs verwundert darüber war, sich auf der Couch zu befinden, wo sie normalerweise nie schlief. Für einen Augenblick überlegte sie, warum sie überhaupt aufgewacht war, ehe es erneut klingelte. Mit schlurfenden Schritten lief sie zur Haustür und öffnete. Gerade als sie Sara erwartungsvoll vor sich erblickte, fiel ihr wieder ein, dass sie sich verabredet hatten.

»Selten hat sich jemand so sehr gefreut, mich zu sehen«, lachte Sara, die Jills widerwilligen Gesichtsausdruck mit Humor zu überspielen wusste. So konnte auch Jill nicht anders und musste grinsen.

»Tut mir leid.«

Sie umarmte sie zur Begrüßung.

»Halb so schlimm. Bist du fertig?«

»Klar.«

Als sie am Kino ankamen und Jill das erste Mal sah, wer überhaupt *ein paar Freunde* waren, von denen Sara gesprochen hatte, stockte ihr der Atem. Eine kleine Gruppe von Menschen tummelte sich vor dem Eingang – Freunde aus den Tagen, als Jill noch im Orchester gespielt hatte. Unter ihnen war auch Laura, die Jill nun ebenfalls erblickte und begierig – wie ihr schien – musterte.

Es fühlte sich auch dieses Mal wieder falsch an, als in Jill das Bedürfnis aufkam, Laura nah zu sein und so blinzelte sie hastig diese Gedanken weg, während sie sich mit Sara in die Gruppe stürzte und alle nacheinander begrüßte. Dabei achtete Jill besonders darauf, dass Laura sie nicht zu lange und intensiv an sich drückte.

Auch im Kino schaffte Jill es nicht, sich von Laura wegzusetzen. Zwar versuchte sie, eine größtmögliche Distanz zu ihr aufzubauen, doch Laura heftete sich an ihre Fersen und ließ sich geradewegs neben ihr in den Kinosessel fallen. Dabei streifte sie leicht Jills Arm, wodurch diese zusammenzuckte, rot wurde und sich vollkommen idiotisch vorkam.

Als der Kinosaal dunkler wurde und der Film begann, spürte sie, wie Laura mit ihrer Hand über ihren Arm fuhr. Jill versuchte es zu ignorieren und glaubte, dass Laura schon aufhören würde, wenn sie nicht darauf einging.

Nun ließ Laura ihre Hand auch über Jills Bein gleiten, langsam nach oben in Richtung Hüfte. Jill zuckte so sehr zusammen, dass Sara neben ihr auf sie aufmerksam wurde und Laura hastig ihre Hand wegzog.

»Alles klar bei dir? Du bist heute so durch den Wind«, flüsterte Sara. Jill konnte selbst über die Dunkelheit hinweg ihren verständnisvollen Blick erkennen.

»Ja, klar. Es ist wirklich nichts«, beteuerte Jill und fühlte sich unwohl.

Da der Film sich als totale Fehlentscheidung herausstellte und Jill mehr Zeit mit Gähnen verbrachte, als dem Plot des Films zu folgen, beschloss sie nach der ersten halben Stunde auf Toilette zu gehen. Sie quetschte sich an den sitzenden Zuschauern vorbei und war froh, endlich den Kinosaal verlassen zu können. Kaum war die Tür hinter ihr ins Schloss gefallen, streckte sie sich. Aus irgendwelchen Gründen hatte der Film sie fast so sehr mitgenommen, als wenn sie Sport gemacht hätte. Immer noch gähnend lief sie über den menschenleeren Flur zu den Toiletten. Auf dem Weg zu einer der Kabinen warf sie einen flüchtigen Blick in den Spiegel.

»Oh man«, entfuhr es ihr hinein in die Stille, als sie ihr Spiegelbild sah. Sie wirkte übermüdet. Ihre Augen waren leicht gerötet, ihre lockigen Haare wirkten noch ungebändigter als sonst. Gerade, als sie sich von dem Anblick abwenden wollte, öffnete sich die Tür. Jill schoss das Blut in den Kopf, als sie sah, dass Laura ihr gefolgt war.

Laura sah Jills Reaktion und lächelte milde. Im nächsten Augenblick, bevor Jill überhaupt wusste, wie ihr geschah, stand sie dicht vor ihr und küsste sie. Jill war so benommen, dass sie sie einfach mit rasendem Herzschlag gewähren ließ. Ehe ihr bewusst wurde, was da gerade vor sich ging, lächelte Laura noch einmal ihr geheimnisvolles Lächeln und ging an Jill vorbei in Richtung Toiletten.

Jill schaute ihr verdutzt hinterher, packte dann die Gelegenheit beim Schopf und flüchtete aus dem Raum. Sie stürmte zurück in den Kinosaal und während ihr die Gedanken durch den Kopf rasten, versuchte sie sich zu ihrem Sitzplatz durchzukämpfen.

Kaum hatte sie ihn erreicht, ließ sie sich dankbar nieder und versuchte Ordnung in ihr Gedankenchaos zu bringen. Rückblickend hatte sie das Gefühl genossen. Das wurde ihr jetzt, in der Dunkelheit des Kinosaals, bewusst. Irgendetwas daran war aufregend gewesen; die Art und Weise, wie Laura sie geküsst hatte, wie begierig sie sie an sich gezogen hatte, ehe sie wieder von ihr abgelassen hatte. Andererseits fühlte es sich merkwürdig an. Bisher hatte Jill immer geglaubt, Myra sei die einzige Person, die sie je so hätte küssen dürfen. Nun war sie sich da nicht mehr so sicher.

Nachdem der Film geendet hatte und die kleine Gruppe sich zum Ausgang vorgekämpft hatte, versammelten sie sich noch einmal vorm Kino.

»Merkwürdiger Film«, sagte Sara.

Die anderen stimmten ihr mehr oder weniger enthusiastisch zu. Der Film hatte sie alle ein wenig benommen gemacht.

Es gab jene Filme, nach denen man elanvoll und gestärkt das Kino verließ, mit den Vorsätzen, sein Leben anders zu leben, als man es bisher getan hatte. Es gab jene Filme, die einen vollkommen langweilten, weil sie sich zogen wie Kaugummi und es gab jene Filme – und dazu gehörte dieser zwangsläufig -, die einen dermaßen deprimierten, dass man mit vollkommen geknickter Stimmung hinterher das Kino verließ.

Alle blickten ein wenig mitgenommen in die Runde. Keiner sagte ein Wort. Jill war froh darum, denn mittlerweile war Laura neben sie getreten, und das so nah, dass Jill ihren Arm an dem eigenen spürte, was sie vollkommen ablenkte.

»Und was machen wir jetzt noch?«, hörte sie die nur zu vertraute Stimme neben sich fragen. Laura blickte auffordernd in die Runde.

Einer der Jungs murmelte, er würde jetzt heimgehen. Auch die anderen schienen nicht interessiert zu sein, den Abend noch weiter zu verlängern. Schließlich war es schon tiefste Nacht. Gemeinsam beschloss die Gruppe, den Abend an dieser Stelle zu beenden, sich aufzuteilen und so mehr oder weniger gemeinsam heimzugehen.

»Machen wir einfach kommendes Wochenende nochmal was zusammen. Vielleicht wird das ja erfolgreicher«, witzelte Sara, als sich die Ersten zum Gehen wandten.

»Laufen wir wieder zusammen?«, fragte sie mit einem Blick in Jills Richtung.

Gerade als Jill antworten wollte, kam ihr Laura zuvor: »Ich würd mich gern nochmal mit dir unterhalten, Jill. Wenn es dir nichts ausmacht. Ich bring dich auch heim.«

Jills Herz begann erneut zu rasen. Einerseits gefiel ihr die Idee – immerhin konnten die beiden sich mal aussprechen, andererseits mischten sich dieser Freude auch diesmal wieder Gefühle des Unbehagens bei.

»Klar. Ich hoffe, du kannst mit einem der Jungs heimlaufen, Sara. Gerade mitten in der Nacht ...«, sagte Jill.

Sara schaute sie zwar erst irritiert an – vermutlich, weil sie nicht wusste, dass Laura und Jill überhaupt etwas miteinander zu tun hatten – dann grinste sie jedoch und wünschte den beiden eine gute Nacht, ehe sie mit einem Freund in der Dunkelheit verschwand. Nun waren nur noch die beiden übrig.

Laura schwieg und schaute sie durchdringend an. Anscheinend wartete sie darauf, dass Jill etwas sagte. Die Art und Weise, wie sie sie betrachtete, machte sie nervös. Da Laura keine Anstalten machte, den ersten Schritt zu tun, fragte sie vorsichtig: »Gehen wir ein Stück? Oder willst du hier stehen bleiben?«

»Gute Idee. Hier in der Nähe ist ein kleiner Brunnen. Da könnten wir uns hinsetzen.«

Die Stimmung des Filmes schien die Unterhaltung immer noch zu belasten. Und Jill spürte mehr und mehr, wie unwohl sie sich in dieser Situation fühlte. Sie ließ, solang sie noch Laura folgte, ihre Gedanken kreisen, kam aber erneut zu keinem Entschluss darüber, was das zwischen ihr und Laura überhaupt war und vor allem - ob sie das überhaupt wollte.

Im nächsten Augenblick hatten sie den Brunnen erreicht. Dadurch, dass er abseits lag, umgeben von vielen Pflanzen, die sich in dieser kühlen Nacht schemenhaft hervortaten, wirkte die Atmosphäre beruhigend.

Sie setzten sich nebeneinander auf den Brunnenrand.

Ein langes Schweigen erfüllte die Dunkelheit. Jill spürte, wie die Nervosität sie langsam überkam und überlegte zwanghaft, wie sie das klärende Gespräch beginnen könnte.

»Ich hab mich in dich verliebt, Jill«, sagte Laura plötzlich mitten in die entstandene Stille hinein und schaute sie an.

Jill stockte der Atem. Sie wusste nicht, was sie erwidern sollte. Sie war sich schlichtweg unklar darüber, was sie für sie empfand.

Laura entging Jills langes Schweigen nicht, gleichzeitig wollte sie sie offensichtlich auch zu keiner Antwort drängen und blieb einfach reglos neben ihr sitzen, ihren Blick starr auf sie geheftet.

Jill wurde die Stille zunehmend unangenehm und so entschied sie sich für das geringere Übel: zu sprechen.

»Ich mag dich sehr – aber ich glaube, ich empfinde nicht dasselbe wie du.«

»Warum hast du es dann zugelassen, dass ich dich vorhin geküsst habe?«, fragte Laura. Es klang so sachlich, als würde sie gerade nach dem Weg fragen.

Jill war überrascht. Sie hatte schon vorher erlebt, wie autoritär Laura im Vergleich zu Myra auftreten konnte, doch die Sachlichkeit, mit der sie über ihre Gefühle sprach, beeindruckte und irritierte Jill gleichzeitig.

»Das ist eine berechtigte Frage«, antwortete sie.

Vielleicht empfand sie wirklich mehr für Laura und war sich dessen nur noch nicht bewusst. Jill schossen gleichzeitig viele widersprüchliche Gedanken durch den Kopf.

Während sie dort saß, den kühlen Stein des Brunnenrandes unter sich spürte, ihren Blick von Laura abgewandt, aber doch wissend, dass diese dicht neben ihr saß, ihre Hand nur wenige Zentimeter von der eigenen entfernt, wurde ihr bewusst, dass Laura zwar eine gewisse Neugierde in ihr geweckt hatte, dass diese Neugierde aber niemals reichen würde, um eine Beziehung mit ihr zu führen – und vor allem nicht unter der Bedingung, dass sie Myra nach wie vor liebte. Jill rutschte einige Zentimeter beiseite, um die nötige Distanz zu Laura aufzubauen und atmete noch einmal tief durch, um bloß entschlossen zu wirken. Sie wusste, Laura würde sonst nicht locker lassen.

»Ich glaube, etwas hat mich neugierig gemacht. Aber ich weiß nicht, ob du es bist oder die Sache selbst. Ich kann leider nicht erwidern, was du fühlst.«

Erst glaubte Jill, Laura würde gleich widersprechen, doch plötzlich sah sie etwas wie Betroffenheit in Lauras Augen, ehe der Moment wieder vorbei war und sie so selbstbewusst wie vorher wirkte und sagte: »Ich verstehe. Schade, aber ändern kann ich es wohl nicht.«

Als Jill sich allein auf den Weg machte, wusste sie immer noch nicht, was eben genau vorgefallen war. Auch jetzt war sie kein bisschen schlauer und wusste immer noch nicht recht, was sie von Laura hielt. Immerhin aber war das unbehagliche Gefühl in ihrem Inneren verschwunden.

KARTEN NEU GEMISCHT

Die Sonne ging gerade über der kleinen Stadt unter, als Jill ihren Weg nach Hause einschlug. Die Straßen waren leer. Trotz des schönen Moments, trotz des wundervollen Anblicks der Sonne, die ihren goldrötlichen Schein über Denndorf warf, war keine Menschenseele zu sehen. Für einen Sekundenbruchteil musste Jill daran denken, wie sie noch vor wenigen Wochen solche Sonnenuntergänge mit Myra zusammen genossen hatte. Heute lief sie allein. Doch gleich darauf wurden Jills Gedanken in eine andere Richtung gelenkt.

Was war heute mit Tina los?, durchfuhr es sie im Stillen, als doch ein Passant an ihr vorbeieilte. Ein Mann im Anzug, einen Aktenkoffer in der Hand, mit hochrotem Kopf.

Morgen würde sie wieder zur Schule müssen, wurde ihr schmerzlich bewusst, als sie das erste Mal wahrnahm, wie die Sonnenstrahlen ihr Gesicht erwärmten.

Eilig trieb sie ihre Gedanken wieder zurück zu Tina. Eigentlich hatten die beiden heute Abend zusammen einen Film schauen wollen, doch Tina war aus irgendeinem Grund so deprimiert gewesen, dass sie Jill letztlich, bevor sie überhaupt zum Film schauen kamen, wieder weggeschickt hatte. Auch als Jill sie gefragt hatte, ob etwas nicht stimmte, war Tina ausgewichen. Normalerweise sprach sie mit ihr über alle Probleme. In Gedanken versunken legte Jill ihre Stirn in Falten und nahm sich vor, Tina gleich morgen zur Rede zu stellen.

Ein Lachen durchfuhr die Stille. Jill schaute auf und sah aus einiger Entfernung zwei Mädchen, Arm in Arm auf sich zukommen. Gerade als sie sich wieder von den beiden abwenden wollte, glaubte sie schemenhaft Myra zu erkennen. Sie spürte, wie ihr Herz zu rasen begann. Mit wachsender Aufregung kam sie den beiden Personen Schritt für Schritt näher. Erst als sie wenige Meter von ihnen entfernt war und entgegen der grellen Sonne erkennen konnte, dass es wirklich Myra war, schien Jill zu realisieren, dass sie ein anderes Mädchen im Arm hatte.

Ihr Körper fühlte sich plötzlich taub an, als wäre jegliches Leben aus ihr gewichen. Für einen Sekundenbruchteil fragte sie sich, wie ihre Beine es schafften, geradeaus weiterzulaufen. Myras Lachen hallte in Jills Gedanken noch immer durch die Straße, obwohl es längst verstummt war, obwohl Myra mittlerweile Jill ebenfalls erkannt hatte und ihr Gesichtsausdruck sich versteinerte. Für einen Augenblick schien die beiden der Impuls zu durchfahren, anzuhalten, miteinander zu reden – so wie früher. Doch das Mädchen in Myras Arm spürte dies ebenfalls und zog Myra eilig mit sich, an Jill vorüber. Bevor sie an ihr vorbeilief, trafen sich ihre Augen für einen Sekundenbruchteil und Jill spürte, wie der Blick in diese tiefgrünen Augen ihr Herz zerriss.

Sie hörte nur noch, wie das Mädchen hinter ihr irgendetwas sagte und Myra erneut zum Lachen brachte. Schon im nächsten Moment wusste Jill nicht einmal mehr, ob sie Myra wirklich mit diesem Mädchen gesehen hatte, oder ob es Einbildung war. Doch nach und nach wurde ihr bewusst, dass es die Realität gewesen war – Myra hatte wieder eine Freundin.

Diese Erkenntnis traf sie so überraschend und hart, dass sie sich an eine Hauswand zu ihrer Rechten lehnen musste, um wieder Luft zu bekommen. Alles drehte sich. Sie spürte, wie ihr die Tränen in die Augen stiegen. Sie kam sie sich vollkommen idiotisch vor. Mit bitterer, entschlossener Miene wandte sie sich von der Hauswand ab und lief weiter, wohl darauf bedacht so zu tun, als wäre nichts gewesen.

Als sie an ihrem Haus ankam, kam ihr Leo entgegen.

»Deine Mutter ist drinnen«, sagte er besorgt, als er Jills rote Augen sah.

»Danke«, krächzte Jill.

Kaum hatte sie die Tür hinter sich zufallen lassen, ließ sie sich gegen die Haustür sinken. Sie fühlte erneut Tränen in ihre Augen steigen und versuchte sie wegzublinzeln, doch vergebenes. Ihre Mutter hatte sie kommen gehört und kam mit einem breiten Grinsen in den Flur. Ihr erfreuter Gesichtsausdruck erstarrte, als sie ihre Tochter sah.

»Jill? Was ist passiert?«

»Myra ist mir gerade begegnet. Arm in Arm mit einem Mädchen.«

Jill starrte wie in Trance auf den Boden. Ihre Mutter reagierte jedoch sofort, schnappte sich ihre Tochter und drückte sie an sich.

»Ach, Kleines«, sagte sie mit ihrer sanften Stimme und strich Jill durchs Haar.

***

Am nächsten Morgen sah die Welt immer noch nicht besser aus, als am Abend zuvor. Zumindest war Jill mit dem Funken Hoffnung eingeschlafen, dass die Nacht alles ungeschehen machen würde.

Die Sonne, die gestern so mild geschienen hatte, war nun hinter dicken Regenwolken verschwunden. Bei dem trüben Anblick, der sich ihr durch ihr Fenster bot, verspürte Jill nicht die geringste Lust, überhaupt aufzustehen. Seufzend zog sie ihre Decke bis zum Kinn hoch, bis sie gänzlich darunter verschwand. Ihre Mutter konnte unmöglich erwarten, dass sie unter diesen Voraussetzungen in die Schule ging.

Als ob sie Jills Gedanken hatte lesen können, klopfte es plötzlich an der Tür. Von draußen drang gedämpft die Stimme ihrer Mutter herein: »Jill, ich weiß, dir ist nicht danach, aber komm schon; steh auf!«

»Mum, bitte. Ich will echt nicht«, nuschelte Jill unter ihrer Bettdecke.

Die Tür ging auf und ihre Mutter kam herein. Sie ließ sich auf Jills Bettkante nieder.

»Du kannst wegen Myra doch nicht daheim bleiben. Die Abwechslung wird dir sicher gut tun.«

Jill schüttelte heftig den Kopf. Sie konnte und wollte nicht aufstehen.

Ihre Mutter seufze leise auf und sagte mit Bedauern in der Stimme: »Na schön, wenn du mich dazu zwingst …«

Im nächsten Moment riss sie Jill die Bettdecke weg.

Obwohl dieser Vorgang mittlerweile Tradition bei ihnen geworden war, war Jill so überrascht, dass sie es nicht einmal mehr schaffte sich zu wehren. Die plötzliche Kälte, die sie umgab, vermieste ihr die Vorstellung, noch länger liegen zu bleiben so sehr, dass sie keine andere Möglichkeit mehr sah, als doch aufzustehen.

»Ich wusste doch, du würdest gern zur Schule gehen«, witzelte ihre Mutter und fügte hinzu, dass das Frühstück bereits unten auf sie warte, ehe sie das Zimmer verließ.

Wie jeden Morgen wollte Jill mit Tina zur Schule gehen. Jill wartete an ihrem gemeinsamen Treffpunkt auf sie. Es wunderte sie, dass ihre Freundin immer noch nicht da war. Normalerweise war Tina einer der pünktlichsten Menschen, die Jill kannte. Sie lehnte sich gegen eine Laterne und blickte ungeduldig auf die Uhr. Im nächsten Moment erschien Tina. Ungeschminkt, mit geröteten Augenrändern.

»Oh man. Was ist denn mit dir passiert?«, entfuhr es Jill.

»Nichts. Alles bestens.«

»Das kannst du mir nicht erzählen, Tina. Ich kenn dich zu lange, um zu wissen, dass etwas ist.«

»Nein, wirklich. Es ist nichts!«

Auch wenn Jill bei Tinas Antwort Tränen in deren Augen glitzern sah, hakte sie nicht weiter nach. Sie hatte Tina noch nie so erlebt und wusste nicht, wie sie sich verhalten sollte. Sie würde mit ihr schon darüber sprechen, wenn für sie der richtige Zeitpunkt gekommen war, dachte Jill, als sie den Schulhof betraten.

»Ist bei dir alles in Ordnung? Du siehst auch nicht besonders aus«, lenkte Tina das Gespräch in eine andere Richtung.

»Myra hat eine Neue. Wusstest du davon?«, fragte Jill leicht vorwurfsvoll und versuchte im nächsten Moment den Unterton ungeschehen zu machen, indem sie die Stirn nachdenklich runzelte. Das letzte was Tina jetzt brauchte, war eine Freundin, die ihr Vorwürfe machte.

»Sie hat eine Neue? Wie kommst du auf die Idee?«, fragte Tina überrascht.

»Ich habe sie gestern Arm in Arm mit einem Mädchen gesehen. Die beiden schienen sich hervorragend zu verstehen«, sagte Jill bitter.

»Das heißt, sie ist doch mit Linda zusammengekommen?«, fragte Tina mehr sich selbst, als Jill.

Dadurch entging ihr deren Reaktion, denn Jill zuckte unwillkürlich zusammen, als ihre schlimmste Befürchtung bestätigt wurde. Doch urplötzlich wurde ihr auch etwas bewusst.

»Du wusstest, dass da etwas lief und hast es mir nicht gesagt?«

Jill konnte diesen Vorwurf einfach nicht unterdrücken. Als sie merkte, dass sie zu laut gesprochen hatte, da sich einige

Mitschüler zu ihnen umdrehten, senkte Jill ihre Stimme und wiederholte leise: »Du hast es gewusst?«

»Jill? Das war alles andere als sicher und offensichtlich hat sie mir nicht einmal davon erzählt, dass sich daraus wirklich etwas entwickelt hat, obwohl wir viel Kontakt haben. Außerdem hätte es dich doch nur fertig gemacht und wenn es dann auch noch falscher Alarm gewesen wäre …«

Tina klang erschöpft, ausgelaugt. Ihr Blick eilte flüchtig an Jill vorbei, wanderte über den Schulhof.

Sie kann sich nicht einmal richtig auf unser Gespräch konzentrieren. Man Tina, was ist nur mit dir los?

Jill seufzte leise und beschloss, ihre Probleme in den Hintergrund zu stellen. Sie hatte Tina in den letzten Wochen viel zu oft mit Myra in den Ohren gelegen, dachte sie sich, als sie neben ihrer Freundin den fast leeren Schulhof überquerte. Es hatte bereits zur ersten Stunde geläutet.

Dass Jill sich im Unterricht nicht konzentrieren konnte, überraschte sie nicht. Sie saß im Klassenraum, umgeben von ihren Mitschüler, die alle unbeteiligt wirkten.

Jill nahm alles wie in einem Stummfilm wahr. Nicht einmal die Worte, die ihre Lehrerin sagte, drangen zu ihr durch. Sie sah nur, wie sich ihre Lippen öffneten und wieder schlossen, wie sie einen Moment inne hielt, sich eine Strähne ihres blonden Haares, das sich aus ihrem Pferdeschwanz gelöst hatte, aus dem Gesicht blies, ehe sie unbeirrt fortfuhr.

Erst jetzt fiel Jill auf, dass Tina neben ihr schon die ganze Zeit aus dem Fenster starrte, dem Unterricht ebenfalls nicht folgte, sondern sich mit ihren Gedanken in den heftigen Windböen verlor, die die Bäume vor dem Fenster erfassten, hin und her warfen und wieder freigaben.

AUSGETAUSCHT

Der nächste Morgen war nicht besser, so wie Jill naiverweise geglaubt hatte. Die Tatsache, dass Myra eine neue Freundin hatte, schien ihr jetzt realer als je zuvor.

Obwohl sie niedergeschmettert war, schaffte sie es irgendwie aufzustehen. Doch auch als sie im Bad stand, durchfluteten sie immer wieder die Erinnerungen an die Begegnung. Immer und immer wieder lief Myra vor ihrem geistigen Auge eng umschlungen mit einem anderen Mädchen vorbei und lachte.

Zurück in der Gegenwart stellte Jill mit einem Blick in den Spiegel fest, wie grauenvoll sie aussah; ihre Augen waren rot unterlaufen und verquollen, als hätte sie die ganze Nacht geweint, aber daran konnte sie sich nicht erinnern.

Während sie die Treppenstufen hinab lief, bemerkte sie, dass ihre Mutter schon zur Arbeit gegangen war.

Ein Glück. Die hätte mich bei meinem Anblick ausnahmsweise mal nicht zur Schule gehen lassen.

Hunger hatte sie keinen, schon lange nicht mehr gehabt, wie ihr jetzt auffiel. Dennoch schlang sie eine trockene Scheibe Toast hinunter und verließ das Haus, obwohl sie viel zu früh dran war.

Gerade als sie im Begriff war, die Straße zu überqueren, kam ihr Myra entgegen.

Jill erschrak so sehr, dass sie abrupt stehen blieb und nichts anderes tun konnte, als sie anzustarren. Sie fühlte, wie ihre Hände feucht vor Aufregung wurden, schluckte, da sich ihr Hals plötzlich trocken anfühlte und glaubte, ihr Schlucken wäre auf der ganzen Straße zu hören. Ebenso wie das Hämmern ihres Herzes, das scheinbar lauter denn je gegen ihren

Brustkorb zu schlagen begann. Myra schien es nicht viel anders zu gehen. Dennoch schaffte diese es, mit halbwegs normaler Stimme »Hallo« zu sagen.

»Hallo«, erwiderte Jill mechanisch und kam sich dabei vor, als würde sie einfach Myras Begrüßung nachsprechen. Sie konnte ihre Augen nach wie vor nicht von Myra nehmen. Erst jetzt sah sie, dass der Sommer bei Myra sichtbare Spuren hinterlassen hatte; sie war braungebrannt, wirkte kräftiger und sportlicher als zuvor.

Genau in diesem Augenblick wurde Jill bewusst, wie grauenvoll sie im Vergleich zu Myra aussah. Das Spiegelbild, das ihr heute Morgen niedergeschmettert entgegengeblickt hatte, erschien vor ihrem geistigen Auge und sie fragte sich für einen Sekundenbruchteil, warum sie ausgerechnet an diesem Morgen Myra begegnen musste.

»Geht's dir gut?«, fragte Myra vorsichtig.

»Ja … ja, natürlich. Dir offensichtlich auch. Du siehst gut aus«, brachte Jill mit veränderter Stimme hervor und war froh, dass sie wenigstens mit dem letzten Teil ihrer Aussage nicht log.

»Bist du dir sicher? Ich meine - sicher, dass bei dir alles okay ist?«

»Du bist jetzt mit diesem Mädchen zusammen?«

Die Frage war Jill herausgerutscht, ehe sie sie hatte unterdrücken können. Jetzt stand sie im Raum und ließ nichts als ein unangenehmes Schweigen zurück.

»Ja«, erwiderte Myra.

Jill senkte ihren Blick und sagte: »Schön. Freut mich für dich, dass es dir gut geht.«

Myra verengte ihre Augen zu schmalen Schlitzen, als würde sie versuchen, Jills Reaktion zu deuten. Jill spürte, wie ihr das Blut in den Kopf schoss. Sie hielt diesem Blick einfach nicht länger stand. Flüchtig verabschiedete sie sich von Myra, gab vor, sie wäre schon viel zu spät dran und eilte an ihr vorbei.

An der nächsten Ecke wartete Tina auf sie.

»Hast du da eben etwa mit Myra gesprochen?«, fragte sie und bestätigte damit Jills Befürchtung, dass sie es mit angesehen hatte.

»Ja«, antwortete sie gedehnt. »Können wir später drüber reden?«

»Klar. Wie du meinst.«

Die beiden liefen schweigend nebeneinander her, jede in Gedanken vertieft.

***

»Ich komm damit einfach nicht klar. Das zieht mich alles so extrem runter. Immer wenn ich sie sehe ... Tina, das ist nicht leicht für mich.«

Sie saßen auf einer Bank an einem Feld, abseits von Denndorf. Jill hatte ihre Beine angezogen und umschlang sie fröstelnd mit ihren Armen. Sie seufzte. Bis eben hatte Tina noch dick eingepackt in ihre Winterjacke, schweigend neben ihr gesessen und sich Jills ausgiebigen Bericht über das Aufeinandertreffen mit Myra angehört.

Plötzlich brach es aus ihr hervor: »Verdammt, die Trennung ist über zwei Monate her! Und überhaupt interessiert dich nichts mehr außer diesem einen Thema. Ja, sie hat dich hintergangen, aber Jill – sie war betrunken, hat dich angebettelt, bei ihr zu bleiben, hat sich etliche Male bei dir entschuldigt. Trotzdem lässt du sie weiter leiden; und dich auch. Du leidest nämlich noch viel mehr, als sie es tut. Sie versucht wenigstens weiterzugehen. Man, Jill, klär den Scheiß für dich doch endlich und leb' wieder! Ich sehe doch, wie verrückt du nach ihr bist. Trotz allem, was passiert ist.«

Jill fühlte sich wie vor den Kopf gestoßen. Sie erkannte ihre beste Freundin kaum wieder. Tina hatte sie noch nie zuvor so vorwurfsvoll angefahren. Tränen strömten ihre Wangen herunter und nun war sie es, die weinte, während Jills Tränen vor Irritation versiegten.

»Was ... was sagst du da?«, stotterte Jill und konnte nur verdutzt zuschauen, wie Tinas Gesicht sich schmerzhaft verzog.

Eine Weile sagte sie gar nichts und Jill blieb nichts anderes übrig, als ihre schluchzende Freundin ahnungslos in die Arme zu schließen und zu versuchen, sie wegen etwas zu trösten, von dem sie nicht wusste, was es war.

»Ich glaube, Mike macht Schluss«, schluchzte sie so sehr, dass Jill es kaum verstand.

»Was sagst du da? Mike? Nein! Mike doch nicht.«

»Doch. Seitdem er vor einigen Wochen vom Feriencamp wiederkam, ist er total verändert. Mike ist nicht mehr der alte Mike. Irgendwas ist im Ferienlager vorgefallen, aber er redet einfach nicht mit mir drüber«, schluchzte Tina weiter, wobei es ihr schwer fiel, zu sprechen und Jill sich konzentrieren musste, die bruchstückhaften Sätze verstehen zu können.

»Aber wenn wir was zusammen unternehmen, ist doch alles wie immer?«, sagte Jill.

»Ja. Dann vielleicht. Aber sobald wir allein sind, ist er wieder so distanziert, will irgendwie gar nichts von mir wissen. Weißt du, was für ein Scheißgefühl das ist?«

Mittlerweile waren Tinas Worte nur noch ein Krächzen zwischen lautem Schluchzen. Jill nahm sie erneut in die Arme und strich ihr über den Rücken.

***

Es hatte sich viel geändert, seit den sorglosen Tagen, die Jill vor einigen Monaten erlebt hatte. Das Leben war ein anderes geworden und je mehr Tage so verstrichen, desto mehr glaubte Jill, dass *das* das Leben war und es kein anderes mehr für sie geben würde.

Jeden Abend schlief sie mit einer klaffenden Lücke in ihrem Herz ein, um nachts von einer anderen Welt zu träumen, in der alles genau so war, wie damals, bevor alles an irgendwelchen Dingen zerbrochen war, die ihr nun unsinnig und vermeidbar erschienen.

Und morgens wachte sie aus diesen Träumen auf, fand nur mit Mühe in die Realität zurück und fühlte erneut, dass die Wunden niemals heilen könnten, sondern immer und immer wieder aufreißen würden, bis sie irgendwann einmal nichts mehr hergeben könnte, ausgetrocknet wäre.

Verdammt Jill, reiß dich zusammen!

Auch jetzt lag sie, wie so oft in letzter Zeit, nachts wach, starrte an die vertraute Decke, auf der sich früher manchmal das gebrochene Licht des Mondes gespiegelt hatte, und die sie heute vor lauter Dunkelheit nicht erkennen konnte.

Sie verschränkte ihre Arme hinter dem Kopf und seufzte. Schlaftrunken glaubte sie Myra vor sich zu sehen, die ihr neckende Worte zuwarf. Gleich darauf spürte sie, wie Myra sich an ihren Körper sinken ließ, sich an sie kuschelte. Sie spürte die Wärme, die Myra ihr gab.

Und plötzlich verschwand all das und nur ein kalter Luftzug, der durchs Fenster wehte, blieb im Zimmer zurück.

Sie wollte nicht weinen. Sie konnte es nicht mehr. Ihre Augen brannten vom letzten Mal, von den vielen letzten Malen.

Jetzt war sie leer, kraftlos, ausgebrannt. Sie hatte einfach keine Tränen mehr.

Mit einem Mal wurde ihr bewusst, wie sehr sie sich selbst bemitleidete.

Tina hat Recht. Ich muss endlich wieder anfangen zu leben, schoss es ihr durch den Kopf und fast verbissen kämpfte sie sich in den Schlaf, in eine andere Welt, diesmal jedoch mit dem Vorhaben, einiges zu ändern.

TANGIERT

Als sie am nächsten Morgen von der Sonne geweckt wurde, hatte es fast einen symbolischen Charakter für sie. Die Sonne gab Jill nach diesen langen, tristen Tagen auf unerklärliche Weise neue Energie, neue Hoffnung. In der letzten Nacht hatte sie stillschweigend entschieden, was sie wollte, wohin sie wollte. Ihr war bewusst geworden, dass Tinas Worte kein Unfug gewesen waren. Ihr war bewusst geworden, dass sie seit Monaten litt und sich mit dem Beziehungsende zu keinem Zeitpunkt abgefunden hatte, auch wenn sie dies selbst geglaubt hatte. Sie wollte Myra in ihrem Leben haben. Als Jill sich dessen bewusst wurde, breitete sich ein Lächeln auf ihrem Gesicht aus. Es fühlte sich an, als könne sie den Ballast der letzten Wochen mit dieser Erkenntnis abwerfen.

Plötzlich wurde ihr nun etwas anderes wieder schmerzlich bewusst. Linda. Myras Freundin. Schon als sie die beiden zusammen auf der Straße gesehen hatte, hatte es sich falsch angefühlt. Eigentlich hätte sie diejenige sein sollen, die mit Myra abends der Dämmerung entgegen schlendert.

Für einen Augenblick wurde sie sauer; sauer, weil sie so lange gebraucht hatte, um zu erkennen, dass sie Myra nicht hätte gehen lassen sollen. Doch Jill scheuchte hastig diese Gedanken beiseite. Sie hatte wieder etwas, was sie erreichen wollte.

Auf einmal ertrug sie es nicht länger in ihrem Bett, stand auf und ging ins Bad. Das Gesicht, das ihr an diesem Morgen aus dem Spiegel zurücklächelte sah viel besser aus, als ihr Anblick der letzten Tage. Zum ersten Mal hatte sie wieder Lust, sich zu schminken. Als sie eine halbe Stunde später hinaus auf die Straße trat, fühlte sie sich wie neu geboren. Es war

Wochenende, sie hatte also alle Zeit der Welt und wollte diese auch nutzen. Einkaufen. Das war genau das, was sie jetzt tun würde. Sie brauchte etwas Neues, was zu ihrem Körpergefühl passte. Mit zügigen Schritten lief sie zum Bahnhof, um in die Innenstadt zu gelangen.

Als sie dort ankam, begegnete ihre Mike. Seine Frisur war trotz der Windstille zerzaust. Er wirkte so in Gedanken versunken, dass er sie nicht einmal bemerkt hätte, hätte sie ihn nicht begrüßt.

»Ach, hallo Jill«, sagte er und mied den Blickkontakt.

»Sag mal – ist alles okay bei dir? Du siehst ganz schön durch den Wind aus.«

»Ja, sicher. Und bei dir?«

Sein Blick war so ausweichend, dass Jill ihm ansah, dass er log.

»Mike ... Irgendwas stimmt doch nicht. Hat es was mit Tina zu tun?«

Gerade als sie die Frage ausgesprochen hatte, wünschte sie, sie könnte sie zurücknehmen. Sie wusste, Tina würde ihr den Kopf dafür abreißen.

»Hat sie dir irgendetwas erzählt?«, fragte Mike. Jill entging nicht sein erschrockener Blick.

»Sie hat angedeutet, dass es bei euch nicht so gut läuft im Moment«, antwortete Jill zögerlich.

»Vermutlich hat sie Recht«, war alles, was er erwiderte. Er wirkte traurig. Bevor Jill nachhaken konnte, verabschiedete er sich eilig und lief weiter. Sie hatte nicht die Zeit, weiter über die Begegnung nachzudenken, denn just in dem Moment fuhr ihr Zug in den Bahnhof ein. Sie musste rennen, damit sie die Bahn gerade noch erreichte.

Die Innenstadt war voll. Offensichtlich hatte nicht nur Jill sich vorgenommen, ein paar Erledigungen zu machen. Voller

Eifer begann sie, ein Geschäft nach dem anderen abzusuchen, fand eine enge Jeans, eine Bluse und Armbänder, die ihr besonders gefielen und kaufte sie. Sie achtete dabei nicht sonderlich auf das, was sie ausgab. Heute hatte sie es sich verdient, wie sie fand.

Es war bereits Nachmittag, als sie vollbeladen beschloss, dass es nun definitiv genug sei. Zuletzt fiel ihr ein, dass sie unbedingt noch etwas Obst kaufen wollte. Dies war etwas, das Jill neben ihrer in letzter Zeit sehr vernachlässigten sportlichen Aktivität dringend ändern wollte: eine gesündere Ernährung.

Als sie durch die Gänge des Supermarkts lief, wurde ihr erneut bewusst, wie glücklich sie sich in dem Moment fühlte. Sie hatte sich seit Ewigkeiten nicht mehr so frei und zielstrebig gefühlt.

Sie erspähte gerade am Ende des Supermarkts eine Theke mit frischem Obst und Gemüse, als sie plötzlich jemand hart anrempelte. Jill erschrak dabei so sehr, dass sie leise aufschrie. Erst im nächsten Moment nahm sie wahr, dass sie die Person kannte, die ebenso unachtsam gewesen war.

Myra stand unmittelbar vor ihr, ihre enge Jeans und das enganliegende T-Shirt betonten ihre durchtrainierte Figur nur noch mehr. Jill musterte sie, nahm aber dann den pochenden Schmerz in ihrer Schulter wahr. Stöhnend rieb sie sich über die Stelle.

Myra war offensichtlich genauso überrascht. »Jill? Was machst du denn hier? Oh Gott – hab ich dir wehgetan?«

Sie hatten es tatsächlich geschafft, mal wieder zusammenzustoßen. Vermutlich huschte genau deswegen auch in just diesem Moment ein vorsichtiges Lächeln über Myras Gesicht.

»Mach dir um mich keine Sorgen«, sagte Jill und ihre Stimme klang dabei barscher als sie es gewollt hatte.

»Tut mir leid, wirklich. Das war nicht meine Absicht.«

Jill nahm ihre Entschuldigung nur nebensächlich wahr. Sie musterte Myra vielmehr von oben bis unten und konnte gar nicht aufhören, dieses selbstbewusste Mädchen, das da vor ihr stand, anzustarren. Genau in diesem Moment, wo sie noch teils benommen vom Zusammenstoß war und Myra sie gleichzeitig so magisch anzog, konnte sie ihre Frage nicht zurückhalten.

»Möchtest du mal wieder was mit mir unternehmen?«

Es klang ungezwungen, Jill überraschte das selbst in dem Moment. Sie atmete unauffällig tief ein. Myra war vollkommen überrumpelt von der Frage und blickte sie erst skeptisch an, ehe sich ein Lächeln auf ihrem Gesicht breit machte.

»Wäre schön, wenn wir uns mal wieder sehen.«

***

»Nein Mum, das geht jetzt nicht!«

»Jill Tennert! Ich muss da rein! Sofort!« Ihre Mutter rüttelte an der verschlossenen Tür. »Mach auf, komm schon!«

»Sie ist in zehn Minuten hier, ich bin ohnehin zu spät.«

»Ja und ich komme zu spät zur Arbeit.«

Die Stimme ihrer Mutter drang gedämpft durch die Tür, doch der genervte Unterton konnte Jill selbst so nicht entgehen.

»Okay. Gib mir fünf Minuten. Bitte, das ist wichtig für mich!«

»Drei Minuten, wenn du versprichst, mir morgen ausführlich von eurem Date zu berichten.«

»Es ist kein Date. Und abgemacht.«

Zehn Minuten später griff sie nach ihrem grauen Mantel, um das Haus zu verlassen. Sie warf einen letzten prüfenden

Blick in Richtung Spiegel; die neue Jeans, die sie schlanker wirken ließ und eine schlichte, dunkelgrüne Bluse. Das musste für heute Abend reichen. Sie holte noch einmal tief Luft, als sie draußen ein Hupen vernahm.

Als sie zu Myra in den Wagen stieg, hämmerte ihr Herz laut gegen ihren Brustkorb. Im Licht, das durch das Öffnen der Wagentür kurz aufleuchtete, konnte sie Myra für einen kurzen Augenblick ungehindert mustern. Ihre schwarzen, kurzen Haare fielen ihr leicht ins Gesicht, ihre Wangenknochen kamen dadurch geheimnisvoll zum Vorschein. Ihre grünen Augen mit den langen, dunklen Wimpern strahlten Jill an, kaum war sie eingestiegen. Sie fühlte sich wie bei ihrem ersten Date mit Myra und wusste doch gleich, dass sie diesen Abend als solches nicht betrachten durfte. Trotzdem konnte sie sich ihre Bemerkung nicht verkneifen: »Ich hatte fast vergessen, wie hübsch du bist.«

Myra lächelte schief, überging das Kompliment und antwortete: »Hey, Jill.«

Als sie über ihre Schulter blickte und losfuhr, wurde Jill wieder bewusst, wie sehr sie an Myra immer angezogen hatte, dass sie so erwachsen, selbständig und erfahren wirkte. Sie war seit sie ihren Führerschein bekommen hatte eine gute Autofahrerin geworden, wie Jill jetzt erstmals auffiel. In der Dunkelheit des Wagens musterte sie sie vorsichtig von der Seite. Wie hatte sie es so lange ohne ihre Nähe aushalten können, fragte sie sich jetzt im Stillen.

»Meinst du, es ist viel los im Autokino?«, fragte Myra, der die Stille offenbar unangenehm wurde.

»Der Film läuft ja schon eine Weile. Mit Sicherheit nicht.«

»Ach, dann wird das sicher ein lustiger Abend. Ich find's toll, dass wir so offen miteinander umgehen können.«

Die Aussage saß. Myra und sie, alte Freundinnen die nach einem langen Streit endlich mal wieder gemeinsam etwas unternahmen. Es quälte sie, dass Myra dem Treffen diese Bedeutung zukommen ließ.

Linda. Der Name schoss ihr plötzlich durch den Kopf. Hatte Myra ihrer Freundin erzählt, wohin sie heute Abend ging? Hatte sie es ihr vorenthalten? Oder waren sie vielleicht gar nicht mehr zusammen?

Jill versuchte sich während der ganzen Fahrt auf etwas anderes zu konzentrieren, doch immer wieder schossen ihr diese Fragen durch den Kopf. Ihr wurde nach und nach bewusst, dass sie zu optimistisch an die Sache herangegangen war, dass ihre Hoffnungen vollkommen übereifert gewesen waren.

Schweigend bogen sie in das dunkle Waldstück ein, in dem sich der Eingang zum Autokino befand. Für den Herbst war es eine laue Nacht, weshalb Myra nach dem Bezahlen am Eingang einfach die Fenster unten ließ.

»Erinnert mich an früher. Weißt du noch, wie wir mit Mike und Tina hier waren?«, fragte Jill von alten Erinnerungen überwältigt, als sie über den großen Platz vor der Leinwand rollten.

»Das war wirklich ein lustiger Abend«, sagte Myra. »Als Tina sich und Mikes Auto vollkommen mit Käsesauce eingesaut hat und Mike fast ausgerastet wäre, weil es den ganzen Film über danach in seinem Auto gerochen hat.«

Jill musste bei dem Gedanken grinsen. Für einen kurzen Augenblick fiel ihr wieder ein, wie unglücklich Tina im Moment war. Sie konnte es fast nicht glauben, dass Mike sich jemals von ihr trennen könnte. Sie passten zu gut zusammen. Aber das hatte sie damals bei Myra und sich auch gedacht. Sie versuchte den Gedanken schnell abzuschütteln.

Mittlerweile hatte Myra an einem der Plätze gehalten, leicht abseits von all den anderen Autos.

»Wo wir bei dem Thema Käsesauce und Essen sind. Ich geh mir Popcorn holen. Soll ich dir auch was mitbringen? Ne Cola, wie immer?«, fragte Jill.

Ihr wurde in diesem Moment wieder bewusst, wie gut sie Myra kannte, wie viele Kleinigkeiten und Gewohnheiten.

»Gern«, erwiderte Myra und lächelte auf eine Art und Weise, die Jill nicht deuten konnte. Vielleicht hatte sie gerade genau den gleichen Gedanken gehabt.

»Und nicht ohne mich wegfahren«, witzelte Jill, um den Moment zu übergehen und schlüpfte aus dem Auto, um zum Bistro auf der anderen Seite zu laufen.

Als Jill beladen mit Popcorn, Cola und Chips zurück zum Auto lief, hatte der Film bereits angefangen. Wie ein Stummfilm waren nun die Szenen auf der Leinwand zu sehen. Eine Verfolgungsjagd im Auto. Irgendwie wirkte sie lächerlich, weil der Ton fehlte.

Als sie wieder am Auto ankam, sah sie, dass Myra es sich bereits gemütlich gemacht hatte. Ihr Sitz war weit nach hinten geschoben, die Lehne nach unten geschraubt. Ihre Füße lagen überkreuzt im Fensterrahmen des Autos.

Jill musste unwillkürlich grinsen, als sie sie so sah.

»Tut das nicht weh?«

»Was?«

»Naja – gemütlich sieht das nicht aus.«

»Du hast ja keine Ahnung! Ich verrenke mich eben gerne.« Sie zwinkerte Jill zu und wandte sich wieder zur Leinwand. Nun machte auch Jill es sich endlich auf ihrem Sitz gemütlich und reichte Myra ihre Cola. Als diese danach griff, berührten sich ihre Finger ganz kurz.

»Entschuldige«, stammelte Jill.

»Wofür entschuldigst du dich?«

Falls Myra diese Berührung auch so irritiert hatte wie Jill, so ließ sie es sich zumindest nicht anmerken.

Umso spannender der Film angefangen hatte, desto langweiliger wurde er am Ende.

Als hätten sich die Filmmacher nur in den ersten 30 Minuten mit dem Streifen Mühe gegeben, dachte Jill. Sie merkte, wie sie müder wurde. Nur mit Ach und Krach konnte sie ihre Augen offen halten.

Plötzlich sah sie aus dem Augenwinkel eine Bewegung und spürte, wie etwas langsam gegen ihre Schulter sackte. Myra war ganz offensichtlich eingeschlafen und lag nun halb über die Gangschaltung gelehnt an Jills Schulter. Jill stockte für eine Sekunde der Atem. So nah war sie Myra schon lange nicht mehr gewesen, gleichzeitig wollte sie es aber auch nicht ausnutzen. Sie überlegte, wie sie sich verhalten sollte. Würde sie sie schlafen lassen, müsste sie sich später vielleicht rechtfertigen, warum sie die unbeabsichtigte Nähe zugelassen hatte. Gleichzeitig wollte sie aber auch, dass dieser Moment nicht endete. Sie ärgerte sich, dass sie sich so viele Gedanken machte.

Jill drehte leicht den Kopf und musterte Myras makelloses Gesicht aus nächster Nähe. Sie sah friedlich aus, während sie schlief. All die Gefühle von früher überholten Jill in diesem Moment. Sie hatte das Bedürfnis, diese roten Lippen zu küssen, diese weiche Haut zu berühren.

Stattdessen gab sie sich selbst einen Ruck und berührte Myra am Arm.

»Myra, wach auf.«

Verschlafen murmelte Myra etwas. Als ihr bewusst wurde, dass sie an Jills Schulter lehnte, schreckte sie hoch.

»Du bist wohl eingeschlafen. Bei dem Film kann man das dir aber auch nicht verübeln«, sagte Jill und grinste.

Myra rieb sich die Augen und murmelte eine Entschuldigung. Dann widmete sie ihre ganze Aufmerksamkeit den letzten Szenen des Films.

»Na das war ja jetzt nichts«, sagte Jill, als sie sich bereits auf dem Heimweg befanden. Sie musste mehr über das schlechte Ende lachen, als dass sie sich wirklich ärgern konnte, für den Film Geld ausgegeben zu haben.

»Wieso? Die Anfangsszenen waren doch ganz reizvoll. Schade nur, dass du nicht da warst und sie verpasst hast«, neckte Myra sie und warf ihr ein Lächeln zu, ehe sie sich wieder auf die Straße konzentrierte.

Jill lächelte und ließ ihren Blick gedankenverloren durch den Wald gleiten. Sie fuhren über eine scheinbar nie endend lange Straße. Sie hatten die Fenster noch immer herunter gekurbelt, auch wenn es deutlich kühler im Auto war als vorher. Irgendwie hatte es etwas von Freiheit, wie Jill fand.

Den Rest des Weges saßen sie nur schweigend nebeneinander, während Jill noch einmal über den Abend nachdachte und merkte, wie glücklich es sie gemacht hatte, Myra wieder in ihrer Nähe zu haben. Erst als sie bereits in Jills Straße einbogen, durchbrach Myra die Stille.

»Da wären wir wohl«, sagte sie und Jill spürte, wie viel Vertrautheit in der Aussage mitschwang. Langsam hielt sie vor Jills Haustür.

»Es war wirklich ein schöner Abend. Hat Spaß gemacht«, sprach Myra weiter, da Jill noch immer schwieg. Als sie dazu auch nichts sagte, blickte sie sie fragend von der Seite an.

»Alles okay?«

Es war das erste Mal, dass Jill so direkt den Augenkontakt mit Myra suchte und fand.

»Ich habe heute Abend einfach gemerkt, wie sehr ich dich vermisst habe«, sagte Jill.

Myras Antwort kam verzögert, als wolle sie ihre Worte mit Bedacht wählen: »Jill? Ich weiß, Autokino ist so 'ne typische Sache, die Paare immer miteinander machen. Vielleicht hätten wir auch woanders hingehen sollen, es langsam angehen. Aber meine Freundin weiß, dass ich heute Abend mit dir weg bin … und ich will ihr Vertrauen nicht missbrauchen. Diesen Fehler mache ich nicht nochmal.«

»Ich hätte nur einfach selbst nicht gedacht, dass du mir so gefehlt hast. Ich wollte nur ehrlich sein. Tut mir leid.«

Jill spürte, wie ihr die Röte ins Gesicht schoss und hoffte, Myra würde dies in der Dunkelheit nicht sehen. Zugleich fragte sie sich aber auch, was sie sich eigentlich gedacht hatte. Einen Abend mit ihrer Ex, die mittlerweile eine Neue hatte und alles wäre wieder wie früher? Innerlich ärgerte sie sich über ihre Naivität.

Myra räusperte sich. »Es ist wohl besser, ich gehe jetzt. Gute Nacht, Jill.«

Als Jill hinaus auf die Straße trat und Myra mit ihrem Wagen in die Dunkelheit davonfahren sah, fühlte sie sich leer. Nicht so, wie sie sich die letzten Tage und Wochen leer gefühlt hatte, sondern eher unzufrieden, ziellos.

Eine ganze Weile noch stand sie einfach so da, unfähig, klar zu denken oder reinzugehen. Sie dachte darüber nach, wie dieser Abend verlaufen war und ihr wurde immer mehr bewusst, dass auch Myra den Abend genossen hatte, dass auch ihr es ungemein schwer gefallen war, mit Jill normal umzugehen. Dies ließ in Jill unwillkürlich Hoffnungen aufsteigen und sie beschloss, Myra um ein weiteres Treffen zu bitten. Sie konnte sich nicht einfach mit der Situation zufrieden geben. Sie wusste, da war mehr. Zumindest glaubte sie das.

ZUSAMMENSTOSS

Als sie die Treppenstufen hinunterlief, hörte sie ein Kichern, gefolgt von einem Grunzen. Das konnte nur ihre Mutter sein, dachte Jill und musste grinsen. Als sie unten ankam, sah sie, dass ihre Mutter gerade auf Leo lag. Er hatte seine Hände an ihrer Taille und kitzelte sie. Ihre Mutter rang zwischen mehreren Lachanfällen nach Luft.

Als sie Jill bemerkten, hielten sie inne und richteten sich wieder auf dem Sofa auf. Dass ihre Mutter nicht verstand, dass Jill längst wusste, wie kindlich sie manchmal sein konnte, wunderte Jill immer noch.

»Jill … Schon wach?« Sie zupfte ihre Bluse zurecht.

»Ja, aber noch längst nicht so aktiv wie ihr.« Jill konnte ein Grinsen nicht unterdrücken.

Leo machte sich mittlerweile darüber lustig, dass Jills Mutter sich plötzlich so verstellte und kitzelte sie erneut, woraufhin diese wieder zu lachen begann, es sofort aber wieder unterdrückte und ihn mahnend anblickte.

»Wie war's eigentlich gestern?«, fragte sie und gab ihrer Tochter zu verstehen sich zu setzen.

»Ein wenig komisch, aber auf jeden Fall schön.« Jill setzte sich zögerlich auf den Sessel. Sie fühlte sich unwohl, wenn sie die beiden in einer derart vertrauten Situation störte.

Doch ihre Mutter schien kein Problem damit zu haben, ließ sich an Leo sinken und blickte sie erwartungsvoll an. »Und?«

»Was erwartest du? Wir waren einen Abend zusammen weg, sie hat eine Freundin und das hat sie klar genug betont.«

»Oh.«

Es war nicht zu überhören, dass ihre Mutter enttäuscht war. Schließlich hatte sie Myra nett gefunden und schien froh gewesen zu sein, dass sie Jill aus ihrem Tief hatte ziehen können.

»Ist es okay, wenn Leo und ich heute Abend ausgehen oder sollen wir hier bleiben und dich ein bisschen ablenken?«

Jill wusste, dass ihre Mutter das gerne für sie getan hätte, aber sie konnte wegen ihrer Arbeit ohnehin schon wenig Zeit mit Leo verbringen. Jill wollte ihnen diese Gelegenheit nicht nehmen.

»Ach, ich beschäftige mich schon, mach dir da mal keine Gedanken. Aber ich wünsch euch einen schönen Abend.«

Und so kam es, dass Jill bei Einbruch der Dämmerung immer noch daheim saß. Ihre Mutter war mit Leo bereits am Nachmittag weggegangen. Schwimmbad, Kino, gemeinsames Essen – nichts wollten sie an diesem Abend auslassen und die Zeit gemeinsam voll auskosten, bevor Leo auf eine zweiwöchige Dienstreise nach Frankreich gehen würde.

Jill saß auf der Couch im Wohnzimmer. Um sie herum vollkommene Stille. Sie fühlte sich einsam, eingesperrt und abgeschottet. Ein grauenvolles Gefühl. Um sich wortwörtlich Luft zu verschaffen lief sie zur Terrassentür und zog sie auf. Die kalte Abendluft strömte ihr sofort entgegen. Dazu der Geruch von Rauch, der aus dem Nachbarsgarten aufstieg. Wahrscheinlich grillten ihre Nachbarn – so machten sie es häufig, selbst noch im spätesten Herbst bei eisigen Temperaturen.

Der Gedanke, dass ihre Nachbarn gerade gemütlich beisammensaßen, machte ihre Situation nicht gerade besser. Hastig schloss sie wieder die Terrassentür. Während sie sich von innen an die kalte Scheibe lehnte, wurde der Rauchgeruch allmählich schwächer, ehe er ganz verschwand. Sie stand dort noch eine ganze Weile, ohne sich zu rühren. Dabei schossen ihr immer wieder Erinnerungen an den gestrigen

Abend durch den Kopf. Daran, wie Myra an ihrer Schulter geschlafen und sich alles so richtig angefühlt hatte. Plötzlich, ohne groß darüber nachzudenken, eilte Jill zur Haustür, schlüpfte in ihre Schuhe und ging nach draußen. Sie wusste, wohin sie an so einem trostlosen Abend gehen konnte.

Nach einigen Minuten kam sie an. Die Lichter der Stadt leuchteten hinter ihr, als sie die letzten Schritte auf dem schmalen Weg nach oben zurücklegte. Kaum war sie auf der großen Rasenfläche des höchsten Punkts des Bergs angelangt und durch das vertraute Gebüsch vor sich geschlüpft, sah sie den gigantischen Felsvorsprung vor sich. Erhellt von den Lichtern der Stadt, die unten im Tal lagen, und dem Schein des Mondes ging Jill vorsichtig auf den Rand zu und ließ sich dort nieder. Sie rutschte so nah an die Klippe, dass sie ihre Beine in der Luft baumeln lassen konnte. *Das* bedeutete für sie Freiheit.

In gierigen Zügen sog sie klare Nachtluft ein. Sie spürte, dass ihr kalt wurde, aber es war ihr egal. Es spielte in diesem Moment einfach keine Rolle.

Sie wusste nicht, wie lange sie dort gesessen hatte, doch irgendwann wurde ihr zu kalt, um es weiter zu ignorieren. Eilig schlang sie ihre Arme um ihre Mitte und versuchte so ein letztes Mal gegen die Kälte des Spätherbsts anzukämpfen. Vergebens. Die Kälte hatte längst ihre Kleider durchdrungen.

Einen vorerst letzten Blick wollte sie trotzdem auf die kleine Stadt vor sich werfen. Gerade als sie sich dazu aufraffte, aufzustehen, hörte sie ein unheimliches Knacksen hinter sich. Erschrocken fuhr sie herum.

Im Schein des Mondes konnte sie Myras Figur erkennen. Myra wirkte nicht weniger erschrocken.

»Was machst du hier?«, entfuhr es Jill.

»Ich wollte einfach mal spazieren gehen. Und du?«

»Ich wollte nachdenken.«

Myra sagte kein Wort, sondern setzte sich neben sie. Dann fragte sie: »Worüber nachdenken?«

Jill zögerte. Wie offen sollte sie mit Myra sprechen?

»Über dich. Über uns. Darüber, dass ich dich damals nicht hätte von mir weisen dürfen und mit dir darüber hätte reden sollen. Aber ich war einfach so wütend und verletzt.«

Sie musste sich räuspern, traute sich aber nicht, tat es dann doch, doch sehnlichst darauf bedacht, es unauffällig zu tun. Myra reagierte nicht. Weder auf das Gesagte, noch auf das Räuspern. Sie starrte einfach nur eine ganze Weile gerade aus auf die Dächer der Stadt.

Plötzlich wurde sie wütend.

»Jill, was willst du eigentlich von mir? Erwartest du wirklich, dass ich, kaum kreuzt du hier auf, meine Freundin für dich verlasse?«

Jills Reaktion schien Jill selbst nicht weniger zu überraschen als Myra. Sie beugte sich einfach zu ihr hinüber und küsste sie, während sie ihre Hand auf Myras Wange legte und sie an sich zog. Jill tat es mit der gleichen Bestimmtheit mit der sie damals Myras ersten Kuss erwidert hatte und all die Gefühle, die Augenblicke und Erinnerungen, die sie mit Myra geteilt hatte, schienen wie durch diesen Kuss nach so vielen Monaten wieder da zu sein.

Myra erwiderte den Kuss, ließ sich Jill entgegen sinken, sich von ihren Armen auffangen. Doch plötzlich riss sie sich los, stammelte etwas und lief davon. Jill rief ihr noch nach, doch Myra war längst verschwunden.

Als ihr Haus in Sichtweite kam, konnte sie im Schein des Mondes erkennen, dass jemand vor ihrer Haustür stand. Erst als die Person in ihrer Handtasche wühlte und leise fluchte, wurde Jill bewusst, dass es nur ihre Mutter sein konnte. Sie grinste und näherte sich ihr, doch sie schien sie überhaupt nicht zu hören.

»Ich kann doch jetzt nicht einfach klingeln und sie wecken«, murmelte ihre Mutter.

»Schlüssel vergessen?« Jill musste lachen, als ihre Mutter erschrocken herumfuhr.

»Jill, mach das nie mehr!« Sie knuffte sie in die Seite. »Was machst du eigentlich hier draußen um die Uhrzeit?«

»Lass uns doch erstmal reingehen.« Jill zückte feixend ihren Schlüssel.

Als sich ihre Mutter neben ihr auf der Couch niederließ, fiel Jill auf, wie glücklich sie aussah.

»Warum bist du eigentlich wieder zurück? Ich hab dich frühestens morgen erwartet.« Jill legte ihre Stirn in Falten.

»Er fliegt doch morgen sehr früh, braucht also seinen Schlaf und hat mich rausgeworfen«, sagte ihre Mutter, doch es schien ihr nichts auszumachen.

»Und trotzdem grinst du so? Erzähl mir bitte nicht, was ihr den ganzen Abend gemacht habt!« Jill versuchte eilig den Gedanken loszuwerden.

Ihre Mutter grinste nur. »Also, wo warst du eben?«

»Spazieren. Ich habe Myra getroffen - … und geküsst.«

Die Reaktion ihrer Mutter überraschte sie nicht. Sie blickte sie nur ungläubig an: »Wirklich? *Die* Myra?«

»Genau *die*.«

»Das ging ja schnell, war nicht gestern noch …?«

»Und sie ist abgehauen.«

»Autsch.«

Die Bemerkung brachte Jill zum Grinsen. Ihre Mutter blickte sie irritiert an, verstand ihre Reaktion aber falsch: »Du erhoffst dir mehr von der Sache, oder?«

Jill hatte keine Lust, das Missverständnis aufzuklären. Sie nickte nur, schließlich war es wirklich so. Ein Gemisch aus Glück, Hoffnung und Müdigkeit überfiel sie. Sie erzählte ihrer Mutter noch einmal in einer Kurzfassung, was vorgefallen war, und verabschiedete sich dann, um ins Bett zu gehen.

Sie war so müde, dass sie ihre Kleidung nicht einmal mehr wechselte, sich einfach aufs Bett fallen ließ und sofort einschlief.

Sie wurde durch ein Geräusch geweckt. Sie konnte es nicht einmal zuordnen, so benommen war sie. Wie lange hatte sie eigentlich geschlafen? Sehr kurz, so kam es ihr jedenfalls vor. Draußen war es vollkommen dunkel.

Erst als sie ihr Handydisplay neben sich leuchten sah, wusste sie, dass das merkwürdige Geräusch ihr Klingelton war.

›Tina‹, stand auf dem Display, das sie in der Dunkelheit grell anleuchtete. *Was will Tina von mir mitten in der Nacht?*

Mit krächzender Stimme meldete sie sich am Telefon.

Am anderen Ende herrschte erst Schweigen. Dann hörte sie Tina mit veränderter Stimme sprechen.

»Tut mir leid, dass ich dich störe«, weiter kam sie nicht - sie brach unvermittelt in Tränen aus. Nur noch ein Schluchzen erfüllte die Leitung.

»Was ist los, T.?«

Aus dem weiteren Schluchzen konnte Jill nichts verstehen. Erst als Tina sich für einen Sekundenbruchteil fing und mit wackliger Stimme fragte: »Kannst du vorbeikommen?«

»Jetzt? Es ist mitten in der Nacht!« Sie seufzte und rieb sich die Stirn. »Klar. Natürlich komme ich. Rühr dich nicht vom Fleck!«

Im nächsten Moment hatte Jill schon aufgelegt und war aus dem Bett gesprungen. Jetzt war sie dankbar dafür, dass sie am Abend zuvor zu faul gewesen war, ihre Kleidung zu wechseln. Dennoch streifte sie sich eilig ein frisches T-Shirt über und sprintete nach draußen.

Kaum stand sie im Freien, wurde ihr schmerzlich bewusst, wie leichtsinnig es gewesen war, nur ein T-Shirt anzuziehen. Außerdem hatte sie in der Eile vergessen, in ihre Schuhe zu schlüpfen. Nur mit Socken bekleidet stand sie nun auf der Straße und überlegte, noch einmal umzukehren. Sie entschied sich dagegen und biss die Zähne zusammen.

Sie fuhr nicht häufig Auto, doch heute Nacht würde ihre Mutter es sowieso nicht brauchen. Sie sprang auf den Fahrersitz. Für einen Augenblick schoss ihr durch den Kopf, dass es nur wenige Stunden her war, dass sie Myra geküsst hatte. Bei dem Gedanken kribbelten ihre Lippen und sie berührte sie sanft.

Als sie sich bei ihren Träumereien erwischte, kämpfte sie sich zurück in die Gegenwart. Tina wartete auf sie und offensichtlich brauchte sie ihre Freundin jetzt, denn sie hatte nie zuvor mitten in der Nacht bei ihr angerufen. Entschlossen trat sie das Gaspedal durch.

Wenige Minuten später – Jill kam es wie Sekunden vor – stand sie vor Tinas Haus und klopfte leise an die Tür. Noch während ihre Hand in der Luft schwebte, um erneut zu klopfen, wurde die Tür aufgerissen.

Jill erschrak bei dem Anblick ihrer Freundin, konnte ihre Reaktion aber gerade noch unterdrücken. Offensichtlich entging Tina dennoch nicht, was sie dachte.

Erschöpft sagte sie: »Jaja, ich weiß. Ignorier bitte wie ich aussehe.«

Erst bei näherer Betrachtung bemerkte Jill, dass Tinas Augen rot unterlaufen waren und die Blässe in ihrem Gesicht.

»Tina? Was ist passiert?«

Statt zu antworten gab Tina ihr zu verstehen, ihr ins Wohnzimmer zu folgen.

»Tina, mach's nicht so spannend. Was ist los?«

»Mike. Er hat Schluss gemacht.«

Hatte Tina sich bis zu diesem Augenblick zurückhalten können, so schossen dafür nun umso mehr Tränen aus ihren Augen. Jill konnte es kaum ertragen. Tina krümmte sich so stark zusammen, dass sie kaum noch Luft bekam.

Jill eilte ihr zur Seite und zog sie an sich.

»Ist ja gut.« Sie streichelte Tina durchs Haar.

Erst nach einigen Minuten hörte Tina auf, trocknete ihre Augen und schnäuzte in ein Taschentuch.

»Wie hast du es eigentlich geschafft, in zwei Minuten da zu sein? Selbst mit dem Auto braucht man normal fünf.«

»Hab 'n bisschen aufs Gas gedrückt.« Jill zuckte die Schultern.

Plötzlich musste Tina lachen. »Und das offensichtlich ohne Schuhe.«

»Naja. Als du angerufen hast, klang das nach Weltuntergangsszenario. Da hatte ich einfach keine Zeit mehr für Schuhe.«

Eine ungemeine Vertrautheit umgab die beiden in diesem Moment, in dem Tina lachte und dabei weinte. Jill musste lächeln. In solchen Momenten wurde ihr wieder bewusst, wie wichtig es war, Freunde zu haben, auf die man sich verlassen konnte.

»Danke, Jill!«

»Wofür?«

»Dafür dass du einfach ins Auto gesprungen bist, mitten in der Nacht, und hergekommen bist. Ohne Schuhe.«

»Für dich immer.«

Als Jill schließlich die Haustür hinter sich ins Schloss zog und nach draußen auf die Straße trat, musste sie erst einmal tief einatmen. Gerade eben hatte sie Tina noch ins Bett gebracht. Sie war so erschöpft gewesen, dass sie kaum im Stande gewesen war, sich selbst umzuziehen. Wie ein Kind hatte sie sich helfen lassen. Zuletzt hatte Jill ihr einen Kuss auf die Stirn gedrückt - so wie ihre Mutter es immer bei ihr machte, wenn es ihr nicht gut ging - und sie dann zugedeckt. Als sie das Licht in Tinas Zimmer ausgeknipst hatte, hatte sie sich gut gefühlt, weil sie ihr hatte helfen können, doch nun war sie ausgelaugt.

Sie atmete noch einmal tief ein, ehe sie auf ihren Wagen zulief. Als sie dort ankam, hörte sie hinter sich Schritte. Sie kam sich paranoid vor, konnte sich aber nicht dagegen wehren, dass ihr Herz zu rasen begann.

»Jill?« Diese vertraute Stimme. Sofort beruhigte sie sich und drehte sich um. Vor ihr im Licht der Straßenlaterne stand Myra. Sie trug ausschließlich Schwarz. Eine enge Jeans, ihre Lieblingsjacke. Ihr Schal wehte im Wind, ihre kurzen, schwarzen Haare fielen ihr ins Gesicht. Jill glaubte, sie würde träumen. Myra ging einige Schritte auf sie zu und blieb direkt vor ihr stehen.

»Was … was machst du hier?«, stotterte Jill.

»Ich hab vor deinem Haus gewartet und wollte dich eigentlich wecken, aber dann kamst du schon raus. Ohne Schuhe. Das hat mich etwas verwirrt, also hab ich beschlossen, dir einfach mal zu folgen. Entschuldige. Ist sonst nicht meine Art.«

Myra wirkte fast schüchtern, als sie vor Jill stand und den Blick zu Boden richtete, den Mund zu einem zaghaften Lächeln verzogen.

»Warum wartest du mitten in der Nacht vor meinem Haus?«

»Ich konnte es nicht erwarten.«

»Was erwarten?«

Ehe Jill sich versah, hatte Myra sie gegen die Wagenseite gedrückt, ihre Lippen auf Jills Lippen gepresst und sie umschlungen. Jill verlor sich in ihrer Umarmung und glaubte bis zuletzt, dass sie träumte. Erst als Myra wieder von ihr abließ und nach ihrer Hand griff, wurde ihr bewusst, dass sie es nicht tat.

»Fahr mich irgendwohin.«

»Es ist mitten in der Nacht. Wohin soll ich dich denn bringen?«

»Wohin du willst, nur weg von hier.«

Jill war viel zu benommen, um Fragen zu stellen. Und als sie 15 Minuten später an einem Ort außerhalb von Denndorf das Auto parkte, hatte sie längst vergessen, dass es noch etwas außer ihr und Myra gab.

»Deine Mum hat immer Decken im Kofferraum, richtig?«

Jill konnte nicht antworten, beobachtete nur, wie Myra über die Gangschaltung nach hinten stieg. Als sie sich wenig später umdrehte, hatte Myra die Rückbank umgelegt und einige Decken ausgebreitet.

»Komm, meine Hübsche«, flüsterte Myra.

Sobald Jill nach hinten gestiegen und Myra nah war, verlor sie sich erneut in ihren Berührungen.

»Du bist die Einzige, die ich immer wollte«, flüsterte Myra. »Wie sehr ich dich vermisst habe.« Sie küsste ihr Schlüsselbein, fuhr mit den Fingern über Jills Körper, zeichnete jede einzelne Rippe zärtlich nach und ließ ihre Finger weiter nach unten zu Jills Hüfte gleiten.

Jill wusste nicht, wann sie das letzte Mal so etwas empfunden hatte. Gleichzeitig umgab sie eine solche Vertrautheit, wie sie sie nie zuvor zwischen ihnen gespürt hatte. Sie ließ sich einfach fallen, sog die Eindrücke in sich auf und vergaß in diesem einen Moment, was in den letzten Monaten vorgefallen war. Plötzlich war alles wieder da.

In dieser Nacht liebten sie sich wieder und wieder. Erst als der Morgen anbrach, konnten die beiden voneinander ablassen.

Myra lehnte sich zu Jill herüber und flüsterte ihr ins Ohr: »Ich liebe dich. Das habe dich immer.«

HINDERNISPARCOURS

»Sie hören Radio MM und ich bin Tobin Keller«, sagte die Stimme des Moderators, ehe das nächste rockige Lied aus den Lautsprechern tönte.

»Den würd ich auch gern mal persönlich kennenlernen«, schwärmte Jills Mutter und wischte weiter den Boden.

Jill wartete in sicherer Entfernung. Wenn ihre Mutter das Haus putzte, musste sie vorsichtig sein. Einmal hatte sie Jill nicht vorgewarnt, dass der Boden nass war und Jill war so unglücklich ausgerutscht, dass ihre Mutter sie mit einer Platzwunde am Kopf ins Krankenhaus hatte fahren müssen. Am Anfang war sie noch besorgt um ihre Tochter gewesen, doch einige Tage später hatte sie immer wieder lachend Jill vor Augen gehalten, wie lustig sie beim Sturz ausgesehen hatte.

Als Jill daran zurückdachte, rieb sie sich die gedanklich immer noch schmerzende Stelle am Hinterkopf.

»Der hat doch wirklich eine total sympathische Stimme«, sagte ihre Mutter.

»Mum, du hast einen Freund und nur weil der mal eben auf Reisen ist, musst du nicht gleich den Nächstbesten nehmen.« Jill grinste und wich zurück, als ihre Mutter ihr mit dem tropfenden Lappen entgegenkam.

»Wo wir grade von Partnern reden: Was ist jetzt eigentlich mit dir und Myra? Ich hab gemerkt, du warst letzte Nacht unterwegs ...«

Just in dem Moment klingelte Jills Handy und sie war froh, die Antwort noch etwas hinauszögern zu können. Den ganzen Morgen quälte sie schon der Gedanke, dass sie dazu beigetragen hatte, dass Myra ihre Freundin betrogen hatte. Sie wollte nie so eine Person sein, doch in der letzten Nacht hatte ihre Vernunft einfach ausgesetzt. Ihr Herz hatte sie einfach übertönt.

»Bin gleich wieder da«, rief sie und hastete in ihr Zimmer um ungestört telefonieren zu können.

Was für ein Zufall, dachte sie sich, als sie sah, dass Myra anrief.

»Hey, alles klar bei dir?«, meldete sich Jill.

»Sicher. Ich kann nur nicht aufhören, an letzte Nacht zu denken.«

»Ist Linda im Momente nicht bei dir?«

»Nein, ist sie nicht. Jill, können wir uns wiedersehen?«

»Du solltest mit Linda Schluss machen, ehe du etwas Anderes anfängst.«

Auch wenn Jill sich am liebsten sofort mit Myra getroffen hätte, sie musste wenigstens jetzt vernünftig sein. Ihre Mutter würde sie einen Kopf kürzer machen, würde sie erfahren, dass sie etwas unter den Umständen mit Myra gehabt hatte. Zumal gerade sie sich eigentlich hätte anders verhalten sollen. Sie kam sich selbst fremd vor.

»Ich weiß ja. Ich ertrage mich auch kaum. Es ist nur so schwer. Sie hat das einfach nicht verdient.« Myra seufzte am anderen Ende.

Sie telefonierten noch eine Weile, sprachen über Alltägliches, doch das eigentlich wichtigste Thema blieb ungeklärt. Myra beendete das Gespräch abrupt.

»Du, Linda ist gerade gekommen. Ich muss Schluss machen.«

Zuversichtlich ging Jill wieder die Treppen nach unten. Sie wusste, woran sie war, was Myra fühlte. Das war ein Gefühl, von dem sie lange geglaubt hatte, sie würde es nie wieder empfinden. Dennoch musste Myra erst die Sache mit Linda klären und das war allein ihre Aufgabe.

»Du strahlst ja so. Also, du hast meine Frage noch nicht beantwortet. Bist du wieder mit Myra zusammen?«, fragte ihre Mutter, während sie noch in Gedanken dem Gespräch nachhing.

»Ich sag dir schon Bescheid, wenn es sicher ist«, zwinkerte Jill und ging in die Küche, um weiteren Fragen auszuweichen.

Ihre Mutter war gerade zur Arbeit gegangen und Jill aus der Dusche gestiegen, als es an der Tür klingelte. Hastig wickelte sie sich in ein Handtuch.

»Komme«, rief sie und hechtete die Treppe hinunter. Unten angekommen rutschte sie vor lauter Schwung auf ihren nassen Füßen aus, rappelte sich aber sofort wieder hoch.

Als sie die Tür öffnete und Tina entgegenblickte, schauten sich beide mit Verwunderung an.

»Was machst du hier?« - »Wie siehst du denn aus?«, entfuhr es beiden gleichzeitig und sie mussten lachen.

»Komm erstmal rein!«

Jill ließ Tina an sich vorbei ins Haus und berichtete von ihrem Sprint.

»Wegen mir hättest du nicht dein Leben riskieren müssen«, witzelte Tina und Jill war unendlich froh, dass sie überhaupt lachen konnte. Ihre geschwollenen Tränensäcke und ihre bleiche Gesichtsfarbe sprachen nämlich eine andere Sprache.

»Geht's dir gut?«

Jill biss sich auf die Unterlippe. Vermutlich hätte sie das Thema einfach nicht aufgreifen sollen, bis Tina es selbst tat.

»Ach, mal so, mal so. Im Moment ist es okay. Aber als ich eben allein daheim saß, war das einfach zu viel.« Sie seufzte.

Jill schaute sie mit betretener Miene an. In solchen Momenten wusste sie nie, was sie sagen sollte. Sie wollte Tina helfen, aber wusste zugleich auch, dass das vermutlich nur die Zeit konnte.

»Na wenigstens bist du mal wieder bei mir. Warst du seit Ewigkeiten nicht mehr«, lächelte Jill.

»Das ist wahr. Das letzte Mal bei unserem ... DVD-Abend.«

Jill sah, wie Tina Tränen in die Augen stiegen bei der Erinnerung an den DVD-Abend, an dem sie noch mit Mike zusammen gewesen war. Jill versuchte eilig das Thema zu wechseln.

»Bist du aus einem bestimmten Grund gekommen oder wirklich einfach nur so?«

»Wie gut verstehst du dich wieder mit Myra?«

Die Frage kam so überraschend, dass Jill kurz das Blut aus dem Gesicht wich. Ihr Herz raste. Sie überlegte hastig, ob Tina gestern noch mitbekommen haben könnte, was sich mitten in der Nacht vor ihrem Haus abgespielt hatte.

So wie Tina ausgesehen hat, als ich sie ins Bett gebracht habe, ist das fast ausgeschlossen, dachte Jill.

»Es geht, wieso?« Jill versuchte locker zu klingen.

»Ich würde gern einen Spielabend mit mehreren Freunden machen. Toni, Steffen und Oliver wären dabei. Und wahrscheinlich Myra und Linda. Ich wollte dich fragen, ob du auch kommen magst. Also, wenn es dir nichts ausmacht, die beiden zusammen zu sehen.«

Jill fiel für einen Moment ein Stein vom Herzen, da Tina offenbar ahnungslos war. Dann überlegte sie, wie sie sich aus der Sache herauswinden könnte. Einen Abend mit den beiden zusammen, das konnte sie sich beim besten Willen nicht antun.

»Es wäre echt toll, wenn du kämst. Ich würde mich einfach gern ablenken, verstehst du?«

Jill ließ den Kopf hängen und stöhnte.

»Na schön. Aber wehe, ich bekomm keinen Orden für meine Heldentat! Das mach ich echt nur für dich«, murmelte Jill widerwillig.

Wenige Stunden später war es diesmal Jill, die an Tinas Tür klingelte. Prüfend blickte sie an sich herunter. Sie hatte sich nicht übertrieben schick anziehen wollen – es war schließlich nur ein Spielabend. Dennoch hatte sie gut aussehen wollen und zu ihrer dunklen, enganliegenden Jeans und einem weinroten Oberteil gegriffen. In der Zeit, in der sie von Myra getrennt war, war sie schlanker geworden, wie ihr in diesem Moment erstmals richtig bewusst wurde. Außerdem hatte sie ihren Kleiderschrank aufpoliert.

Hatte also doch etwas Gutes, dachte sie grinsend, als sich die Tür vor ihr öffnete. Als Tina ihr Lächeln sah, strahlte sie.

»Schön, dass du wirklich gekommen bist. Ich hab's bis eben nicht geglaubt.« Sie zog Jill nach drinnen.

Als sie ihre Schuhe im Flur auszog, hörte sie das Stimmgewirr aus dem Wohnzimmer. Ihr schossen die Erinnerungen an die vergangene Silvesterparty durch den Kopf. Dort hatte sie Myra das erste Mal geküsst. Bei dem Gedanken rann ein warmer Schauer über Jills Körper und sie musste noch mehr lächeln. Doch als sie nach Tina ins Wohnzimmer trat und Linda erblickte, die auf Myras Schoß saß, musste sie schwer schlucken.

Gleichzeitig ärgerte sich Jill über ihre Naivität, weil sie fast schon vergessen hatte, dass Myra die Sache mit Linda noch nicht geklärt hatte. Stillschweigend ermahnte sie sich, dass sie sich der Sache mit Myra nicht sicher sein sollte.

»Hallo zusammen«, lächelte Jill in die Runde – bedacht, es möglichst ungezwungen wirken zu lassen.

Für einen Sekundenbruchteil trafen sich Jills und Myras Blicke. Ein verstecktes Lächeln. Dann war der Bann gebrochen.

Jill ließ sich sicherheitshalber in einiger Entfernung zu dem Pärchen nieder. Jetzt erst fiel ihr auf, dass Tina sie die ganze Zeit mit ihrem Blick durchbohrte. Jill schaute schnell weg.

»Wir dachten, damit es nicht zu langweilig wird, muss der Verlierer trinken.« Oliver grinste und zeigte auf das Brettspiel vor sich. »Immer zwei Leute bilden ein Team, sonst reichen die Spielfiguren nicht.«

Jill war froh, als sie mit Tina in ein Team kam, zugleich versetzte es ihr aber auch ein Stich, als sie sah, wie Linda sich mit Myra verbündete und sie küsste.

»Na, Jill? Freust du dich auf die Klausur nächste Woche?«, fragte Toni.

Die Anderen waren damit beschäftigt, die Spielfiguren aufzuteilen.

»Die habe ich fast schon wieder verdrängt«, stöhnte Jill, »blöd nur, dass das Wochenende morgen schon wieder rum ist.«

»Und ich muss wieder zur Arbeit«, seufzte Linda am anderen Ende des Tisches.

Jill hatte ihre Stimme seit der Begegnung auf der Straße mit Myra nicht mehr gehört und zuckte bei der Erinnerung an diesen Augenblick innerlich zusammen.

»Du arbeitest schon? Als was?«
Jill versuchte ihren Gesichtsausdruck zu kontrollieren.

»Nichts Großes. Ich bin Verkäuferin in einem Musikgeschäft in der Stadt.«

»Immerhin verdienst du dir nebenher ein bisschen was.«
Jill versuchte das Thema abzuschließen. Ihr war die Situation unangenehm, wie sie sich mit der neuen Freundin ihrer Ex

unterhielt. Mit der Freundin, die sie praktisch indirekt eben-falls hinterging. Sie wollte keine Beziehung zu Linda auf-bauen, das konnte sie einfach nicht. Sie wollte nichts über die-ses Mädchen wissen, sonst würde es ihr womöglich wie Myra gehen, die sie einfach nicht verletzen wollte.

»Ja. Nicht jeder will studieren – wie meine Freundin hier.« Linda grinste Myra an.

»Ach, echt? Hast du konkrete Pläne?« Jill hörte davon zum ersten Mal.

»Ich will mich für Architektur einschreiben. Weiß ich selbst erst seit Kurzem.« Myra lächelte. »Du hast doch sicher auch schon Pläne?«

»Ausnahmsweise noch nicht.« Jill zuckte mit den Schul-tern. Sie hatte sich in den vergangenen Monaten häufig den Kopf darüber zerbrochen, was sie nach dem Abschluss tun sollte. Doch bislang war sie ratlos zurückgeblieben.

Nachdem niemand mehr etwas sagte, ergriff Toni das Wort: »Ich hab mir neulich mal die Fotos vom Urlaub ange-schaut. Das war eine echt tolle Zeit. Wirklich, so viel Spaß hatte ich lange nicht.«

Diesmal waren es Myra und Jill, die Toni bestürzt anschau-ten. Toni erkannte das Fettnäpfchen zu spät und biss sich auf die Unterlippe. »Tschuldigt!«

Doch die Reaktion der beiden hatte bereits die Aufmerk-samkeit von Linda auf sich gelenkt. »Was war denn im Ur-laub?«

Niemand wollte ihre Frage beantworten.

»Können wir anfangen?«, fragte Oliver und alle - bis auf Linda, die irritiert dreinblickte - schienen dankbar dafür, dass das Thema unausgesprochen blieb.

Schon nach wenigen Runden zeigte sich, welches Team das meiste Glück hatte. Jill und Tina schlugen die Anderen Runde um Runde. Während Toni bereits lallte und immer wieder zu kichern anfing, ging es Myra offensichtlich nicht viel besser. Die beiden konnten sich kaum zurückhalten und begannen mittlerweile bei jeder Kleinigkeit zu lachen. Dadurch wurden sie so unachtsam, dass sie nur noch mehr trinken mussten. Myra wurde unvorsichtiger. Sie warf Jill immer wieder vielsagende Blicke zu.

Nach einigen Runden und viel Alkohol beschlossen sie eine kurze Pause einzulegen, um für Nachschub an Essen und Getränken zu sorgen. Jill nutzte die Möglichkeit, um draußen etwas Luft zu schnappen. Sie hielt es in dem stickigen Wohnzimmer nicht länger aus.

Gerade als sie vor die Haustür trat und feststellen musste, dass es doch kühler war, als sie zuvor gedacht hatte, hörte sie, wie jemand zu ihr nach draußen trat.

»Du bist es«, keuchte sie erschrocken, als sie Myra schemenhaft vor sich erkannte.

»Ich musste einfach mit dir allein sein.«

Ehe sie sich versah, küsste Myra sie. Sie konnte sich erst nicht fangen, schaffte es dann aber, sich aus Myras Umarmung zu befreien.

»Bist du verrückt? Was ist, wenn jemand von unseren Freunden uns sieht? Ganz zu schweigen von deiner Freundin.«

Kaum hatte sie die Worte ausgesprochen und Myras traurigen Blick gesehen, tat es ihr leid.

»Du musst wirklich mit ihr reden, Myra.«

Der Nachdruck, der in Jills Worten lag, ernüchterte Myra für einen Augenblick.

»Ich weiß doch. Ich sprech ja mit ihr … Mann, ich hab zu viel getrunken.« Sie griff sich an den Kopf und schaute Jill entschuldigend an.

»Ich denke, du solltest reingehen.«

Jill griff nach ihrer Hand und berührte sie sanft, ehe sie ihr einen leichten Schubs in Richtung Tür gab.

Als Myra im Flur verschwand war Jill unendlich froh, dass niemand ihre Unterhaltung mitbekommen hatte. Gedankenverloren blickte sie in den Sternenhimmel. Ihr gefiel diese Überbrückungssituation ganz und gar nicht. Es war ätzend. Und unfair gegenüber Linda.

Plötzlich spürte sie eine Hand auf ihrer Schulter. Erschrocken fuhr sie herum und blickte geradewegs in Tinas Gesicht. Die Vertrautheit, die sie darin sah, ließ ihr rasendes Herz wieder zur Ruhe kommen.

»Myra kam mir gerade entgegen«, sagte sie. »Jill, so wie sie dich anschaut, weiß ich, dass es nicht Linda ist, die sie liebt.«

»Meinst du?«

Sie versuchte ruhig zu bleiben und sich nichts anmerken zu lassen.

»Jill? Ich kenne dich. Denn so wie du sie anschaust und so wie du mich jetzt anschaust, ist da wieder was zwischen euch, richtig?«

Jill schwieg. Wie hatte sie so naiv sein und glauben können, Tina würde es nicht sehen. Tina, die sie seit so vielen Jahren kannte, jeden ihrer Gesichtsausdrücke stets genau zu deuten wusste.

»Jill, sag lieber erst gar nichts dazu. Myra ist mit Linda zusammen. Nur falls du das vergessen haben solltest.«

»Ich weiß«, sagte Jill leise und damit war alles gesagt.

Tina hatte nicht nur eine Vermutung, sie wusste es. Sie wusste, dass sich zwischen Myra und Jill erneut etwas angebahnt hatte, sie wusste, dass Myra ihre Freundin betrog. Das schien alles Geschehene erst real zu machen. Auf einmal kam Jill sich schlecht vor. Sie spürte, wie ihre Augen brannten.

»Ich weiß«, sagte sie erneut, als wäre es ein Schuldeinge-ständnis.

Tina drückte sie an sich.

»Wir sollten wieder reingehen. Hier draußen ist es doch schon sehr kühl, was?« Sie lächelte.

Der Rest des Abends verlief ruhig. Zwar war die Runde ziemlich ausgelassen, doch alle sprachen nur noch von be-langlosen Dingen, auch Linda war ruhig geworden.

Es war bereits zwei Uhr, als Jill sich erhob.

»Es tut mir leid, aber ich glaube, ich muss jetzt wirklich ins Bett.«

Sie verabschiedete sich von allen. Tina brachte sie zur Tür und umarmte sie lange.

»Wenn du reden willst, du hast meine Nummer.«

Kaum war die Tür ins Schloss gefallen, war Jill allein auf der Straße. Keine Autos mehr, keine Menschen um diese Uhr-zeit. Für einen kurzen Augenblick fühlte sie sich einsam und hoffte, dass Myra ihr folgen würde, sie erneut an sich ziehen und küssen würde. Fast erwartungsvoll starrte sie Tinas Haustür an. Doch sie blieb verschlossen.

Auf ihrem Heimweg merkte Jill einmal mehr, dass mittler-weile beinahe der Winter angebrochen war. Sie zog ihren Mantel bis oben hin zu. Dennoch fror sie weiter. Sie hatte un-terschätzt, wie kalt die Nächte zu dieser Jahreszeit sein konn-ten. Während sie den Bürgersteig entlang lief, schloss sie still-schweigend einen Pakt mit sich selbst: Sie würde Myra nur eine gute Freundin sein, solange das mit Linda nicht beendet war. Egal, wie sehr sie sich bis dahin zu ihr hingezogen fühlen würde, egal, wie sehr sie sie vermissen würde.

Als sie in ihre Tasche griff, um den Hausschlüssel heraus-zufischen, waren ihre Finger bereits so starr, dass sie ihren Schlüsselbund kaum greifen konnte. Nur mit Mühe und viel

Konzentration schaffte sie es am Ende doch, die Tür aufzu-
sperren.

Drinnen angekommen blieb sie noch eine ganze Weile in
ihrem dicken Wintermantel im Flur stehen, um aufzutauen.
Ihre Mutter war bereits schlafen gegangen. Im Haus selbst
war es still. Jill fragte sich, wie lange der Abend wohl noch
für die anderen dauern würde, doch dann war ihr auch das
egal. Sie wollte einfach nur noch ins Bett.

Minuten später schälte sie sich mit zitternden Fingern aus ihrer Kleidung, warf sie in eine Ecke ihres Zimmers und hüllte
sich so eng es ging in ihre Bettdecke.

***

Es duftete bereits im Flur nach warmen Brötchen. Diesen
Brauch hatte ihre Mutter eingeführt, seitdem sie mit Leo zusammen war: ein großes Frühstück am Sonntagmorgen. Sofort breitete sich ein Lächeln auf Jills Lippen aus. Sie hatte einen Bärenhunger.

Ihre Mutter las die Zeitung und war gerade in einen Arti-
kel vertieft, so dass sie Jill zuerst gar nicht bemerkte. Erst als
sie sich vor ihr auf den Stuhl sinken ließ, schaute sie Jill über
den Zeitungsrand hinweg an.

»Du bist spät dran heute«, sagte sie mit einem flüchtigen
Blick auf die Uhr.

»Ich hatte die Nacht irgendwie nicht viel Schlaf«, antwortete Jill mit belegter Stimme und räusperte sich.

»Weil du gestern so spät heim kamst?«

»Du hast das mitbekommen?«

»So tief ist mein Schlaf nicht. Du hast dich doch mit Tina
getroffen – und Myra. Gibt es da etwas Neues?«

»Nicht direkt. Nein.«

Jill versuchte sich besonders darauf zu konzentrieren, ihr Brötchen aufzuschneiden, nur um dem Blick ihrer Mutter auszuweichen.

»Aber sie ist nicht mehr mit diesem Mädchen zusammen, von dem du erzählt hast?«

Der Unterton, der in den Worten ihrer Mutter mitschwang, war kaum zu überhören.

»Genau genommen doch.«

Jill hoffte, ihre Mutter würde nicht noch mehr Nachfragen stellen und am Ende eins und eins zusammenzählen.

»Was ist das denn zwischen euch? Meint sie es ernst mit dir?«. Ihre Mutter schien besorgt.

Für einen Augenblick verschlug es Jill die Sprache. Sie hatte nie im Entferntesten daran gedacht, dass Myra sie angelogen haben könnte.

Zögerlich antwortete sie: »Ich denke schon. Sie will mit Linda Schluss machen, weiß wohl nur noch nicht, wie sie das anstellen soll.«

»Na wenn du dir da sicher bist.« Als sie Jills scheuen Blick sah, fügte sie hinzu: »Ich bitte dich, Kleine. Du bist aus dem Alter raus, in dem ich dir sage, was du tun und lassen sollst.«

»Du weißt, dass das mit dem ›Kleine‹ und ›aus dem Alter raus‹ irgendwie ein Widerspruch war?«

»Klugscheißer.« Ihre Mutter grinste und schenkte sich eine Tasse Kaffee nach.

PRIORITÄT

Genervt blies sich Jill eine Haarsträhne aus dem Gesicht. Sie hatte hart für die Klausur gelernt, auch wenn sie erst spät damit angefangen hatte. Jetzt wollte sie nicht in der letzten halben Stunde die Konzentration verlieren. Nervös stütze sie den Kopf auf ihre Hände und schaute aus dem Fenster, um sich für einen kurzen Augenblick zu sammeln. Sie musste an Myra denken und an ihren Geruch, nach dem Jill mittlerweile glaubte süchtig zu sein. Mit einem kurzen Kopfschütteln versuchte sie die Gedanken an Myra, Linda und an die Worte ihrer Mutter aus ihrem Kopf zu verbannen. Jetzt war nur die Klausur wichtig.

Durch das Klingeln wurde sie aus ihrer Trance gerissen. Mit letzter Kraft schrieb sie hastig einen Schlusssatz auf ihr Papier und legte den Stift beiseite. Ihre Lehrerin klatschte zur Unterstreichung der Schulklingel in die Hände.

»Bitte alle aufhören zu schreiben!«

Jill begann ihre Arbeit zu überfliegen, doch sie konnte sich nicht mehr konzentrieren. Sie konnte jetzt ohnehin nicht mehr ändern, was sie geschrieben hatte. Als sie ihre Arbeit nach vorne zu Frau Taylor brachte, war sie erleichtert wieder ihren Körper und nicht nur ihr Gehirn benutzen zu können. Sie straffte ihre Schultern, legte ihre Blätter aufs Lehrerpult und ging zurück zu ihrem Platz.

»So schwer war's doch gar nicht«, sagte Toni, als sie Jills Gesichtsausdruck sah.

»Nee, aber es gibt wirklich Schöneres.«

Gemeinsam verließen sie den Raum, dicht gefolgt von Tina, die mitgenommen aussah.

»Bei dir alles okay?«, fragte Jill.

»Nein. Ich habe kaum geschlafen, zu viel nachgedacht wegen Mike. Und die Klausur lief auch nicht gut.«

Sie seufzte auf, schien dann aber zu beschließen, dass es egal war; die Arbeit war geschrieben.

»Lass uns was am Wochenende machen«, sagte sie mit einem plötzlichen Anflug von Euphorie. »Der letzte Spielabend war doch ganz nett.«

»Du weißt ja noch gar nicht, was passiert ist, nachdem du weg warst«, fiel Toni Tina ins Wort und musste allein bei dem Gedanken daran grinsen. »Linda war irgendwann so betrunken, dass sie Tina beim Spielen geküsst hat. Sie behauptet jetzt, sie würde sich nicht mehr dran erinnern.«

Jill wusste nicht wie sie reagieren sollte.

Tina bemerkte ihre Unschlüssigkeit und sagte: »Es war ja nicht ernst gemeint. Sie war einfach betrunken. Ich erinnere mich dafür umso besser an den Kuss.«

Sie lachte unbekümmert und Jill glaubte, Tina hätte es gut getan, nach der Beziehung mit Mike wieder von jemandem Bestätigung zu bekommen – und sei es von einem vergebenen Mädchen. Aber offensichtlich unterschied sie in dem Punkt nicht viel voneinander, wie Jill schmerzlich bewusst wurde. Um den beiden die Freude nicht zu verderben, rang sie sich ein Lächeln ab. Aber eigentlich verstand sie nicht, was daran so lustig war. Jill beschäftigte nur, warum Linda das gemacht hatte. Und noch viel mehr: Warum hatte Myra den Vorfall nicht erwähnt?

»Also, wärst du am Wochenende dabei?«, riss sie Tina aus ihren Gedanken.

»Ich weiß nicht.« Sie wollte ein erneutes Aufeinandertreffen auf jeden Fall vermeiden. Gleichzeitig vermisste sie Myra schon jetzt und wusste, sie würde sie so wiedertreffen können. »Ich überleg es mir.«

***

Sie ärgerte sich über sich selbst. Eigentlich hätte sie daheim bleiben sollen. Aber ihre Mutter hatte spät abends einen Anruf erhalten, kurz darauf verkündet, sie müsse für eine Kollegin einspringen und war zum Krankenhaus gefahren. Danach hatte Jill es einfach nicht mehr ausgehalten, zu wissen, dass Myra direkt um die Ecke bei Tina daheim sein würde. Schließlich hatte sie nach ihrer Jacke gegriffen und sich auf den Weg gemacht. Alles war besser, als an einem Freitagabend allein zu sein. Dachte sie.

Nun saß sie zwischen Myra und Tina auf der Couch und starrte auf die Mattscheibe des Fernsehers. Myras Hand lag so nah neben ihrer, dass sie sich fast berührten. Vielleicht hätten sie es auch getan, wäre da nicht Linda gewesen, die unmittelbar neben Myra saß und immer wieder Blicke zu den beiden hinüberwarf.

Jill schämte sich für ihre Sehnsucht nach Myra und rückte extra ein Stück von ihr weg. *Eigentlich ist es nicht mal fair gegenüber Linda, solche Gedanken zu haben,* dachte sie und war sauer auf Myra, dass sie sie in diese Situation gebracht hatte, dass sie nicht den Mut hatte, mit ihrer Freundin Schluss zu machen.

Schon bevor der Film angefangen hatte, war die Stimmung so gedämpft gewesen, dass kaum jemand ein Wort gesagt hatte. Schließlich hatte jeder offenbar für sich beschlossen, dass es das Beste war, einfach stillschweigend den Film zu sehen.

»Was ist heute Abend eigentlich los? Letztes Wochenende war es doch auch so lustig.«

Tina klang bedrückt. Offenbar hatte ihr das schon die ganze Zeit zu schaffen gemacht.

»Vielleicht sollte Linda dich einfach nochmal küssen.« Myras Stimme klang kalt.

Für einen Moment herrschte Stille. Jill traute sich nicht einmal mehr auszuatmen.

»Myra, kann ich dich mal draußen sprechen? Allein«, sagte Linda.

Ohne ein weiteres Wort zu wechseln verließen beide das Wohnzimmer. Es war nur noch zu hören, wie sie die Haustür aufzogen und wieder schlossen. Jill, Tina und Toni tauschten Blicke, keiner traute sich zu kommentieren, was eben passiert war. Toni formte nur mit den Lippen ein ungläubiges ›Was?‹ und zog die Augenbrauen zusammen.

»Dann nutz' ich die Pause mal und geh' auf Toilette«, murmelte Jill und verließ das Wohnzimmer.

Auf dem Weg zur Toilette hörte sie von draußen Myras Stimme.

»… und deswegen hat mich Jill damals verlassen.«

Die Aussage schien Linda erst so richtig in Fahrt zu bringen.

Mit lautstarker Stimme antwortete sie:»Ach, das ist es also, was im Urlaub vorgefallen ist? Du hast Jill betrogen? Ist das so deine Art, ja? Schön blöd, dass sie wieder auf dich reinfällt. Zwischen euch läuft doch wieder was, das musst du gar nicht erst leugnen. Ich habe Tina neulich gehört, wie sie sich mit Jill über euch unterhalten hat. *Die Blicke zwischen euch sagen mehr als tausend Worte.* Aber weißt du was? Es ist mir egal. Du bist mir egal. Offensichtlich bist du nämlich einfach nicht fähig, treu zu sein.«

Jill hörte, wie Myra immer wieder versuchte in den Monolog einzugreifen, sich zu rechtfertigen, doch letztlich schwieg sie. Noch ehe sie reagieren konnte, wurde die Tür aufgerissen und Linda trat ein. Sie sah Jill im Flur stehen, die sich sichtlich ertappt fühlte, verengte ihre Augen zu schmalen Schlitzen und durchbohrte sie mit ihrem Blick.

»Lass dir das ruhig nochmal von ihr gefallen. Bist du wirklich so blind oder tust du nur so?«

Linda griff nach ihrer Jacke, riss die Tür auf und verschwand. Jill sah nun Myra im Türrahmen stehen, ihr Gesicht reglos, unfähig, etwas dazu zu sagen. Offensichtlich hatte sie Linda mit ihrer Standpauke vollkommen überrascht. Nur der kalte Wind, der von draußen pfiff, füllte die Stille. Durch die lauten Stimmen im Flur waren nun auch Toni und Tina hinzugekommen.

»Was ist denn hier los?«, fragte Toni, »wo ist Linda?«

»Die ist weg«, murmelte Myra, »und wird so schnell nicht mehr hier auftauchen.«

Die beiden Mädchen blickten sich verständnislos an.

»Linda hat Schluss gemacht, schätze ich. Ich denke, damit ist der Abend irgendwie gelaufen. Ich werde' besser gehen.«

Und mit diesen Worten griff Myra nach ihrer Jacke und wandte sich zum Gehen.

»Soll ich mitkommen?«, fragte Jill.

»Nein. Ich muss nachdenken.«

Mit diesen Worten zog Myra die Tür hinter sich zu. Jill wusste nicht, was sie daraus schließen sollte. Vielleicht hatte ihre Mutter Recht gehabt. Vielleicht hatte sie sich doch in Myra getäuscht. Sie wehrte sich innerlich dagegen, dem Glauben zu schenken.

Kaum hatte sie sich auf der Couch fallen gelassen, setzten sich Toni und Tina neben sie.

»Jetzt erzähl doch mal, was war das eben?«, fragten beide gleichzeitig.

»Na gut – aber bitte glaubt mir, ich hätte das auch lieber anders löst.«

Jill atmete tief ein und erzählte dann die ganze Geschichte. Sie vertraute den beiden so sehr, dass sie nicht daran zweifelte, dass sie es für sich behalten und sie nicht verurteilen würden für das, was in den letzten Tagen vorgefallen war.

»Unglaublich. Ich hab nichts davon mitbekommen«, staunte Toni.

Auf Tinas Lippen machte sich plötzlich ein Lächeln breit.

»Linda passte ohnehin nie richtig zu Myra - und ihr gehört einfach zusammen.«

»Wenn sie überhaupt mit mir zusammen sein will.« Jill seufzte.

Als sie wenig später Tinas Haus verließ, hatte sie gemischte Gefühle: Erleichterung, da sie sich mit Myra jetzt nicht länger verstecken musste; Bedrückung, weil sie nicht einmal wusste, ob Myra das wirklich wollte. Natürlich, sie hatte es in den letzten Tagen immer wieder behauptet, aber warum war sie ihr vorhin dann so unsicher, so distanziert erschienen? Die Ungewissheit quälte sie so sehr, dass sie Myra auf ihrem Handy anrief. Ihre Stimme meldete sich fröhlich am anderen Ende, doch es war nur die Mailbox. Offensichtlich hatte Myra ihr Handy ausgeschaltet. Enttäuscht legte Jill wieder auf. Mit einem Blick auf die Uhr überlegte sie, ob sie um diese Uhrzeit noch bei Myra daheim anrufen könnte.

Sekunden später meldete sich bereits Myras Mutter am Telefon. »Schwarz?«

»Hallo, Jill hier – ist Myra da?«

Myras Mutter wich aus, sagte ihr, Myra wäre gerade da gewesen und dann sofort wieder gegangen. Ob sie ihr eine Nachricht hinterlassen solle? Jill lehnte dankend ab.

In dieser Nacht schlief sie so schlecht, wie schon lange nicht mehr. Immerzu musste sie an Myra denken, darüber nachdenken, wo sie jetzt war. Sie träumte sogar davon, dass Myra zu Linda fuhr und sich unter Tränen bei ihr entschuldigte. Schweißgebadet wachte sie auf, nur um sich erneut von einer Seite auf die andere zu wälzen.

Auch der Sonntag schien nicht vorbeigehen zu wollen. Bis mittags noch lag Jill in ihrem Bett, starrte die Wand an und griff alle fünf Minuten nach ihrem Handy. Nach wie vor kein Anruf, keine Nachricht von Myra, nichts.

Irgendwann kam sie sich idiotisch vor und wusste einfach nichts mehr mit sich anzufangen. Sie würde nicht den ganzen Tag im Bett liegen und auf Myra warten. So beschloss sie, etwas zu tun, was sie seit Jahren nicht mehr getan hatte.

Es war komplett eingestaubt, weil sie sich in all den Jahren nicht darum gekümmert hatte. Jetzt tat es ihr leid, als sie es aus der Halterung nahm. Ihr wunderschönes, altes Saxophon. Sie erinnerte sich kaum noch daran, wann sie das letzte Mal darauf gespielt hatte. Hastig befreite sie es von dem Staub und setzte es an die Lippen. Als ihre Mutter in ihr Zimmer trat, um sie zum Abendessen zu holen, hörte Jill sie nicht einmal, so vertieft war sie in die Musik. Als sie ihr auf die Schulter tippte, fuhr Jill erschrocken herum.

»Ich wusste gar nicht, dass du wieder spielst. Scheint dir ja doch wieder Spaß zu machen.«

Erst jetzt, wo Jill das Saxophon absetzte, spürte sie, wie sehr ihre Lippen und Finger schmerzten. Sie wusste nicht einmal, wie lange sie gespielt hatte, doch jetzt fühlte sie sich erschöpft – und zufrieden.

»Vielleicht solltest du dem Verein wieder beitreten«, warf ihre Mutter in den Raum. »Es gibt übrigens Abendessen.«

Die ganze Woche über konnte Jill sich in der Schule kaum konzentrieren. Jeden Tag schaute sie mehrfach auf ihr Handy, um zu prüfen, ob Myra sie angerufen hatte und jedes Mal war sie enttäuscht, als sie sah, dass sie es nicht getan hatte. Selbst ihre Mutter konnte ihre ständigen Nachfragen nicht mehr ertragen. Bald schon ärgerte selbst Jill sich darüber, wie abhängig sie sich von Myras Entscheidung machte. Es ärgerte sie, dass sie jeden Tag versuchen musste, sich davon abzubringen, Myra anzurufen oder ihr zu schreiben. Sie wollte einfach nicht mehr darüber nachdenken. Sie brauchte eine Beschäftigung.

So kam es, dass sie am Mittwochabend in den Proberaum des Musikvereins trat. Lange war sie nicht mehr hier gewesen und jetzt kam ihr alles so klein vor im Vergleich zu früher. Gleichzeitig beflügelten die vielen Instrumente und Notenständer ihr Herz. Wie lange sie nicht mehr richtig mit anderen musiziert hatte. Sie wusste nicht einmal mehr genau, warum sie damals aufgehört hatte zu spielen.

»Was machst du denn hier?«, hörte sie aus der Ecke eine Stimme. Es war Sara, die ein paar Unterlagen sortierte.

»Ich wusste nicht, dass schon jemand hier ist. Die Proben sind doch immer noch mittwochs, oder?«

»Daran hat sich nichts geändert. Die Anderen kommen wahrscheinlich gleich.« Sara freute sich. »Du spielst heute mit?«

Jill nickte zögernd. »Ich würde es mal versuchen – wenn es für euch okay ist?«

»Na klar!«

Jill blickte sich im Proberaum um. Eigentlich sah noch alles aus wie früher. Die vielen, abgenutzten Instrumente, die Holzverkleidung an den Wänden, der steinerne Boden, wodurch es im Winter oft kalt wurde, die alten Schränke, die von Flohmärkten oder aus dem Sperrmüll stammten. All das bewirkte, dass in Jill alte Erinnerungen aufstiegen.

Als Jill von den Proben nach Hause kam, fühlte sie sich so gut, wie lange nicht mehr. Sie war verfroren, aber innerlich glühte sie. Sie nahm sich fest vor, künftig regelmäßig bei den Proben dabei zu sein.

Erst als sie den Musikverein verlassen hatte, war ihr bewusst geworden, dass Laura gar nicht da gewesen war. Sie war erleichtert, sie heute nicht getroffen zu haben. Gleichzeitig hätte sie es auch gereizt, Laura wieder zu sehen. Aber dazu würde es in den nächsten Wochen wohl zwangsläufig kommen.

Als Jill die Tür hinter sich schloss, kam ihre Mutter aus dem Wohnzimmer gestürmt. Unmittelbar vor ihr bremste sie ab.

»Was ist denn mit dir los?«, lachte Jill.

»Sie hat angerufen. Und wartet auf deinen Rückruf.«

Ihre Mutter keuchte von den wenigen gerannten Schritten.

»Moment, wer hat angerufen?«

»Na, Myra natürlich!«

Wahrscheinlich hatte ihre Mutter, ebenso wie Jill selbst, erwartet, dass ihre Tochter sofort zum Telefon rennen würde. Aber aus irgendwelchen Gründen tat Jill nichts dergleichen.

»Danke, dass du's mir ausgerichtet hast«, sagte sie nur und ließ ihre Mutter im Flur stehen.

»Willst du sie nicht zurückrufen?«

»Später.«

Jill hatte im Moment nicht einmal das Bedürfnis, es zu tun. Myra hatte sie so lange warten lassen, jetzt könnte Jill sie ebenso warten lassen. Vermutlich würde sie ihr ohnehin sagen, dass sie überhaupt keine Beziehung mehr mit ihr wollte. Warum sonst sollte sie sich jetzt erst bei ihr melden? Sie hatte nicht die Kraft, heute darüber zu reden.

Stattdessen ließ sie sich ein heißes Bad ein. Sie streife die letzten Kleidungsstücke gerade ab, da klopfte ihre Mutter an die Tür.

»Myra hat nochmal angerufen, sie möchte dich sprechen.«

»Ich kann jetzt nicht. Sag ihr, sie soll morgen nochmal anrufen.«

Jill hörte leise die Stimme ihrer Mutter durch die Tür dringen, wie sie Myra erklärte, dass Jill nicht erreichbar wäre. Aber das war Jill bereits egal. Sie stieg in die Badewanne und ließ sich in das heiße Wasser sinken. Jetzt erst spürte sie, wie ihre Muskeln schmerzten, wie ihre Lippen brannten.

Sie hatte einfach zu lange nicht mehr gespielt. Jetzt beschwerte sich ihr Körper. Sie schloss die Augen und versuchte an nichts zu denken, als an das Wasser und die Wärme. Sie spürte, wie ihr Körper, wie jeder einzelne Muskel sich entspannte. Sie hatte alle Zeit der Welt – schließlich musste sie morgen erst zur dritten Stunde in der Schule sein. Sie hielt die Luft an und tauchte ab.

ZURÜCKLASSEN

Jill fühlte sich ausgeglichen. Sie hatte sich bei den Proben endlich wieder ausgepowert, so dass sie sich auch in der Schule besser konzentrieren konnte. Zwar schweiften ihre Gedanken immer wieder zu Myra ab, doch diesmal scheuchte sie sie einfach beiseite.

Kaum war sie nach Hause gekommen und hatte die Tür hinter sich ins Schloss geworfen, klingelte das Telefon.

Jill spürte, wie ihr Herz schneller pochte, als sie zum Telefon lief. Tatsächlich – Myras Nummer leuchtete auf dem Display auf. Sie wollte gerade das Gespräch annehmen, da ermahnte sie sich, legte das Telefon beiseite und hängte erst einmal ihre Jacke an der Garderobe auf. Als sie zurück ins Wohnzimmer kam, stellte sie fest, dass Myra inzwischen fünfmal angerufen hatte.

Plötzlich piepste ihr Handy: eine Nachricht. Ebenfalls von Myra.

»Ich muss mit dir reden, Jill. Bist du daheim? Ich würde gern vorbeikommen.«

Jill seufzte. Da hatte Myra sie tagelang warten lassen und nun musste sich Jill schon wieder nach ihr richten. Etwas sträubte sich in ihr, als sie zum Telefon griff und sie zurückrief.

Wenige Minuten später stand Myra vor ihrer Tür.

»Lässt du mich rein? Bitte? Ich weiß, ich hätte mich eher melden sollen.«

Widerwillig trat Jill beiseite und ließ sie an sich vorbei ins Haus.

»Ist deine Mutter nicht da?«

»Nein, die arbeitet.«

Jill gab Myra zu verstehen, sich auf die Couch zu setzen.

»Also – was gibt's?«

Sie versuchte die Frage ungezwungen und beiläufig klingen zu lassen, doch sie wusste, dass Myra ihr ansah, wie nervös sie war.

»Jill, bitte. Ich weiß, ich hab mich unmöglich benommen. Aber ich möchte mit dir über die ganze Sache reden.«

»Weißt du, was ich mich frage? Warum hast du mir nicht erzählt, dass deine Freundin Tina geküsst hat? Warum hast du dich nach eurem Streit tagelang nicht gemeldet? Ist es dir so egal, was ich fühle?«

»Das glaubst du doch nicht wirklich?« Myra klang traurig. »Meine Güte, Jill. Ich habe mir nur so viel Zeit genommen, weil ich sicher sein wollte, dass ich die richtige Entscheidung treffe. Ich wollte nicht nochmal jemanden, der mir wichtig ist, so verletzen. Denn eins hab ich aus beiden Beziehungen gelernt: Ich muss in der Hinsicht wohl echt an mir arbeiten.«

»Das heißt?«

»Dass ich dich bitte, mir zu verzeihen. Für das, was ich dir angetan habe. Und ich möchte, dass wir es nochmal miteinander versuchen und die Vergangenheit zurücklassen. Ich habe einfach gemerkt, dass all die Monate, die wir getrennt waren, meine Gefühle für dich nicht geändert haben. Ich möchte in meinem Leben dich an meiner Seite haben, Jill.«

Eine Stille breitete sich über den Raum aus. Jill wusste nicht, was sie sagen sollte. Sollte sie lachen? Weinen? Sollte sie Myra um den Hals fallen, sie küssen? Sie aus dem Haus werfen, weil sie sie so lang hatte warten lassen?

Jill starrte an Myra vorbei in die Küche – ihre Gedanken rasten. Bevor Jill reagieren konnte, küsste Myra sie so sehnsüchtig, wie sie es nie zuvor getan hatte. Und plötzlich sah Jill wieder klar. Sie zog Myra an sich und erwiderte den Kuss.

»Aber das mit uns kann nur funktionieren, wenn du auch zu meinem Orchester-Auftritt nach Weihnachten kommst«, grinste Jill, als sie kurz voneinander abließen.

»Wenn es nur das ist«, lachte Myra und zog Jill wieder an sich.

***

Wochen waren vergangen, stressige Wochen. Jill hatte die letzten Prüfungen geschrieben, bevor in wenigen Monaten die Abschlussprüfungen folgen würden. Sie hatte längst anfangen wollen, für die wichtigsten Klausuren in ihrem Leben zu lernen. Allerdings hatte sie so viel Stress in den letzten Wochen mit den anderen Tests gehabt, dass sie dazu einfach nicht gekommen war. Dann hatte abrupt der Schulstress geendet und Weihnachten und die Proben mit dem Orchester hatten sie wieder davon abgehalten, zu lernen.

Nun erwachte Jill mitten in der Nacht. Trotz des ganzen Stresses hatte sie sie genossen. Sie hatte ihr Leben genossen. Und jetzt spürte sie, wie Aufregung sie durchströmte.

Morgen war es endlich soweit; der große Auftritt mit dem Orchester. Ein Lächeln breitete sich auf ihrem Gesicht aus, als sie daran dachte, dass sie nach so vielen Jahren wieder mit ihren früheren Freunden auf einer Bühne stehen würde.

Sie blickte an die Zimmerdecke, auf der sich das Licht des Mondes hin- und herbewegte. Neben sich hörte sie plötzlich ein leises Murmeln. Myra redete leise im Schlaf, ehe sie sich herumdrehte und an Jill kuschelte. Dies lenkte Jill so sehr von ihrer Aufregung ab, dass auch sie wieder einschlief.

***

Während noch die letzten Töne ausklangen, ertönte tosender Beifall. Durch das grelle Licht des Scheinwerfers konnte Jill Myra erkennen, die mit stolzem Blick zur Bühne schaute.

Auch wenn ihr Kopf vor Hitze glühte – das Gefühl, die Erwartungen des Publikums erfüllt zu haben, erfüllte nun auch sie.

Es waren wenige Tage seit Weihnachten vergangen und in zwei Tagen würde Jill auf eine Silvesterparty gehen, bei der auch all ihre alten und neuen Freunde dabei sein würden. Sie fühlte sich rundum glücklich. Besser konnte das Jahr nicht schließen.

Jill hing noch ihren Gedanken nach, als sie merkte, dass ihre Bandkollegen sich erhoben hatten und die Bühne verließen. Eilig suchte sie Anschluss, lief hinter der Bühne die Treppe hinunter und ließ das Publikum hinter sich.

Unten stieß sie plötzlich gegen Laura, die ihr mit geröteten Wangen entgegenkam.

»Gut gespielt.« Sie lächelte und knuffte Jill kurz in die Seite.

»Das kann ich nur zurückgeben.«

In den letzten Wochen, in denen die Proben immer intensiver geworden waren, hatte sie auch zwangsläufig immer mehr mit Laura zu tun gehabt. Beiden war es unangenehm gewesen sich so oft zu sehen. Bis Laura eines Abends nach den Proben auf Jill gewartet hatte. In einem langen Gespräch hatten sich die beiden ausgesprochen, ausgemacht, die Vergangenheit ruhen zu lassen und neu anzufangen. So war aus der unangenehmen Beziehung eine Freundschaft geworden.

Laura umarmte sie - sichtlich froh, das Konzert hinter sich zu haben.

»Kommst du mit raus?«

»Gern.« Jill lächelte und folgte ihr ins Foyer.

Ihre Mutter und Leo kamen ihr entgegen. Mit gespielt mahnender Stimme imitierte sie die Kritik, die Jill sich früher immer von ihrer Verwandtschaft hatte anhören müssen: »Ich verstehe vielleicht nicht viel von Musik, aber das …«

Noch ehe sie weitersprechen konnte, quetschte sich Myra an den Leuten vorbei und unterbrach sie: »… war wirklich toll, Schatz.«

Sie küsste sie auf die Wange und grinste Jills Mutter an.

»Ja ja, komm du mir nur in die Quere«, sagte sie. »Dann lassen Leo und ich euch mal allein.«

Sie blickte sich um und bemerkte, wie unsinnig ihre Aussage war. Das Foyer war mittlerweile rappelvoll.

Es war eiskalt, als Jill und Myra Hand in Hand aus dem Foyer hinaus in die Nacht traten.

»Das war wirklich ein schöner Abend, Schatz.« Myra blickte hoch zu den Sternen. »Und weißt du was? Übermorgen wird noch viel toller.«

Jill musste grinsen, als sie den beseelten Gesichtsausdruck ihrer Freundin sah.

»Ich hab mich übrigens entschieden.«

»Entschieden?« Myra schaute sie neugierig an.

»Ich will nach dem Abi auch studieren.

»Echt? Was?«

»Jura.«

Myra lachte. »Das habe ich nicht erwartet. Aber weißt du was: Ich kann's mir richtig gut vorstellen, Frau Anwältin. O-der: Frau Richterin?«

Jill grinste. »Ja, mal sehen. Vielleicht überlege ich es mir auch noch anders. Aber ein Gutes hätte es auf jeden Fall: Wir könnten an derselben Uni studieren.« Sie zog Myra an sich und küsste sie.

***

»Wie soll das nur alles bis morgen klappen?«

Tinas Nerven lagen blank.

»Kann ich dir denn mit irgendwas helfen? Du hättest ja nicht die ganze Planung übernehmen müssen.«

Jill strich ihr über den Arm.

»Nein, lass mal. Lieber gehe ich selbst wieder an die Arbeit. Außerdem übernimmt Toni ja auch noch einen Teil.« Sie seufzte.

»Dann weiß ich wirklich nicht, was dein Problem ist.« Jill grinste. »Du schaffst das schon, T.«

»Ich glaube, es ist nur, weil Mike auch da sein wird.«

Gedankenverloren blickte sie über Jills Schulter durchs Fenster.

»Und ganz viele andere Leute. Das wird sicher super«, versuchte Jill sie aufzuheitern. Vergebens. Tina winkte ab, gab sich Mühe, den Gedanken an Mike zu verdrängen und seufzte erneut.

»Ich werde mich wohl wieder an die Arbeit machen. Aber danke, dass ich einfach vorbeikommen konnte und danke für den Kakao.«

Mit diesen Worten nahm sie ihren Mantel von der Garderobe und verabschiedete sich.

Kaum war die Tür ins Schloss gefallen, ließ sich Jill auf die Couch sinken und streckte alle Viere von sich. Ihre Vorfreude auf den Silvesterabend konnte sie kaum noch zurückhalten. Am meisten freute sie sich, dass sie endlich all ihre Freunde wieder auf einem Haufen treffen würde. Dabei erinnerte sie sich an das letzte Silvester, das sie bei Tina gefeiert hatten.

Diesmal wäre es anders. Größer, spektakulärer. Immerhin hatten sie extra dafür eine Hütte auf einem Hügel gemietet,

von der man aus die ganze Stadt überblicken konnte. Über 50
Leute würden kommen, sie würden so wild feiern können,
wie schon lange nicht mehr. Und das Schönste daran war,
dass sie es mit Myra tun könnte. Noch vor wenigen Wochen
wär ihr allein der Gedanken absurd erschienen.

JAHRESWENDE

Es war Nacht. Nur der Vollmond wagte es, die Dunkelheit mit Licht zu erfüllen. Feine Schneeflocken fielen vom Himmel und bedeckten die schon weißen Gehwege weiter. Die Straßen waren menschenleer. Nur sie beide, Hand in Hand.

Jill erinnerte sich nicht daran, sich jemals so frei gefühlt zu haben. Es war niemand hier, der sie jetzt sehen konnte. Sie überraschte sich selbst, als sie Myra an die nächste Hauswand presste und küsste. Selbst wenn sie jetzt jemand gesehen hätte – es war ihr egal.

»Was ist denn mit dir los?«, lachte Myra und erwiderte den Kuss.

»Es gibt nicht viele Menschen, mit denen man durch die Nacht laufen kann und weiß, dass sie den Moment genauso genießen, wie man selbst. Aber bei dir weiß ich es.« Jill lächelte.

Statt zu antworten zog Myra sie näher an sich heran und küsste sie erneut.

»Wo habt ihr denn so lange gesteckt?«, begrüßte Tina die beiden, kaum hatten sie die Hütte betreten. Sie war angetrunken. Dennoch schaffte sie es noch einwandfrei, Myra und Jill kleine Partyhüte aufzuziehen.

»Wir waren verhindert«, grinste Myra, beugte sich zu Jill rüber und küsste sie auf die Wange.

»Ja ja, dies's junge Glück«, lallte Tina und zog die beiden in die tanzende Menschenmenge.

Jill sah sich das erste Mal richtig um: Die kleine, sonst so heimelige Hütte war gefüllt bis unters Dach. Über die Lautsprecher lief Musik, zu der viele mitgrölten. Die Hütte war mit Konfetti und Luftschlangen dekoriert, es gab ein riesiges Buffet und eine lange Bar, auf der sich alkoholische Getränke in bunten Bechern aufreihten. Myra war von dem Anblick offensichtlich ebenso beeindruckt wie Jill, denn sie raunte ihr zu: »Und das haben nur die beiden geplant, ja?«

Jill entdeckte Laura und Sara.

»Bin gleich wieder da. Pass auf, dass Tina nicht mehr so viel trinkt«, grinste Jill und ließ die beiden zurück. Tina merkte gar nicht, dass Jill sie verlassen hatte und führte Myra weiter durch die Menschenmenge.

Jill begrüßte ihre Freunde aus dem Musikverein mit einer Umarmung. »Na? Wie findet ihrs?«

Die beiden schienen schon länger da zu sein, denn auch sie waren schon gut angeheitert und tanzten eng miteinander.

»Wusste gar nicht, dass du jetzt auch mit Frauen …«, sagte Jill.

Sara lachte nur und schüttelte energisch den Kopf.

»Und ich wusste gar nicht, dass ihr beide mal miteinander …«, erwiderte sie und grinste.

Jetzt war es Jill, die den Kopf schüttelte, Laura ein Grinsen zuwarf und die beiden weitertanzen ließ.

Als sie sich einen Weg zurück zu den anderen bahnte und sich dabei fragte, woher Tina die ganzen Leute kannte, stieß sie mit jemandem zusammen.

»Das ist ja schön, dich mal wieder zu sehen. Gut siehst du aus!« Mikes Freude war nicht gespielt, das konnte Jill ihm ansehen. Auch wenn er dünner wirkte und Augenringe hatte, erhellte sich sein Gesicht für einen Moment.

»Mir geht es auch gut. Und dir?«, versuchte sie Mike zu entlocken, was ihm so zu schaffen machte.

»Ach. Gut, gut. Dies und das zu tun eben«, murmelte er vor sich hin. »Darf ich dir was zu trinken bringen?«

Ehe Jill antworten konnte, war er verschwunden und kehrte kurz darauf mit zwei Bechern in der Hand wieder zurück.

»Sag mal, hast du abgenommen?« Jill musterte ihn von oben bis unten.

»Bisschen vielleicht. Aber lass uns doch über dich reden«, winkte er ab und sprach weiter, bevor Jill widersprechen konnte. »Hab' gehört du bist wieder mit Myra zusammen?«

Wie auf Kommando tauchte sie von hinten auf, umschlang Jill mit ihren Armen und küsste sie.

»Ihr seid wie zwei Frischverliebte, kaum zu ertragen.« Mike lächelte müde. »Ich freue mich für euch – dass ihr wieder zueinander gefunden habt.«

Kaum vorstellbar, dass sie sich seit dem Urlaub nur einmal gesehen hatten. Wie würde das erst im nächsten Jahr werden, wenn sie alle ihre Abschlüsse gemacht hätten und getrennte Wege gingen, schoss es Jill durch den Kopf.

Nun tauchte auch Tina auf. Beim Anblick von Mike blieb sie wie versteinert stehen und starrte ihn an. Ihm wurde das so unangenehm, dass er sich hastig entschuldigte und zwischen den tanzenden Leuten verschwand. Jill blickte Tina mahnend an, doch als sie sah, dass ihr die Tränen in die Augen schossen, tat es ihr leid. Tina eilte so plötzlich wie sie aufgetaucht war wieder davon.

»Ich geh' ihr mal lieber nach«, raunte Jill Myra zu.

Als sie hinaus ins Freie trat, sah sie das erste Mal, wie viel Schnee inzwischen gefallen war. Der Boden war bedeckt, alles war in Weiß gehüllt. Im nächsten Moment erfasste Jill die Kälte, die der Winter mit sich gebracht hatte. Hier oben wurde es nachts eisig kalt. Zitternd schlang sie die Arme um ihre Mitte. Dann suchte sie die Umgebung nach Tina ab. Fast hätte sie sie nicht gesehen, doch die weißen Rauchwolken, die ihr Atem in der Luft bildete, machten Jill auf sie aufmerksam. Sie saß abseits, auf einem kleinen Stein - und zitterte entsetzlich.

»Komm doch wieder rein«, rief Jill, doch Tina reagierte nicht. Eigentlich hatte sie auch nichts anderes erwartet. Sie kämpfte gegen die Kälte an und setzte sich neben Tina. Jetzt erst sah sie, dass sie immer noch weinte.

»Was ist los?« Jill legte ihren Arm um ihre beste Freundin.

»Weißt du, er ist mir ja egal … Aber … aber so egal nun auch wieder nicht.« Sie vergrub ihren Kopf in ihren Händen.

Jill strich ihr über den Rücken. Allmählich konnte sie sich ausmalen, wie Tina sich damals gefühlt haben musste, als sie Jill hatte trösten müssen. Sie wusste schon lange nicht mehr, was sie sagen sollte. Jill fand, ihre Aufgabe war es, als Freundin da zu sein, egal, ob sie schwieg oder nicht.

Sie wollte ihr zeigen, dass sie für sie da war und rutschte noch ein Stück näher an sie heran. Die Kälte hatte mittlerweile ihre gesamten Klamotten durchfressen und Jill konnte ein Zähneklappern kaum noch unterdrücken.

»Ist dir aufgefallen, dass Mike total ungesund aussieht? Weißt du, ob bei ihm irgendwas vorgefallen ist?«

Jill beschäftigte das, seit sie ihm in der Stadt begegnet war. Etwas war mit Mike passiert und sie wusste einfach nicht was.

Es war das erste Mal, dass Tina sie direkt ansah.

»Ich hab' keine Ahnung. Als würd' er mit mir über sowas reden. Eigentlich reden wir ja gar nicht mehr.«

Die Erkenntnis ließ sie erneut verstummen. Nach einer kurzen Pause fuhr sie fort: »Ich hätte echt nie gedacht, dass das mit uns beiden mal endet. Es hat zu gut gepasst. Ich versteh' bis heute nich', warum er Schluss gemacht hat.«

Tina wischte sich die Tränen aus dem Gesicht und schnäuzte kräftig in ein Taschentuch. »Vielleicht sollten wir besser wieder reingehen.«

Sie stand auf und zog Jill, die mittlerweile halb erfroren war, ebenfalls mit sich nach oben.

Als die beiden wieder in die Hütte traten, war Jill froh, dass sie ihre Füße und Hände langsam wieder spüren konnte. Zu sehr damit beschäftigt, wieder warm zu werden, hatte sie anfangs gar nicht mitbekommen, welcher Tumult sich in der Zwischenzeit im hinteren Teil der Hütte abspielte. Erst als Tina sie leicht in die Seite stieß, sah sie, was vor sich ging.

Sie sah Myra, die Hände zu Fäusten geballt. Sie stand einem großen, breit gebauten Jungen gegenüber. Er sah aus wie aus dem Bilderbuch: Blond, durchtrainiert, gutaussehend. Doch das höhnische Grinsen auf seinem Gesicht machte ihn hässlich. Mike stand unmittelbar neben den beiden, jederzeit bereit, dazwischen zu gehen. Er wäre dem Blonden wohl vollkommen unterlegen gewesen, doch das schien ihm egal.

Als Jill sich näherte, hörte sie über die Musik hinweg, wie der Blonde lautstark sagte: »Ich hab sie nich' angefasst, Mann! Und dass sie 'ne Lesbe ist, kann ich ja wohl nich' ändern!«

Das saß. Bevor Myra überhaupt reagieren konnte, traf Mike den Blonden mit seiner Faust direkt ins Gesicht. Die Reaktion schien jeden der Anwesenden zu überraschen. Selbst Myra ließ nun ihre Fäuste sinken und starrte Mike mit offenem Mund an. Mittlerweile hatte sich ein großer Kreis um die drei gebildet.

»Wir klären das ein andermal!«, fauchte der Blonde und rieb sich den Unterkiefer.

»Du und deine Kumpels, ihr solltet lieber zusehen, dass ihr woanders feiert.« Mike durchbohrte ihn mit seinen Blicken.

Das reichte dem Blonden. Er schubste Mike weg und bahnte sich mit seinen Freunden einen Weg nach draußen.

Mike zitterte noch immer. Myra berührte ihn am Oberarm und murmelte ein »Danke«. Er winkte nur ab und verschwand in der Menschenmenge.

Als Myra Jill entdeckte, eilte sie auf sie zu. Die Musik wurde wieder lauter gedreht, der Kreis löste sich auf und die Leute tanzten weiter.

»Was war denn das eben?«

»Der Typ hat mich einfach angegrabscht und als ich ihm sagte, ich hätte 'ne Freundin und er solle mich in Ruhe lassen, ist er ausgerastet.«

»Mit so Leuten ist nicht zu spaßen.« Jill hatte Myras wilden Blick gesehen. Sie wusste, wie leicht sie in so einer Situation die Fassung verlieren konnte. Sie wollte sich nicht bestimmen lassen und hatte noch nie ein Problem gehabt ihren Willen durchzusetzen.

»Mach dir keine Sorgen, Schatz. Mike war ja auch da«, lächelte Myra und küsste sie, als wolle sie sich damit entschuldigen.

Als alle den Countdown bis Mitternacht herunter zählten, erinnerte sich Jill nicht, wann sie das letzte Mal so viel Spaß gehabt hatte. Sie hatte wild gefeiert und getanzt. Trotz des vielen Alkohols, der sie ganz benommen machte, taten ihr nun die Füße weh.

Den Vorfall, der sich am späten Abend ereignet hatte, hatten die meisten Partygäste längst wieder vergessen. Nur Mike war seither nicht wieder aufgetaucht.

Gerade als sie sich verwundert im Raum umsah und ihn suchte, klirrten die ersten Sektgläser. Jill wurde von den fröhlichen Neujahrswünschen mitgerissen.

Die Partygäste begannen sich in Richtung Tür zu schieben. Als Jill durch das Gedrängel nach draußen kam, zündeten bereits die ersten Raketen. Toni kam mit weit geöffneten Armen auf sie zu und umarmte sie, während sie ihr ein frohes neues Jahr wünschte. Wenig später war sie auch schon wieder verschwunden und warf lachend ein paar Böller weg, die laut explodierten und dabei eine schmutzige Spur in der Schneedecke hinterließen. Sie prostete Oliver zu, der sich ebenfalls Böller und Fontänen griff und mitmachte.

Jill musste bei dem Anblick grinsen, doch ehe sie dem Ganzen noch weiter folgen konnte, spürte sie, wie sie von zwei Armen weggezogen wurde. Es war Myra, die sich an sie schmiegte und sie lange küsste.

»Frohes neues Jahr, mein Schatz«, hauchte sie kaum hörbar durch den Lärm der vielen Explosionen hinweg und lächelte. »Was für eine wunderbare Aussicht.«

Während Myra sie von hinten umschlang, ließ sie zum ersten Mal ihren Blick über die ganze Stadt gleiten. Überall flogen Raketen hoch in die Luft, explodierten und hinterließen bunte Leuchtkugeln, die langsam verschwanden.

»Wunderschön, was?«

Jill starrte wie gebannt an den Himmel. Sie erinnerte sich nicht daran, je ein schöneres Silvester erlebt zu haben.

Plötzlich durchfuhr ein Schrei die Nacht. Als Jill herumwirbelte, um herauszufinden, woher er kam, explodierten letzte Böller.

Erst langsam nahm sie alles war. Da war Oliver, der unmittelbar neben Toni stand und hektisch seine Jacke auszog. Toni war zu Boden gefallen, ihr Ärmel stand in Flammen. Sie schrie panisch, während er bereits mit seiner Jacke das Feuer löschte und Toni versuchte, sich die Jacke auszuziehen.

Jill war zu geschockt, um gleich zu reagieren. Ihr fiel auf, wie Mike plötzlich auf der Bildfläche auftauchte und ebenfalls erstarrte. Pures Entsetzen war in seinen Augen zu sehen, als er Tonis verwundeten Arm bemerkte. Das Feuer hatte ihre Haut stark angegriffen und es roch so verbrannt, dass Jill regelrecht schlecht wurde.

Wie aus weiter Ferne hörte Jill, wie Oliver ihn aufforderte, einen Krankenwagen zu rufen, aber Mike reagierte nicht. Er starrte einfach weiter auf Toni, die sich am Boden krümmte.

»Dann bring mir wenigstens einen Eimer kaltes Wasser«, brüllte Oliver ihn an, doch er blieb immer noch starr stehen.

Und plötzlich ging alles ganz schnell. Die geschockten Partygäste kamen zu sich, einer eilte schnell nach drinnen, um Wasser zum Kühlen zu holen. Myra griff eilig in ihre Tasche und zückte ihr Handy.

Als nächstes nahm Jill war, wie Myra einen Krankenwagen rief und der Person am anderen Ende mit aufgeregter Stimme klarmachte, dass sie sich beeilen solle.

Zur gleichen Zeit taute Mike auf, das Entsetzen stand ihm immer noch ins Gesicht geschrieben. Er verschwand einfach aus der Menschenmenge, die sich um Toni gebildet hatte.

Als endlich Wasser da war, kämpfte Jill sich einen Weg in den Kreis. Erst aus der Nähe sah sie, wie stark Tonis Arm verbrannt war. Sie hatte so etwas nie vorher gesehen und konnte nicht einschätzen, wie schlimm es wirklich war. Sie hatte nur öfters im Fernsehen gesehen, dass es helfen konnte, die Brandwunde sofort zu kühlen. Und das tat sie jetzt auch. Sie tauchte einige Tücher in das eiskalte Wasser und wickelte sie Toni um den Arm. Diese war mittlerweile besorgniserregend ruhig geworden. Myra zog ihre Jacke aus und legte sie Toni um die Schulter, um sie warmzuhalten. Einige Gäste umringten die beiden, ohne recht zu wissen, was sie tun sollten.

Es waren nur Minuten vergangen, die Jill wie Stunden der Hilflosigkeit vorkamen, als sie aus einiger Entfernung Sirenen hörte. Kurz darauf gab Myra allen zu verstehen, sie sollten Platz machen. Zwei Sanitäter mit Koffer und Trage drängten sich durch die Menschenmenge.

Was danach passierte ging zu schnell, als dass Jill hätte reagieren können. Sie nahm wahr, wie die Sanitäter Toni auf der Trage zum Krankenwagen brachten. Sie war kreidebleich im Gesicht. Oliver stieg zu ihr in den Krankenwagen, ehe die Sanitäter die Türen schlossen und mit Blaulicht davonfuhren.

Obwohl aus weiter Entfernung noch kleine Explosionen die Nacht erfüllten, war es plötzlich still geworden. Nach und nach gingen alle nach drinnen.

»Ich komm gleich nach«, sagte Jill.

Alles war so schnell gegangen, dass es selbst jetzt, wo Toni weg war, noch unwirklich war. Sie konnte keinen klaren Gedanken fassen. Obwohl sie entsetzlich fror, saß ihr der Schock noch zu tief in den Knochen. Sie überlegte, wie es Toni wohl gerade ging und schickte ein Stoßgebet gen Himmel, dass es nicht so schlimm war, wie es ausgesehen hatte.

Sie konnte jetzt nicht einfach zurück nach drinnen gehen und so tun, als sei nichts passiert. Stattdessen ließ sie sich auf einem abgesägten Baumstamm abseits der Hütte nieder.

Plötzlich bemerkte sie, dass Mike auf der anderen Seite der Hütte stand und in die Ferne starrte. Offensichtlich hatte er sie nicht bemerkt. Er rührte sich nicht, stand nur da, die Hände zu Fäusten geballt.

Gerade als Jill überlegte, zu ihm hinüberzugehen, trat Tina aus der Hütte und ging auf ihn zu. Auch sie hatte Jill, versteckt im Schein der Dunkelheit, nicht bemerkt.

Tina berührte Mike vorsichtig am Arm. Dieser senkte den Blick.

»Ich hoffe, Toni geht es bald wieder gut.« Tina kämpfte mit den Tränen.

Mike schwieg, die Knöchel an seinen Händen zeichneten sich inzwischen weiß unter den geballten Fäusten ab. Dann brüllte er Tina fast an: »Ich hätte helfen sollen.«

»Wir wussten doch alle nicht, wie wir reagieren sollten«, versuchte Tina ihn zu beruhigen.

»Ich wusste es«, erwiderte er und vergrub seine Hände tief in seinen Taschen, »ich hätte ihr helfen müssen. Als Pfadfinder lernt man das.«

Jill sah, wie seine Augen zu glänzen begannen. Tränen rannen über seine Wangen, doch er gab keinen Laut von sich.

Tina wusste offensichtlich nicht, was sie sagen sollte, legte dann aber zaghaft ihren Arm um ihn und zog ihn an sich. Das verschlimmerte seine Gefühle offensichtlich noch und er begann zu schluchzen. Letztlich musste er sich von ihr lösen, um sich wieder fassen zu können. Er ließ sich auf den Boden sinken und Tina setzte sich neben ihn.

Der Anblick erinnerte Jill an früher, nur dass Mike noch nie so sehr die Beherrschung verloren hatte. Er vergrub seinen Kopf in seinen Händen.

»Es tut mir leid, was ich dir angetan habe. Ich konnte es einfach nicht mehr ertragen. Ich wollte nicht, dass du mit jemandem wie mir leben musst.« Er flüsterte so leise, dass Jill es über die Entfernung kaum verstand.

Tina kämpfte mit den Tränen.

»Was redest du da? Du bist ein wunderbarer Mensch.«

»Ich wäre fast ein Mörder. Und ein Feigling, weil ich nicht einmal den Mut hatte, es dir zu erzählen«, fuhr er dazwischen, ohne sich zu bewegen.

Tina schien nicht glauben zu können, was Mike ihr da erzählte. Plötzlich bekam Jill Gewissensbisse, weil sie heimlich zuhörte. Andererseits würde sich Mike Tina wohl nie wieder so öffnen wie jetzt, wenn sie sich zu erkennen gab.

Tina starrte ihn an.

»Du erinnerst dich doch noch – ich war im Sommercamp mit den Pfadfindern. Als Betreuer hatte ich die Aufgabe, auf alle aufzupassen. Hörst du, ich musste auf die Kleinen Acht geben. Als wir am letzten Tag im See schwimmen waren, habe ich plötzlich bemerkt, dass einer fehlte. Als ich ihn an Land zog, hat er nicht mehr geatmet. Ich hab versucht ihn wiederzubeleben, aber erfolglos. Erst ein anderer Aufseher hat es geschafft, ihn wiederzubeleben. Ich hab vollkommen versagt. Ohne ihn wäre der Junge jetzt tot. Und ich? ... Ich hab's nicht mal geschafft, richtig aufzupassen.«

Mike begann so sehr zu zittern, dass er sich kaum noch halten konnte. Obwohl er saß, schien er gleich zu kollabieren.

»Und eben. Toni hätte meine Hilfe gebraucht. Ich hätte ihr helfen können und ich habe es schon wieder nicht geschafft. Ich musste immer wieder an diesen Jungen denken, wie er leblos vor mir liegt und sich einfach weigert wieder zu atmen.«

An dieser Stelle versagte Mikes Stimme vollends. Tina, die Mike zum ersten Mal so leiden sah, schlang ihre Arme um ihn und versuchte ihm Halt zu geben. Sie wusste nicht, was sie sagen sollte. Zu sehr traf sie, was sie eben gehört hatte.

Nach einiger Zeit fragte sie: »Deswegen hast du Schluss gemacht?«

»Ich konnte es dir einfach nicht sagen. Was hättest du denn von mir denken sollen? Ich konnte mich ja selbst nicht mal ertragen.«

Langsam schien er sich wieder zu fassen. Und nun war es Tina, die die Initiative ergriff. Sie beugte sich zu ihm rüber und küsste ihn.

»Du Dummkopf«, sagte sie, »in einer Beziehung sollte man über so etwas reden. Jetzt verstehe ich erst, warum du dich so verändert hast. Das muss dir richtig zugesetzt haben und jetzt eben die Situation mit Toni. Aber deswegen bist du doch nicht weniger liebenswert! Mike, ich liebe dich. Wie kannst du nur denken, ich würde dich deswegen weniger lieben?«

Diesmal war es Mike, der sich zu Tina hinüber beugte und sie unter Tränen küsste.

Es kam Jill wie eine Ewigkeit vor und sie spürte allmählich, wie sich die Kälte durch ihre Kleidung fraß. Seine Geschichte traf sie. Gleichzeitig verspürte sie eine innere Erleichterung. Wie lange hatte sie Mike und Tina nicht mehr so vertraut miteinander gesehen?

Plötzlich klingelte Tinas Handy. Aus dem Gespräch heraus ließ sich nicht erkennen, wer es war oder was er wollte, doch Tina beendete das Gespräch, indem sie sagte: »Wir kommen sofort.«

Sie legte auf.

»Das war das Krankenhaus. Oliver hat ihnen meine Nummer gegeben. Die Verbrennungen von Toni sind zwar nicht ohne, aber sie werden sie wieder hinbekommen. Wir sollen später vorbei kommen, damit jemand da ist, wenn sie aufwacht.«

Mike seufzte erleichtert. Gleichzeitig sah er nach wie vor mitgenommen aus. Er würde wohl noch eine ganze Weile mit den Erinnerungen an den letzten Sommer kämpfen müssen.

ALLES ANDERS

Die ersten Sonnenstrahlen fielen durch das Fenster des alten Betongebäudes, dem Krankenhaus in der Nähe von Denndorf, als Toni ihre Augen langsam öffnete.

Im Zimmer befanden sich nur ihre engsten Freunde. Tina hatte noch eben an Mikes Schulter gelehnt und stand sofort auf, als sie sah, dass Toni aufwachte. Myra griff erleichtert nach Jills Hand. Oliver, der die ganze Nacht an Tonis Bett verharrt hatte, seufzte auf und vergrub seinen Kopf in den Händen; um seine Tränen zu verbergen, wie Jill vermutete.

Sie alle hatten tiefe Ringe unter den Augen und jedem Einzelnen sah Jill an, wie sehr ihn die Nacht mitgenommen hatte.

Toni hingegen schien als Einzige zu strahlen.

»Schön, dass ihr alle da seid.«

Sie trug ein schwaches Lächeln auf den Lippen. Ihr Blick wanderte hinab zu ihrem verbundenen Arm. Jill merkte an ihrem Gesichtsausdruck, dass ihr der Schrecken der vergangenen Nacht noch immer in den Gliedern saß. Nach einiger Zeit konnte sie sich von dem Anblick losreißen.

»Ich bin froh, dass alles gut gegangen ist. Von Böllern lasse ich vorerst besser mal die Finger.«

Sie ließ sich von Tina umarmen. Die war schon wieder den Tränen nahe.

»Ich schätze, wir sind für dieses Jahr alle nochmal mit dem Schrecken davongekommen.« Myra blickte gedankenverloren mit dem Anflug eines Lächelns auf den Lippen aus dem Fenster. Sonnenstrahlen streiften ihr Gesicht und schienen es zum Leuchten zu bringen.

***

WILD UND FREI

»Sag mir, dass wir es wirklich geschafft haben!«

»Wir haben es wirklich geschafft«, schrie Tina sie eupho-
risch an.

Die beiden Mädchen standen auf dem Schulhof. Ihre Wangen waren gerötet von dem Stress, den sie eben hinter sich
gelassen hatten, - nicht zuletzt aber auch von der sommerli-
chen Hitze, die inzwischen über Denndorf lag.

»Wir haben es wirklich geschafft? Das war's?«

Jill konnte es nicht glauben. Sollte die Schulzeit damit jetzt
einfach vorüber sein? Ein paar mehrstündige Klausuren, ein
paar mündliche Prüfungen und Präsentationen und damit
war alles beendet, woraus das ganzes Leben bisher bestanden
hatte? Sie fühlte sich, als würde eine unendlich schwere Last
von ihren Schultern fallen. Freiheit. Das war das einzige Gefühl, das sie in diesem Moment voll und ganz erfüllt. Unendliche Freiheit.

Erst jetzt konnte sie wirklich realisieren, was es bedeutete,
dass sie die Abschlussprüfungen hinter sich hatten. Sie hatten
sich die letzten Wochen und Monate in ihren Zimmern einge-
schlossen und hinter Büchern verschanzt, konnten das herrli-
che Wetter des Sommers nur mit einem Blick aus dem Fenster
genießen, hatten ihr Leben auf Lernen, Schlafen und Essen re-
duziert und nun sollte all das einfach so abgeschlossen sein?

Gerade als Jill sich ausmalen wollte, was sie nun als Erstes
mit ihrer neu erworbenen Freiheit tun würde, riss sie ein Hupen aus ihren Gedanken. Als sie aufblickte, sah sie Myra, die
mit ihrem neuen Auto einfach mitten über den Schulhof fuhr,
die Scheiben heruntergekurbelt. Jill musste grinsen. Zwar
hatte Myra das Auto neu bekommen, aber in Wirklichkeit

war es ein uralter Jeep, über den schon jetzt alle Freunde Wetten abschlossen, wann er auseinanderfallen würde. Kurz bevor Myra ausstieg, stellte sie die Boxen ihrer Musikanlage auf volle Lautstärke und schon gleich beschallte »Summer of '69« den ganzen Schulhof. Schüler aus Jills Jahrgang ließen Sektkorken und Bierflaschen knallen, prosteten sich gegenseitig zu und fielen sich in die Arme.

Als sie sah, wie viel Spaß die anderen hatten, vergaß auch sie den Prüfungsstress, den sie bis vor wenigen Minuten gehabt hatte.

Als Myra hinter ihrem Auto hervorkam, verschlug es Jill die Sprache. Sie hatten sich lange nicht mehr sehen können, zu sehr waren sie mit lernen beschäftigt. Wie groß ihre Sehnsucht nach Myra gewesen war, bemerkte sie erst jetzt wieder, als sie ihre Freundin von oben bis unten musterte; Myra trug nur eine knappe Shorts und ein enges T-Shirt. Ihre sonnengebräunte Haut blitzte beim Gehen hier und da darunter hervor und ihre schwarzen, kurzen Haare standen fransig ab. Als sie Jill erreichte, zog sie endlich ihre verspiegelte Sonnenbrille ab. Erst jetzt bemerkte Jill, wie einige Jungs ihr hinterher starrten.

»Wann fahren wir in den Urlaub?«, war das Erste, das Myra sie fragte.

Ein Lächeln umspielte ihre grünen Augen.

Jill grinste. »Ich bin auch froh, dass ich die letzte Prüfung vor genau ...«, sie schaute auf ihre Uhr, »acht Minuten abgegeben habe!«

»Schatz, du kennst mich gut genug, um zu wissen, dass das mit dem Urlaub keine Floskel war. Ich will wirklich mit dir weg. Und ich hab mir schon was überlegt.«

Myra grinste und küsste sie. Tina wurde bei dem Anblick von so viel Glück nervös und schaute sich um.

»Müsste Mike nicht auch gleich kommen?«

Sie wandte sich von den beiden ab.

»Da bin ich ja mal gespannt.«

Jill biss sich auf die Unterlippe und zog Myra noch näher zu sich heran. Erst als ihr bewusst wurde, dass mittlerweile noch mehr Mitschüler zu ihnen herüber starrten, ließ sie von ihr ab.

***

Sie hatten die Scheiben herunter gekurbelt, um den Sommer noch mehr genießen zu können. Nicht zuletzt aber, weil es sonst in dem Auto ohne Klimaanlage viel zu heiß geworden wäre. Der warme Sommerwind umschmeichelte Jills Gesicht und sie kam nicht umhin, die Augen für einen Moment zu schließen und dieses Gefühl zu genießen.

Sie spürte, wie der Wind ihre Haare umher wirbelte und hätte sie nicht den warmen Ledersitz unter sich gespürt, die Karosserie des Autos um sich herum erahnt, so hätte sie am liebsten die Arme ausgebreitet und sich vollends dem Gefühl der Freiheit hingegeben.

»Du siehst glücklich aus«, hörte sie Myra von der Seite sagen. Bis eben hatte sie noch leise auf dem Lenkrad zu dem Lied aus dem Radio mitgetrommelt, doch als Jill ihre Augen öffnete, sah sie, dass Myra sie geradewegs anlächelte.

»Ich *bin* glücklich.«

Jill streichelte über Myras Oberschenkel. Die griff nach ihrer Hand und küsste sie, ehe sie sich wieder auf die Straße konzentrierte.

»Verrätst du mir jetzt, wohin wir fahren?«

Sie hatte die gleiche Frage in den letzten drei Stunden schon mehrfach gestellt und jedes Mal hatte Myra sie nur mit einem Lächeln beantwortet. Alles was sie bisher wusste war, dass sie drei Tage weg sein würden.

Diesmal lächelte Myra nicht. Sie räusperte sich nur kurz und sagte dann: »Ich bringe dich an den schönsten Ort der Welt. Meine Eltern haben mich damals dorthin mitgenommen. Es ist abgelegen und ich glaube, es ist genau das Richtige, um nach so einer stressigen Zeit wieder zu sich selbst zu finden.«

»Ich glaube, eine bessere Freundin hätte ich nicht finden können.« Jill musste schon wieder lächeln.

Myras Sinn dafür, die Momente des Lebens auszuschöpfen und in vollen Zügen zu genießen, hatte sie schon immer angezogen.

Als sie wieder ihren Blick nach draußen schweifen ließ, fiel ihr auf, dass die Häuser, die die Straßen säumten, immer rarer wurden. Stattdessen taten sich Felsen und Dünen auf.

Nach einer Weile hielt Myra am Straßenrand.

»Was ist los?«, fragte Jill, »stimmt was nicht?«

»Von hier aus geht's noch ein Stück zu Fuß weiter.« Myra stieg aus. Jill folgte ihr zum Kofferraum. Die beiden schulterten die Taschen und machten sich auf den Weg.

Sie liefen einige Zeit über holprige Pfade, links und rechts ragten Felsen in die Höhe. Irgendwann meinte Jill, das Meer rauschen zu hören, doch sehen konnte sie es nicht.

Nach einiger Zeit drehte sich Myra zu ihr um. »Ab hier musst du deine Augen schließen.«

Jill tat wie ihr geheißen und so führte Myra sie an der Hand weiter den unebenen Weg hinab. Das Rauschen wurde immer lauter.

Bald schon spürte sie, dass der Boden unter ihren Füßen nachgab und Sand in ihre Schuhe drang. Sie roch die Meeresluft und musste lächeln.

»Du kannst die Augen jetzt öffnen.«

Zuerst konnte Jill nichts sehen. Zu sehr blendete sie die Sonne, die tief am Horizont stand. Nach und nach nahm sie den langen Sandstrand wahr, die feinen Sandkörner und Wellen, die sich am Strand brachen. Dann sah sie Felsen und Büsche, die die kleine Bucht von allem anderen abgrenzten.

»Wow«, war alles, was Jill hervorbrachte. So ein Bild hatte sie bisher nur in Reisemagazinen gesehen.

»Das ist noch nicht alles. Dreh dich mal um.« Myra zog sie an der Hand.

Hinter ihnen stand eine kleine Bambushütte mit Strohdach, die erhöht auf einem Holzsteg lag. Wenige Stufen führten zum Eingang – einer schlichten Holztür, die mit einem Schloss verschlossen war.

»Wie im Paradies. Wem gehört die?«, hörte Jill sich selbst sagen.

»Mein Vater hat sie bauen lassen. Also gehört sie jetzt nur uns beiden.« Myra lächelte.

»Du machst Witze, oder? Habt ihr noch irgendwelche Hütten und Häuser, von denen ich nichts weiß?«
Sie musste unwillkürlich darüber lachen. Sie hatte sich nie vorher mit Myra über Geld unterhalten, auch wenn es immer offensichtlich gewesen war, dass ihre Eltern davon mehr als genug hatten.

»Nein. Es ist wirklich nur diese Hütte. Und das Schönste ist, dass kaum jemand diesen Platz hier kennt. Wir sind am hintersten Teil des Strandes. Hier kommt quasi nie jemand her. Das heißt, wir sind ungestört.«

Jill zog Myra an sich und küsste sie.

»Etwas Schöneres hätte ich mir nicht vorstellen können. Nur du und ich und das Meer.« Jill sprach so leise, dass es im Meeresrauschen nahezu unterging.

Als sie die hölzerne Treppe emporstieg, trug sie keine Schuhe mehr. Das Gefühl des Sandes und des warmen Holzes unter ihren Füßen wollte sie nicht verpassen. Ihre Schuhe trug sie in der rechten Hand, mit der linken hielt sie Myras Hand fest umschlossen, als sie das erste Mal in das Innere der Hütte trat.

Sie war klein und warf Jill sofort in eine andere Welt zurück, in der Zeit keine Rolle zu spielen schien. Es gab lediglich ein Doppelbett, das aus Stroh geflochten war und auf dem eine weiche Auflage lag, Bambusbretter, die als Ablagen an der Wand montiert waren, und einen kleinen Tisch mit zwei Stühlen. Der einzige Gegenstand, der Jill nicht das Gefühl gab, mitten in der Wildnis zu wohnen, war ein kleiner Kühlschrank, der ausgestöpselt in der Ecke stand. In dem Nebenzimmer vermutete Jill ein Bad.

Auf jeder Seite gab es zwar ein Fenster, diese hatten aber keine Scheiben, sondern nur einen einfachen Fensterladen aus Holz.

»Könnte da nicht nachts einfach jemand über uns herfallen?«

»Hier wohnen nur wenige Einheimische und für wen sollte es sich lohnen in diese Hütte einzubrechen? Klauen kann man hier nichts.« Myra warf ihre Tasche aufs Bett und sich gleich hinterher.

Sie streckte sich vor Müdigkeit. »Und zur Not beschütze ich dich einfach.«

Sie gähnte und breitete ihre Arme auffordernd aus. Das Bett sah so gemütlich aus, dass Jill einfach nicht Nein sagen konnte. Sie legte sich dazu und schmiegte sich an sie.

Während die Sonne am Horizont unterging, schliefen die beiden Mädchen, erschöpft von dem langen Tag ein.

***

»Aufstehen, Schlafmütze.«

Es schien Jill, als wären diese Worte Teil ihres Traums gewesen, doch als sie die Augen aufschlug, blickte sie in Myras tiefgrüne Augen, die sie erwartungsvoll anschauten. Sie saß an der Bettkante, hatte sich bereits umgezogen und trug nun eine kurze Hose und ein Top.

Die Sonne schien zum Fenster herein und ließ erahnen, dass es ein heißer Tag werden würde. Draußen rauschte das Meer, ein Geräusch, das so schön war, dass Jill sich einfach nicht daran gewöhnen wollte. Die Schreie von Möwen erfüllten die Morgenluft. Sofort breitete sich ein Lächeln auf Jills Gesicht aus.

»Ich habe selten so gut geschlafen.«

»Gut, die Kraft wirst du nämlich auch brauchen.«

Myra grinste und stand auf.

»Was haben wir denn heute vor?«

Myra verschwand mit ihrem Kopf im Kühlschrank und fischte zwei Teller mit Sandwiches daraus hervor.

»Die hab ich uns schon mal gemacht, während du noch geschlafen hast. Ich dachte, wir paddeln heute mal raus aufs Meer.«

Jill war froh, dass sie sich entschieden hatte, das ganze Sandwich trotz ihres mäßigen Hungers zu essen. Nun konnte sie die Nahrung im Magen gebrauchen. Nachdem Myra mit ihr einige Zeit am Strand entlang spaziert war, hatten die beiden eine kleine Bucht erreicht, in der ein paar hölzerne Ruderboote festgemacht waren. Mit geübten Griffen hatte Myra eines davon gelöst und war hineingesprungen. Jill hatte sie dabei beobachtet, ehe sie nach ihrer Hand gegriffen hatte.

»Mein Vater ist mal auf die Idee gekommen, dass es eine schöne Sache wäre, hier auch Boote zu haben«, hatte Myra erklärt und mit den Augen gerollt.

Nun trieben die beiden draußen auf dem Meer. Der Strand war nur noch ein schmaler Streifen in weiter Entfernung. Jill legte sich auf eine kleine Plattform vorne am Bug, ließ die Beine über Bord baumeln und streckte die Arme aus. Sie schloss die Augen und lauschte dem leisen Plätschern des Wassers, das Myra durch das Rudern erzeugte. Jill trug nur einen Bikini und genoss, wie die Sonne ihren Körper durchflutete.

Nach einiger Zeit hörte das Plätschern auf und Myra kam auf sie zu. Das Boot fing heftig an zu wackeln.

»Wir kippen noch um, wenn du nicht aufpasst.«

Jill lachte und öffnete vorsichtshalber die Augen.

»Und wenn schon!«

Myra versuchte das Boot absichtlich zum Schaukeln zu bringen.

Jill schrie erschrocken auf und schien sie damit nur noch mehr zu animieren. Kurz bevor sie glaubte, gleich ins Wasser zu fallen, hörte Myra auf und ließ sich grinsend neben sie fallen.

Jill schloss erneut die Augen und ließ sich von Myra auf die Wange küssen.

»Du hast richtig Farbe bekommen«, sagte sie.

Myra streichelte ihr sanft über die Wange, ließ ihre Hand weiter über Jills Bauch streifen und zog sie an ihrer Hüfte näher an sich.

»Du aber auch.«

Jill lächelte und genoss die sanften Berührungen, die Wärme auf ihrer Haut und das leise Flüstern von Myra. Sie entspannte jeden Muskel und hielt für einen Moment die Luft an, nur um die Berührungen noch intensiver zu fühlen, den leicht gepolsterten Boden des Bootes unter sich zu spüren und das Geräusch der sich brechenden Wellen am weit entfernten Strand zu hören.

»Ich könnte für immer hier mit dir treiben«, flüsterte Myra ihr ins Ohr. Das war das Letzte, was sie hörte. Dann schlief sie ein.

Erst als ein Schatten sich über ihr Gesicht legte, erwachte Jill wieder. Ihr Kopf brummte und ihr Mund war staubtrocken. Als sie sich langsam aufrichtete, wurde ihr schwindlig und sie griff sich an den Kopf.

Erst als sie sich umschaute, bemerkte sie, dass sie wieder in der kleinen Bucht angekommen waren. Sie lag inzwischen im Schatten. Die Kühle legte sich heilsam um ihren ganzen Körper. Myra zurrte das Boot fest.

»Wir sind eingeschlafen. In der glühenden Hitze. Keine gute Idee«, presste Myra zwischen den Zähnen hervor, während sie mit aller Kraft das Boot an Land zog. Jill raffte sich auf.

»Zum Glück bist wenigstens du aufgewacht. Wir hätten ziemlich weit raus treiben können.« Sie versuchte zu schlucken, aber ihr Hals war zu trocken.

»Wir waren schon ziemlich weit draußen. Zum Glück habe ich nur kurz geschlafen – aber ich hätte trotzdem vorsichtiger sein müssen. Das war verantwortungslos von mir - es tut mir leid.« Myra half ihr ans Ufer.

»Ach, Quatsch. Du bist meine Heldin.« Jill gab ihr einen Kuss auf die Wange. Dabei merkte sie, wie ausgetrocknet ihre Lippen waren. Myra ging nicht näher auf sie ein.

»Wir müssen dringend zur Hütte und etwas trinken.«

Als die beiden den Strand entlang zurück zur Hütte liefen, stand die Sonne schon tief. Dennoch war die Wärme unter diesen Bedingungen unerträglich. Sie schien jeden weiteren Lebenshauch aus Jill zu saugen.

Als die beiden in den Schatten der Hütte traten, seufzten sie erleichtert auf. Jill fischte eine Flasche Wasser aus dem Kühlschrank. Myra hatte sich bereits aufs Bett fallen lassen und nahm ihr dankbar eine Flasche ab.

»Ich hätte nicht so leichtsinnig sein dürfen. Das war richtig gefährlich!«

»Schatz, ich hätte doch genauso aufpassen müssen.« Jill versuchte sie mit einem Kuss zu versöhnen. »Es ist doch noch mal alles gut gegangen. Lass uns einfach den letzten Abend genießen.«

»Du hast ja Recht.« Myra seufzte.

Jill legte sich neben sie und sah durchs Fenster, wie die Sonne am Horizont langsam unterging und die Hitze mitnahm. Das Wasser erweckte sie Minute für Minute wieder mehr zum Leben.

»Wollen wir heute Abend ein Lagerfeuer machen?« Myra blickte sie neugierig an.

»Klingt schön. Geht's dir denn besser?«

»Ja. Aber ruh' dich ruhig noch aus – ich fang schon mal an. Bald dürfte es dunkel sein.«

Mit diesen Worten verließ sie die Hütte. Als Jill ihr später folgte, hatte Myra bereits dünne Holzscheite in einem Steinkreis im Sand aufgetürmt und rieb nun einen dünnen Holzstock zwischen ihren Händen. Ehe Jill richtig erkennen konnte, was Myra da machte, fing ein kleiner Holzspan Feuer. Myra verstärkte die kleine Flamme, indem sie ihm Luft zu fächerte. Sie brachte auch die größeren Holzstücke zum Brennen, bis das Feuer vollends entfacht war.

Jill saß schweigend daneben und schaute ihr dabei zu.

»Woher kannst du sowas?«

Myra erhob sich und blickte zufrieden auf ihr Werk.

»Ich bin früher sehr oft mit meinem Vater zelten gewesen und er hat es mir irgendwann mal gezeigt.«

Sie legte ihren Arm um Jill.

»Bemerkenswert.«

Jill fühlte sich noch immer erschöpft.

Nachdem die Sonne längst am Horizont verschwunden war, wärmte sie nun das knisternde Feuer. Sie verspürte Bewunderung für Myras Können und rutschte noch ein bisschen näher an ihre Freundin heran.

»Ich kenne dich schon so lange, aber es gibt immer noch so viel, was ich nicht über dich weiß.«

Jill schaute Myra geradewegs in die Augen, in denen die Flammen des Feuers tanzten.

»Na, das kann ich über dich doch auch sagen«, sagte Myra und grinste, »plötzlich spielst du bei einem ausverkauften Konzert Saxophon, dabei wusste ich vorher nicht einmal, dass du überhaupt musikalisch bist.«

Jill dachte darüber nach, wie lange sie sich schon kannten. In Relation zu der Länge ihres Lebens waren diese knapp zwei Jahre nicht viel, doch die Tatsache, wie intensiv sie sich kennen und lieben gelernt hatten, gab Jill das Gefühl, dass es eine Ewigkeit war.

»Nach der Sache, die auf der Party in unserem Sommerurlaub passiert ist, hatte ich nicht mehr geglaubt, dass wir je wieder auch nur befreundet sein könnten.« Myra schluckte.

»Ich offen gestanden auch nicht. Und dann die Sache mit Linda. Als ich euch beide zusammen gesehen habe, hatte ich das Gefühl, du wärst ein vollkommen anderer Mensch, nicht mehr der, den ich damals geliebt habe. Als wärst du weiter gegangen, während ich stehen geblieben bin und getrauert habe.« Jill dachte schmerzlich an die Zeit zurück.

»Ehrlich gesagt wollte ich dich auch genau das glauben lassen. Dabei wusste ich von Anfang an, dass das mit Linda nicht lange halten würde. Auch wenn ich wirklich viel mit ihr lachen konnte.« Myra errötete und blickte rasch beiseite.

Jill zog sie sanft an sich, stieß ihr Kinn sanft mit ihren Fingern zu sich und küsste sie lange.

Die beiden saßen eng umschlungen beieinander, als die Flamme des Feuers immer kleiner wurde und schließlich erlosch. Sie hatten sich den ganzen Abend über die Vergangenheit unterhalten und Jill glaubte, dass es sogar das erste Mal war, dass sie so offen über ihre damaligen Gefühle gesprochen hatten, über all das, was zwischen ihnen vorgefallen war.

Als Jill sich spät in dieser Nacht auf dem Strohbett in der Hütte eng an Myra schmiegte, fühlte sie, dass nichts mehr zwischen ihnen stand, dass eine neue Zeit gekommen war.

Als sie die Augen aufschlug war es mitten in der Nacht. Ein warmer Windhauch zog von draußen in die Hütte. Sie hörte ein leises Rauschen und seufzte zufrieden auf, als ihr wieder bewusst wurde, wo sie war.

Sie betrachtete Myra. Ihre Gesichtszüge waren entspannt. Sie wirkte so friedlich, so erfüllt, wie Jill sich Engel immer vorgestellt hatte. Zwar wusste sie längst, wie Myra im Schlaf aussah, doch jedes Mal konnte sie sich kaum losreißen von diesem Anblick. Sie beugte sich zu ihr herunter und küsste lautlos ihre Wange. Myra murmelte etwas, schlief aber weiter.

Jill schlug die Decke zurück und schlüpfte aus dem Bett. Ein letztes Mal blickte sie sich in der kleinen, einfachen Strohhütte um und trat durch die Tür nach draußen. Das Rauschen wurde lauter. Vor ihr tat sich das Meer auf. Für einen Augenblick blieb sie auf der kleinen Holzterrasse stehen, schloss die Augen und atmete die Meeresluft tief ein, ehe sie die Stufen zum Stand hinab stieg. Sie spürte den feinen Sand unter ihren Füßen, erinnerte sich, wie er noch vor wenigen Stunden heiß von der Sonne gewesen war. Die Wellen rauschten, der Wind jagte draußen über das Meer. Am Horizont war nichts, nur unendliche Weite.

Jill ging einige Schritte durch den Sand, ehe die Wellen ihre Füße erreichten. Das Wasser fühlte sich noch immer warm an.

Plötzlich streifte ein Regentropfen ihre Wange. Sie streckte ihre Hände aus und spürte, wie der Regen stärker wurde. Doch es war ihr egal. *Hier* war es ihr egal.

Sie stand eine ganze Weile einfach so da. Ihre Haare waren nass, ihre Shorts und ihr Top klebten durchweicht am Körper. Doch sie machte sich keine Gedanken deswegen.

Plötzlich spürte sie Arme, die sie von hinten umschlangen und Lippen, die sie in den Nacken küssten. Halb erschrocken stöhnte sie auf und fuhr herum.

Myra stand unmittelbar vor ihr. Das Leuchten ihrer Augen war selbst in der Dunkelheit erkennbar. Das Lächeln auf ihrem Gesicht strahlte selbst gegen die Unruhe des Meeres eine beruhigende Atmosphäre aus. Auch ihre Haare waren mittlerweile nass vom strömenden Regen. Durch ihr Oberteil zeichneten sich ihre Rundungen ab und Jill spürte, wie bei dem Anblick Hitze ihren Körper durchflutete. Sie zog Myra an ihrer Hüfte zu sich und küsste sie. Im strömenden Regen, am Strand.

Plötzlich machte Myra sich von ihr los und streifte sich ihre Kleidung ab. Ein kurzes geheimnisvolles Lächeln erfüllte ihr Gesicht, ehe sie ins Meer rannte und sich den Wellen entgegenwarf. Jill blickte ihr zunächst noch nach, zog sich dann aber ebenfalls aus und rannte hinterher. Als sie Myra im Wasser endlich einholte und es schaffte, sie halb gewaltsam, halb leidenschaftlich an sich zu ziehen, waren sie beide völlig außer Atem. Sie umschlang Myra mit ihren Beinen und presste ihre vom Regen nassen Lippen begierig auf Myras. Für einen Moment tauchten sie unter Wasser. Myra küsste sie erneut und presste sich noch fester an Jill. Hier, mitten im Meer, im strömenden Regen, schien es keine Grenzen zu geben.

Als die beiden es mit letzter Kraft an Land schafften, waren sie völlig durchnässt. Jill blieb im feuchten Sand liegen und ließ sich von den Wellen umspülen. Myra ließ sich lachend neben sie fallen. Selbst aus dem Augenwinkel konnte Jill sehen, wie Myras Brust sich geräuschvoll hob und senkte.

»Na, da ist ja jemand sehr sportlich.« Jill grinste.

Noch ehe sie sich versah, fiel Myra über sie her und küsste sie so lange, bis sie keine Luft mehr bekam und nun ebenfalls keuchte.

»Sagt die Richtige.« Myra lachte.

Für einen Moment lagen die beiden einfach nur so da. Myra direkt auf Jill, ihre Gesichter dicht an dicht. Sie konnte Myras Haut auf ihrer Haut fühlen, spürte, wie nasse Tropfen von Myras Gesicht auf ihres herabbrannten und konnte nicht anders, als sie zu küssen und ihren Geschmack in sich aufzusaugen. Myra seufzte leise auf, ließ ihre Hände über Jills Körper gleiten und zog sie an ihrem Becken noch näher an sich heran. Während die Wellen sich immer wieder sanft hinter ihnen brachen und ihre nackte Haut umspülten, ließ Jill sich einfach fallen. Sie verlor sich in Myras Berührungen so sehr, dass sie ihre Finger im feuchten Sand vergrub, um nicht von diesen wunderbaren Gefühlen weggeschwemmt zu werden.

Die beiden lagen noch erschöpft am Strand, als bereits die Morgendämmerung hereinbrach. Die ersten Sonnenstrahlen brachten die letzten Wassertropfen auf den Körpern der beiden zum Glitzern und ließen sie schon bald verschwinden.

»Ich kann gar nicht glauben, dass schon zwei Tage vergangen sind.«

Im gleichen Moment wurde Jill ihr bewusst, dass sie noch nie so hemmungslos gewesen war, wie in der vergangenen Nacht. Auch jetzt noch, wo sie nackt an Myra gekuschelt am Strand lag, wo sie sich die ganze Nacht lang geliebt hatten, kam ihr die Situation wie ein Traum vor.

»Aber es waren wunderbare zwei Tage.«

Myras Stimme klang ruhig und zufrieden.

»Danke, dass du mich hierher mitgenommen hast.« Jill stand auf. Myra griff nach ihrer Hand. Gemeinsam schlenderten die beiden zurück zur Hütte.

Erst als Jill drinnen ankam, spürte sie das erste Mal, dass sie in der letzten Nacht kaum geschlafen hatte.

EIN LETZTER AUGENBLICK

Die zwei Mädchen lagen zusammen im Bett. Keiner wollte sich rühren, zu erschöpft waren sie von der Fahrt. Obwohl sie nur wenige Stunden lang gewesen war, fühlten sie sich unglaublich müde. So müde wie man sich eben fühlen konnte, wenn man für wenige Tage komplett aus dem Alltag herausgerissen worden war – hinein in einen Traum, in dem Schlaf paradoxerweise fast ausgeschlossen war. Jill musste bei dem Gedanken lächeln.

»Was hast du?« Myra streckte sich. Draußen begann die Sonne bereits unterzugehen, heiß und stickig war es jedoch immer noch in dem kleinen Zimmer.

»Nichts weiter. Ich bin gerade nur sehr glücklich.«

Myra lächelte und blickte sie geradewegs an. Dabei trafen einige Sonnenstrahlen, die durch das Fenster fielen, ihr Gesicht und sie schien regelrecht zu leuchten.

»Kannst du es schon glauben, dass die Schule wirklich endgültig vorbei ist und wir bald studieren werden?« Myra schaute sie geradewegs an.

»Ehrlich gesagt: kein bisschen. Irgendwie aufregend – aber irgendwie auch beängstigend.«

»Findest du? Ich freue mich total drauf. Außerdem sind wir am selben Campus. Das wird super.« Myra lächelte und schaute sie lange an. Plötzlich schien der Bann gebrochen.

»Ich muss jetzt langsam mal los, Schatz. Irgendwie muss ich ja noch heimkommen, wenn mich meine müden Beine überhaupt noch tragen.«

Myra lächelte erschöpft und war schon im Begriff aufzustehen.

»Was muss ich tun, damit du noch fünf Minuten bleibst?«

»Ich denke, da wird mir schon was einfallen.« Sie warf sich grinsend auf Jill. Diese erschrak so sehr, dass sie lachen musste.

»Ich liebe dich. Und ich kann nicht in Worte fassen, wie schön die letzten Tage waren.« Myra fing an, Jill mit Küssen zu übersähen.

Jills Haut begann sich sofort an die letzten Nächte zu erinnern, doch es übermannte sie erneut die Müdigkeit und sie ließ sich wieder zurück in die Kissen sinken.

Als Myra ihr diesmal einen besonders langen Kuss gab, wusste Jill, dass sie jetzt gehen würde. Kaum hatte sie den Gedanken zu Ende gefasst, stand Myra auf und zog sich ihr T-Shirt über.

»Wir sehen uns ja bald wieder.« Myra küsste sie noch einmal, ehe sie nach ihrem Rucksack griff.

»Ich liebe dich.«

Mit diesen Worten verließ sie das Haus. Mit einem Lächeln auf den Lippen drehte sie sich noch einmal um. Jill blieb im Türrahmen stehen. Die Sonne stand wie ein Feuerball am Himmel und tauchte alles in ein glänzend-goldenes Licht. Sie schaute Myra nach, während sie sich noch einmal an die vergangenen Tage erinnerte und ihr bewusst wurde, dass sie nie eine schönere Zeit erlebt hatte.